ティファニー・
ハリファックス
ハリファックス子爵家の孫娘。アイザックの従姉弟で、数少ない
パメラ・
ウィンザー
ウィンザー侯爵家の孫娘。王子の婚約者と知らず、アイザック
目惚れした相手。
JN033785
アイザック・
ウェルロッド
本作の主人公。一目惚れしたパメラを手に入れるため、成り上がりを決意する。
リサ・
バートン
アイザックの乳姉弟。優しい性格の持ち主で、アイザックには姉のように接する。

モーガン・
ウェルロッド
ウェルロッド侯爵家の当主で、アイザックの祖父にあたる。公私混同せず、しっかりとした治世を実行する。
ランドルフ・
ウェルロッド
アイザックの父親。次の当主として、モーガンから業務を教わる日々を過ごす。
マーガレット・
ウェルロッド
アイザックの祖母。侯爵夫人として、モーガンを日々支える。
ルシア・
ウェルロッド
アイザックの母親。子爵家の出身のため、ランドルフとは身分違いの結婚だった。
メリンダ・
ウェルロッド
ランドルフの第二夫人。息子であるネイサンをウェルロッド家の後継ぎにすべく画策する。

いいご身分だな、俺にくれよ ～転生幼少期編～

Legend Of Isaac

nama

イラスト
sakiyamama

キャラクター原案
村上よしゆき

目次

第一幕 005
第二幕 036
第三幕 051
第四幕 072
第五幕 101
第六幕 120
第七幕 140
第八幕 154
第九幕 177
第一〇幕 208
第一一幕 229
第一二幕 271
パメラの後悔 303
ニコルの決意 315
あとがき 326

第一幕

リード王立学園の卒業式。

この日は本来ならば、友との別れを惜しみ、新たな旅立ちの日を祝うはずであったが、それは王太子であるジェイソンによって、重苦しいものとなっていた。

「——以上、お前が犯してきた悪行だ。お前のような女に未来の国母は任せられん！　ただ今をもってウィンザー侯爵家パメラとの婚約を解消する事をここに宣言する！　また、その罪は許しがたい。以後、このような事が起きる事を防ぐため、見せしめとして死罪を申しつける！」

——今までの関係を断ち切る決定的な言葉。

だがその場にいた者たちが彼の言葉に反応し、言葉を紡ぐ前に——一人の男の声が静寂を打ち破った。

「イィィイヤッホォォォォォォォ」

喜びの声を叫び上げた青年は、幼い頃からの奇行でよく知られている、ウェルロッド侯爵の嫡男アイザックであった。今、彼は両腕を高らかに挙げドヤ顔——俗に言うコロンビアのポーズ——を決めていた。

（予定通りに婚約解消イベントまで来たっ。これで王族と貴族派を繋(つな)ぐ縁は完全に切れる。ここから想定通りに進めればきっと——）

彼がなぜこのような事態になるとわかっていたのか。

それはこの世界が、前世で彼の妹がプレイしていた乙女(おとめ)ゲーの世界だったからだ。

⚜　⚜　⚜

高橋(たかはし)　修(おさむ)　二四歳。

名目上は五勤二休で働く居酒屋チェーン店の正社員である。就職活動に失敗した彼は大学卒業後、望まぬ職業を選ぶしかなかった。アルバイトが特に理由もなくシフト当日に休み、そのツケが社員に回ってきて命を削られていくのを感じていく日々。

体を休ませるために、趣味の戦記物の小説や漫画を読む時間すらない社会人二年生だ。

　そんな修の部屋に妹がやってきた。まだ高校二年生の妹は彼が勤務明けで眠かろうが、彼のパソコンを使うために入ってくる。それは友人から借りたゲームをプレイするためだった。

「昌美、またゲームか」

「そうだよ、お兄ちゃんがいる時じゃないとね。勝手に使われたら嫌でしょ？　性癖がバレたりとか」

「バカッ、別に見られて困るようなものは入ってないから好きにしろ」

　普段は傍若無人な妹であったが、最低限のプライバシーを守ろうという意思がある事に少しだけ見直す。

だが、眠る前に妹が持ってきたゲームのパッケージを見て、修は妹の将来に不安を覚えた。パッケージの表紙はイケメン集団が微笑むという乙女ゲーにありがちなパッケージであったが、主人公の顔があまりにも個性的だったからである。

「……このチベットスナギツネみたいな顔をしたキャラはなに？」

「それが『この世界の果てまでを君に』っていう、このゲームの主人公だってさ」

「嘘っ、これが？　俺がこのゲームに出てくる男だったら、絶対こっちのお嬢様っぽいドリルヘアーのキャラを選ぶわ。このドリルでガード無効攻撃とかしてくるとしても絶対にこっちを選ぶって」

　修は裏面に描かれている脇役キャラを推す。縦巻きロールのお嬢様キャラが、主人公よりもずっと可愛く見えたからだ。

「このゲームは略奪愛がテーマだしね～。男に人気が出そうなテンプレキャラから男キャラを攻略して奪い取るっていうゲームだし」

「マジで！　えっ、お前そんなゲームやるの？　もっとほら、自分を磨いて王子様に告白されるとかのゲームの方がいいんじゃないか？」

　修は妹を心配する。略奪愛など不幸な人間を生むだけだ。しかし、妹を心配する兄の気持ちは通じなかったようだ。

「なにを言ってるのよ。良い男は競争なんだから、自分を磨き終わるまでモーションかけないとかありえないよ。他の人も努力しているんだからさ。それにゲームで奪い取るくらいやってもいいじゃない」

「うわぁ……」

修は妹の人格に不安を覚えたが、恋人がいない自分が偉そうに言える事でもない。そう思ったので、修はそれ以上強く言う事はできなかった。

だが〝こっちの方が男受けいいから〟と髪を染める事もなく、下着も白や薄い水色など地味なものを着ている割に、まったく男の影が見えない妹の意見を素直に認めるのも釈然としなかった。

しかし、今はそんな事を言い返す気力もないので、大人しく布団に潜る。するとオープニングムービーらしき音楽と、攻略対象キャラであるらしい男の声が聞こえてきた。

『王太子である、この私にそのような態度を取るとはな。……フフッ、まぁいい。許してやろう』

『俺に挑もうっていうのか。フフッ、いいだろう、女とはいえ手加減はせん。さぁ、かかってこいっ！』

『人と獣の違いは知性を有しているか否かだ。フフッ、君はどちら側かな』

『フフフッ、僕になにか用かい？　わざわざ僕に関わろうというのか君は。面白い人だね、フフフッ』

『本当の僕の力に気づくなんてね、フフフッ。わかった、明日からは本気を出そう』

「そいつら、含み笑いしすぎだろっ！」

修は思わず起き上がってツッコミを入れてしまう。

「寝るんだったら聞かないでよ、もうっ」

「聞こえてくるんだからしょうがないだろ」

早く寝ないと仕事に支障が出るので、修は掛け布団を頭まで被って目を閉じる。幸いというべきか、眠気が強いので、近くでゲームをされていてもすぐに眠りにつく事ができた。とはいえ、眠りへと誘う子守歌――スピーカーから漏れる甘いイケメンボイス――には、少しばかりうんざりとしていたが。

それから数日は同じ事が繰り返された。普段なら気にしなかったのだが、修はなぜか妹がプレイしていたゲームである『この世界の果てまでを君に』通称『君果て』がなんとなく気になったので、公式サイトや攻略サイトを閲覧する。最近はゲームをする暇がなかったので、久々に触れるゲーム情報を熟読してしまった。

（このゲームって、ただのクソゲーなんじゃないか?）

　メインシナリオライターは、ゲーム会社のお偉いさんの親戚だったから抜擢（ばってき）されたド素人。特にゲームの売りとなるメインの攻略キャラは、ライターの未熟ぶりを表していた。

　ヒロインの好感度が高くなると、他の攻略キャラに無茶な命令を与え始める。命令が達成できなかったらヒロインの前で罵り、そしてその失敗を許す事で大物ぶる王太子ジェイソン。

　最強の騎士を目指し、腕に自信のある者に挑む血気盛んな若者。しかし、元帥の孫なので怪我（けが）をさせないようにと、周囲が手加減してくれている事がわかっていない侯爵家の嫡男フレッド。

『知性のない者は獣と同然、生きる価値なし』と公言するものの、本人は学年順位で一桁に入った事がない。そんな彼に気に入ってもらおうと、健気にも勉学に励む婚約者がいるが、その婚約者の成績が自身よりも良いと不機嫌になる伯爵家の嫡男チャールズ。

　事あるごとにヒロインの周囲で意味ありげに含み笑いをする。しかし、含み笑いをしていれば深い考えがあるように見えるだろうという考えだけで、実際はなにも考えていない伯爵家の嫡男マイケル。

　心の中では自分が優れた人間だと思っているが、成績は中の下レベル。成績が悪いのは、本気を出していないからだという事を自分に言い聞かせている子爵家の嫡男ダミアン。

　それが主人公と同世代であるメインの攻略キャラ、公式名称『ゴメンズ』だ。

（……謝るのか?）

　これにもう一人、隠しキャラを合わせて『シックスメンズ』という公式名称があるらしい。

（きっと、六人目の攻略キャラは幽霊なんだろうな）

　どういう見方をしても〝こいつらを攻略する価値が

あるのか？〟と思ってしまう面子揃い。他にも攻略可能なサブキャラがいるとはいえ、メインがこの惨状なのは酷すぎた。

（跡継ぎなのはいいけど、見た目や家柄だけじゃなくて中身もマシな男を略奪しろよ……）

ネット上では、サブシナリオライターが作ったサブキャラがいなければ、画集で十分という評価ばかりだ。声優だけは豪華なので、それだけは良しとする評価もあったが少数派で、声優の無駄遣いという意見が大勢を占めていた。

やはりゲームには、ゲーム自体にのめり込める内容も必要なのだ。基本的に絵柄は女性向きだが、男性にも受け入れられるような中間寄りの絵柄でもあった。

それに婚約者を奪われる令嬢たちは、男性受けを狙ったキャラという事も大きかったのだろう。修は被害者側の令嬢たちに味方したくなった。

このゲームで最悪なのは王子エンド後に――

『ここから見える風景が私のものなのねっ』

『そうだ、すべて僕たちのものだよ』

『だけど……、地平線の先には他の国があるのよね。私のものじゃない』

『フフッ、君は欲張りだな。この国の王妃っていうだけじゃ満足できないのかい』

『全部私のものって言ったじゃない。見える範囲だけがすべてじゃないわ』

『フフッ、いいよ。この世界の果てまでを君に贈ろう』

――などというやり取りがあるところだろうか。

エンドロールでは戦争中の一枚絵もあるため、世界を相手に無謀な戦争を仕掛けたのかもしれない。登場人物の残念さばかりが目についてしまう。修はこんなゲームをプレイする妹への心配だけが募っていった。

「ねぇお父さん、安いのでいいからパソコン買ってよ」

「お母さんに聞きなさい」

父は家庭の財務省へのスルーパス。

「ねぇお母さん、パソコン買ってよぉ」

「ダメよ。来年は受験もあるんだから、大学の費用とかも貯めておく必要があるでしょ」

　母がパスボールをインターセプト。

「ねぇお兄ちゃん、パソ――」

「ダメだ。バイトして買いなさい」

　兄はタッチライン外にボールを蹴り出す。家族のコンビネーションで、昌美の好きにはさせなかった。

「今からバイトなんてしたら受験に失敗しちゃうよ」

　日曜の朝、朝食をとっている時に妹がパソコンをねだり出した。修は珍しく朝食の時間に起きていたが、寝ているべきだったと後悔した。

「お兄ちゃん。私専用のパソコンがあったら、中のエッチな画像を見られる心配がなくなるよ！」

「漁られて困るようなファイルはなにも入ってなかっただろ。知ってるんだぞ、なにか脅すネタがないかこっそり中を探っていたの」

「うっ……。それはそれとして、私専用のパソコンがあるとゆっくり寝られるよ」

「別に。俺は、いつも気にせず寝てるだろ」

　今までの人生経験で、両親よりも兄が与しやすいと学んでいる妹が最終攻勢に出る。なんと兄の腕に胸を押しつけたのだっ！

「ねぇお兄ちゃん、お願い買ってぇ」

「ダメだって。そもそも妹の胸を押しつけられて喜ぶ性的嗜好はないし、そんなねだり方はやめなさい。いい年して、はしたないぞ」

　女性は好きだが、妹にいくら胸を押しつけられても心が動いたりはしない。彼は倫理観のある男だった。

「ねぇ、お兄ちゃ～ん。私、今年で一七歳だよ」

「だからどうした」

「お兄ちゃん彼女いないよね？」

「うるせぇな、お前には関係ないだろ」

「私の友達を紹介するよ。年上の人がいいっていう子いるんだけど、その子は私よりも胸も大きいし、スタイルも良いから、きっと気にいると思うなぁ」

　その言葉がきっかけとなり、それなりに弾力のある妹の胸の脂肪を意識し始める。昌美は人並みか、ちょっと大きめなものを持っている。

（これ以上のものの持ち主か……）

恋人のいない修にとって、妹の提案は非常に魅力的な提案ではある。だが、それを受け入れるには大きな……、そうとてつもなく大きな壁があった。

「同級生だろ？　条例違反になるからダメだ。しがない一社会人には前科持ちの肩書は怖いんだよ」

「なにを言ってるのよ。あと二年もすれば卒業して合法だよ。それまでは愛を育む時間だと思えば良いじゃない。合法一〇代だよ！　一〇代で合法なんだよ！」

「まったく、お前って奴は……」

喋りながらも朝食を食べていた修は食べ終えた食器を台所に置き、足早に自室へと戻っていった。それを昌美は、がっかりとした表情で見送る。

「あぁ～あ、ダメかぁ……。自分のパソコンがあれば、一応勉強とかにも使えて便利なのになぁ」

「おい、なにしてるんだ」

昌美の前には、素早く着替えた兄の姿があった。

「さっさと食って支度しな」

修は親指をグッと立て、力強い笑みを浮かべる。

「やった、お兄ちゃん大好き♪」

妹は朝食を流すように食べ、兄が心変わりする前にと、素早く準備を整えて戻ってくる。

「それじゃ行ってきま～す」

出かける子供たちを、両親は生暖かい目で見送る。

「合法一〇代かぁ」

そっと呟く父親の前に、母親がコーヒーカップをガチャンと置いた。ビクッとした父親は、思わず口に出してしまったのかと猛省する。そんな夫を睨みながら母親が深い溜息をついた。

「あの子たちの育て方、間違ったのかしらねぇ」

〝そうだな〟と答えれば〝仕事が忙しいって子育ては投げっぱなしだったのに、そんな酷い事をあなたは言うの？〟と反撃される。〝そうじゃない〟と答えれば〝本当に？〟と聞き返される事が長年の夫婦生活でわかっている。父親は苦いコーヒーと共に言葉を飲み込み、妻の言う事を聞き流す事しかできなかった。

⚜　⚜　⚜

修が騙されたと気づいたのは、ノートパソコンを買ったあと、帰路に就く車の中だった。

「今、気づいた！　お前の友達とか絶対性格最悪じゃねぇか！　年上の彼氏が欲しいとか、ATM扱いして捨てるタイプの友達なんじゃねぇの？　そもそも、なんでゲームソフトまで買わされてるんだよ！」

修は、思わずハイテンションで買い物に出かけたものの、冷静になって考える時間を持つべきだったと後悔する。学生時代に買ったオープンカーの生み出す風が、修の頭を冷やしてくれたのだ。そんな兄の言葉を心外だと言わんばかりに、昌美は口を尖らせる。

「ちゃんと清純派の子だから大丈夫だって。そうやって相手の細かい事を気にしてるからモテないんだよ」

「なにそれぇぇぇ！　清純派ってなにぃぃぃ！　それって清純派であっても清純な子じゃないんだろ？　清純派AV女優くらい無理があるだろっっっ」

「ちょっと！　オープンカーなのに、なんで大きい声でAV女優とか言ってんのよ」

「くそっ、俺の命を削って稼いだ金が……」

信号待ちの間、口喧嘩をする二人の耳に後ろから激突の音が聞こえた。そちらを振り向くと、スピードを出しすぎてジャックナイフ現象を起こしたトレーラーが、修たちの後ろを走っていたバイクを巻き込み、こちらに向かってきていた。

激しい衝撃を感じ〝もうダメだ〟と思った時、修は目を瞑った。来るべきはずの衝撃のあとに来る結末。

（あれ、どうした？　……なんで目が開かない）

それが来ない事を不思議に思い、確認しようとしたが瞼が重く開かない。

バチンッ！

なぜなのかと思い始めた時、背中に痛みが走る。

バチン、バチンッ！

「うぁ～～、あぁ～～～」

誰かに背中を叩かれている。やめてくれと言おうにも言葉にならず、うめくような声しか出てこない。

「仮死状態から息を吹き返しました」

「本当っ！　よかった……」

若い女と、やや年齢を感じる女の声が聞こえる。

（仮死状態からって事は、ここは病院か。……昌美はどうなった！　あいつは無事なのか？）

事故に遭ったのなら、助手席に座っていた妹も当然怪我をしているはず。妹の心配をした修だが、思わぬ言葉に思考を飛ばされた。

「それでは抱いてみますか？」

「ええ、もちろん」

（えっ、抱く!?　ちょっと待って。怪我もしてるし、心の準備がっ。顔が見えないけど美人なのかな？　いやいや、こんないきなりはさすがに……）

状況の把握や妹の心配、なによりも今の自分の体を心配するべきだったのだが〝抱く〟の一言ですべてが吹き飛んだ。女性経験のない男の余裕のなさが、その思考を停止させる。だが、それも一瞬の事。

「それでは落とさないようにしっかりと。そうです、首はひじの内側で支えて……」

年を取った女の説明に合わせて、温かいなにかがゆっくりと慎重に修の体を包み込む。

「なんだか優しく抱いていても傷つけそうで怖いわね。……赤ちゃんってもっと元気なものだと思ったのに、思っていたよりもずっと大人しいわね」

（えっ、赤ちゃん？）

「そうですね。個人差があるとはいえ、もっと泣いたり動いたりするはずなんですが」

事故に遭い入院していると思っている修は、実は生まれ変わっているという今の状況を呑み込めていない。

もちろん、即座にそのような判断ができる者はまずいないだろう。なので、彼が状況を把握するために受け身になるのも仕方ない。それが〝泣き声も上げず、身じろぎもしない赤子〟という結果になっており、周囲を心配させる事になっていた。

「子供が生まれたって！」

一人の男がドアを勢いよく開け、部屋に入るなり大きな声で叫ぶ。驚きでその場にいた者たちの体が硬直する。当然、母親も同様でビクついた体が修の体を強く締めつけ、軽くうめき声を上げる。

「ランドルフ、いきなり入ってこないで。赤ちゃんが驚くじゃない」

「すまない。けど生まれたって聞いて、いてもたってもいられなくてさ」

「あなたには初めての子じゃないでしょうに」

「ルシア、君とは初めての子じゃないか。お疲れさま、本当に嬉しいよ」

そして、抱き合ったり、口づけを交わしているらしき音が、修の頭上から聞こえてくる。

(ランドルフ？　初めての子？　いや、なんで人の頭の上でイチャついてやがんだ！)

「あぁ～～～」

抗議の声を上げようにも、うめき声にしかならないが、今回はそれで十分だった。自分たちの世界に行っていた二人に、その存在を知らせることができた。

「おっと、済まなかった。お前の事を忘れていたわけじゃないんだよ。……男の子か？　女の子か？」

「男の子よ。名前は考えているの？」

「男の子なら名前はアイザック。そう考えていたんだ」

〝パパだよ～〟と言いながら、ランドルフは修の頬をつつく。イヤイヤと身じろぎする我が子の姿を見ては、またつつく。我が子を愛しているだろう事は、その表情から察せられる。だが、嬉しさのあまりついつい構いすぎて、修はウザがった。

「あぁ～～～」

「ランドルフ！　アイザックが嫌がってるじゃない」

「いやぁ、可愛くってつい」

「子供はおもちゃじゃないんですよ。もうっ」

微笑ましい光景だが、それどころではない者もいる。

修――アイザックだ。

名前を呼ばれて頬を突かれた事で、自分が赤ん坊だという事に気づいた。

(俺がアイザック？　俺が生まれ変わったとでもいうのか？　英語っぽい名前なのに、なんでみんなは日本語で話してるんだ？)

――救急病院だと思ったら生まれ変わっていた。

予想外の事態に、修は頭が追いつかなかった。

生まれてからしばらくの間は、情報を集めることに集中しようと周囲の話に聞き耳を立てる。前世の両親や妹の事も心配だったが、そちらはどうなっているかを知る方法がないので諦めるしかなかった。

それよりも前世の記憶を持ったまま生まれ変わったという利点を活かすべきだと前向きに考えていた。同世代の子供たちとは違い、知識面で大きく有利になっている今度の人生では、勝ち組を目指したい。新しい人生の第一歩として、手に入った家族の情報を整理する。

父はランドルフ・ウェルロッド。

ウェルロッド侯爵家の跡取りで、良くも悪くもお人好しらしく祖父のもとで未来の領主としての勉強中。

母はルシア・ウェルロッド。

ランドルフの第一夫人でハリファックス子爵家出身。ランドルフと恋愛結婚をしたが、子爵家出身にもかかわらず第一夫人という立場故に、第二夫人との関係が最悪の状態になっている。

第二夫人のメリンダ・ウェルロッド。

ランドルフの第二夫人でウィルメンテ侯爵家出身。他国へ嫁ぐ予定だったが破談になったため、同格の侯爵家でお人好しのランドルフが引き取った。

彼女と結婚する時には、すでにルシアと結婚をしていたため、ランドルフの強い希望により第二夫人という立場でやむなく輿入れする。

第二夫人メリンダの息子、ネイサン・ウェルロッド。アイザックの兄で、一歳年上。初めて名前を聞いた時は姉がいるのかと思ったが、他の者が兄の事を姉さんと呼ぶのはおかしいと思い、名前だと気づいた。

(俺が生まれて継承権が父のランドルフに次ぐ第二位になって、ネイサンが第三位に下がった……か)

〝これは非常に危険な状態だ〟とアイザックは考える。

――子爵家出身の第一夫人と侯爵家出身の第二夫人。

これだけでも十分不穏なのに、長男であるネイサンが次男のアイザックに継承権で劣後する。この事実は、メリンダにとって許容できないはずだ。結婚する際に〝ルシアとの間に生まれた子供の継承権を優先する〟と約束したらしいが、そんなものは実家の力関係次第で覆るだろう。

（それに気づかなかったのは、ルシアへの愛ゆえの盲目か。それとも、思いつかなかっただけか？）

アイザックにとって、今のところ継承権の優先順位が必要だとは思っていない。優先権を所持していようがいまいが、ネイサンが継げないようにしておけばいいだけだからだ。問題なのは〝自分が暗殺されないか？〟という事である。彼の脳裏にふと浮かんだのは〝織田信行〟と〝伊達小次郎〟だった。

——家督争いの結果、兄に殺された弟。

ランドルフは家督の継承をアイザックにさせようと思っている。だが信行や小次郎も周囲に家督の継承を望まれていたが、兄に殺された。

兄がどのように育つかを確認するまで、彼は待つつもりはない。優秀だろうが無能に育とうが、多少の能力差など権力と財力で覆す事くらいできる。ならば、できるだけ早い段階で対処する事が求められる。

せっかく侯爵家に生まれたのだ。後継者の座を誰にも明け渡すつもりはない。前世ならばこのような事を考えもしなかっただろうが今は違った。アイザックという新しい体による影響かもしれない。

今の彼に選べる選択肢は〝命を狙われないように能力を隠すか〟〝子供の頃から能力の差を見せつけ、暗殺されないように周囲の者を味方につけ盤石の地位を築くか〟のどちらかだ。

この世界の文化レベルがわからないが、平均的な大学生レベルの知識があれば、子供の頃はまず間違いなく神童扱いされるだろう。

『一〇で神童、一五で才子、二〇過ぎればただの人』

そんな言葉があるように、いつまでもトップを走り続けられるわけではない。それでも努力を怠らなければ、同世代の中では上位に居続けられるだろう。だが、それはずっと努力し続けなければいけないという事だ。

(……それでも、あのブラックな居酒屋で働くよりはずっといい。もっと勉強して、もっといい大学に入っていれば、ホワイトな会社に入っていい暮らしもできただろう。若い頃の努力はするべきだ。そう考えればあの社会人生活を経験したのは無駄じゃなかったかもしれない。だったら、この世界では頑張って、前世では望みもしなかった高みを目指してもいい)

――職場での拘束時間が毎日一五時間以上。

そんな生活で苦労するよりは、勉学をはじめとした身になる努力で苦労する方がいい。生まれたばかりで食べて寝るしかできない状態は、アイザックに今後の人生について考える時間を与え、大きな影響を与える。

(いつかお家騒動は起きる……。なら俺が起こすか、向こうが起こすかの違いだけ。だったら、こちらから仕掛けて有利な状況を作るべきだろう。ウィルメンテ侯爵家が口出しできない名分を作って、ネイサンを始末しないといけないな)

――新しい人生。

ならば前世とは違う生き方をしようと決意する。

――無難に大人しく生きる人生。

それは平凡ながらも魅力的な人生だとは思う。

だが、それは社会としての枠組みが固定されていた現代社会だったからだ。本で読んだ日本や中国、ヨーロッパ、世界各国の戦国時代。ここがそんな時代であれば、上手くやれば王や皇帝にもなれるかもしれない。

支配体制を固められていれば厳しいかもしれないが、そうでなければチャンスはあるだろう。とはいえ、すぐに別の生き方をしようと思ってできるわけではない。

――ただの一般人が、ある日突然政治家になってやっていけるのか?

無理だ、できるはずがない。しかし、前世ではそれなりに真面目に勉強を頑張り、大学を卒業できる程度の基礎学力はあった。ならば、まずやるべきことは、この世界での知識を身につける事だ。判断の基準となるものがなければ、どうしようもない。身分に合わせた振る舞いを学ぶにしても、前世の記憶がある以上はそちらの影響も受ける。まずはこの世界で学ぶ知識と前世の知識のすり合わせをする必要があった。

（まずは人の使い方を学ばないといけないな。貴族の跡継ぎなら自分ですべてをやろうとせず、人に上手く仕事を振り分ける方法に慣れた方がいい。前世の知識もメモにまとめたいし、それに――）

赤ん坊の体は飲む、食う、出す、寝るを繰り返す。

そして肛門（こうもん）の締まりも弱く、本人の意思とは関係なく、自然と排泄物（はいせつ）が零（こぼ）れ出てしまう。

「あぅ～～～」

だが、慣れたもので声を出すことで意思表示を行う。声を出せば、そばにいる乳母（うば）のアデラが近寄ってくる。

「あらあら、お腹（なか）が空（す）きました？　それともおむつ？」

アイザックが大の字になる。これは漏らした時にするいつもの仕草だ。

「おむつね。それじゃ交換しますわね」

そう言っておむつを外すと排便の臭いが、乳母のアデラの鼻につく。だが、アデラがフレーメン反応を起こした馬のような顔をしていたのは排便の臭いか、それともアイザックが言葉を理解しているという事に気づいたからか。

アデラがそのような反応をしているとは、おむつを交換される羞恥心で頬を赤らめ、目を閉じているアイザックにはわからなかった。今、彼が理解している事はただ一つ。友人が熱く語っていたおむつプレイの良さがさっぱりわからないという事だけだった。

⚜　⚜　⚜

アイザックの友達は、基本的に女の子ばかりだった。最初は〝将来の婚約者候補かな？〟と思っていたが、すぐに違うと気づいた。年の近い男の子は、みんな兄のネイサンの遊び友達となっていたからだ。

その理由は簡単に推測できた。ほとんどの者たちが〝ネイサンがウェルロッド侯爵家の後継ぎになる〟と思っているせいだ。さすがに母方の実家の力が違いすぎる。今はアイザックの継承権が上だとしても、やがてメリンダが実家に働きかけてランドルフを説得する事は確実。継承順位が変わった時に備えて、息子をネイサンの友達にしておこうと考えているのだろう。

だが、そのお陰でわかった事もある。遊び友達として連れてこられた、ルシアの兄の娘ティファニー。従姉妹である彼女の存在を知る事ができたからだ。

――ティファニー・ハリファックス。

――リード王国のハリファックス子爵家。

これらの情報から、妹がプレイしていたゲームの世界に生まれ変わったらしいとアイザックは気づく。

まだなんとなく面影があるという程度だが、彼女は妹がプレイしていた『この世界の果てまでを君に』というゲームの婚約者を奪われる被害者の一人だ。

(でも、なんで乙女ゲーの世界なんだよ。普通に俺のやってたギャルゲーでいいじゃないか……)

権力者を目指すのもいいが、美少女に囲まれる幸せなハーレムも捨てがたい。

(いや、いっその事、この世界で作るのもいいか)

アイザックの父であるランドルフも、ルシアとメリンダの二人を妻にしている。側室を作ったとしても、倫理に違反するという事はないはずだ。多少の文句程度なら、権力でねじ伏せられるだろう。

(そのためにも、まずは権力が必要だな)

幸い、この世界が妹のプレイしていたゲームの世界ならば未来は明るい。王立学園の卒業時に、婚約者であるパメラに婚約の解消を申しつけるという愚かな行動を取る王子ジェイソンがいるからだ。

パメラは宰相の孫だ。処刑されそうになったパメラを救った貸しでウィンザー侯爵家を味方につける事も可能だろう。卒業式までに、他の貴族も囲い込んでおけば下剋上(げこくじょう)もできるはずだ。

――一社員から、一国の王へと上り詰める。

前世では想像もできなかった、とても魅力的な未来設計図だ。せっかくの二度目の人生である。前世でできなかった事を、色々とやってみるのも悪くはない。

(そのためにも、まずは知識を集めないとダメだな)

小さな失敗はするかもしれないが、大きな失敗をしないために知識を身に付けるのは悪くない。

「アデラ、書斎に行きたい」

「ええ、構いませんよ」

　アイザックの年頃なら、絵本を読んでとせがむのはよくある事だが、アイザックは自分で本を読む。最初は異常だと感じていたが、大人たちは〝頭が良い分には問題ないだろう〟と結論を出していた。手のかからない子供なので、乳母としては非常に楽な仕事である。

　アイザックは、まず子供向けの本を取った。もちろん、子供向けとはいえ三歳の子供が読むような本ではない。もう少し大きい子向けだ。手に取った本はリード王国の歴史について、大雑把に書かれている本だった。元が乙女ゲームだったお陰か、文字も日本語なので読みやすい。完全な異世界ではない恩恵である。

　リード王国は五〇〇年前に建国された。

　建国の功績がある者たちは、それぞれ貴族として取り立てられる。その中でも、建国の際にリード王家と並ぶ功績を上げた四つの家だけが侯爵位を賜った。

　ウェルロッド侯爵家。

　ウィンザー侯爵家。

　ウィルメンテ侯爵家。

　ウォリック侯爵家。

　家名の一文字目を取り、通称〝4W〟と言われる四家がリード王国の柱となっている。この四家の領地を合わせると、リード王国の半分以上になる。男爵家や子爵家といった下級貴族は基本的に固有の領地を持たず、王国の官僚として働いたり、侯爵家や伯爵家の領地で働いたりしていた。

（他の侯爵家を二つ味方にしても、やや不利か。領地持ちの伯爵家をいくつか味方につける必要があるな）

　王家とウィンザー侯爵家の決裂が決定的になるのは、王立学院の卒業式。あと一五年間で、反乱の用意をやり切らねばならない。

（その前に、ネイサンたちの排除もだな）

　そこでウィルメンテ侯爵家を味方につける方法を考えようと思った。それには、ただネイサンたちを排除すればいいというわけではない。ウィルメンテ侯爵家に反感を持たれぬよう排除する事が必要だ。王家への忠誠心はあるだろうが、積極的な行動を封じる事ができればいい。幸い、もう一つの侯爵家であるウォリック侯爵家は味方につける事ができそうだ。

――アマンダ・ウォリック。

彼女も『世界の果てまでを君に』の主人公であるニコル・ネトルホールズに婚約者を奪われる事になる。

彼女が逆ハーレムエンドを進むのならば、ニコルは王子を含めて多くの男に囲まれる。上手くやれば、ウォリック侯爵家にも王家への反感を持たせる事ができるかもしれない。そのためにもニコルには逆ハーレムエンドを達成してもらわなければならない。

（という事は、俺は後継者争いの準備だけではなく、ニコルの支援もしないといけないいな）

ニコルは男爵家の娘だ。しかも金に縁のない親のせいで、平民と変わらない暮らしをしているらしい。ゲームの攻略サイトには、効率の良いアルバイトや金集めの方法が書かれていたくらいだ。アルバイトに使う時間を、メインキャラ攻略に使わせるべきだ。彼女の支援をするなら、金銭面での援助が手っ取り早い。だが、露骨にやると共犯者のように見られてしまうので、なにか誤魔化す方法を考えねばならない。

（マズイな。紙に書いてまとめておきたい）

考えをまとめるためにメモを取りたいが、これからなにをするのかを紙に書き残すのはまずい。子供がなにを書いているのか、親や乳母ならば気になるだろう。誰かに反乱計画など見られでもしたら、子供とはいえ大変な事になる。良くて幽閉、悪ければ殺されるので、自分の頭の中にすべてを収めておかないといけない。

一通り攻略サイトには目を通したが、軽く読んだだけなので完全には覚えてはいない。重要な事は定期的に思い出して忘れないようにしておくべきだろう。

（時間があるように見えるけど、やらなきゃいけない事も多い。まずは目先の事から片づけよう）

アイザックは当座の目標を、ウェルロッド侯爵家内での自分の地位向上に決めた。その次に、家同士の関係などの情報を集める事。貴族なので〝どことどこが縁戚関係にある〟といった情報も重要になってくる。

今、彼は悩ましい状況にありながらも、嬉しそうな顔をしていた。毎日同じような事ばかり繰り返す日々よりも、こうして新しい事に頭を悩ませる方がずっと楽しい。たとえ、それが人を陥れるような内容であってもだ。アイザックのその笑顔を、アデラは子供らしい笑みをしていると眺めていた。

ルシアの実家であるハリファックス子爵家は、代々ウェルロッド領内にある都市の一つを任されており、ルシアの父であるフィルディナンドが統治している。

彼女の兄であるアンディは、ウェルロッド家の官僚として働いている。どちらもルシアがランドルフと結婚しても外戚として振る舞うような事はなく、今まで通りの立ち居振る舞いを通してきた清廉な人物だ。

彼らは政治的な配慮により、ルシアのもとへは頻繁には訪れてこないが、子育てに関する話をするために義理の姉カレンが尋ねてきてくれる。アイザックも従姉妹のティファニーと共に四人でのお茶会に参加する。

ティファニーは、ゲームでは青い髪を三つ編みにした眼鏡(めがね)っ子の優等生キャラだったが、まだ三歳の彼女は、おかっぱで眼鏡もかけていない。そのため、今はまだゲームキャラとしての面影はない。ニッコリ笑うとこっちも微笑ましくなる、年相応の可愛い女の子だ。

そんな可愛い女の子が隣に座っていても、アイザックにはティータイムが苦痛でしかなかった。その理由は、この世界のお菓子にあった。

本来ならば、体の欲求に従いお菓子をむさぼりたいところだったが、この世界における菓子とは砂糖を大量に混ぜ込んだもので、とてもまともに食べられるものではなかった。基本的に砂糖は富裕層の使う甘味料であり、その砂糖を過剰なまでに多く使うのが貴族にふさわしい菓子として広まってしまったせいだ。

今、目の前のテーブルに並べられているケーキもそうだった。生クリームはもとより、飾りつけのフルーツも砂糖漬けで、スポンジ生地すら甘ったるい。

アイザックは〝味の調和を考えない、ただ甘いだけの菓子〟にうんざりしていた。大人たちは普通に食べていたが、まだ食べ慣れていないティファニーも口に合わないようだ。アイザックは前世で様々な菓子を味わってきた記憶がある。その記憶のせいで現世ではアイザックはお菓子を食べる事を諦めて、細切りにした干し肉を齧っている。幼児期から顎を鍛えるためにお菓子の代わりに干し肉を食べるようになっていた。

だが、母のルシアはそんなアイザックを心配していた。それも当然の事。どこの世界にお菓子よりも干し肉を好んで食べる幼児がいるだろうか。

「アイザック、男の子だから甘い物が苦手なのかもしれないけれど、好き嫌いはしちゃダメよ」

ルシアは、息子にやんわりと注意する。アイザックは賢い子だ。これまでも口頭で注意するだけで、すぐにわかってくれていた。今回も聞いてくれると思っていたのだが、これに関してはアイザックも譲れない。砂糖の塊をお菓子とは認められなかったのだ。

「ですが、お母様。これでは甘すぎます。もっと甘さを控えたお菓子を食べたいです」

「お菓子というのは、こういうものなのよ」

困ったわね、といった感じでルシアは頬に手を当てながら首をかしげた。暗い赤色をした長い髪が揺れる。ルシアもなかなかの美女なので、母であるにもかかわらず、ついつい見惚れてしまいそうになる。

「そんなに気に入らないなら、自分で作ってみたらいいんじゃない？」

カレンがクスクスと笑いながら冗談っぽく言った。三歳児が本当にやるとは思っていなかったが、言った相手は普通の三歳児ではなかった。

「はい、そうします！」

「えっ？　本当に？」

冗談だったのに、アイザックは真に受けて作ってくるという。これにはルシアとカレンも驚いた。

「アイザック、お菓子を自分で作るのは難しいわよ」

ルシアが止める。まだ幼いアイザックでは小麦粉を混ぜるのも困難だろうからだ。

「もちろん自分では作りません。砂糖控えめのお菓子をアレクシスに作ってもらいます」

アイザックは、侯爵家お抱えのお菓子職人であるアレクシスの名を出した。本当に自分で作るのではなく、作れる者に自分好みのものを作らせればいい。砂糖の量を調整してもらえばいいだけだから簡単だ。

「でも、職人は自分の仕事に誇りを持っているから断られるわよ」

「そこはなんとか説得してみます」

もちろん、侯爵家の継承権を持つ者としてのお願い(圧力)ではない。可愛らしい子供からのお願いである。

「ダメだって言われたら諦めるのよ」

「はいっ!」

返事はいいが、アイザックには言いつけを守るつもりなどない。誰だって美味(おい)しいものを食べたいはずだ。

一度でも砂糖以外の味のするお菓子を食べてもらえれば、自分の考えに理解を示してくれると思っていた。

「わたしもいくー」

ティファニーは状況を理解していない。

だが、アイザックがなにかやろうとするのを友達として一緒に行きたいと主張する。

「そうねぇ……。ティファニーも一緒にいいかしら?」

カレンがルシアに確認する。ここはウェルロッド侯爵家で、外部の者が勝手に許可を出す事ができない。ウェルロッド侯爵家の者が許可を出す必要があった。

「いいわよ。どうせ、ちょっと話をするだけですもの。アイザック、ティファニーをちゃんと見てあげるのよ」

「はい! 行こう、ティファニー」

アイザックはティファニーの手を取り、一緒に歩き出す。前世では恥ずかしくて女性の手を取るなんてできなかったが、相手は女の子とはいえ幼児だ。恥ずかしがらずに手を取る事ができた。仲良く手を繋いで歩く二人を、付き従うメイドが微笑みながら眺めていた。


「ダメです」

「えー」

アレクシスの取りつく島もない返答に、アイザックたちは残念がる。しかし、これにはアレクシスにも譲れない理由があった。

「私は侯爵家お抱えの菓子職人です。侯爵家の皆さまにふさわしいものだけを作るように求められております。そのようなものをお菓子として、アイザック様に食べさせるわけにはまいりません」

貴族というものは厄介だ。大きな権力を持つ代わりに様々な制約がある。〝体面を保つ〟というのも、その一つだった。砂糖を大幅に減らした菓子を食べているなど、誰かに知られるわけにはいかない。

――ウェルロッド侯爵家は、お菓子の砂糖を減らさなければならないほど困窮している。

そう噂（うわさ）されてしまう可能性があるからだ。貴族だからこそ、家格にふさわしい暮らしをしなくてはならない。アイザックは、侯爵家だからこそ好きなものを食べられないという状況に直面して愕然（がくぜん）としていた。

「そ、それじゃあ、これならどう？　屋敷で働いてくれている人のねぎらい用のお菓子を作ってもらって、その試作品を僕たちが試食するってことで」

「使用人に食べさせるようなものは、見習いがやるべき仕事です。そして、見習いが作るようなものは侯爵家のお方が口にするなどあってはならない事です」

アレクシスは意地でもアイザックに食べさせようとしない。これは彼が意地悪だというわけではなく、アイザックの立場を考えた上での発言だった。

「うーん……。だったら、ティファニーが食べるんだったらいいよね？　見習いが作るとはいえ、侯爵家で働く見習いだもん。子爵令嬢のティファニーに食べさせるなら問題ないよね」

これにはアレクシスも困った顔をして考え込む。

確かに問題はないが、この様子だと絶対にアイザックも食べてしまうかもしれないという心配があった。

「……アイザック様は食べてはいけませんよ？」

「うん、大丈夫！」

いい返事だ。アイザックは賢い子だと聞いているが、まだ三歳の子供でもある。素直に信じていいのかどうか、アレクシスは非常に迷ってしまう。

「砂糖は大幅に減らしてね。素材の味を生かしたバタークッキーとかどう？」

クッキーなら、焼き時間も短いので比較的早く作れる。あまり時間がかかると、お茶会が終わってしまうので、アイザックはクッキーを提案する。

「では急いで作らせます。しばらくお待ちください」

〝とりあえず作れば大人しくなるだろう〟と思ったアレクシスは作る事を引き受けてくれた。

「ですが、アイザック様は食べてはいけませんからね」

だが、念押しも忘れない。

「うん、大丈夫だよ」

いい返事をするが、アイザックには考えがあった。

(目の前に美味しそうなお菓子があったら、子供だったらつい食べちゃうよね)

――今の自分が子供であるという事。

それを最大限に生かすつもりだった。アレクシスに嘘をついたわけではない。約束を守るつもりだったが、子供としての本能に逆らえなかったと言い訳をするつもりだった。それに、アレクシスに知られなければ良いだけだ。彼に知られなければ、食べてもいいはずだ。

(そう、思っていたんだけどなぁ……)

アレクシスが見習いと共に、焼き上がったばかりのクッキーを運んできた。どうやらアイザックの考えは、彼に見透かされていたらしい。

「アイザック様の言われた通りに、砂糖を大幅に減らしたバタークッキーです」

「おいしー」

早速、ティファニーが焼きたてのクッキーを頬張っている。甘すぎるお菓子が口に合わなかったのは、アイザックだけではなかったようだ。程よい甘さのお菓子に、子供らしく夢中になっていた。

「アイザックもいっしょにたべよう」

ティファニーがクッキーを手に取って、アイザックに差し出す。彼女は幼いながらも、人に分け与えられる良い子のようだ。

「アイザック様」

アイザックはティファニーからクッキーを受け取るが、アレクシスが名前を呼んで咎(とが)める。〝食べてはダメだ〟という意味を込めて。しかし、アイザックはそれを無視して、クッキーを食べた。

(うまい! バターの風味に程よい甘さ。香ばしく焼き上げられていて食感も良い。やっぱり、これくらいの甘さがいいな)

思わず頬が緩む。やはり本当のお菓子には敵(かな)わない。今まで干し肉を食べていた事がバカらしくなった。

「アイザック様！　食されてはなりませんと申し上げたはずです！　……失礼致しました。奥様」

ルシアのいる前で、みっともなく大きな声を出してしまった。その事を謝罪しながらも、彼はアイザックをきつく睨んでいる。

「本当に美味しいものを前にして、我慢はできないよ」

アイザックはクッキーを一枚手にして、アレクシスの前に歩いていった。そして、クッキーを差し出した。

「干し肉を食べる人はいるけど、塩漬け肉を食べる人はいないよね？」

「そのまま食べると塩辛くて食べられませんから」

アイザックは、その答えに満足そうにうなずく。

「それじゃあ、お菓子はどうだろう？　今のお菓子は砂糖を使いすぎて甘すぎるよね？」

アイザックはクッキーを見つめる。

「今は甘すぎるお菓子が、貴族向けのお菓子としてもてはやされている。だけど、これでは甘すぎると誰かが気づいた時、今のお菓子は流行遅れの過去の遺物として認識される時が来るはずだよ」

アイザックは、アレクシスの目をジッと見つめる。

「アレクシス。ここは分岐点だよ」

「分岐点……ですか？」

〝突然、なにを言い出すのか〟と怪訝な表情をする。

「砂糖を多く練り込んだものを綺麗に作り上げるだけ、そんな旧態依然とした菓子職人として歴史に埋もれて終わるか。それとも、お菓子というものの本来の姿を取り戻した、近代菓子作りのパイオニアとして歴史に名を残すか。どっちを選ぶ？」

この言葉には、ティファニー以外の者が絶句する。

――これはただ事ではない。

とても三歳の子供が言う事ではないからだ。

そう感じ取ったアレクシスは、アイザックからクッキーを受け取る。そして、一口齧った。

「……マズイ」

（あれ、甘いのに慣れた人には合わなかったかな？）

アレクシスも美味しいと言ってくれると思っていたアイザックは、予想と違う反応に少し戸惑う。

「練り方が悪いせいで焼き上がりが固くなりすぎて

います。この味わいには、もっとふんわりとした食感の方が合うでしょう。私なら……もっと上手く作れます」

アレクシスは悔しそうだった。確かに小麦粉の香ばしさや、バターの風味を感じられる方が美味しい。砂糖を馬鹿みたいに使う事が常識だったので、自分も同じやり方をしていた。それを三歳児に言われるまで、その事に気づけなかった事がなにより悔しかった。

「ですが……、やはりこれは侯爵家にはふさわしいものとは言えないでしょう」

だが、世間一般の常識は違う。砂糖を大量に使ったお菓子が基本で、体面を気にする貴族には似合わない。

「そんな事ない。素材の味を生かした新世代のお菓子って言い張れば、他の人たちも食べてくれるはずだよ」

何事も言い方だ。〝砂糖を減らしたお菓子〟では、貧しいお菓子だと受け取る者もいるだろうが〝新世代のお菓子〟だと言えば、そういうものなのかと受け取られる。堂々と言い切ってしまえばいいのだ。

「そういうものなのでしょうか?」

「そういうものだって。ほら、ティファニーを見てよ」

こうしてアイザックたちが話している間も、彼女は食べ続けていた。お茶会のために用意されたケーキになどには見向きもしない。程よい甘さのクッキーに夢中になっている。

「彼女は美味しいと思う方を食べている。子供は正直だよ」

——それをお前が言うのか?

周囲の大人たちはそう思った。大人びているとはいえ、少なくとも子供が言う事ではないからだ。

「お母様も食べてみませんか? 砂糖の味しかしないお菓子より美味しいですよ」

「そ、そうね。一つ食べてみようかしら」

我が子の言葉に驚きながらも、ルシアはクッキーを食べる。甘いケーキを食べたあとなので、少し物足りないような表情をするが、ダメではなさそうだ。アイザックもクッキーを食べながら、少し考え事をする。

（そう、これは分岐点。だが、アレクシスのじゃない。

俺のだ）

――ちょっと頭の良い子。

その評価のまま様子を見ようかと思っていたが、それはやめた。今はネイサンに後継者争いで大幅にリードされている。母方の家の力など関係ないくらいに、自分の力を少しずつでも証明していかねばならない。

お菓子作りに口出しをするくらいが、これからの第一歩としてはちょうどいい。いきなり領地経営になど口出しはできないので、小さな事を地道に積み重ねて、侯爵家内部での評価を積み上げていこうと決意した。

麒麟児ルートは、アイザックに大きな負担を強いる。

しかも、どこかで失敗すれば〝やっぱり、ちょっと頭が良いだけの子供だったんだ〟とガッカリされるリスキーな人生だ。だが、前世とは違う生き方を選んだのだ。〝あの時、あれをやっていれば〟などと後悔をしたくはない。やれる事はやっていくべきだろう。

（でも、お菓子に口出しってスケールが小さいよな。いや、三歳の子供だしこんなもんか）

ティファニーを笑顔にして、これからは美味しいお菓子を食べられるようになった。今は小さな成功でもいいかと、アイザックは満足そうにしていた。

生まれ変わったアイザックにとって嬉しい事に、この世界は紙に不自由しない世界だった。書斎には、かなりの数の本があり、すべて日本語で書かれていた。

――日本語で話し、日本語で文字を書く。

それは日本人であったアイザックの学習において、大きなアドバンテージとなっている。文字の習得に使う時間を省けるという事だからだ。

それでも、周囲の者に不審に思われぬよう――すでに遅かったが――最初の頃は絵本で簡単な文字を教えてもらい、少しずつ覚えていったフリをしていた。

だが、それも面倒臭くなり、漢字交じりの本を読む頃には、辞書を手元に置いて調べながら本を読んでいるフリをするようになっていた。こんな子供は〝悪魔が取り憑いている〟と言われて、殺されても仕方がない。では、なぜ見過ごされているのかというと、ちゃんとした理由があった。

――ウェルロッド侯爵家、三代の法則である。

ウェルロッド侯爵家には、初代当主の頃より他の家にはない特徴があったからだ。

初代当主は、誰もが認める極めて優秀な男だったが、その性格は厳しく、奇行癖もあった。

二代目当主は、優秀であり、性格は厳しくもあり優しくもある、人としては普通の男。

三代目当主は人並みの頭脳で優しく、侯爵家の跡取りとして失格ではないが、どこか物足りない。

四代目当主は、極めて優秀で性格に難がある。

五代目当主は、優秀で性格は普通。

六代目当主は、人並みで性格は穏やか。

このように、三つのタイプの当主が繰り返されていたのだ。普通であれば優秀な者だったり、無能だったりする者が続いてもおかしくない。だが、ウェルロッド家では不思議なほどこのパターンが続いていた。

祖父のモーガンは優秀だが普通の性格をしており、父のランドルフは優しいが能力は普通の男。

ならば、次は優秀だが性格に難がある者の番であり、それはアイザックの事だと思われていた。性格はまだわからないが、お菓子作りに口出しするほどには頭が良い。きっとアイザックが、ウェルロッド侯爵家の系譜を受け継いでいるのだろうと見られていた。

だからこそ、子供にしてはおかしいところがあっても見過ごされていたのだ。

しかし、外戚の力はネイサンの方が圧倒的に上であり、後継者レースでは遅れを取っている。それならば、当主になれずとも生きていけるよう、学ぶ機会を奪うべきではないと思われていたから自由に動けていた。

この読書の時間は、乳母のアデラとしては楽だった。自身も本を読むか、ソファーでうとうとしているだけでいいのだ。だがそんな彼女も、アイザックの将来が不安で仕方なかった。

過去にも、幼少の頃より頭角を現す偉人というのはそれなりの人数がいた。しかし、そのほとんどが〝名君となり、人々を正しい道に導く〟か〝暴君としてその才能を叶えるために使う〟といったパターンが多い。前者であってほしいと願っているし、そう育てていこうとも思っている。だが、彼女にはこの年にしてアイザックの自我が確立し、明確な目標を持っているように思えた。普通の子供なら方向性を示し、人としての道を逸脱するようなら修正してやればいい。

――ならばアイザックはどうなのか？

今は良い子に育っているように思える。周囲の者と上手くやっていく努力をしているように見えるが、その知性の高さから本性を隠しているようにも思える。

このくらいの子供に多いイヤイヤ期もなく、周囲の者の言う事を大人しく聞き入れるし、わからぬ事は理解できるまで質問してくるのだ。

――まるで自分の知識とすり合わせるかのように。

不気味なところもあるが、基本的には賢く、他人への気遣いもできる子供だ。アイザックに比べると、自分の娘が同じ年だった頃はなんだったのだろうかと思えてしまうほどだ。

ただ、魔法の教本を読んで実際に使おうとしたりするなど、子供らしい一面もあった。しかし、魔法を使える人間は一万人に一人か、一〇万人に一人使えるかどうかというほど稀である。アイザックには魔力がないと伝えると、見てわかるくらいガッカリしていた。

その姿を見て〝子供らしいところもあるのね〟と、アデラは悪いと思いつつも少し安心してしまった。

アイザックが本を読むのは自由時間のみ。誰かが遊びに来たりした時は、そちらの相手をする。もっとも、他の子供たちも教育があるので毎日は遊びに来ない。

この日は、アデラの娘であるリサがアイザックのところに遊びに来てくれた。五歳も年上の八歳だが、アイザックにしてみれば五歳差など大した問題ではなかった。

前世を合わせれば二七歳。リサにおっさん扱いされかねない年齢だったが、そんな事を知らないリサは、アイザックにお姉さんぶっていた。

「よく見ててね。四角を二つ描いて、その四角の角と角を線で繋ぐと……。箱に見えるでしょ？」

「本当だ、凄ーい」

（いや、それは知ってるけど）

　リサは自信満々で三歳児に知識を披露している。

「アイザックは、いつも本を読んでるんでしょ？　お勉強も大切だと思うけど、たまにはお絵描きや歌を歌ったりしておかないと、習い事をする時に大変だよ」

「えっ、そうなの？」

「そうだよ。だって、貴族だもん」

（なんで、貴族だからって芸術を……。あー、そうか。パトロンになったりするからか！）

　アイザックには〝芸術や歌は上手い者に任せておけばいい〟という考えしかなかった。だが、どう上手いかを判別する感性を鍛えておかねば、いつか恥をかく事になるかもしれない。この世界の知識を集めるだけでも忙しいのに、芸術の分野まで学ばないといけないようだ。歌は友達とカラオケに行く程度、美術は学校の授業で習っただけだ。漫画やイラストを描く趣味があればよかったのにと、前世を後悔していた。

（……あれ？　もしかして、俺って……）

　前世では特に自慢できるような事がなかった。学校の勉強は平凡で、特技も特になく、趣味はゲームくらい。唯一、役立ちそうな料理の経験も、セントラルキッチンで調理されたものを焼いたりしていたくらいだ。

（農業改革みたいな知識もない。……麒麟児ルートを選んだのはミスったか）

　――人並み以上の野心はあるが、その野心を支える地力がない。

（これじゃあ、ただの身の程知らずじゃないか……）

　アイザックは身の程を知り、前世で積み上げてきたものがない自分に恥じ入った。

「リサお姉ちゃん、上手にお絵描きする方法を教えて」

　なので、素直に教えを乞う事にした。こういう事は楽しむという事が大切だ。美術の家庭教師を雇う前に、絵を描く事が楽しいと思えるようになっておいた方がいいだろう。〝好きこそものの上手なれ〟という言葉もある。絵を描く事を好きになるには、友達と一緒にお絵描きするのはいい機会だ。

アイザックは前世とは違う生き方を選んだ。前世の基準で考えれば〝後継者争いに勝つには、芸術などに時間を取られている暇はない〟と判断するところだった。だからこそ、あえて芸術に触れる事を選んだ。この経験がいつか活かされるかもしれないと思って。

「もちろん、いいよ」

リサは快諾した。二人は乳姉弟。彼女に断る理由はないし、リサは弟にお姉ちゃんぶる事ができてご満悦の表情を浮かべていた。それから数時間ほど、二人はお絵描きに熱中していた。

「あら、楽しそうね」

アイザックは背後から声をかけられるまで気配に気づかなかった。それだけ夢中になっていたのだろう。振り向くと祖母のマーガレットが立っていた。

「はい。お婆様も一緒にどうですか？」

「私も若い頃は描いていたのだけどねぇ。もう長い間描いてないから、描けなくなっているわ」

マーガレットは笑顔で答えた。その様子から〝子供と一緒にお絵描きなんてできるか〟といった雰囲気は感じ取れない。孫に下手(へた)な絵を見られるのが恥ずかしいのだろうと、アイザックは思った。

「では、この絵をお婆様にプレゼントします」

アイザックは祖母の絵を差し出した。家族を思い出しながら描いていたので、マーガレットの絵も描いてある。当然ながら、元々の絵心がなかった事と新しい体に慣れていない事で下手くそな絵だったが、マーガレットは嬉しそうに受け取ってくれた。

「あら、とても上手に描けているじゃない。ありがとう。あなたは将来、芸術の道を進むといいわ」

「……それは、褒めすぎです」

（でも、下手なりに一生懸命描いたものを、喜んで受け取ってくれるとこっちも嬉しくなるな）

頭を撫(な)でてくれているマーガレットに、また描いてあげようとアイザックは思った。

（そうか！　真心のこもったプレゼントを嫌がる奴はいない！　心の優しい子。将来的にこの子が後継ぎになった方が嬉しい。そう思わせるなにかをみんなにプレゼントできればいいかも！）

——もらって嬉しく、処分に困らないもの。

そういったものを配る事ができれば、未来への足場作りに利用できるかもしれない。

(それに、前世では親孝行とか全然していなかった。今世では、家族になにかしてあげたい)

アイザックはそう決意した。

もう元の世界に戻る事はできないだろう。仮にできたとしても前世の体は火葬にされているはずだ。魂だけで彷徨うだけなら意味がない。

ならばこの世界でできる事を精一杯やるだけだ。〝地盤固めのため〟という要素が多く含まれているものの、前世の分まで両親を喜ばせてやりたいという気持ちは本物である。まずはプレゼントに最適なものを探そうと考え始めた。

第二幕

アイザックは祖父と父が働く執務室を訪問した。無断で入ったりはせず、秘書官に取り次いでもらってから中へと入る。部屋の左右にある机で数名の秘書官が、なにかの書類を処理していた。奥の執務机には祖父が、その横にもう一つ机を並べ父が座っている。机の上には、巻物や紙の書類などが積まれているのが見えた。

「お爺様、お父様、いきなりごめんなさい。お爺様とお父様のお仕事を見学したいのです。邪魔をしないのでよろしいですか？」

「突然だな。しかし、見学か……」

モーガンが、ランドルフをちらりと見る。

（ランドルフも中弛みしてきている。息子に見られていれば、程よい緊張感を与えられるかもしれんな）

モーガンは、これくらいの刺激もたまにはいいだろうと考えた。

「いいだろう。ただし、仕事の邪魔になるようだったら出ていかせるぞ」

アイザックは大人しい子だが、一応は注意をしておく。孫は可愛いが、仕事の方が優先度は上だ。たかが紙切れ一枚とはいえ、それにサインするかどうかで数百の人間に影響を与える。さすがに孫可愛さで〝貴族としてなにが大切か〟を見失うような真似はしなかった。

「お爺様、ありがとうございます」

あっさりと許したモーガンに、ランドルフは怪訝な表情をする。

「父上、よろしいのですか？」

「構わん、アイザックなら騒がしくはせんだろう。……ランドルフ、息子の前だぞ」

「わかってます」

ニヤリと微笑む父に対し、ランドルフは苦笑いを浮かべた。今は次代の領主として、実務を覚えるための研修中である。実際の仕事は、これまで教わってきたものとは別物で、わからない事もあるしミスもする。

――息子の前では良い父親、立派で尊敬される父親でいたい。

誰もが持つ感情であり、ランドルフも当然そのような感情を持ち合わせていた。息子に良いところを見せようと決意する。

「それではアイザック、こちらに来なさい」

モーガンが膝を軽く叩きながらアイザックを呼ぶ。

「お爺様のお仕事の邪魔になりませんか？」

「大丈夫だ。今はランドルフが仕事をして、決済の終わった書類を私が確認してるだけだからな」

モーガンがそう言うが、アイザックは一応ランドルフの方をチラリと見る。ウェルロッド家の当主はモーガンだ。だが、アイザックは息子として、父親であるランドルフを立てる必要もある。

〝父親である自分ではなく、祖父の言う事だけを聞く〟という状態は面白くはないはずだ。貴族としては正しくても、家族としてはよろしくはないだろうという配慮だった。まずは〝お仕事中のお爺様の邪魔にならないか心配だ〟という表情をして、父の様子を窺う。

アイザックは、ランドルフが〝いいよ〟と軽くうなずくのを待った。許可が出たのを確認してから祖父に歩み寄る。軽々と抱き上げられて膝に座らされた。

「お父様はなにをされているのですか？」

「今は税務官たちがやっているのと同じ書類の処理だよ。誰かに命令するにも、誰にどんな命令をするべきか知っておかなくてはいけない。だからこうやって、みんながどんな仕事をしているかを、実際に自分でやって覚えているところだ。大きくなったらアイザックもやる事になるから、今のうちに見ておくといい」

「はい、お爺様」

モーガンは領主としての威厳を保とうとして小難しい事を口にする。三歳の子供に言うことではないが、理解しているようなので、つい話してしまったのだ。

だが、自分の仕事に興味を持ってくれるようになった孫の来訪に舞い上がっているモーガンは、普通の子供には難しすぎる内容だという事に気づいていなかった。

「お爺様はどんなお仕事をされているんですか？」

「今はランドルフの処理した書類の確認だ。領主としての仕事は色々あるが、まだ朝でみんなが仕事を始めたばかりだからな。下から報告書や計画書が上がってくるまでは、書類の見直しなどをしている」

「領主というお仕事は大変なんですね」

　アイザックの言葉に、モーガンは顔をほころばせる。

　自分の仕事を理解してくれるというのは、やはり嬉しいものだ。しかも、相手が可愛い孫だったので、喜びもひとしおのようだ。

「そうだが、手を抜こうと思えばいくらでも怠けられる。家臣に仕事を投げればいいだけだからな。しかし、人の上に立つ者としてそれは許されない。上に立つ者が怠ける姿を見せれば、下の者たちも自然と腐っていく。真面目に仕事をするのは疲れるが、それが貴族に生まれた者の定めだ。アイザックも覚悟しておくように」

「はい、わかりました。お爺様はご立派なんですね」

「なんのこれしき。これは貴族として持っていて当たり前の心構えだ」

　そう言いつつも、孫の尊敬を受けてモーガンは鼻の穴をヒクつかせながら喜びを抑え込む。家臣の手前なので笑顔になるのはいいが、デレデレとした情けない顔は見せられない。だが、堪えようとして呼吸が荒くなってしまっている。アイザックの頭頂部に、激しくなった鼻息が吹きかかっていた。

「父上、できました。確認を」

　ランドルフが〝アイザックの尊敬を一人占めさせてたまるか〟と仕上げた書類をモーガンに差し出した。

　書類を受け取ったモーガンは、アイザックを膝に乗せたまま書類に目を通す。

「アイザック、これは南のアルスターという街の二カ月前の収支報告書だ」

　その書類を見て、アイザックは絶句した。ランドルフが作った書類は、まだ見やすくまとめようとした努力の影が見えるが、支出を分類で分けて合計を書いているだけだ。これで処理後なら処理前はどうなるのか。

「これの前はどうなっているのですか？」

　その疑問ももっともだと、ランドルフは処理する前の書類を見せる。まとめる前の報告書を見たアイザックは頭がおかしくなりそうだった。毎日の収支が書かれているが、税収入と支出がごちゃ交ぜなのだ。

○月●日　通行税の収入、備品代の支出、結婚税の収入ｅｔｃ――。

○月×日　通行税の収入、装備の修繕費の支出、相続税の収入ｅｔｃ――。

　収入と支出を分ける事なく、その日にあった収支の報告を順番に書いているだけだった。他の報告書も似たようなもので、日記形式のものまであった。

（五〇〇〇年続く王国のくせにこれかよ……。この世界の人類の文化は、いったいどうなってるんだ？）

　こんな書類を毎日処理している税務官には頭が下がる思いだ。だが、こんなに非効率な事をしていては、巡り巡って自分のもとへと苦労が舞い込むだろう事は想像に難くない。

「お爺様、これは……」

「アイザックには難しかったか。みんながまとめた書類を毎日確認していくのが私たちの仕事だよ」

　唖然としているアイザックの様子を見て〝賢くとも、やはり子供なのだな〟とモーガンは思ったが、それは間違いだった。書類が理解できずに凍りついているのではなく、効率が悪すぎて凍りついているのだから。

「お爺様、ペンと定規、紙とこの報告書をお借りしてもよろしいですか？」

「構わんが、どうするつもりだ？」

「少し試したい事があるんです」

「ふむ……、この机では無理だな。おい、なにか下敷きになりそうな板を持ってこい」

　モーガンが部屋の中にいる秘書官に声をかけると、秘書官は棚からＡ２サイズくらいの画版のようなものを取り出してきた。長い紐がついているので、立ちながら書く時に使うものなのかもしれない。

「アイザックは、まだ小さい。机で書くと手が届かんだろう。床で書いてくれるかな」

「はい、カーペットを汚さないようにします」

　ニコリと笑うアイザックに、威厳を保とうとするモーガンも思わず頬が緩む。やはり孫は可愛い。

「こちらでよろしいですか？」

「うん。ありがとう、ベンジャミン」

秘書官が板を置いた場所はモーガンの机の横の床だ。

――アイザック、モーガン、ランドルフ。

この領主三代の並びに、モーガンは心の中で快哉を叫んだ。息子のランドルフと机を並べ、床の上とはいえ孫のアイザックも並んでなにかを書いている。ランドルフに領主の座を譲る日はそう遠くはないだろう。

だが、アイザックがこの椅子に座る日を、自分は見る事はできるだろうか？　モーガンは思わず遠い日に想いを馳せる。それゆえに、アイザックが家臣に礼を言うという貴族として問題のある行動を注意しそこねた。ねぎらいの言葉をかけるのなら〝ご苦労〟という一言でいいのだから。

アイザックは板に紙を置くと、定規をあてて線を引き始める。彼が書こうとしてるのは、簡単な収支表だ。パソコンの授業で作った事のある、エクセルで作る簡単な表を手書きで作っていた。

――いつ、どんな理由で、どれだけの収入があったのか？

――そして、その日に支出がどれだけあったのか？

アイザック自身が見慣れている表だからというのもあるが、きっとこの世界でも受け入れられるだろうと書き進めている。効率の悪いやり方で続けるよりも、効率的なやり方に慣れるまでの苦労の方が受け入れられると信じて。モーガンは一生懸命になにかを書いているアイザックを見つめながら、先日アイザックに似顔絵をプレゼントされた事を思い出す。

（息子は責任を持って育てねばならないが、孫は無条件で可愛がれるというのは本当なのだな）

ランドルフを教育するのは、父である自分の務めだが、孫を教育するのはランドルフの務めである。祖父としては、孫を可愛がるだけでいい。年を取りたくはないと思ってはいたが、今は〝年を取るのも悪くないものだ〟と考えていた。

ランドルフは書類の書き方を父に聞こうとしたが、アイザックを眺めるモーガンの姿を見て話しかける事に躊躇していた。彼がデレデレとした表情をしているせいだ。先ほどまであった、モーガンの決意はどこに行ったのだろうか。アイザックがなにかをやっている姿は、ランドルフも見てみたい。〝席を代わってくれないだろうか？〟と思いながら、ランドルフは父の姿を見ていた。

「できた！　お爺様、見てごらん。これは……」

「あぁ、見せていただけますか」

アイザックが作った表は、報告書にあった中で毎日収入のある通行税を抽出してまとめたものだ。表自体は非常に簡単なものだ。簿記モドキともいえない粗末なものだが、見やすさという点では従来の報告書よりもいい。だが、簡単に思い浮かぶ問題点もある。

「前のよりかは読みやすそうだが……。税の収入ごとや支出ごとに書類を作ると手間がかかるな」

「それは印刷で量産することで対処可能だと思います。一度作ってしまえば、あとが楽になりますよ」

この世界では活版印刷が普及しているようなので、印刷自体のハードルは高くない。文字ではなく、線を印刷するだけでいいのだから大分楽なはずだ。

「印刷で用紙は用意できるとしても、これを使えと皆に配ったとしても戸惑うだろう」

「最初は戸惑うかもしれません。ですが、慣れてしまえば書く側も利点がある事に気づきます。各項目に記入漏れがないかなど、一目でわかるようになりますよ」

アイザックは、机の上にある書類を指差す。

「それに、用紙の統一による利点もあります。今は巻物であったり、大きさがまちまちな紙だったりしますが、統一した用紙を使う事によって保管、管理が容易になります。用紙の端に穴を開けて紐で綴じておけば、他の書類と交ざるような事もなくなるでしょう」

「ふむ、やけにこれを推すのだな」

モーガンのアイザックに対する評価は〝異様に大人しい子供〟というものだった。兄のネイサンが年相応に〝新しいおもちゃが欲しい〟〝もっとお菓子が欲しい〟という要求ばかりだけに、その印象は強く残っていた。

――書庫で本を読んでいるだけの大人しい子。

そのアイザックが、これだけ薦めてくるのは珍しい事だった。内容自体は検討する価値があるが、あとは理由だ。なにか深い理由があるのかどうかだ。自分には想像できないような深い理由だった場合、祖父としての自信を持ち続けられるだろうか。聞きたくはないが、聞かねばなるまいと、モーガンは覚悟を決めた。

「アイザック、お前は賢い子だ……。なぜこれだけ推すのか、理由があるならそれを聞きたい」

「僕がいつか領主になった時の事を考えてですよ。書庫の本もそうでしたが、一巻は巻物なのに二巻は綴じられた本だったりと、シリーズ物なのにバラバラだと読みにくかったからです。将来、仕事をするにも見やすい書類の方がいいですから」

「そうか、そうか。そういう事だったのか」

――書式の統一。

一見、簡単そうに見えるが、広めるのには大変な労力を費やす事になる。それを言い出したのが、いつか自分が領主になった時に楽をするためだという子供らしい理由を聞いてモーガンは少し安心した。

もっとも、理由はともかくとして、その内容が子供らしいとは言えぬものではあったが。

普段からアイザックと接しているせいで、モーガンは少し感覚が鈍っていたのかもしれない。

「確かに一時的に労力を払う事になります。ですが将来、継続的に仕事が楽になるなら早めにやっておいた方がいいと思います。今の報告書では読み落としてしまうミスとかもあるでしょうし。もちろん、今年度の予算や、書式の統一作業に仕事を割り振る事のできる人員の余裕などの要因もありますので、今すぐやってほしいとまでは言いません。でも考慮しておいていただきたいのです」

「そ、そうか……」

頭の良い子だとは思っていたが、これほどとは思っていなかった。三歳でこれなら、あと一〇年もすればどうなってしまうのだろうか？

モーガンは〝自分など隠居してしまった方がいいのかもしれない〟と考えてしまう。孫の成長は嬉しいが、同時に〝隠居〟という言葉が頭をよぎる事に一抹の寂しさを感じていた。だが、まだランドルフには教え始めたばかりだ。まだまだ現役でいなければいけない。

それに、これには問題もある。

「だが、それは簡単には認められない」

「なぜですか?」

いい提案だったが、できないのにはちゃんとした理由があった。

「貴族というものは伝統を重んじる。報告書も各家のやり方を取っておるのだ。伝統を捨てさせようとすると反発が大きいだろう。強制するわけにはいかん」

「そうなのですか……」

アイザックはションボリとした。

(反発が大きいって事は、抑え込めるだけの力を身につけないとダメって事だもんなぁ……)

その姿を見て、いたたまれなくなったモーガンは話題を変える事にした。

「そういえば、なにか欲しいものはないのか? ネイサンみたいにハッキリと言ってくれると助かるのだが」

——物で釣る。

それがモーガンなりに、アイザックを喜ばせようと考えた方法だ。実際、ネイサンなら、これで十分だったろうと思ってもおかしくなかった。

た。アイザックも子供である以上、この手が通じるだろうと思ってもおかしくなかった。

「欲しいものですか。金と権りょ——お小遣いと花壇が欲しいです。あと剣も」

思わず本音が漏れそうになったアイザックであったが、なんとか誤魔化した。

「お小遣いか。欲しいものがあるなら買ってやるぞ」

モーガンは〝剣が欲しい〟という部分は疑問に思わなかった。アイザックも男の子なのだから、そういうものに興味を持っただけだろうと深く考えなかった。

「いいえ。欲しいものを買っていただくよりも、お小遣いをもらって自分で買い物してみたいんです」

侯爵家なので必要ないかもしれない。だが、アイザックは金銭感覚を覚えておきたかった。欲しいものはある。しかし、それは人に用意してもらうのではなく、自分で用意する必要があった。

「わかった。用意させよう。けど、欲しいものがあるなら遠慮せずに言うんだぞ。なんでも買ってやる」

「はい、お爺様」

ニッコリと笑顔を見せるアイザックを抱き上げ、モーガンは頬ずりをする。

「話は終わりましたか？」

「う、うむ」

アイザックとモーガンの話が終わったのを見て、ランドルフが声をかける。そこで〝そういえばランドルフもいたな〟と、モーガンはバツが悪い思いをする。

「父上、話が終わったのなら、先ほどの話の説明をしていただけるとありがたいのですが……」

そう、先ほどの話をランドルフは理解していなかった。正確には、書式の統一について話していたのはわかっていたのだが、それがなぜいい事なのかがわからなかった。〝別に書類くらい読めればいいじゃないか〟という程度の認識だったからだ。

だから、アイザックとモーガンがなぜ真剣に、そんな事を話しているのか不思議でしかなかった。

「そうだな。時間もあることだし、ゆっくり話そう」

先ほどの話の価値がわからないのは問題ない。知ろうとする気持ちがあるならそれでいい。あとは理解できるように教えるだけだ。ランドルフもまだ若いので、少しずつ学んでいけばいい。そのようにモーガンは考え、ふと思った。

（ランドルフの反応が普通のはずだ。ではアイザックは？　もしかすると、アイザックは父上の生まれ変わりだったりするのではないのか？　……いや、そのような事があるわけないな）

モーガンの脳裏に〝アイザックが生まれる前に亡くなった父の生まれ変わりでは？〟という考えが浮かんだ。モーガンの父であり、アイザックにとっての曽祖父にあたるジュード。彼もまた、幼少の頃より才能の片鱗（へんりん）を窺わせていた男だったからだ。

――父がアイザックとして生まれ変わり、生前にできなかった方法で領政を改革していこうとしているのではないか？

モーガンは、ついそのように考えてしまった。

（いや、それはないな。父上は人として最低だったが、アイザックは可愛い。……アイザックがあのような人にならぬよう、私も気をつけねば）

可愛い孫を父ジュードのような人間にするまいと、モーガンは決意する。

（ランドルフも良い子に育ったが、アイザックは頭がとてつもなく良い分同じ育て方ではいかんだろうな。それを、ランドルフたちが上手くやれるかどうか）

アイザックの教育は、あくまでもランドルフとルシアを中心としたものとするべきだろう。親として子供と共に成長していかねばならないため、横から口を出して邪魔をするべきではない。時々、サポートするくらいに留めておいた方がいいだろう。

（そういえば、子供にはペットなどがいいと聞いた気がするな。この程度の口出しくらいなら問題なかろう）

どんなペットを贈るのがいいのかを妻のマーガレットとも相談して決めようと、アイザックの頭を撫でながら思っていた。ただ、その可愛い孫が「この国を乗っ取ったら書式だけではなく、色々都合よく変えてやる」と、ジュードよりも恐ろしい事を考えているとは、この時はまだ想像する事すらできなかった。

⚜ ⚜ ⚜

アイザックの誕生日は一〇月一〇日。

正月に子作りに励んだからといって一〇月一〇日に生まれるわけではないのだが、アイザックは〝年末年始のパーティーでテンション上がって子供作りに励んだんだろうなぁ〟なんていう事を考えてしまう日である。

アイザックの誕生日に集まったのは身近な人物だけだった。どうやらこの世界では、誕生日はさほど大事ではないらしい。誕生日パーティーよりも、年始に行われる一〇歳式の方が重要だった。理由として、子供はいつ死ぬかわからないというのがある。まだ免疫が弱く、病気で簡単に死ぬ子供は安心できる一〇歳になるまで、できるだけ人前に出さずに大事に育てられる。そのため誕生日自体はさほど重要視されていなかった。

「アイザック、誕生日おめでとう」

モーガンが最初に祝いの言葉をかけると、他の者たちもアイザックを祝う。その中に、メリンダとネイサンの姿はない。彼女らは、ルシアに敵意を持ちすぎている。わざわざ、ルシア用とメリンダ用で個別の別館が用意されているくらいだ。同じ敷地内とはいえ、あまり顔を合わさないように気を使われていた。

　ルシアとメリンダの家格が近ければよかったのだが、実家が子爵家と侯爵家と大きく離れているせいで、メリンダが〝ランドルフにふさわしいのは私だ〟と、ルシアを目の敵にしていた。こんな状況になったのは、ランドルフの責任だった。

　外国の王族に嫁ぐ予定だったメリンダは、相手に婚約を解消されて非常に不安定な立場になっていた。ウィルメンテ侯爵に冗談交じりで〝引き取ってくれないか？〟と言われたランドルフが〝いいですよ〟と、うっかり返事をしてしまったせいで引き取る事になったらしい。メリンダの境遇を可哀想だと思っていたせいで、口が滑ってしまったのだろう。

　公の場での発言だったので簡単に取り消す事もできず、そのまま妻として迎える事となった。とんでもない失敗をしてしまったが、ランドルフはルシアを一番に愛していた。なので、彼女との間に生まれてきた息子に継承権を優先するなど、いくつかの条件をつけての結婚となった。

　だが、それはそれでメリンダは気に入らなかったらしい。先に自分が妊娠できるように動いた。だから先に結婚していたルシアではなく、メリンダが先にネイサンを産む事になったそうだ。

　その話を聞いた時、アイザックはウンザリとした。だが、略奪愛をテーマにしたゲームの世界観なら、これくらいの話はあってもおかしくない。だから〝母をライバル視する女でよかった〟と考えるようにしていた。仲の良い家族なら、アイザックもネイサンを排除するのをためらっただろう。嫌な相手だからこそ、純粋に排除する事だけを考えられる。

「ありがとうございます」

　アイザックは笑顔でみんなにお礼を返した。

「お父様、お母様。産んでくださって感謝しています」

（本当にありがとう。楽しそうな世界に産んでくれて）

無邪気な笑顔を見せるアイザックを、両親や祖父母だけではなく、使用人たちも優しい笑みを浮かべて見守っていた。生意気なクソガキであれば、彼らはこんな反応をしない。周囲に気を使うアイザックだからこそ、使用人たちも好意的な反応を返してくれるのだ。

「おい、プレゼントを持ってきてくれ」

ランドルフが使用人に命じると、両手で持つような大きめの箱を運んでくる。

「アイザックは普段からなにも欲しがらないから、かなり迷ったのよ」

ルシアが少し困ったような顔をして言った。

子供だったら〝お菓子が欲しい〟や〝おもちゃが欲しい〟とグズってもおかしくない。なのに、アイザックは書斎の本を読んでいれば満足そうにしていた。親からすれば、息子の趣味や嗜好がわからないのは非常に困る。プレゼントを贈ろうにも、なにを贈ればいいのかわからないからだ。そこで今回、モーガンの提案によりあるものが選ばれた。

――子供なら喜ぶであろうもの。

それはアイザックの目の前に置かれた箱の中で、ガサゴソと音を立てている。

「開けてもいいですか？」

「もちろん」

生まれ変わったアイザックにとって、初めての誕生日プレゼントだ。そもそも、なにかを望めば欲しいものを買い与えられる侯爵家に生まれている。大貴族に生まれた以上、欲しいものがあっても、誕生日まで待たなくても手に入る環境だったから、今までは誕生日プレゼントをもらった事はなかった。これまでは祝いの言葉だけだ。アイザックは、生まれ変わって初めての誕生日プレゼントをドキドキしながら開ける。

「犬だ！」

中にはクリーム色の毛を生やした子犬がいた。箱の中にいたせいか、少し眠たそうな目をしている。アイザックは持ち上げようとするが、子犬といえどもまだ持ち上げられなかった。幼い体が憎らしい。

（前世では犬なんて飼えなかったんだよなぁ。やっぱり大きい家だから余裕があるよな）

地方公務員だった父は一軒家をローンで買った。しかし、ペットを飼うほど家の広さと経済的に余裕がなかった。だが今世では家は広いし、経済的にも余裕がある。それどころか、ペットの世話をしてくれる使用人までいる。ペットを可愛がるには最高の環境だった。

「なんていう名前なんですか？」

「パトリックだそうよ。まだ子犬だから、名前を変えても大丈夫らしいわ」

マーガレットの言葉を聞き、アイザックは悩む。

「いいえ。犬だからといって、コロコロと名前を変えるような事はしたくありません。なっ、パトリック」

まるでぬいぐるみのようなパトリックに手を伸ばした。甘噛みをしてこないので、噛み癖などは矯正されているようだ。パトリックはアイザックの手の匂いを嗅いだり、舐めたりしている。

「くすぐったいよ」

アイザックは笑いながら、指を舐めるパトリックを見つめる。そんなアイザックの姿を、家族は笑顔で見つめていた。

「庭に面した部屋をペット部屋として用意している。そこで一緒に遊ぶといい」

「はい、お父様。ありがとうございます！」

アイザックはパトリックを抱いて遊びに行こうとするが、持ち上げられなかった。テンションが上がって、持ち上げられなかった事を忘れていたのだ。

「リサお姉ちゃん、持って」

自分では持てないので、リサに声をかけた。彼女も犬に興味津々だったので、喜んで抱き上げてくれた。

「アイザック、はい」

リサがパトリックを抱き上げると、アイザックがよく見えるように目の前に差し出してくれた。アップになった子犬や子猫特有の愛嬌に、アイザックは頰を緩ませる。

「ありがとうございました。大切にします。お姉ちゃん行こっ」

そう言い残し、アイザックは部屋を出ていった。

アイザックの喜びようを見て、家族は満足そうにしていた。

「ペットを与えるというのは間違いではなかったようだな」

「そうですね」

モーガンの言葉に、ランドルフも同意する。あんな風に喜ぶアイザックは初めてだ。いつもであればプレゼントを脇に置いて、そのままお行儀よく家族と話をしていただろう。

――プレゼントを受け取って、無邪気に遊びに行く。年相応の姿を見て、一同はどこかホッとした思いをしていた。

「パトリック、僕はもう疲れたよ……」

アイザックは地べたに座りながら、弱音を吐いた。その周囲で、パトリックが〝まだ遊ぼうよ〟とうろついている。今までパトリックとロープでの引っ張りっこしたり、部屋の中を追いかけっこしたりと遊んでいたのだが、アイザックはパトリックの体力についていけなかった。その事を、アイザックは反省する。

（本ばっかり読むんじゃなく、体も動かしておいた方がいいな）

友達が女の子ばかりだったのもよろしくない。ついつい、お話やお人形遊びなど、体を動かさない遊びになってしまうからだ。パトリックが来てくれたお陰で、体を鍛える必要に気がつけた。それだけでも、十分に価値があったといえる。

「ちょっと花壇に行ってくるから、パトリックと遊んでてくれる？」

「もちろん、喜んで」

パトリックをリサに任せると、アイザックは庭の片隅に造られた花壇へと向かう。

ここはアイザックがランドルフにねだって造ってもらった。花の種は、もらったお小遣いで買い揃えた。別に花に興味があったわけではない。この花を使って、少しずつ周囲の者たちに取り入っていくためだ。

自分の味方になるように説得するには、まず相手と会わなくてはならない。しかしながら、理由もなく面会していると、なにか画策していると気取られる。そこでアイザックは自分が育てた花をプレゼントするという名目で近づき、堂々と相手と話をするつもりだった。

子供の浅知恵かもしれない。それでもなにもしないよりはマシだと思っていた。

「お坊ちゃま。今日も雑草摘みをご自分でなされるのですか？」

アイザックの姿を確認した庭師のカールが声をかけてくる。子供の体ではできなかった花壇造りは彼に任せていたが、雑草摘みや水やりはアイザックが自分自身の手で行っていたからだ。

「うん。自分でできる事は自分でやりたいんだ」

これは嘘である。本当はカールに全部任せて楽をしたかったが、庭師に任せて育てた花は〝ただの花〟だ。〝アイザックが自らの手で育てた花〟だからこそ価値がある。サボりたいという自分の本心を騙しながら、気長にやるしかなかった。

「ところで、この花はいつ頃に咲くの？」

「大体四月頃ですね。半年ほどかかります」

「そうなんだ」

（思ったより長いけど、まぁいいか）

四歳になったばかりで、まだ焦る時ではない。それに季節に合わせた花を順次植えていく予定なので、これからは自分の花壇に花が咲き続けるようになる。

「早く咲くといいなぁ」

「そうですね。ですが、成長していく姿を見守るのも楽しいものですよ」

王侯貴族が花の世話をするのは珍しくない。ウェルロッド侯爵家にも、過去の当主が作り上げたバラ園がある。子供の頃からというのは珍しいが、草花を育てようとするのは悪い事ではなかった。気長に物事を待つ我慢強さも鍛えられるからだ。

それに花が咲くのを楽しみにしていたのはアイザックだけではない。カールも楽しみにしている一人だった。だが、彼の場合は花だけを楽しみにしているのではない。花が咲いた時――手間暇をかけた苦労が実った時――に、アイザックがどんな反応をするのか。

そちらの方も楽しみにしていた。

第三幕

「たくさん人がいますね」

「ええ、これからみんなが王都に行くところなのよ」

みんなは王都へ行くが、アイザックは見送る側だ。王都までは二週間ほどかかる長旅になるので、幼いアイザックは母と一緒にお留守番である。

「僕も行ってみたいです」

いつかは王立学院に入るために王都に住む事になるとはいえ、王都こそ権謀渦巻く伏魔殿。子供の姿で相手を油断させられるうちに慣れておきたかった。

「来年には行けるわよ。長旅は辛いから、五歳になるまではお留守番という事になっているの。お父様も行ってしまって寂しくなるけれど我慢してね」

ルシアがアイザックを慰めるように頭を撫でるが、アイザックは気にしてはいなかった。

「大丈夫です。お母様とパトリックがいるので寂しくありません」

「おいおい、それは酷いんじゃないか」

二人の会話を聞いていたランドルフが抗議する。しかし、父が相手なら、この程度は簡単にあしらえる。

「僕も貴族です。お父様がいなくても留守番はできます。……でも、早く帰ってきてほしいです」

アイザックは上目遣いをしながらランドルフのズボンを掴む。このような健気な姿を見せられてしまっては、もうランドルフは抗議などできない。その場でしゃがみ込み、アイザックを抱きしめる。

「寂しい思いをさせてごめんな。でも、これも貴族として必要な事なんだ。来年は一緒に行こう」

「はい、お父様」

アイザックもギュッと抱きしめ返す。それだけで、もうランドルフはデレデレとした顔をしている。

(これだけで誤魔化せるなんてチョロイ男だ。……ってなんで俺が悪女みたいになってんだよ！)

子煩悩な男の気持ちを利用してしまった事を、ほんの少し反省する。アイザックは王になりたいのであって、人を手玉に取る悪女になりたいわけではない。略奪愛がテーマのゲーム世界とはいえ、自分まで同レベルに落ちるつもりはなかった。

「あら、置いていかれる女は必死ね。子供を使ってまで気を引きたいのかしら」

声をかけてきたのはメリンダだった。ランドルフが、アイザックたちと一緒にいるところを見るだけでも気に入らないようだ。冷たい眼差しで一瞥する。

（見た目だけは悪くないんだけどなぁ……）

前世で恋愛ゲームなどをやってきた経験から、アイザックはメリンダのようなタイプですら〝デレたら可愛いかも〟と思える余裕があった。しかし目の前にいれば、ウザイという気持ちの方が勝ってしまう。

「メリンダさん……。そのようなつもりはありません」

ルシアが否定するが、その声は弱々しい。やはり、メリンダの方が良家の出なので引け目を感じているのだろう。真っ向から強く否定する事ができないようだ。

「まぁ、どこまで本気なのか――」

「メリンダ、やめるんだ。結婚する時に仲良くするって約束しただろう？」

メリンダの言動がヒートアップする前にランドルフが止めに入った。

「仲良くする方法までは指定されておりません。そして、これが私なりの方法ですわ」

「メリンダ、それはないだろう……」

夫婦喧嘩は犬も食わないとはいえ、このまま続くのも面白くない。アイザックはメリンダと一緒にいるネイサンを利用して彼女を追い払う事にした。

「王都に行ける兄上が羨ましいです」

話しかけられて、ネイサンは笑みを向ける。まだあどけなさの残る年齢であるにもかかわらず、アイザックには悪役然とした笑みに見えていた。

「王都には色々と楽しい事があるみたいだ。お前の分も楽しんできてやる」

「はい、よろしくお願い致します」

嫌味を華麗に受け流す――だけではない。

「王都での経験を活かし、更なる成長をなされますようお祈り申し上げます」

本人には嫌味かどうかわかりにくい言葉も返してお

く。ネイサンは年相応の知識と知能しかないため、嫌味が含まれているなど気づかなかった。

「お前に言われなくてもわかっている」

「そうですね。差し出がましいことを申しまして、失礼致しました」

アイザックは素直に謝罪した。だが、嫌味が含まれているかどうか関係なく、ネイサンには弟の言葉すべてが腹立たしいと感じていた。それが謝罪の言葉であったとしてもだ。自分がまだ学んでいないような話し方をする弟に、ネイサンは劣等感を抱いていたからだ。

ネイサン本人に直接言ったりはしないが、母のメリンダですら〝なんでネイサンはアイザックのように頭が良くないの〟と、こぼす事がある。それをネイサンは聞いてしまった。以来〝自分の方が兄だから〟という事を心の拠り所としている。彼はある意味、アイザックが生まれてきたせいで被害者となっていた。

「ネイサンも王都は初めてだし楽しみだろう？　そろそろ出発の時間だし、馬車に乗ろう」

メリンダからルシアへ。

アイザックからネイサンへ。

これ以上の嫌味の応酬が行われてはいけないと、ランドルフが強引に話を切った。それこそがアイザックの狙い。目障りなものは、目に入らぬ場所に行ってもらうのが一番である。

「お気をつけて行ってらっしゃいませ」

ルシアがホッとした様子で三人を見送る。そして、アイザックの頭に手をポンと置いた。

「お兄ちゃんとは仲良くしないとダメだからね」

「はい、お母様」

いい返事を聞いてルシアは安心した表情を見せる。

「それじゃあ、お爺様とお婆様にも挨拶しましょうね」

ルシアに手を引かれ、馬車三台分離れた場所に向かう。道中で万が一の場合があった時に備え、侯爵家の血筋が根こそぎやられないように一台の馬車に一族全員が乗ったりはしない。護衛がいるとはいえ、保険はかけておかねばならないらしい。

アイザックはなにか指示を出しているモーガンでは

なく、マーガレットに声をかけた。

「お婆様がいなくなると寂しくなります。お体にお気をつけください」

「気をつけるわ。これから寒くなるから、あなたも暖かくするのよ。お腹を出して寝たりしてはダメよ」

「はい、お婆様」

子供扱いされているのは慣れているとはいえ、面と向かって言われるとまだこそばゆい気がする。

「ルシア、アイザックの事を頼みますよ」

「お任せください、お義母様」

ルシアも貴族の娘である以上、跡取り息子の重要性を理解している。母親としての責任は重大であった。

指示を出し終えたモーガンが横から口を挟んできた。

「私からも頼む。アイザックは頭が良いから、まずは道徳や倫理を中心に教えておいてくれ」

「お爺様、僕は道徳も倫理も兼ね備えております！」

「ハッハハッ、残念ながらまだまだだ」

モーガンはアイザックの頭を撫でる。アイザックの道徳観念は前世のもので、この世界の貴族としてのものではない。モーガンからすれば、アイザックはまだまだ勉強不足であったが、子供である事を考えれば、これ以上を望むのも酷だろうとも思っていた。

「わかりました。少しずつでも学んでいきたいと思います。お爺様もお体にお気をつけてください」

「うむ、ではあとを任せたぞ」

その後、別れを告げてモーガンたちも馬車へ向かっていった。大行列が王都へと向かって遠ざかっていく。

アイザックは彼らを見送りながら、この行列の意味を考え、その理由に気づいた。

（ゲームだと年末年始に攻略キャラの家族と出会うイベントがあった。三月にある王立学院の卒業式、四月の入学式にもだ。そのために地方の貴族も年末から春まで王都に集まるようになっているんだろうな）

地方貴族は冬には王都に集まり、春まで社交シーズンとなる。これはすべて〝その方がイベントが作りやすい〟というシナリオライターの事情で、そうなったのだろうと、アイザックは考えていた。

（参勤交代のような意味はなさそうだな）

王都に人質を置いているわけでもないので、本当に他の貴族との交流のためだけに王都に向かっているのだろう。特に理由のない大移動に思わず溜息が出る。そして、自分だけではなく、もう一人分の溜息も聞こえた。どうやらルシアの溜息のようだ。

「毎年の事とはいえ、寂しくなるわね」

――幼い子供を持つ母親は子供と残る。

そのような慣習があるため、ルシアはアイザックが生まれてからはウェルロッドに残っていた。跡継ぎとして社交界に顔を出さねばならないランドルフとは、この季節になると離れ離れになってしまう。寂しそうにする母の呟きを、アイザックは聞き逃さなかった。

「お父様の代わりにならないかもしれませんが僕がいます。それにカレン伯母様やティファニーもいますよ」

「ありがとう。さぁ冷えないうちに中に入りましょう」

「はい、お母様」

(別に王都に行かなくてもできる事はある。まずはそっちから片づけよう)

四月の半ばも過ぎ。王都に行っていた者たちが帰ってくるという知らせを受けた。そのため、屋敷の前で使用人が総出で出迎える。

「やっとお父様と会えますね」

「そうね」

ルシアは溜息をついた。留守中はモーガンの部下である官僚がすべての職務を行っていた。しかし、ルシアがこちらに残っている以上、有事の際には決断を下す役割を任されていた。なにも起こらなかったのでよかったが、留守居役はそれはそれで気が重い。その重荷を下ろせる事にホッとしているようだ。

騎兵に先導され、馬車が屋敷の前に停まる。まずはモーガンとマーガレットが降りてきた。

「お帰りなさいませ」

「ただいま。留守居役、ご苦労だったな」

モーガンがルシアの労をねぎらう。

「ただいま。アイザックが持っているのはなにかしら？」

マーガレットは、アイザックの持っているものに目をつけた。

「これは僕が育てた花です。お帰りなさい、お婆様」

アイザックは手に持った花束を差し出す。春に咲く花を一〇本ほど束ねたものだ。裏工作に使うために育てた花だが、アイザックだって人の子である。最初は家族に渡したいという気持ちがあった。ルシアには渡してあるので、あとは他の家族に渡すだけだった。

「あら、ありがとう。けれども、本当にいいの？　大切に育てていた花なのに？」

「はい。日頃の感謝を込めて、大切な人への贈り物にするつもりでしたので」

アイザックはメイドから追加の花束を受け取り、モーガンにも渡す。

「ありがとう。執務室に飾らせてもらおう」

思いもしなかったプレゼントだっただけに、二人は笑顔になった。自分たちのために用意してくれたというだけで、長旅の疲れを飛ばしてくれるような気がした。後続の馬車からランドルフたちが降りてくる。

「父上、それはなんですか？」

モーガンとマーガレットが手に持つ花束を見て、ランドルフが問いかける。

「アイザックがくれたのだ」

二人が話している間に、アイザックはメイドから花束を受け取って、ランドルフの前まで歩いていく。

「お父様、お帰りなさい」

ニコリと笑い、アイザックは花束を差し出した。ランドルフもつられて笑顔になり、花束を受け取る。

「これは……、花壇で育てていた花か？」

「はい。皆が帰ってきたお祝いです」

ランドルフは、アイザックの頭を撫でてやる。

「そうか、ありがとうな」

アイザックは上機嫌だった。少なくとも身内には、このプレゼントが有効だとわかったからだ。だが、それだけではない。この和やかな雰囲気が欲しかった。

（さぁ、仕上げだ）

アイザックはまた花束を受け取り、メリンダのもとへ向かう。

「メリンダ夫人、お帰りなさい」

アイザックはメリンダにも花束を差し出した。

――心持ち、花束を握る手の力を弱めて。

「私が素人の育てた花で喜ぶと思っているの？」

メリンダは差し出された花束を軽く払いのける。

――彼女は、本当に軽く払っただけだ。

カーテンを軽く開けるくらいの非常に弱い力だったが、アイザックの手から花束が抜け落ちてしまった。

「あっ」

その声はアイザックの口から出た。メリンダの口からも出ていたかもしれない。そう思ってしまうほど、彼女にとっても花束が落ちるのは想定外だった。なぜか花束は、メリンダの隣に立っていたネイサンの前に上手い具合に落ちてしまう。

「僕たちは長旅で疲れているんだ。家にずっといたお前と違ってな。邪魔だからどけよ」

ネイサンは意地の悪い笑顔をしながら、屋敷へと向かう。

――わざわざ花束を踏みつけながら。

メリンダとネイサンの二人の行動に、周囲の空気が凍りつく。メリンダの付き人ですら、目を剝いて驚いていた。ここまで空気が読めない行動をするとは予想外だったのだろう。和やかな雰囲気から、冷え切った雰囲気の温度差はかなりのものだ。

「ネイサン！」

モーガンが一喝する。兄弟で仲が悪いのは仕方がない。人である以上、どうしても受け入れられないものがあるのも無理はない。だが、それでも今回の件は一線を越えている。嫌いな相手であっても、差し出されたものをわざわざ踏みつけるなど許せなかった。

モーガンはランドルフを厳しい目で見る。

――父親であるお前がちゃんと躾けてやれ。

そう、目で叱りつけていた。ランドルフも今回の行動は捨て置けない。ネイサンを叱ろうと近づくと、ランドルフを止める者がいた。

――それは被害者であるアイザックだった。

「お父様、僕が悪いんです」

「アイザック⁉」

　自分が悪いというアイザックに、ランドルフは首をかしげる。どう考えても、今のはネイサンが悪い。子供の歩幅でも、花束の上を跨ぐことは容易で、わざわざ踏みつける必要などなかった。

　それをしたという事は、悪意を持ってわざとやったという事。アイザックに非などなかった。だがアイザックは、申し訳なさそうにメリンダへ向き直る。

「僕がメリンダ夫人や兄上の好きなものを知らなかったせいで、不愉快な思いをさせてすみませんでした」

　メリンダやネイサンが悪いのではなく、自分が悪いとアイザックが言い出した。粗相をしでかした方が、幼児に庇われたのだ。四歳児にこんな事を言われては、メリンダとネイサンの面目は丸潰れである。

　――アイザックとネイサンの器の違いを使用人たちに見せつける。

　――そして、メリンダとネイサンを悪役にする。

　アイザックは、この二つを同時に達成する事に成功した。同じような事を繰り返す事により、将来への布石とする。小さな事の積み重ねになるが、その小さな事が大きな事へのステップアップの第一弾だった。

「そうだよ、お前が悪いんだよ」

　モーガンに一喝されて、自分のやった事が怖くなったのだろう。ネイサンは捨て台詞を残して、足早に別館へと歩いていく。その背後を使用人がついていった。

「お爺様、今回の事は僕の無理解によって起こった事。気を使わせてしまい申し訳ありませんでした」

　アイザックはモーガンに謝る。周囲は〝ネイサンを怒らないでやってくれ〟と言っているように聞こえただろう。実際はその逆だ。

（失敗から学んで、成長する機会など与えるかよ）

　わざわざ家督争いの相手を手強くする必要などない。馬鹿は馬鹿のままでいてくれた方がいい。説教をして、人間として成長されてはアイザックの方が困るのだ。

「……本当にそれでいいのだな？」

「はい。叱りつけずとも、兄上ならばきっと自分で気づいていただけると信じています」

――弟が兄を信じる。

その思いは尊いものだ。傍目（はため）から見る限りでは。

「ならばワシからはなにも言わん。ランドルフ、父親はお前だ。子供を可愛がるばかりではいかんぞ」

「はい、父上」

モーガンはマーガレットと共に屋敷へ向かう。その後ろをメリンダもついていく。さすがにネイサンに関しては不問にしても、親であるメリンダには一言あるのだろう。それを察したメリンダがついていった。

「ネイサンには父さんから注意しておくからな」

「あんまり厳しく言わないでね」

兄を心配するアイザックを、ランドルフはしっかりと抱きしめる。ランドルフは賢く、優しい自慢の我が子がとても愛（いと）おしく思えた。

「ああ、わかったよ。またあとでな」

アイザックから離れると、ランドルフはネイサンのあとを追いかけていった。父親としての役目を果たさなくてはならないからだ。アイザックは父の後ろ姿を見ながら、踏まれた花束を拾い上げて中身を確認する。

（踏まれたっていっても、茎の部分だし大丈夫だろう）

「ねぇ、シェリー。この花をパトリックの部屋に飾っといてくれる？」

「はい、アイザック様」

アイザックは、近くにいたメイドに花束を預ける。

ここで〝捨てておいて〟と言ってしまうと、この花には価値がないと認める事になってしまう。大事に育てた花だから、簡単には捨てないというアピールが必要だった。花を渡したあと、アイザックは母に抱きついて顔を押しつける。喜ぶ顔を隠すためだ。

（やった、やった。花束作戦大成功だ）

使用人たちが集まるこの場で、メリンダとネイサンにあのような態度を取らせるのが目的だった。使用人は、基本的に貴族の縁者たち。彼らの実家の者は、アイザックとネイサンの評判を聞く場合、彼らから話を聞く事になるだろう。その時、同情的になってくれていれば、アイザックの事を良く言ってくれるはずだ。

もちろん、彼らも貴族なので感情で動かず、有利なメリンダ側についたままかもしれない。だが、その中の一部でも〝アイザックに味方をしたい〟と思ってくれれば、それでいい。

今はまだ結果を求める段階ではなく、ネイサンを蹴落とす時まで自分の評価を上げ、ネイサンの評価を下げて、少しずつ味方を増やしていく道程だったからだ。

今回はネイサンが軽はずみな行動を使用人が集まった場でやってくれた。そのお陰で、大幅に同情ポイントを稼げただろう。アイザックは笑い出しそうになるのを堪えるのに必死だった。その笑いを耐えようと小刻みに震える姿が、さらに周囲の同情を買った。

――メリンダやネイサンに無下に扱われたが、涙を誰にも見せようとせずに堪えている。

ルシアや使用人たちはそう受け取った。〝泣き喚いてしまえば、メリンダやネイサンが悪者になってしまうと思って耐えている優しい子だ〟と受け取られていた。

それがアイザックの思惑通りだとは知らないままに。

「帰ってきたら帰ってきたで嫌になるな」

モーガンは書類の山を見てボヤく。

「それでも重要度が低くて急がなくてもいいものだけです。少しずつ片づけていってください」

秘書官のベンジャミンが、モーガンに言った。留守を任された以上、与えられた権限でやるべき仕事はすべてこなした。優先度の高いものを先に処理した結果、領主が処理しなくてはいけないが内容自体はどうでもいい案件だけが残っていた。モーガンも休み明け早々に、どうでもいい仕事をやる気にはなれなかった。

「別にやってくれても構わないのだぞ？」

「残念ながら閣下が帰ってこられた以上、私には処理する権限がなくなりましたので」

簡単な仕事くらいは自分でやってくれなければ困る。モーガンの留守中にのみ案件を処理する権限を与えられていた事を持ち出して、ベンジャミンは押しつけられようとした仕事を断った。彼は秘書ではあるが、奴隷ではない。譲らなくても良い時は自分の意思を優先する。これにはモーガンも苦笑いで返すしかない。

「なら――」

——権限を与えてやろうか。

椅子に座りながら、そう言おうとしたところで執務室のドアがノックされる。

「アイザックです」

「構わん、入れ」

ドアが開き、アイザックとメイドが入ってくる。

「どうした？　やはり、ネイサンの件でなにか言いたい事があったか？」

モーガンがアイザックに尋ねた事は、誰もが最初に思い浮かぶ事だろう。ネイサンに対してなにかしてほしいと、言いに来たという事くらいしか考えられない。

だが、アイザックは首を横に振った。

「兄上に関してなにも言うつもりはありません。今日はベンジャミンに用事があって来ました」

「私にですか？」

ベンジャミンはモーガンと顔を見合わせる。頼み事があるのなら、モーガンに頼んだ方が早い。

——いったいどんな用事なのか。

それはメイドが手に持っている花束が答えてくれそうだ。アイザックがメイドから花束を受け取ると、ベンジャミンの前まで歩み寄った。

「お爺様の留守中、お仕事お疲れ様でした。一週間遅れましたが誕生日おめでとうございます」

ベンジャミンは呆気（あっけ）に取られながらも、アイザックから花束を受け取る。

「ありがとうございます。……ですが、なぜ今なのでしょうか？」

誕生日プレゼントならば、先週渡してくれればよかった。わざわざ今になって持ってくる理由がない。

「初めてのプレゼントはお爺様たちに渡したかったから、帰ってくるまで渡せなかったんだ」

アイザックが可愛らしく笑いながら、ベンジャミンに手を伸ばす。

「これからもお爺様をよろしくね」

「もちろんです。お任せください」

ベンジャミンはアイザックの手を取った。言われずとも、職務には励むつもりだったが、こうして頼まれるのも悪い気はしない。子供の柔らかい手。そして、高めの体温による温もりを感じながら、モーガンのために働く事を改めて誓う。

「お爺様も長旅のあとなんだから、無理はしないでね」

バイバイ、とアイザックは手を振って執務室を出ていった。ベンジャミンも手を振って応える。

アイザックが出ていき、しばらくしてからモーガンが執務机に拳を叩きつけた。

「なんで祖父の私が一〇本程度の花束で、お前が二〇本以上の豪華な花束なんだ？」

「……誕生日プレゼントだからじゃないですか？」

またモーガンは机を叩き、両手で頭を抱えた。

「なぜ私は誕生日ではないのだ……」

「八月生まれだからではないでしょうか？」

ただの親馬鹿――いや、祖父馬鹿――か。

怒鳴った理由が判明し、凍りついていた部屋の空気が溶け出した。ただ羨ましいだけで、なにかに怒っているわけではないとわかったからだ。

「大切にするように」

「ええ、自宅でちゃんと飾らせていただきますよ」

ベンジャミンは答えながら、どこに飾ろうか考えていた。人目につく玄関か食卓か。切り花は一週間程度で枯れてしまうので、その短い寿命の間どこに飾ろうか迷ってしまった。そう、ベンジャミンが悩んでいるように、アイザックが数多くあるものの中から花を選んだ理由は〝日持ちしない〟という理由からだ。枯れた花を捨てても、それは不敬でもなんでもない。処分のしやすさが選んだ理由だった。

――友人の結婚式でもらった新郎新婦の写真がプリントされた皿。

前世でそんなものをもらった経験から、処分に困るものは厄介だとわかっていた。残している限り空間を占有するが捨てられないという非常に迷惑な存在だった。恋人からのプレゼントなど取っておきたいものならともかく、他人からもらうものは気軽に処分できるものの方がいい。お菓子をプレゼントしてもいいが、万が一食中毒にでもなられたら評判が下がる。

――食品と同じで日が経てばなくなるもの。

――プレゼントしても、相手が困らないもの。

――それでいて喜んでもらえるもの。

――なによりも、この世界で簡単に手に入るもの。

様々な検討の結果、アイザックは花を選んだ。花ならば誕生日に限らず、人にプレゼントしてもおかしくない。高価な贈り物ではないので、接触したい相手に気軽にプレゼントできる。それでいて、アイザックが自ら育てているのでそれなりに価値もある。

――手軽さ、処分の気軽さ、価値。

すべてのバランスが取れたいい選択だったと、アイザックは思っていた。ベンジャミンに花束を渡したあとも、最近誕生日だった者たちに花束を渡して回った。

⚜ ⚜ ⚜

翌日、一晩休んだアデラとリサがやってきた。彼女らも貴族であるので、これまで王都に行っていたのだ。今はリサがアイザックに土産（みやげ）話をしてくれている。

「王都にも、このお屋敷くらい広いお屋敷があるのよ」

リサが訪れた王都にあるウェルロッド家の屋敷。広いだけではなく、王城の近くにあるらしいので、前世で考えれば千代田（ちよだ）区内に屋敷を構えている事になる。

（この屋敷も庭を含めるとかなり広い。首都のど真ん中にそんな屋敷を持ってるなんて、やっぱり貴族って凄（すげ）ぇよな）

ウェルロッド侯爵家の本館は行政府も兼ねているので、かなりの広さがある。敷地内には騎士寮や訓練所まである。正確な広さはわからないが、少なくとも前世では住む事が考えられないほどの広さだという事だけはわかっていた。

「それにあっちにもたくさんの使用人がいるから、アイザックも覚えるのは大変だと思うな」

リサはアイザックが使用人の名前を覚えている事を知っている。リサ自身、ルシアの別館で働く使用人は覚えているが、本館の分までは覚えていない。王都の分も覚えるとなると、さすがにアイザックでも無理なのではないかと思っていた。

「それは少しずつ覚えるよ。ねぇ、王子様と会ったりした？」

アイザックは王都で最も気になる事を聞く。

しかし、リサは〝ない、ない〟と手を振った。

「殿下はあなたと同じ四歳なんだから。そもそも、私は地方貴族の男爵家の娘よ？　お母さんが乳母をやってなきゃ、こうしてアイザックと会う事だってできないんだからね。王子様と会うなんて、私じゃあ無理よ」

アデラはハリファックス子爵家が代官を務める街の近くにある農村地帯を任されている男爵家の出身で、幼い頃からルシアの友達として遊んでいた。

今のアイザックとリサの関係のようなもので、その縁からアデラが乳母をやることになった。リサがアイザックの遊び相手に選ばれたのも、その縁があったからであり、縁もゆかりもない王子に会えるはずがなかった。リサはやれやれと首を振る。

「どんな人か気になったんだけど、仕方がないね」

（まぁ、それもそうか。ゲームの主要人物はまだ四歳。人前に出るような年齢じゃない）

アイザックは少し焦りすぎたかと反省する。

まだ四歳という事で早く成長したいとも思うが、ネイサンを追い落とすためには時間も必要だ。なんとも言えないもどかしい思いが胸の中に渦巻く。残念そうにするアイザックを見て、リサも思うところがあったのだろう。少しだけ王子の話をしてやる事にした。

「噂で聞いただけだけど、殿下も頭が良いそうよ」

「えっ」

頭が良いと聞いて、アイザックは驚く。

（もしかして、王子が天才だったりしたら……）

アイザックは前世で特別優秀というわけでもなかった。もしも王子が天才設定で、それを活かしてくるようならば勝てそうにない。

――方針転換もやむなしか。

そうアイザックが悩んでいたが、リサの言葉で安心する事ができた。

「もう足し算や引き算ができるようになられたそうよ。……でも、掛け算までできるあなたには負けるわね」

リサがアイザックの頭をツンツンと突く。

まだ四歳であるアイザックの頭の中身がどうなっているのか、彼女は気になっていた。

「割り算もちょっとできるよ」

「……なんか自信なくしちゃうわね」

リサが自信をなくすというのも当然の事。四歳で割り算までできるアイザックの存在は異質。身近にいるだけに、リサはアイザックとの知能の違いを痛感させられる。そのせいで同年代の男の子など、幼稚な存在にしか見えなかった。

この国の貴族は基本的に家庭での教育が中心になる。一六歳から入る王立学院は、基礎学力を身につけているか確認するだけであり、一から勉強を教えたりする場ではない。基礎の確認と学力が足りない者の学力の底上げが中心となる。なによりも同年代の若者が集まる社交の場としての面が強いので、小学生レベルの学力があれば問題ないとされているようだ。

ゲームでは学力の数字が表示されるだけだったが、その実態がわかった時、アイザックは学業に専念する必要がないと安心したくらいだ。お陰でアイザックは、この世界の歴史を勉強するだけでよかった。

「アイザックたちがいるから、この国の未来は安泰ね」

リサは自分とは違い頭の良い年下の子供たちの存在を疎ましく感じるよりも頼もしく感じていた。

「うん、きっといい国にするよ」

(大きくなった時に誰が国王になっているかはわからないけど頑張るよ。色々とね)

⚜ ⚜ ⚜

翌日、侯爵邸の庭には三人と一匹の姿があった。

「アイザック、似合う?」

ティファニーがアイザックからもらった花で、アデラに花冠を作ってもらい、被ってアイザックに見せる。

「うん、似合ってるよ」

アイザックは素直に褒めた。自分の花を飾りにして喜んでくれているのだ。褒めない理由がない。

パトリックも興味深そうに、ティファニーの肩に前足を乗せて花冠の匂いを嗅いでいる。犬の成長は早い。一歳くらいになったパトリックは、アイザックたちよりもずっと大きく重くなっていた。ティファニーも少し重そうにしている。だが、嫌そうにはしていない。パトリックも今ではいい友達であり、家族だからだ。

「お母様たちにも見せに行こうか」

「うん！」

アイザックは、ルシアたちに花冠を見せようと提案する。この提案にティファニーも乗った。二人の母親は少し離れたところで、ティータイムを楽しんでいる。

アイザックはティファニーの手を取って歩き出す。その背後をパトリックとアデラがついていく。パトリックはまだ一歳だが、体は成犬となっている。アデラを真似してか、時折アイザックたちを見守っているかのような気配の時がある。犬は早熟らしいので、保護者気取りなのかもしれない。二人と一匹の姿を、アデラは微笑ましく見守っていた。

リサもいればよかったのだが、彼女は自宅で勉強中だ。彼女は、まもなく一〇歳。今年の冬には社交界デビューもある。アイザックが手のかからない子なので、友達兼お姉さん役はしばし休止となっていた。これからは彼女も自分のために使う時間が増えるだろう。

アイザックたちが近づいてくるのを見て、ルシアたちは話をやめてティファニーを見る。

「あら、綺麗な花冠じゃない。似合っているわよ」

「うん、アデラに作ってもらったの」

カレンに褒められて、ティファニーが嬉しそうに笑った。

「ありがとうね、アデラ」

「久し振りだったので、上手くできるか不安でしたけど……。なんとかできました」

アデラはホッとした表情を見せる。それとは対照的に、カレンが少し険しい目でアイザックを見る。

「……でもルシア。あなたの息子は大変な事を将来しでかすわよ」

「えっ、な、なにを……」

アイザックはドキリとした。カレンが相手の心を見抜く力の持ち主だなんて聞いていない。まさかこんなところで本心を見抜かれるとは思いもしていなかった。秘密をバラされる恐怖で足が震えそうになる。

「それって、どういう事？」

ルシアが問いかける。自分の息子の将来がかかっているので、心配そうに尋ねた。

「この年齢から、わざわざ花を選んでプレゼントするなんて……。きっと、生粋の女たらしとして生まれてきたのよ。刃傷沙汰にならないよう気をつけてね」

アイザックはカレンの言葉にホッとし――なかった。

（その発想はなかったな！）

友情の印にティファニーにもプレゼントしたが、異性への求愛のプレゼントとしてではない。権力を欲して導き出した答えが、まさかそのように受け取られるなどと考えもしなかった。

ルシアは結婚前のランドルフの事を思い出したのだろう。クスクスと笑う。

「もしかしたら、ランドルフに似たのかしら。あの人、色んな人に優しいから無自覚で勘違いさせている事が多かったもの」

「なに笑っているのよ。やっかみが酷いって、手紙で愚痴をこぼしていたくせに」

アイザックはカレンの言った〝やっかみが酷い〟の部分に同意した。ラブコメのように、誰かとくっついても他のヒロインが祝福してくれるような事はまずない。〝なんであいつが選ばれるんだ〟と他の女の子から恨まれるはずだ。しかし、ルシアは辛かった素振りなど見せなかった。

「あの人が選んでくれたのは私だもの。それだけで、嫌だった事は全部忘れられたわ」

「あー、もう。苦味のあるハーブティーが甘ったるくなるじゃない」

カレンの言葉にアイザックも同感だった。特に実の両親の出会いや甘ったるい恋愛中の話などは聞いていられない。ティファニーも女の子だから、そういう話に興味があるのかと思ったが、まだ幼いので興味がないようだ。いつの間にか芝生の上で腹這いになっているパトリックの腹を枕代わりに横になっていた。

（いつの間に⁉）

頭で潰さないよう、ちゃんと花冠は外していた。

ティファニーはアイザックと違い、年相応にマイペースのようだ。つまらない事はつまらないと言うし、眠い時はさっさと寝る。しかし、それでも行動が早すぎるのではないかと、アイザックは思った。

とはいえ、アイザックもティファニーの行動が少しは理解できる。それはパトリックの存在だ。半年ほど前は動くぬいぐるみのような可愛い子犬だったが、今では立派に成長している。今でも可愛いが、やはり大きくなったら頼りがいというものも感じられるようになった。子供が安心して母親に身を任せるように、パトリックも信頼して身を任せられる存在になっていた。

親がお話している最中に、枕代わりにして寝るにはちょうどいい存在だと納得できる。

（でも俺だって、まだやった事ないのに）

アイザックは、ティファニーに少し嫉妬した。

そして、やるなら今だという思いも湧き上がる。大きくなれば、それだけ頭も重くなって嫌がられるかもしれない。犬を枕にするなど、子供のうちにしかできない事だろうと思うと、自分もやってみたくなった。

「アデラも母上たちとお話していてもいいよ」

アイザックはそう言うと、パトリックの体に頭を乗せる。〝んんっ？　お前もか〟といった風に、パトリックは首をアイザックの方に向ける。さすがに、幼児とはいえ二人分は重かったのだろう。だが、少し考えたあとに〝しょうがねぇなぁ〟と言いたげな顔をしながら諦めた。普段はアイザックを困らせるほどやんちゃだが、面倒見のいい一面もあるようだ。

「あら、お昼寝するの？　ならベッドに――」

「いいんじゃない？　たまにはこういうのもね」

カレンの言葉に、ルシアもそうかと思った。太陽の下、お昼寝する子供たちを見守りながらのティータイムも悪くはない。

「アデラも一緒にお話しましょう」

「そうよ。私も娘がもう少し大きくなったら、どんなところに気をつけるべきかとかを聞きたいわ」

「そうですね……。では、少しだけ」

子供たちは眠るようだし、目の前にいる。少しくらいは話をしてもいいかと思い、アデラもガールズトークに合流する。子育ての話よりも、ランドルフの話に花を咲かせているようだ。甘ったるい話がアイザックにも聞こえてくる。アイザックは目を瞑りながら、どこか既視感を覚えていた。

（そうだ。昌美がゲームしている時に寝ようとした時だ。まぁ、あの時は甘いイケメンボイスだったたから、こっちの方がマシだな）

男性声優の甘いささやき声を子守歌にするより、やはり女性の声を子守歌にする方がいい。そう思いながら、アイザックは先ほどのカレンの言葉を思い出す。

（花のプレゼントは女性には勘違いされるか。まぁ、ちゃんと誕生日とか理由があればいいんだろうけど……。今日みたいに、ただプレゼントしたいから渡すっていうのは、そんなにダメなのかな？）

アイザックはカレンが冗談で言ったという事に気づいていない。真に受けて真剣に悩んでしまっていた。

（あぁ、それにしても金が欲しい。金があれば花なんか配らなくても、将来に備えられるのに）

もちろん金（きん）ではなく、金（かね）の方だ。金さえあれば、花を人にプレゼントして誤解されるような事もなくなる。

アイザックは、そう思っていた。アイザックの考えている案では、ネイサンの排除を一〇歳になった時に行う予定だった。年明けに行われる一〇歳式では、一〇歳になる子供のお披露目会も兼ねて行われる。

――一〇歳まで無事に成長しましたので、もう社交の場に出しても大丈夫です。

そう発表するための場所なので、人も大勢集まる。だからこそ、そこで追い落とし、誰が本当の後継者かを広く知らしめるチャンスでもあるのだ。

メリンダとネイサンを排除するという目的だけならば、今の段階でも目算が立つが、問題もあった。今のところネイサンを排除できる口実は、アイザックの継承権の正統性のみ。排除したあとの事を考えれば、正統性のみで傘下の貴族を強引に納得させるのはまずい。

――アイザックは〝下剋上〟などという、正統性も正当性もない事をやろうとしているからだ。

正しさを前面に押し出してネイサンを排除すれば、反逆を企てた時に〝お前には正当性がない〟と見切られる可能性が高い。そうならないように従わせるためには、正統性や正当性だけではなく利益と恐怖が必要だ。恐怖に関しては、今はまだ子供なのでなにもできない。ならば、利益で動かすしかない。

――自分に従う者には、利益をもたらす事ができると証明する。

それができれば、下剋上する時にもついてきてくれるはずだ。アイザックについた方が受けられる利益が大きいと思わせられれば、自然と味方も増えていくだろう。今はまだ貴族として、なにをしてもらえば喜ぶのかがわからない。しかも、それに応えられるかどうかもわからない。どんな状況でも、そして誰にでも有効な効果を発揮する財力が欲しいと思っていた。

（あぁ……。こんな時にあいつがいればなぁ……。なんかいい方法思いつきそうなのに……）

アイザックは前世の学生時代の友人を思い出す。

第一印象は〝なにを考えているのかわからない不気味な奴〟だったが、友達になってからは〝意外と親切な奴〟という印象に変わった。〝車が欲しいから、いいバイト知らない？〟と聞いた時、友人が親の伝手で高額のバイトを紹介してくれたくらいだ。

（人との繋がりを上手く使える奴はいいよなぁ）

親の伝手とはいえ、稼ぎの良い仕事を引っ張ってこられるのはある種の才能だ。金の匂いに鼻が利く友人がここにいれば、きっと頼りになったと思う。

だがいつまでもないものねだりしている暇はない。自分で動いて、なんとかしていくしかない。

（お小遣いは貯めてるけど、子供のお小遣い程度じゃあ話にならない。自分で金を稼ぐ方法か、貴族に利益を与えられるなんらかの方法を考えないと）

先祖が貯め込んだ侯爵家の金を吐き出すだけでは、いつか破綻を迎えてしまう。

――どこか金のあるところから引っ張るか。

――それとも、違ったもので利益を与えるか。

これは逃れられない問題だ。自分一人ではネイサンを倒す事もできない。大勢を味方につけるために、なにかいい方法はないのか探さなくてはならない。

（いいさ、前世とは違う人生を選んだんだ。やってやる）

アイザックは決意を胸に秘めながら、陽射しの心地良さに誘われて眠りについた。

「アイザックも眠っちゃったようね」

「あら、本当。寝ている時はやっぱり普通の子供ね」

「そうなの、ちょっと安心するわよね」

普段のアイザックは子供らしからぬ言動をするが、眠っている時は年相応の子供の姿だった。カレンがその事に触れると、ルシアもホッとした表情を見せる。

「やはりあの噂のせいですか？」

アデラがルシアに尋ねる。

彼女の言うあの噂。

――それはアイザックが三代の法則の正統な継承者だというものだった。

子供とは思えぬ早熟さは、ジュードの再来を思わせるもの。

『普通の子供の域を超える事のないネイサン様ではなく、やはりアイザック様の方が後継者にふさわしいのでは？』という噂が使用人の間で流れ始めていた。

その事はルシアの耳にも入っている。少しだけ彼女の表情が陰る。

「私はアイザックが後継者になってほしいとは思っていないの。こんな風にみんなでお喋りしながら楽しく過ごす。そんな人生を過ごしてほしいわ」

「私もティファニーには穏やかな人生を過ごしてほしいと思っているけれども……。侯爵家の跡取り息子と結婚した人がそれを言うの？」

「もう、それは言わないでよ」

ルシアや周囲の者たちは穏やかな人生を過ごしてくれる事を望んでいた。

アイザックは波乱に満ちた人生を歩もうとしている。

彼は“親の心子知らず”という言葉を体現してしまうのかもしれない。

第四幕

ＦＡＱ：よくあるご質問

Ｑ　人の上に立つのに、良い方法はありますか？

Ａ　信頼関係が大切です。日頃から地道に信頼関係を築きましょう。

（まさにＦＡＱ（ふぁっきゅー）……。まったく役に立たない）

アイザックは王都行きの馬車に揺られながら、そんな事を考えていた。書斎にあった領主の手引書には〝地道にやれ〟としか書いていなかったからだ。まったく役に立たず、気がつけば冬を迎えていた。結局、この年は動きのない地味な一年となってしまった。

健康のためにパトリックと走り回り、踏み台昇降運動などで心肺機能を高める。ティファニーやリサたちと遊んで仲の良いところを見せ、女の子がどんなものを喜ぶのかをメイドたちに自然な流れで聞ける状況を作り、そのついでに実家の家族がどんなものを好むのか聞き出すという地道な情報集めをしていた。

他にも、この国やウェルロッド侯爵家を取り巻く状況といったものを調べる事にも時間を費やした。これらはすべて地味だが必要な事であり、無駄にはならないはずであるが、アイザックは満足していなかった。

（肝心要の傘下の貴族を従わせる方法がわからない……。どうすんだよ、これ）

〝やってやる〟と意気込んだのはいいが、その先がわからない。もちろん、人に聞くわけにはいかないので、答えは自力で導き出すしかなかった。

（これはあれか。最初は強く当たって、あとは流れに任せるってやつか）

そんな事ができるはずもないのに、先行きが不安なあまり投げやりな考えになってしまう。居酒屋で働いていた時も、アルバイトのシフトを決めるくらいしかやった事がない。せめて、あと数年長く生きていれば管理も学んでいただろう。とはいえ経験があったとしても、居酒屋のノリで貴族を従えるわけにはいかない。この世界で学んでいかねばならないものだった。

馬車がガタンと大きく跳ねた。街中は石畳で整地されているが、長年の使用でへこんでいたりして馬車が跳ねてしまう。街道は整備されてはいるが、時おり石を踏んで跳ねる。こうなるのも、前世の車にあったサスペンションが馬車についていていないせいだ。

椅子にはクッションが敷かれているが、気休め程度の効果しかない。アイザックが考え事にふけっていられるのも、喋ると舌を噛みそうになるせいだ。隣に座るルシアも馬車に乗っている間は話そうとしない。

（そうか、サスペンションを作ればいいんだ！　でも、どうやって作ればいいんだろう……）

前世では車に乗っていたが〝時速六〇キロで走らせると、風がおっぱいの感触になる〟と聞いて、全身で感じるためにオープンカーを買っただけだ。車の仕組みに詳しいわけではない。バネを使って、どうすれば衝撃を和らげられるのかがわからなかった。サスペンションの部分を分解して調べたりしないからだ。

（せっかく金儲けになりそうな事を思いついたのに）

馬車のサスペンションを開発したとなれば、多少の名声と多大な富を得る事ができたはず。馬車をよく使う貴族や商人相手に顔を売ることができたはずだったのだ。王都の職人に概念だけを伝えても、きっと作れないだろう。アイザックは肩を落とす。

（いや、待てよ。だったら道の方はどうだろう。これだけ道が悪いんだ。道の整備っていうのも悪くない）

アイザックは馬車ではなく、街道の方に目をつけた。陸路は国家の基本である。いくら飛行機や船で荷物を運んでも、トラックが物資を運ばねば家庭まで荷物が届かない。それは、この世界でも同じ事。内陸国であるリード王国なら、日本以上に陸路は重要だろう。

――ならば、道路を整備するという事をエサにすれば、貴族を味方につける事ができるのではないか？

アイザックは、そう考えた。この世界では、平民から税金を取るだけではなく労役を課す事もある。とはいえ、税金の二重取りで私腹を肥やすためではない。

街道整備や河川の護岸工事などは、平民の生活にも影響のある公共事業である。しかし、日本のように専門家が行うわけではないので、大雨などが続けば道路はすぐにぬかるんで使いものにならなくなる。

道路を舗装できれば、この労役が減るのだ。大幅に作業時間が減れば、農業により多くの時間を割く事ができる。それは将来的な収入が増えるという事だ。これは立派な利益である。貴族を味方につけるために提示しても恥ずかしくないレベルだ。

アイザックは、この発想に満足げにうなずいた。

（よし、いける。これはいけるぞ！）

貴族を味方につけるだけではない。道路を拡張し、軍を移動しやすくすれば、王都へ攻め上がる侵攻路にもなる。もちろん、討伐軍も利用する可能性があるので対策は必要だが、他にも多くのメリットがある。

ウェルロッド侯爵領はリード王国の南東部にあり、領地の南部には岩塩の鉱山がある。塩は王家の専売になってはいるが、その取引のために商人がウェルロッド侯爵領内を通る。その商人たちにも、道が整備されているとアピールする事ができるのは大きい。

道が荒れていれば、振動で馬車の車軸が壊れやすいので、車軸の交換のために、荷物を下ろすのも一苦労だ。〝ウェルロッド侯爵領は道が整備されている〟と聞けば、小規模の旅商人などが拠点をウェルロッド領に移して活発な活動をしてくれるはず。

商人の活動が増えれば、自然とウェルロッド領は富む。富めば人が集まり、さらなる富を生む。そして、富は力を産み、それが権力となる。アイザックは〝完璧な計算だ〟と自画自賛した。

（ミキサー車がないから人力で混ぜてもらうことになるけど、それくらいは我慢してもらおう。あとはアスファルトの材料……ってなんだっけ？）

この考えは根本的なところで躓いてしまった。

道路整備に目をつけたところまではよかったのだが、整備するための素材としてなにが必要なのかわからなかった。雑学に詳しい友人が〝アスファルトはガソリンを作る時の残りカスみたいなもの〟と言っていた事くらいしか思い出せなかった。

ガソリンの原料となる原油も、どこで手に入るのかわからない。セメントは知っているが、そのセメントの作り方もわからない。インターネットがあれば〝○○の作り方〟と検索して、すぐに求めた答えを探し出せただろう。

前世ではセメントの作り方を調べる事などなかったが、今世では興味のなかったそういう技術を調べたい。

普段、身近にあるものだからこそ、知ろうとする事を忘れてしまう。失って初めて、その価値を確認させられた。アイザックは、いい案が浮かんで笑顔になっていたが一転、悲しそうな顔になる。なにかいい案を思いついても、それを実行する事ができないからだ。

(あぁ、そうか。だから、俺はダメだったんだ……)

――どこにでもいる普通の学生だと思っていた自分が、なぜ望んだ職種に就職できなかったのか。

この時になってようやく気づいた。特別、なにかに秀でていたわけではない。就職してから覚えればいいと思っていたが、その分野を専攻してきた者には当然敵わない。就職活動で遅れを取るのも当然だった。

この世界で役に立ちそうな知識といえば、戦争に関してだが、それも歴史小説や漫画などで読んだだけ。しかも、今の自分に必要な政争部分は〝わかりにくい〟と適当に読み飛ばしていた。大学でもなにかを学びたいというのではなく、卒業するためだけに勉強を頑張った。勉学に励むだけではなく、友達と遊び、趣味に興じる。それが普通だと思っていた。しかし、ここではなんの役にも立たない。こんな事になるくらいなら、なにか手に職を身につけておくべきだった。

――後悔先に立たず。

その言葉がアイザックの頭の中の大半を占めていた。

(いや、まだだ！　まだ諦めてたまるか！)

泣きそうになるほど落ち込んでいたが、アイザックの顔に気力が戻る。

(解決方法が思いつかないだけで、貴族に利益をもたらす方法自体は思いついている。今すぐには無理でも、いろんな人と出会っていくうちに解決方法が見つかるかもしれない。セメントくらいなら、職人が作り方を知っているかもしれないんだ。王都にすら着いていないじゃないか。諦めるにはまだ早い)

アイザックは諦めなかった。まだこの世界の事を詳しく知っているわけではない。ならば、嘆くのは世界の事を知ってからでいい。他になにかいい方法はないか模索しつつ、思いついた方法の解決方法を探していけばいいのだ。アイザックは前向きに考え始める。

（確かに俺は凡人で人の上に立つ器じゃないのかもしれない。だが自分は万能ではなく、凡人だと気づけた。なら凡人なりに、ここから始めていけばいいだけだ）

　アイザックは何度目かの決意をする。挫けそうな時も、大きな夢がアイザックを支えてくれた。考えがある程度まとまったところで、馬車が停まる。どうやら、今晩泊まる場所に着いたようだ。

（今までの経験からすると、この街の貴族の家だな）

　高位貴族はホテルではなく、基本的にそれぞれの街を任されている貴族の家に泊まる。〝泊まる〟という行為も、貴族同士の交流の機会だからだ。

　アイザックが望んだ交流の機会だが、馬車で移動したあとはゆっくりと休みたい。思わず溜息が出る。

「お母様、馬車での移動は疲れますね」

「そうね。いつまでも慣れないわ」

　ルシアもフゥと長い溜息をつく。

　彼女も馬車の移動で疲れているのだろう。

「ねぇ、アイザック。表情がコロコロと変わっていたけど、なにを考えていたの？」

「それは……」

　ルシアの言葉に、アイザックは絶句する。

（やべぇ、顔に出ていたか！）

　言われてみれば、喜んだりガッカリしたりしていた気もする。それが表情に出ていたのだろう。だが、それを見られているとまでは思っていなかった。

「あの、その、王都で新しい友達はできるかなって」

　アイザックはしどろもどろになりながらも、それっぽい事を答えた。その態度が言葉の真実味を増す。

「そうだったの。ごめんなさいね」

　ルシアが悲しそうな顔をして、アイザックを抱きしめる。彼女は、アイザックに男友達がいない事を気にしていた。男友達ができるのか楽しみにして嬉しそうな顔をしたり、やはりできないんじゃないかと悲しそうな顔をしていたのだと勘違いしてしまった。

　これはすべて、自分がメリンダに嫌われているせいである。そのせいで息子に辛い思いをさせてしまっていると考えて、ルシアは沈痛な面持ちを浮かべる。

「大丈夫ですよ。王都にはたくさん人がいるんですよね？　友達くらい作ってみせます」

「頑張ってね。応援しているわ」

　ルシアはそう答えながら、自分の友人関係で、ちょうどいい年頃の子供はいないかと考えを巡らせる。

（そうだわ。確か彼女も同じ年頃の男の子がいたはず。王都に着いたら連絡してみようかしら）

　彼女は王立学院時代の同級生を思い出した。同年代の男友達ができれば、きっとアイザックも喜んでくれる。そう思うと、少しルシアの表情が和らいだ。

　リード王国の貴族は、王都に一軒屋敷を持つのは当然である。

ティファニーやリサも、王都にある自宅で寛（くつろ）いでいるはずだとアイザックは思っていた。なぜそのように考えるかというと、彼自身もぐったりとしているからだ。

「馬車での長旅は辛かったなぁ。パトリック、お前だってそう思うだろ？」

　アイザックは、隣に座ってぐったりとしているパトリックに話しかける。普段は元気いっぱいの彼も長距離を運ばれたのは辛い様子だ。アイザックの言葉を理解していないだろうが、タイミングよくあくびをする。

（リサの言う通り、王都の屋敷の敷地も広い。しかも、城まで見える一等地だ）

　窓の外を見ると、王宮の屋根が見えた。王宮の周辺に役所や近衛（このえ）兵の駐屯地などがあり、その周囲に貴族の屋敷がある。しかも、領地を持つ家の屋敷は、その領地が位置する方向に構えられているそうだ。

　ウェルロッド侯爵家は王宮の南東方面にあった。領地を持たない貴族は住む場所は自由だが、ティファニーやリサの家のように、領地持ちの貴族の下で働いている家は高位貴族の屋敷の比較的近くに住む事が不文律となっている。いつでも呼び出しに応じられるようにするためだが、地方から訪れたばかりの時には呼び出さない。疲れているのはお互い様だからだ。アイザックが王都の屋敷に着いてやったことは、庭師に花壇を造っておいてほしいと頼んだだけ。あとはパトリックと共に、ゆったりとした時間を過ごしていた。

（それにしても、この王宮は攻め込みやすそうだな）

アイザックは遠くに見える王宮を見ながら、そんな事を考えていた。リード王国の王宮は行政を中心に考えられているのか、平城のようだ。王都まで攻め寄せられないと思っているのだろう。もしかしたら、この世界を作ったシナリオライターが、そこまで考えていなかっただけかもしれない。

だが、それはアイザックにとって好都合だった。いつか王都に攻め上がった際に、山城を攻めるよりは落としやすいからだ。

〝王都自体は防衛拠点として怖くはない〟と、アイザックは判断する。もちろん、これらはすべて現実逃避でしかない。領主になって傘下の貴族を掌握しなければ、王都の攻略など夢物語のままだ。

二手先、三手先を考えても、一手先で躓いていては意味がない。まずは、貴族を掌握する方法を考える必要がある。それが思いつかないから、別の事を考えて気を紛らわせているだけだった。

（とりあえず、将来の盟友として期待しているウィンザー侯爵家に挨拶に行きたいな。パメラが処刑されそうになった時に助けて、そのままなりゆきで王家との戦闘に巻き込む。共同戦線を張れるように、今から友好的な関係を築いておいた方がいいだろうし）

こうして理由をつけているが、アイザックの主な目的は〝パメラに会いたい〟というものだった。ティファニーも髪を伸ばし始めている。まだ三つ編みにはなっていないが、そのうち三つ編みにするのだろう。

――ならばパメラのドリルはどうなっているのか？

アニメや漫画では、縦巻きロールのキャラは髪が綺麗に巻かれている。パーマのような感じで軽くクルクルと回転しているだけなら興ざめだ。ゲームのパッケージに描かれていたように、クロワッサンが髪の先についているようなドリルであってほしい。もしかすると、まだ子供なのでドリルヘアーではないかもしれないが、それはそれで一興。ある日を境に、突然ドリルヘアーになった時は、きっと笑えるはずだ。

（いや、笑うのはマズイな）

アイザックは自らを戒める。味方にしなくてはならないのに、彼女を笑ってしまっては嫌われてしまう。

ただ、本人を目の前にして笑いを堪えられるかどうかは別問題だ。今まで会ってきた女性は普通の髪型なのに、一人だけドリルなんて受け狙いにもほどがある。

覚悟を決めておかねば、つい笑ってしまいそうだった。だが意識しすぎてもダメだ。会った時に本当に笑ってしまうかもしれない。アイザックは、これ以上考えないように、パトリックを撫でて気を紛らわせる。

パトリックは〝俺も疲れているんだけど……〟と眠たそうな目をしながら顔をアイザックに向けた。

（そうだな。疲れているといい考えも浮かばない。今は休もう）

アイザックは横になり、パトリックの体を枕にする。

この間の一件以来、パトリックと一緒にいる時に眠くなったら、こうして寝るようになった。こんな事ができるのも子供の間だけだったたし、体は子供とはいえ、ルシアやアデラといった大人と一緒に寝るのは、なんとなく恥ずかしい。パトリックが一緒に寝る相手にはちょうどよかったのだ。

もっとも、この状態はパトリックがたまらない。

〝眠りにくいから、どいてくれないかなぁ〟と、尻尾で軽く二、三度アイザックを叩く。だが、すぐにやめた。

いつもの事で、どいてくれないとわかっているからだ。パトリックは諦めて寝る事に意識を向け始める。

――パトリックがなぜ寛容なのか？

それはアイザックが子供だからだ。犬にも大型や小型の品種がいる。品種のサイズはそれぞれ違えども、子犬を見れば、ほとんどの人が〝これは子犬だ〟となんとなくわかる。それと同じで、パトリックはアイザックの事を子供だと理解していた。種族は違えども、アイザックは子供だとわかっていたのだ。

子供のやる事くらい大目に見てやる器量がパトリックにはあった。一度大きなあくびをすると、パトリックは目を閉じる。その時、自分の腹を枕にするアイザックを囲うように体を少し丸めていた。

王都の屋敷は広く、アイザックとルシアは、メリンダたちから離れた部屋に泊まる事ができる。だが、それでも日に三度は苦痛の時間が訪れる。それは食事時だ。領地にいた時は別館で食べていたが、王都では一緒に食べるように言われていた。

無理に仲良くする必要はないが、王都でまで露骨に避けていてはウィルメンテ侯爵家に介入の余地を与える事になる。〝夫人の序列が乱れていては、家中が乱れるのではないか〟と。本来、子爵家出身のルシアが侯爵家出身のメリンダを避けるなどという事は、失礼極まりないと糾弾されかねない。たとえそれがランドルフの配慮によるものだとしてもだ。

――メリンダを第一夫人とし、ネイサンがランドルフに次ぐ継承権第二位とする。

――ルシアとアイザックは、大人しくそれに従う。

――それが自然であり不要な混乱を避ける事になる。

あちらはそう主張してくるだろう。王都では共に食事をしているという事実を盾に、跳ねのける予定なのだろう。領地での事をメリンダが話すだろうが関係ない。過剰な追及をしてくれれば、それは反撃の口実となる。こちらも同格の侯爵家なので、ただ一方的に言われるだけの立場ではない。

とはいえ、それはウェルロッド侯爵家とウィルメンテ侯爵家の間での話だ。家中でのルシアとメリンダの関係は、当人たちとランドルフに任されていた。

「ねぇ、明日は私の実家に来てくれるのよね?」

メリンダがランドルフに言っているのは、ネイサンと一緒に実家に来てほしいというものだ。

自分とネイサンだけで帰ってもいいのだが、夫を連れての帰宅という方が聞こえがいいからである。

「もちろんだとも」

ランドルフは快諾した。ルシアとの関係は頭痛の種ではあるが、メリンダも愛する妻である。無下にするつもりなどない。しかも、ルシアとは違い普段は家族から離れて遠くに住んでいる。王都に来た時くらいは、優先してやるつもりだった。

「ルシアは、なにか予定があるのかい？」

ランドルフは、ルシアも誘うつもりだった。メリンダの実家に一緒に行く事で、少しでも関係改善してくれればいいなと考えていた。だが、メリンダが〝お前は来るな〟と、ルシアを睨んで威嚇する。

「久しぶりに友達と会ってみようかと思っています」

ルシアも来るなと睨まれずとも、行きたいとは思わない。友達と会おうと考えているのは事実なので、それを口実にウィルメンテ侯爵家行きを断った。

「なるほど。王都に来るのも五年ぶりだからね」

ランドルフは納得した。傘下の貴族であれば会う機会もあるが、王都や他の領地に住む者と会う機会など王都に集まった時くらいしかない。ルシアは、これまで子育てのためにウェルロッドに住んでいた。久しぶりに友人に会う機会も大切だろうと思ったからだ。

もっとも、ルシアの行動は貴族としては問題がある。大貴族へ挨拶をせず、友人を優先するというのは避けるべきだ。それでも許されるのは、彼女が地方貴族の子爵家の娘だったからだ。ランドルフと結婚しなければ、ウィルメンテ侯爵と会う機会などなかったため、ランドルフも強制しなくてもいいだろうと考えていた。

しかし、ランドルフのそんな考えを〝甘すぎる〟とモーガンは辛い採点をした。これはルシアだけではなく、メリンダに対してもだ。メリンダは結婚する時に、ルシアの存在を認めた。ならば今回のようにルシアをのけ者にしようとした時は、ランドルフが注意せねばならない。

ウィルメンテ侯爵家はメリンダの実家である前に、リード王国を共に支える名家だ。王都に着いて、最初に挨拶する時くらいは一緒に行ってもよかった。ルシアもルシアだ。ランドルフの妻になったという事は、彼女も今ではウェルロッド侯爵家の女である。いつまでも子爵令嬢の気分でいられては困る。メリンダに拒まれようとも〝礼儀としてついていく〟と言える気概が欲しいところだった。

（あとで言っておかねばならぬな）

メリンダやルシアにではない、ランドルフにだ。モーガンが二人に直接注意してもいいのだが、ランドルフも子供を持つ親になっている。モーガンやマーガレットに頼るばかりでは困るし、将来の事を考えると自分で注意できるようになってもらわねばならない。

だが、今この場でランドルフを〝しっかり、妻の手綱を握っておけ〟と叱る事はできない。子供がいる前で叱りつければ、ランドルフの面子は丸潰れになる。あとで呼び出して注意するつもりだった。

「アイザックはどうしたい？」

あとでモーガンに叱られるとは知らず、ランドルフはアイザックに話を振った。

「せっかく王都に来たので僕も出かけたいです。お爺様やお婆様は予定があるのですか？」

「ふむ……」

モーガンは、マーガレットと視線を交わす。明日は予定があるが、アイザックならば連れていってもいいのではないかと考えた。マーガレットも同じ意見なのか、モーガンにうなずいて答える。

「明日はウィンザー侯と会う予定だ。お前なら会わせても大丈夫だろう。それに、あちらにはお前と同じ年の女の子もいる。一緒に行くか？」

「はい、行きます！」

アイザックは即答した。ちょうどドリルヘアーについて考えていたところだ。大人になってから髪型を笑うのと、子供の頃に笑うのとでは意味合いも違ってくる。今のうちに見慣れておきたかった。

もちろん、それだけではない。ウィンザー侯爵と渡りをつけておくのは必要な事だった。その機会があるのなら逃す手はない。絶好の機会が訪れた事を喜ぶアイザックに、からかいの声が飛んでくる。

――ネイサンだ。

「お前の友達は女ばっかりだな」

アイザックが〝同じ年の女の子〟に反応したと思って冷やかしていた。ただのからかいであったが、今回は見事にアイザックの図星を指していた。パメラに会いたいと思っていたのは事実だったからだ。

だが、アイザックは精神年齢ではネイサンよりもずっと上。これくらいは軽く受け流せる。

「そうですね。ですが、相手が誰であろうと新しい出会いは素晴らしいもの。一期一会の思いで大切にしたいと思います」

ネイサンはアイザックが〝男の子の友達が欲しい〟と言えば、嫌味を言ってやるつもりだった。だが、アイザックはネイサンの思惑がわかっているので、そんな機会を与えるつもりはない。堂々と言い返した。

嫌味に反応するから効果があるのだ。嫌味に対する反応がなければ、さらなる嫌味を言いづらい。そのお陰で〝なんとなくウザイ奴だ〟と思いつつも、ネイサンはなにも言えなくなってしまった。

「では、寝坊したりせぬようにな」

モーガンは二人の言い合いにならぬよう、早めに口を挟んだ。ルシアとメリンダの問題と同様にランドルフがやるべきだと思ってはいるが、可愛い孫が言い合う姿は見るに堪えないので、つい口出ししてしまった。

「はい、お爺様」

アイザックはモーガンに返事をする。

このネイサンに嫌味を言われても気にしていないという態度が、余計にネイサンを苛立たせる。

アイザックからすれば、子供に嫌味を言われても受け流せるだけの精神年齢差があるからだが、それを知らないネイサンからすれば〝頭が良いからと、お高くとまった嫌な奴〟でしかない。

喧嘩をせぬように取っている態度が嫌われる原因だとは、アイザックは思いもしなかった。

⚜ ⚜ ⚜

リード王国には、三つの派閥がある。

――まずはウェルロッド家とウィンザー家が中心となる貴族派。

名前で勘違いされがちだが、貴族が好き放題できる国を作りたいと考えている集団ではない。

この世界では電話もメールもなにもなく、連絡手段は早馬による手紙が主流である。危急の際に王都からの連絡待ちでは、初期対応に致命的な遅れが生じてしまう。地方貴族の権限を今より拡大し、問題に即時対応できるようにするべきだという意見を主張している。

——二つ目は、ウィルメンテ家とウォリック家が中心となる王党派。

貴族派の意見を取り入れて地方貴族の力が増せば、いずれ国が分裂する。王家の権力をより一層強くし、中心にしてまとまるべきだと唱えている一派だ。

——三つ目は様々な貴族が集まる中立派。

中立派と呼ばれてはいるが、実際は現状維持派というべき存在だった。〝今でも上手くいっているのだから、どちらかに政策を寄せずとも、今のままでもいいのではないか〟という者たちが集まった。

地方分権を主張する者と中央集権を主張する者たち。

その割合は貴族派3：王党派5：中立派2となっている。王党派が多いのは、領地を持たない貴族たちによるものだ。王家の力が強ければ強いほど、官僚の力も強いものとなる。官僚として王家に仕える貴族たちが参加しているので、王党派が多数派となっている。

だが、しょせんは領地を持たない貴族。領地持ち貴族に比べれば、その影響力は弱い。数の差はあるが、発言力という点では貴族派と王党派は拮抗(きっこう)している。

ランドルフとメリンダの結婚は、どちらかに天秤(てんびん)を大きく傾かせるのではないかと注視されていたくらいだ。結婚し子供まで生まれたのに、まだなにも大きな動きがないので多くの者を困惑させていた。

ジェローム・ウィンザー侯爵。

彼は先代の国王であったショーンに、ぜひにと請われて宰相に就任していた。貴族派の筆頭とも言える彼が宰相となっているのは、政治的なバランスへの配慮だけではない。元々、ウェルロッド侯爵家やウィンザー侯爵家は文官の家系である。彼自身、文官としての実力を持っていたから宰相に任命されたのだ。

その男が今、アイザックの前にいる。侯爵夫人のローザと共に、モーガンやマーガレットと話をしていた。アイザックは挨拶をしたあと、大人しく話を聞いているしかなかった。

——その原因は威厳による圧迫感である。

モーガンやマーガレットは、アイザックにとって優しい祖父母だ。正直なところ、二人の姿に〝侯爵家なのにこんなものか〟とアイザックは高を括っていた。

祖父母の好々爺然とした姿しか知らなかったからだ。

しかし、ウィンザー侯爵は違う。アイザックの身内ではないので、アイザックに柔らかい態度を見せない。とはいえ、冷たく対応されているわけではなかった。

あくまでも初対面の相手に侯爵としての威厳を保ちつつ接しているだけだが、大貴族の威厳と気品に満ちた姿にアイザックは気圧されてしまっていただけだ。

（本当に、こんな奴らを俺がまとめられるのか？）

モーガンもウィンザー侯爵が話している時は大貴族らしい威厳のある声である。これから学んでいったとしても、いつか同じように話をしている自分の姿が想像できない。アイザックの前に、また一つ壁が立ちはだかる。そんな苦悩を抱えているとは知らないウィンザー侯爵が、アイザックに視線を向ける。

「いつも自慢の孫の話を聞かされていたが、今日は大人しいようだな」

「……そういえば、こうして他家を訪れるのは初めてなので緊張しているのかもしれませんな」

モーガンもアイザックを心配そうな目で見た。つい忘れがちだが、アイザックはまだ五歳になったばかりなのだ。友達の家に遊びに行くといった事もなく、初めて訪ねた家が宰相の家というのは、幼児にはかなりの負担だったかもしれないと後悔していた。

だが、その心配をアイザックが吹き飛ばす。

「ご心配かけて申し訳ございません。何分、幼少の身。いまだ作法も未熟ゆえ、ウィンザー侯と奥方を相手に話しかけていいものか迷っておりました」

そう言って、アイザックは頭を下げる。〝威厳にビビってました〟とはなかなか言いづらい。そこで大人の話に入っていっていいのかわからなかったと答えた。

アイザックの答えに対して返ってきたのは笑い声。

だが人を馬鹿にするような陰湿なものではなく、明るい笑いだった。

「なるほど、ウェルロッド侯が自慢するわけだ」

「その年でそれだけ受け答えできるのなら、期待してしまうのも無理ないわね」

ローザも驚き、口元に手を当てながら答えた。

「そうでしょう」

「自慢の孫ですの」

孫が褒められて嬉しいため、モーガンは自慢げに胸を張り、マーガレットも笑みを浮かべている。この年頃で話が通じるというのは、それだけで非凡さを感じさせるものだった。

「なるほど。だが、パメラも負けてはおらんぞ」

孫娘の事を思い浮かべたウィンザー侯爵が、にへら笑いを浮かべる。

（あっ、威厳がなくなった）

アイザックはいつものモーガンと同じ、優しいお爺さん風になったウィンザー侯爵を見てそう感じ取った。

「パメラも文字が読めて計算もできる。とても頭の良い子だ。そしてなにより可愛らしい」

〝ムフフ〟と含み笑いをしながら、彼は孫の事を思い浮かべる。その姿を見て〝先ほどまでの威厳はどこへ行ったのだろうか？〟と、アイザックは頭を捻る。

「殿下も聡明な方であらせられると噂で聞いている。この子たちが大人になる頃には、この国も最盛期を迎えているのかもしれんなぁ」

しみじみと呟くモーガンに、ウィンザー侯爵も同意するようにうなずく。身内贔屓なのかもしれないが、そう思ってしまう程度には孫の出来が良かった。

「そういえば、パメラさんとはお会いできませんか？　せっかく王都に来たので、新しい友達を作りたいと思っていたのです」

アイザックはこの流れがチャンスだと思い、パメラとの面会を求めた。別に髪型を笑ってやろうとは思っていない。純粋に顔合わせをしたいというだけだ。

王子に死刑を申し渡される時に〝なんで話した事もない、この人が助けてくれるの？　なんだか怖い〟とか思われたりしたらたまらない。今から良好な友人関係を築いておくに越したことはないと考えていた。

アイザックの考えは、ウィンザー侯爵の姿を見る事で確信へと変わった。彼は侯爵としての威厳をなくすほど孫娘を可愛がっている。彼女と仲良くなり、ピンチから救えばウィンザー侯爵家は味方になるだろう。

心配な点は、ジェロームが諦めてすべてを受け入れる事だ。〝貴族だからおとなしく王家の判断に従おう〟と、パメラの処罰を受け入れられる可能性もある。

そうならないよう、ジェロームたちとも関係を持って思考の誘導もしなければいけなかった。

「ふむ、そうだな……」

ジェロームは、ローザを見る。

「いいと思いますよ。あの子も話の合う同年代の子と友達になるのは、きっと良い刺激になるでしょう」

パメラが女の子だからか、それとも家庭内の事はローザに一任しているのか。ジェロームはローザに意見を求め、ローザはそれに答えた。阿吽の呼吸でやり取りができているところを見ると夫婦仲は良さそうだ。

「パメラを呼んでこい」

「かしこまりました」

ジェロームが使用人に命じると、使用人は音を立てずに素早く、それでいて気品を感じる動きで部屋を出ていった。女の子の準備は時間がかかるという事は、アイザックもよく知っている。あっさり呼ぶと決めた事から、おそらく最初から呼び出すかもしれないと伝えていたのだろう。もしかすると、ジェロームもモーガンに孫を自慢したかったのかもしれない。

アイザックの予想通り、パメラはすぐに来た。

もっとも、ウィンザー家の屋敷も広いので少しばかり時間は過ぎていたが、それくらいは気にするだけ無駄だろう。応接間のドアが開かれると、そこには金髪の少女が立っていた。

「あっ……」

パメラを一目見て、アイザックは初めての感情を抱く。パメラから目を離せなくなっていた。

——パメラは可愛い。

だが、そんな事はどうでもいい。

——子供の頃からドリルヘアーだ。

だが、そんな事はどうでもいい。

――まだ彼女は五歳だ。

だが、そんな事はどうでもいい。

アイザックは一目見た時から直感した。

――彼女に特別な魂の繋がりを感じる、と。

前世を含めて異性にこんな感情を抱いた事は今までにない。アイザックは初めての感情に戸惑った。

今は五歳の体だとしても、五歳の女の子に心を奪われるのは、正直なところ恥ずかしかった。だが、一目惚(ぼ)れだと思い込むと、感情を抑えきれずに顔が紅潮していくのが自分でもわかった。前世でも恋愛経験がないので、彼はこれが一目惚れだと思った。

パメラもこちらを見て、顔を紅潮させている。きっと、アイザックと同じことを考えているのだろう。世界には数えきれないほどの人がいる中、魂を惹(ひ)かれ合う相手と出会えるなど極めて稀だ。きっと相思相愛の良い関係になれると、アイザックは思い込んでいた。

（権力なんて、もうどうでもいい。危ない橋を渡らなくても、彼女と幸せな生活ができればそれで――）

初めての感情に、アイザックは振り回されていた。あれだけ欲しがっていた権力を諦めようとするほどに。

「――ザック、アイザック」

「へぁっ」

マーガレットに肩を揺さぶられて間抜けな声が出る。どうやら自分の世界に入り込んでしまっていたようだ。現実の世界に戻ってこなければ、ずっとパメラと見つめ合っていたかもしれない。

「……アイザック。ご挨拶なさい」

マーガレットはアイザックに挨拶を促した。そして、アイザックがパメラにどんな感情を持ったのかを一目で見抜いた。これは女の直感というものではなく、誰が見ても見抜けるほどわかりやすい態度だったからだ。

アイザックは席を立ち、パメラの前まで歩いていく。普段ではありえないほど、ぎこちない動きだった。

「ウェルロッド侯爵家、ランドルフの息子アイザックです」

「ウィンザー侯爵家、セオドアの娘パメラです」

――ただの挨拶。

　だが、それは就職活動中のどの面接よりも緊張した。顔に関しては、ランドルフとルシア譲りの優しくて美しい顔立ちをしているので自信がある。だが、今すぐに鏡のある部屋まで行って、髪が乱れていないかなど身だしなみのチェックに行きたいところだった。こうしてパメラの前に立つ事すら怖い。嫌われた時の事など考えたくもなかった。アイザックが握手をしようと手を出したところで、パメラが走り去っていく。

「あっ……」

　アイザックは名残惜しそうに、ドアのところからパメラの後ろ姿を見送る。追いかけたかったが〝ここで追いかけて嫌われたらどうしよう〟という思いが、足を動かす事を許さなかった。

「これは……。まいったな」

　ウィンザー侯爵が額に手を当てて、心底困ったというような声を出す。パメラは可愛いので、アイザックが惚れるのは当然だとしても、パメラの方まで惚れるというのは彼にも想定外だったからだ。その声を聞き、アイザックはウィンザー侯爵の存在を思い出した。

　足早にウィンザー侯爵の元へと向かう。

「パメラさんと婚約させてください！」

「なっ……」

　あまりにもストレートな要求に、この場にいた者たち皆が驚く。

「それはできない」

　ウィンザー侯爵が申し訳なさそうに首を振った。アイザックは礼儀もなにもかもかなぐり捨てて、ウィンザー侯爵のズボンを摑みさらに懇願する。

「お願いします！　もし、継承権の問題が気になるならなんとかします。力を貸せなどとは言いません。自力で片をつけます」

「そういう事ではないのだ」

　モーガンがアイザックを引き離そうと抱きかかえながら言った。

「どういう事なのですか？」

　アイザックは席に座らされながら聞いた。その問いにモーガンは返答に詰まり、ウィンザー侯爵の方を見る。時には冷淡な判断を顔色一つ変えずに下せるウィンザー侯爵も、子供相手には言いづらそうだ。その様子を見たローザが〝男はこういう時ダメね〟と、夫の代わりに残酷な真実を告げる。

「パメラはジェイソン殿下と婚約しているのよ。生まれた時からね」

「そんな……」

〝もう少し出会いが早ければ〟などというレベルではない。生まれた時からでは、本人がどう急いでも間に合わなかった。

「これは貴族派と王党派のパワーバランスの均衡を取るための――」

モーガンが婚約の理由を説明し始めたが、アイザックの頭には入ってこなかった。

アイザックが気づいた時には、帰りの馬車の中だった。あのあと、放心状態になっていたアイザックを心配したモーガンたちは話を早めに切り上げたのだ。

馬車が門を出たところで、アイザックは振り返って屋敷を見つめる。

(王子がパメラを捨てない限りは、彼女が俺のものになる事はないのか……)

元々、王立学院で起きる混乱に乗じて、権力を握る事が人生のゴール地点だった。だが、その時は一〇年以上も先の事である。それまで、パメラは王子のものだ。彼女の肌に触れ、やがてキスをし、その先までするかもしれない。そう思うと、胸が張り裂けそうだ。

(うるさいな……。静かにしてくれ。こっちが泣きたいくらいだ)

先ほどから甲高い泣き声が聞こえ、それが非常に鬱陶しかった。

――前世も含めて、初めて出会う事ができた人生の伴侶となるであろう相手。

そんな彼女が住む屋敷から遠ざかっている。今生の別れというわけでもないのに、離れるだけでも心が耐えきれそうになかった。

「アイザック、きっとお前にふさわしい婚約相手を見つけてやるから諦めろ」

「だから、あの子の事は諦めなさい。辛いだけよ」

モーガンとマーガレットはパメラを忘れさせようとする。だが、その声も甲高い声が掻き消してしまう。

「やだ、やだぁー」

〝嫌だ〟と言おうとしたが、上手く喋れなかった。そこでアイザックは気づいた。

――自分が泣いている事に。

それも、これまでにないほど初めての号泣だ。先ほどから鬱陶しいと思っていた甲高い声は、自分の泣き声だった。自分が泣いていると気づかないほどに、パメラに心を奪われていたのだ。

「アイザック……」

アイザックだけではない。二人も泣きそうな顔をしていた。今までわがままも贅沢も言わず、欲しがったものといえば花壇程度。そんな孫が初めて強く欲しいと願ったものを与えてやれず、とても悲しそうな顔をしていた。大貴族といえども、王子の婚約者を奪い取るような事はできない。今の二人にできる事は、泣き喚くアイザックを抱きしめてやる事くらいだった。

「ハァ……」

アイザックはベッドに潜り込みながら、何度目かの溜息をついた。一日経っても、パメラの事が忘れられない。彼女の事を思い出すと、どうしても食事も喉を通らなかった。

この世界にはアイザックが可愛いと思う女の子がたくさんいる。女としての魅力だけならば、パメラよりも若いメイドの方がグッとくるものがあった。大人の体のままの転移であったならば、毎日美女たちを眺めていただろう。パメラも可愛い事は可愛いが、それ以上に魂を惹かれる特別なものを持っていた。

こんなに不思議な感情は初めてで、そう簡単に彼女の事を忘れられそうになかった。

(結局、最初に戻るわけだ)

――パメラを手に入れたい。

だが、モーガンがなにか大事な理由があっての婚約だと話していた。貴族として、王子の婚約者を奪うような真似はできない。ならば、文句を言われぬように、王族を権力の座から引きずり下ろすべきだろう。

自分が王となれば、誰にも文句を言われる事なくパメラを手に入れる事ができる。最初に王になってやろうと思ったのはなんとなくだった。〝権力者になるチャンスがありそうだったから目指してやろう〟という軽い気持ちが始まりである。だが、それが欲しいものを手に入れる最短、確実な方法でもあった。

――パメラ以外の者と結婚して、幸せな結婚生活を過ごす。

それも一つの選択肢として考えた。しかし、王族がいる以上は、生活が簡単に壊されるかもしれない。今もメリンダによって、男友達になりそうな子供はネイサンのもとへ集められている。誰かが理不尽だと思っても、それを押し通す事のできる力。

――それが権力だ。

王に理不尽な命令を出された場合、幸せな生活をしていても引き裂かれる恐れがある。結局、自分よりも強い権力を持つ者がいる以上は、自分の生活を脅かされ続ける。

――それを防ぐにはどうするか?

簡単な事である。自分が権力を握ればいいだけだ。自分の幸せを邪魔する者を叩き潰せる力を持てばいい。そうすれば邪魔をしようとする者がいても、その影響を排除できるようになる。

――自分の人生は自分で摑む。

これは前世と同じだった。ただ、大きな権力が関わるかどうかの差でしかない。ならば、当初の目的通り反逆による国家掌握を目指すだけだ。

(一番良いのはスターリンのように、権力を手中に収めるまで表向きは目立たぬまま影響力を高めていく方法だけど、時間がかかりすぎるし、王立学院を卒業してからになってしまう。それではパメラが殺される。今、俺が参考にすべき人物は――)

アイザックは歴史上の偉人を思い出し始めた。

(――織田信長(おだのぶなが)のようなタイプは無理。ナポレオンのように戦争で武名を高めるタイプも無理。ヒトラーのように扇動で人を焚きつけるのも無理。……あれ？　これって無理じゃないか？）

歴史上の人物を思い出すが、そのどれもが一芸に秀でている。ただの凡人が権力を手にした例が思いつかなかった。自分が凡人である事を認め、地道に始めようとするアイザックにとっては辛い現実である。

（だったら、俺がなってやる！　どんな分野でも、最初の一例はあるもんだからな）

だが、アイザックは諦めなかった。〝人の弱みを握り、利益によって心を縛る〟そういう地道な根回しをして、堅実なやり方で権力を握ろうと考える。

（金と権力を手に入れるのに、まずは金と権力が必要だ。あぁ、クソ。ネイサンの野郎、マジうざいな。目の前に金と権力があるっていうのに、あいつのせいで使えやしない）

人生が上手くいかない事の怒りをネイサンに向け始める。ネイサンがいなければ、家中の掌握という手間を省けていた。その分、王位簒奪の準備も進んでいたはずだ。無駄に足止めを食らって、不愉快になる。

（どいつもこいつも、俺の幸せな人生計画を邪魔しやがって……）

アイザックの顔が、子供とは思えないほど険しいものになる。両親譲りの優しい顔立ちが変わるほどに。

（みんな、この手で片づけてやる。そして俺はすべてを手に入れるんだ）

この世界に来て何度目かの決意だが、今回はその意味合いが違う。アイザックは、どこか遊び気分で権力を握ろうと決意していた。今まではネイサンやメリンダを無力化してしまえば、殺さなくてもいいと考えていたくらいだ。しかし今回は殺す事を前提に考え、完全なる排除を目指す。そこには妥協も慈悲もない。

（暗殺者でも雇うか？　すぐに殺してしまえば――）

暗殺者など、どこで雇えばいいのかわからないのに、そんな短絡的な考えをしてしまう。

〝さすがに暗殺はないな〟と考えるアイザックの耳に、ノックの音が聞こえてくる。

「アイザックー、遊びに来たよ」

リサの声だ。だが今は会いたくない。

「ごめん、今は遊ぶ気分じゃないんだ。また今度で」

アイザックは無理だと返事をしたが、強引にドアが開けられる。

「あっ、ちょっと！」

自分のプライベートな空間に勝手に入ろうとするリサに抗議の声を上げる。しかし、ドアを開けたのはアデラだった。彼女も心配して一緒に来ていたようだ。

「まったく、酷い顔をして……」

今は泣いていないが、アイザックは目を泣き腫らし、頬には涙の跡がある。アデラがハンカチを取り出し、アイザックの顔を拭く。

「今は放っておいてほしいんだけど」

アイザックの言葉に、アデラは首を振る。

「ずっと考え込んでいては、いつまでも忘れられない。気分転換も必要ですよ」

アデラはアイザックの事情を知っているようだ。

「……お爺様から聞いたの？」

「乳母ですからね」

アデラは優しい笑みを浮かべる。

そこに、リサも参戦してきた。

「まだ見た事もないけど、パメラさんって、そんなに可愛い子だったの？」

「リサ！」

傷口を直接抉る言葉を放ったリサを、アデラが叱りつける。アイザックは目を閉じ、パメラの事を思い出しながら言った。

「可愛いけど、可愛さならリサお姉ちゃんやティファニーも負けてはいない。一目見た時から、もっとこう……。魂の繋がりを感じたような気がしたんだ」

アイザックの言葉に、アデラは驚く。元々、五歳児とは思えないアイザックであったが、この言葉は今までで一、二を争うくらい子供が言うセリフとは思えなかったからだ。

「そう思うくらい可愛くて好きになったんじゃないの？」

だが、リサには通じない。彼女はまだ恋をした事がない事もあり、アイザックの言っている事が理解できなかった。

「リサお姉ちゃんも人を好きになればわかるよ。……待って、お爺様はリサお姉ちゃんにまで話してるの！」

「そりゃ、お姉ちゃんだし？」

リサは首をかしげる。

（小さな子供だからって、いくらなんでもプライベートなさすぎだろう！）

もっと大きくなれば配慮してくれるのだろうが、今はまだ幼い。子育てに手抜かりのないよう、情報の共有をしているのかもしれない。しかし、完全なる子供ではないアイザックにとって、その対応は辛かった。

下手をすると、みんなに〝あいつは出会って数十秒で失恋したから、温かく見守ってやってくれ〟と言いふらされている可能性がある。そんな事、たまったものではない。アイザックはベッドから抜け出す。

「リサお姉ちゃん、パトリックと遊んでて」

「アイザックはどうするの？」

「先にお爺様と話してくる」

主に〝言いふらさないでくれ〟と文句を言いにだ。

「旦那様は中庭におられましたよ」

「ありがとう」

アイザックは部屋を出て中庭へ向かうが、その背後をアデラとリサがついてくる。

「一人で大丈夫なんだけど……」

「乳母ですから」

「お姉ちゃんだから」

アイザックの抗議を笑顔で受け流す。彼女たちはアイザックの事を心配してくれているのだろう。心配してくれるのは嬉しいが、同時に鬱陶しくもある。

（まぁ、贅沢な悩みだな）

――放置されるよりはマシ。

アイザックはそう思い、気にしないようにした。

中庭にいたのはモーガンだけではなかった。祖父母と両親の四人が暗い顔を突き合わせている。おそらく、アイザックの事を話し合っていたのだろう。

「アイザック！」

最初に気づいたランドルフが、アイザックのもとへ駆け寄ってきて、そのまま勢いよく抱き上げた。

「心配をかけてすみませんでした」

「いいんだ」

ランドルフが頬ずりをする。自力で苦難を乗り越えてきたアイザックを精いっぱい抱きしめる。

「お爺様にお話があって来ました」

「そうか」

ランドルフは、アイザックを自分とルシアの間に座らせる。そして、アイザックの背後にアデラとリサが立つ。皆の視線がアイザックに集まっていた。

「お爺様にお願いがあります」

――お願い。

モーガンはその言葉に眉を動かした。パメラとの婚約をお願いされても、叶えてあげられないからだ。

「なんだね」

「いい婚約者を探していただけるとの事でしたが、やめてくれますか？」

「それは構わないが……。いつまでだ？」

ネイサンがいるとはいえ、アイザックが本来の後継者である。パメラを思い続け、結婚する事なく子孫を残さないという事になれば家の一大事だ。そのため、モーガンは期限を求めた。

「王立学院を卒業するまで、でどうでしょうか？」

これはアイザックにとって譲れない一点だった。もちろん〝形だけの婚約者を作って、相手の家の力を利用する〟という事も考えた。だが、それではいつかその婚約者を裏切ることになる。

〝そんな事はやりたくない〟という、アイザックなりのまだ見ぬ婚約者への精いっぱいの誠意だ。自分でも甘いとは思ったが、この条件を言わずにいられなかった。

「……ランドルフと同じようにというわけか」

モーガンは唸る。ランドルフは貴族社会において、例外中の例外。同じようにというのは問題がある。

ランドルフは王立学院に入学するまで婚約者が決まっておらず、好きになったルシアと結婚できたのは非常に運が良かったとしか言いようがなかった。

これは、アイザックの曽祖父であるジュードの影響だ。彼は身内を使った謀略に抵抗がなかった。嫡孫のランドルフですら、最高の切り札でしかなかった。

しかしながら、ランドルフの卒業前に戦死。謀略のカードとして切られる事もなく、フリーの状態だったランドルフは愛するルシアと結婚できた。

だが、普通の貴族であれば別である。だいたいが王立学院に入学する前に婚約を済ませる。卒業するまで婚約者を決めないという事は、目ぼしい相手が残っていないという事だ。ランドルフとルシアのように、想い合う相手がいないと寂しい結果になる可能性が高い。

モーガンが難色を示したのは、そのせいだった。

「同じ年の者と婚約する事が多いそうですが、絶対ではないでしょう？　いい相手が残っていなければ、多少年が離れていている者から相手を見つける事はできるはずです。なんだったら、リサお姉ちゃんと結婚してもいいと考えています」

「ちょっと、私は五歳も年上なのよ！　アイザックが卒業するまで待ってたらオバサンになっちゃう！　っていうか、なんで売れ残っている事を前提に――――」

抗議の声を上げるリサの口を、アデラが押さえる。

主家の一族の重要な話し合いに口出しするべきではないからだが、リサの抗議内容は正当なものだ。

この世界においては、王立学院卒業後すぐに結婚する者がほとんどである。五年も独身生活をしていては、行き遅れと後ろ指を指される事になってしまう。

「まぁまぁ、あくまでも例として挙げただけだから」

アイザックは、リサを落ち着かせようとする。

「お爺様。これは僕なりに考えた結果です。良い相手が見つからない、僕自身が誰とも良い関係にならない。そういう場合は卒業後にお爺様の選んだ相手と婚約する事に従います。だからどうか卒業まで、相手を決めるのを待ってください」

アイザックが頭を下げる。その姿を見て、モーガンは他の者を見回す。正直なところ、意見が欲しいところだった。だが、見る限りでは〝望み通りにしてやってもいいんじゃないか〟という目を皆がしていた。

どうやら聞くまでもなかったようだ。それに大貴族として考えた場合、アイザックに自由にさせるのはなんとかなる程度の問題だった。有力な貴族からの婚約の申し出は、ネイサンの方に来ている。

今のところアイザックに対する申し出は弱小貴族からのみ。ならば、自由にさせてやってもいいのではないかとも思った。

「わかった。ただし、条件がある」

「なんでしょうか?」

アイザックは顔を上げ、モーガンの目を見つめる。

「パメラに会いに行かない事だ。もちろん、社交界で会う事があるだろうが、挨拶だけで必要以上に接触する事は許されん」

「それは!?」

これはモーガンが、ウィンザー侯爵と話し合った結果決めた事だった。パメラの方も、アイザックに特別なものを感じていたらしい。王子の婚約者として、他者に恋慕しているなど知られたら非常にマズイ事になる。接触を持って後戻りできないところまで行く前に、二人を引き離す事にしたのだ。

本来なら、一方的に告げねばならなかった事である。それを卒業までの間婚約者を決めない事の条件として伝え、アイザックに受け入れやすい形にしてやった。

アイザックは下を向き、唇を噛み締める。

「わかりました。ですが、お爺様もウェルロッド家当主として約束を守ってください」

「もちろんだ」

モーガンは当主として、ふさわしい威厳に満ちた顔で答えた。

「お爺様が隠居して、お父様に当主の座を譲ったから、約束は反故にするというのもなしですよ」

「当然だ。……私は今までお前にそんな詭弁を弄した覚えはないぞ」

モーガンは、孫に疑われた祖父として悲しみに満ちた顔で答えた。

「ありがとうございます。ただ、今はもうしばらく時間が欲しいです」

「うむ、それは致し方なかろう」

「心配をかけてごめんなさい」

アイザックは謝り、父や母に抱きついた。そして、アデラやリサと共にパトリックのいる部屋へと向かった。その後ろ姿を見送り、一同は深い溜息をつく。

「アイザックといいパメラといい、頭の良い子は早熟なのかしら」

マーガレットが呟く。

「いやぁ、僕も同じ年くらいの時に女の子の事が気になり始めたから、そんなものじゃない？」

「まぁ」

ランドルフが予想よりも早く異性に興味を持っていた事にマーガレットは驚く。

「私たちは結婚してからよ。政略結婚なんてまっぴら。本当に愛し合ってお義父様を見返してやりましょうって話し合ってね」

モーガンとマーガレットは、ジュードに決められた完全な政略結婚だ。だが、それを嫌ったマーガレットがモーガンと話し合って好き合うようになっていった。

恋愛による結婚ではなく、結婚してからの恋愛だ。これはこれで、割り切った結婚生活の多い貴族社会において珍しい事だった。

「仲良く手を繋いで歩く私たちの姿を見て驚いた父上の顔は見ものだったたな」

「えっ、あのお爺様がですか！」

冷徹な計算のもとで決断を下すジュード。

――冷たすぎて感情が凍りついた人。

そう思っていた祖父が驚く姿など、ランドルフには想像できなかった。

「あぁ、そうだ。……きっと、アイザックも驚かせてくれるのではないかな」

――ウェルロッド侯爵家、三代の法則。

それに則れば、アイザックの代でもなにかが起きるはずだ。

アイザックがなにを起こすのか。

一同は少し怖がりながらも、楽しみにしていた。

第五幕

パメラと会って一週間ほど経ち、アイザックが落ち着いた頃、ルシアから客が来ると伝えられた。

「お客様が来るというのはわかりました。どんな方がお越しになるのですか?」

アイザックは不思議そうに尋ねる。普段、客が来る時と比べて、少し母の様子がおかしい。嫌な奴が来るのだとしたら、前もって心構えをしておかなくてはならなくなる。ルシアは少し困ったような顔をした。

「やっぱり、あなたは気づいちゃうのね。昔の友達が、あなたと同じ年齢の子供を連れて遊びに来るの」

自分の様子がおかしいと勘づく我が子に、ルシアは説明を始める。

「お母様の友達ですか」

(あぁ、そうか。個性の強い友達が来るから、子供に会わせていいのか不安なんだな)

母の様子がおかしいのは、その友達が子供に悪影響を与えないか不安なのだろうと思った。

「王都に住む子爵家の子でね。学生時代はとても仲が良かったの」

ルシアは昔を思い出して笑顔になる。

そして、すぐに暗くなった。

「でも、私がランドルフと婚約してから、急に態度が変わってしまって……。段々と距離を感じるようになってしまったのよ」

「なるほど」

母の話を聞いて、アイザックは理解する。

(侯爵家の跡取りに嫁いだから嫉妬されたか)

ルシアは子爵令嬢という立場から、リード王国に四家しかない侯爵家の跡取り息子の妻になった。女の子は王子様に憧れるというが、侯爵家に嫁ぐのも似たようなもの。妬まれるのも当然だろう。

「お互いに子供が生まれたから、これまでは手紙でのやり取りしかしていなかったの。けれども、あなたにも男友達も作ってあげたいと思って、会おうと伝えたのよ。でもちょっと不安なのよね……」

ルシアは頬に手を当て、不安そうに少し首をかしげる。その姿を見て、アイザックは察した。

「わかりました。お母様が対応に困りそうなら、僕がわがままを言って、途中で話を切り上げさせます」

アイザックは母が望んでいるであろう答えを言った。久しぶりに会う相手と話が合うか不安で、変な空気になったらアイザックに邪魔をしてもらい、お茶会を終わらせてほしいと頼みたいのだろうと考えたからだ。

（まったく、人の良さそうな顔をしておきながら怖ぇな。いや、これが貴族としては当たり前なのか？）

ハッキリと言葉にしてしまえば、自分の責任が生じてしまう。そこで相手が気づけるようにわかりやすくほのめかす事で、責任を回避しながら望む結果を出す。

そのために、ハッキリと言わなかったのだろう。アイザックは大貴族の血筋を引く直系の子供のため、相手も目くじらを立てるわけにもいかない。

優しい母親としての姿しか見せなかったが〝やはり母も貴族なんだ〟と、アイザックは気づかされた。

「違うわよ！　そんな事望んでないわ！」

だが即座にルシア本人によって否定される。

「あなたと同い年の息子も連れてきてもらう事になっているから、その子とお庭で遊ぶなりしてほしいのよ。でも、今思うとあなたは男友達なんて初めてだから、仲良くできるかどうか心配で……」

ルシアは心配そうにアイザックを見る。どうやら彼女は、アイザックが男友達と上手くやれるのかが不安だったようだ。考えすぎてしまった事に、アイザックは少し恥ずかしく感じてしまった。

「大丈夫です。男友達なら慣れていますから」

残念な事に前世では男友達しかいなかった。むしろ、女だらけだった今までの方が不安だったくらいだ。母の心配を解消してやろうと、胸を張って答えた。だが、アイザックの言葉にルシアは不思議そうにする。

「慣れているって……。あなたの友達は、みんな女の子ばかりだったでしょう？」

（あっ……）

――失言をしてしまった。

アイザックの背筋に一筋の汗が流れる。しかし、黙っていては余計に疑われる。アイザックはすぐに子供らしい無邪気な笑顔を浮かべて、言い訳をする。

「だって、ほら……。パトリックも男の子ですよ」

「ええ……、そうね……」

アイザックの答えは効果的だった。適当な言い訳だったが、ちゃんとルシアは信じてくれたようだ。

だが、効きすぎた。ルシアが今にも泣き出しそうな顔になってしまっている。今まで同性の友達を作らせてやれなかった事を悔やんでいるのだろう。つい失言してしまったアイザックは、ルシアに申し訳なく思う。

でも、謝る事はできない。〝前世の友達の事だ〟と話してしまえば、頭がおかしくなってしまったと、余計に悲しんでしまうだろうとわかっているため、謝罪の代わりに話題を逸らす。

「どんな子か楽しみですね」

「いい子だとは聞いているけれど……。仲良くできるといいわね」

「はい！」

アイザックは無邪気な笑顔を浮かべ、とりあえず勢いで誤魔化す。こういう時は子供でよかったと思えた。

ルシアの友人が訪れ、応接間のドアが開かれた時、アイザックはすべてを察した。使用人がドアを開けると、そこには九〇度の最敬礼をした親子がいたからだ。子供の方は角度が少し浅かったが、母親に頭を押さえられてしっかり九〇度まで曲げられていた。数秒してから、母親が顔を上げる。

「お久しぶりです。ルシア様」

その顔には媚びへつらった笑顔が貼りついていた。

『でも、私がランドルフと婚約してから、急に態度が変わってしまって……。段々と距離を感じるようになってしまったのよ』

その言葉の意味をアイザックは知る。

――同格の子爵令嬢だった相手が、侯爵令息、それも跡継ぎの妻になった。

そんな事があっては、態度が変わってしまうのも当然なのかもしれない。

（こういう意味だったのか。そうだよな、友達がいきなりこんな態度取り始めたら距離を感じるよな）

今までアイザックの周囲には、ここまで露骨な態度を取る者はいなかった。アデラたちは失礼のないようには気をつけていたが、露骨に媚びを売るような事はしていなかった。その事を思い出すと彼女はやりすぎだという印象を受ける。ルシアも同じ事を感じているのか、とても悲しそうな顔をしていた。

「キャサリン・フォスベリー。ダミアン・フォスベリー、ただいま参りました」

「キャシー……」

「そんな、ルシア様にそのようにお呼びいただけるとは、もったいのうございます」

キャサリンはペコペコと何度も頭を下げる。

情けないとアイザックは感じたが、すぐに思い直す。

――前世の男友達が、大企業の会長や大物政治家の婿養子になったらどうなるか？

ここまでではなくとも、きっと自分も態度が変わっていただろう。アイザックはキャサリンの事を馬鹿にする事はできなくなった。貴族社会というのは広いようで狭い。夫の出世を援護しようと、売りたくない媚びを売っているのかもしれない。

（でも良妻ではあっても、良き母ではないと思う）

先ほど、ダミアンを無理やりお辞儀させていたところを見せられた。そんな事をするなら、あらかじめ礼儀作法を教えておくべきだった。無理なら無理で、子供なりに一生懸命やってる姿を見せればそれでいい。強制まではしなくてもよかったはずだ。

アイザックはダミアンに笑顔で歩み寄る。ルシアに嫉妬しているタイプなら、母を助けようと考えていた。だが、媚びを売るタイプなら、ゆっくりと本人同士で話し合った方がいい。それならば、子供の存在は大人の話し合いの邪魔だ。

「はじめまして。アイザックです」

ニッコリと笑顔を向けて挨拶をする。父の名を名乗った形式ばったものを使わず、気軽さを表に出す。

「ダミアンだよ」

ダミアンも笑顔で挨拶をした。だが、キャサリンがダミアンの頭を押さえつけ、お辞儀をさせる。

「ちゃんと頭を下げなさい。ウェルロッド侯のお孫さんなのよ。申し訳ございません、アイザック様」

キャサリンは、アイザックにまで媚びへつらった笑みを見せる。今にも土下座でもしそうな勢いだ。

ルシアよりも、継承権を持つアイザックの方が上位者だというのは持って当然の認識である。だが、アイザックは子供相手に必要以上に媚びる大人の笑顔というものを見たくなかった。アイザックは少し不愉快になり、一言だけ注意してやろうと考えた。

「キャサリンさん。頭を下げる側と下げられる側の関係なんて友達とは言えないよ。僕はダミアンと友達になりたいんだ。だから、手を放してあげてよ」

「は、はい。アイザック様」

キャサリンはダミアンから手を放した。アイザックの狙いはそれだけではない。

――頭を下げる側と下げられる側の関係なんて友達とは言えない。

そう伝える事によって、このあとのルシアがキャサリンと話しやすいようにフォローする。友達にも最低限の礼儀は必要だが、媚びへつらう必要などないのだ。

（これでキャサリンの態度が、ほんの少しでもマシになったらいいな）

アイザックはそう思ったが、こればかりは本人次第だ。意味を理解できずにルシアとの友情が完全に壊れてしまっても、そこまでは知った事ではない。

「ねぇ、ダミアン。大人のお話ってつまらないから遊びに行かない？」

「う、うん」

ダミアンは母親の様子を窺う。もちろん、キャサリンにダミアンとアイザックが遊ぶことに異論はない。むしろ、推奨したいくらいだ。〝遊んできなさい〟とうなずいて許可を出す。

「キャサリンさん。ごゆっくりどうぞ。行こう」

アイザックはダミアンの手を引いて、パトリックのいる部屋へと向かう。そこでパトリックと遊びつつ、ダミアンと仲良くなっていくつもりだった。

部屋に残されたキャサリンは、ルシアの方を向く。彼女の顔には媚びへつらった笑顔はなく、戸惑いだけが残っていた。ルシアが悲しげな表情のまま話し出す。

「ねぇ、キャシー。私たちは大人になって、しかも、一児の母親になっているわ。もう学生の時とはなにもかも違うとわかっています。でも……、私はあなたを友達だと思っている事は変わってないの」

――だから、もうそんな態度はやめて！

そんな悲痛な思いを視線に乗せて送る。それを受けたキャサリンは、今にも泣きそうな顔になっていた。アイザックの言葉は、彼女にちゃんと届いていたのだ。

「私は子爵家の妻……。それも領地も持たない宮廷貴族の嫁で、あなたはウェルロッド侯爵家の嫁。……これまでの対応は間違っていたと言うの？」

「貴族としてなら間違っていないと思う。でも友達にする態度としては間違っていたと断言できるわ」

ルシアはキャサリンのもとへ行き、彼女をギュッと抱きしめる。キャサリンの目から涙が溢れ出す。

「態度が変わったのはあなただけじゃない。多くの人たちの私に対する態度が変わった。でも、あなたは友達じゃない。だから、今まで寂しかったわ」

ルシアも涙を流してはいないが、涙声になっている。

「ごめんなさい。だってそれが正しい対応だと思って」

「いいのよ。それが普通だもの。でも、人目のない時は以前のような友達でいてね」

「ルシア……」

キャサリンは〝ありがとう〟と〝ごめんなさい〟を繰り返しながら、ルシアを抱きしめ返して泣いていた。


この日、アイザックは気分良く床に就く事ができた。初めての男友達ができたからだ。しばらくオドオドしていたが、それは慣れていくうちになんとかなるだろう。ルシアもキャサリンと昔の関係に戻れたらしく、目を腫らしていたが機嫌が良かった。

（それにしても、パトリックに平気で触っていたのに顔を舐められたら泣き出したのは驚いたな）

まだ子供なので、ダミアンは感情のコントロールが上手くできないのだろう。初めての体験に驚いて泣いてしまったのかもしれない。五歳児とはそういうものなのかもしれないが頼りなくも感じる。

（でもまぁ、フォスベリー子爵家は有力貴族じゃない。どうせ頼る事はできない相手だし……、ダミアン？）

アイザックは布団から勢いよく起きる。

「ダミアン・フォスベリーじゃないか！」

その声は、アイザック一人しかいない部屋の中の闇に吸い込まれていく。

――ダミアン・フォスベリー。

攻略キャラの一人で、ウィルメンテ侯爵家の嫡男の付き人のようなキャラ。ザ・小物とでも言うべきキャラで、なぜ攻略キャラになっているのかがわからない存在だ。今になってアイザックは彼の存在を思い出した。小物すぎて今まで忘れてしまっていたのだ。

（えっ、なに？　確かに俺も侯爵家の人間だけど、これからあいつが俺の付き人みたいになんの？）

予想していなかったところで、ゲームのメインキャラと出会ってしまった。その事が、どう影響を与えていくのだろうか。アイザックは頭を激しく掻きむしる。

（気分良く眠れそうだったのに、寝る前に気づいてしまったせいで寝つきが悪くなりそうだ）

アイザックの計画は、あくまでもゲームのエンディングに沿ったものだ。大きく逸脱してしまえば、その計画も水の泡。自分が周囲に与える影響も考えなければいけないと気づき、頭が痛くなった。既存のキャラと接触した事が、どんな影響を与えるのか……。

（まぁ、いいか。今はやれる事をやるだけだ）

大切なのはパメラとの関係だけだ。王子がパメラと婚約破棄さえしてくれれば、多少の差異は許容できる。

考えても出ない答えに悩むよりも、できそうな事を考える事に時間を使うべきだ。アイザックは、そのように考えを切り替えて眠りについた。

アイザックの心配は杞憂だった。未来に影響を与えるといっても、ダミアンと会った事など些細な事だ。

ティファニーと長く交流を持っている事を考えれば、今更ダミアン程度の影響を考えてもどうしようもないし、それにダミアンと会う機会も滅多にない。

ルシアはキャサリンと会いたいようだが、彼女自身の立場がそうはさせてくれない。実情はともかく、表向きは将来の当主であるアイザックを生んだ母なのだ。面会に来る様々な貴族との交流で忙しくなっている。五年ぶりの王都来訪という事もあり、輪をかけて忙しくなっていた。そんな状態で個人の友情を優先する事はできない。ウェルロッド侯爵家に嫁いだ女として、家のための交流が優先されてしまう。

お陰でダミアンが親に連れられて遊びに来ることもなく、アイザックはダミアンの事に悩まされる事もなかった。会うにしても頻度は少ないはずだ。アイザックもゆっくりした時間を過ごせるようになる。

（とはいえ、それはそれで暇だな……）

ボールを咥えて戻ってきたパトリックを撫でてやりながら、アイザックはそんな事を考えていた。庭で遊んでいるが、これは領地にいる時にもできる事だ。ゆっくりとした時間を取れるのはいいが、それはそれで暇だった。せっかく王都に来たのだから、他のなにかをやりたい。だが、王都に来てからは女友達が遊びに来る事も減った。きっと、彼女らは家族と王都見物に出かけたりしているのだろう。

（俺はどこにも行けないんだけどな）

子爵家や男爵家といった下級貴族ならば挨拶回りは比較的楽に終わる。高位貴族などに予約を取り、挨拶をするだけなので、空いた時間は自由になる。

それに対して、侯爵家や伯爵家は忙しい。挨拶に来る者を無下にはできないため、順次挨拶に訪れる者たちの対応をしなくてはならない。面会の予約は常にびっしり埋まっていた。重要な者はモーガンが、そうでない者をランドルフが対応しても、まだ予定が空きそうにない。アイザックが〝家族で王都見物に行こう〟など気楽に言い出せない雰囲気だった。

そして、アデラとリサも来る回数が減っているが、これは仕方がない。リサは今年で一〇歳になり、王宮で開かれる一〇歳式から社交界デビューとなる。そのための準備に忙しいのだ。

アイザックが手のかからない子供なので、アデラはランドルフの許可を得てリサの一〇歳式の準備に集中していた。代わりに使用人がアイザックについている。年末年始のパーティーに備えて準備が忙しいので、アイザック付きは休憩時間のような扱いになっていた。

アイザックも軽く世間話をするだけで、あとは休ませてやっている。働き詰めていたら体だけではなく心がやられるので、休む重要性をよく知っていたからだ。

（でもネイサンの方はさすがだな。人脈の差を見せつけられる）

ネイサンの友達も屋敷に足を運ぶ回数が減っているようだが、代わりにメリンダの実家であるウィルメンテ侯爵家の方から子供を呼んでいた。

ほぼ日替わりで数人ずつ男の子がネイサンを訪ねてきているので、動員力の違いを感じさせられる。

その事に、アイザックは危機感を持っていた。

（それだけウィルメンテ侯爵家もメリンダの支援をしているという事だ。俺がわかるんだ。他の貴族たちも気づいているだろう）

アイザックは苦々しい視線でネイサンのいる部屋の方を見る。誰だって勝ち組につきたいと思っている。後継者争いで有利な側に誰かがつくと、さらに有利になるので様子を見ていた者が味方につく。それを見た者がさらにネイサンの側へとつき、加速度的にネイサンの味方が増えていく事だろう。

この状況でアイザックの側につくのは〝正統な後継者と決められた者が継ぐべき〟という信念を持つ者くらいだ。それか〝不利な側についた方が利益が大きい〟という博打（ばくち）好きな者くらいだろう。

だが、多くの人は安定を望むため、そういった物好きは確実に少数派のはずだ。なにもしなければ、ネイサンとの差は広がる一方である。

しかし、自分がなにをすれば良いのかわからない。アイザックは焦燥感に煽（あお）られるばかりだった。

そんなアイザックに、小さな人影が複数近づいてきた。使用人が、そちらへ深くお辞儀をする。

「アイザック、お前の友達は犬しかいないようだな。

兄として、まともに友達を作れない弟が恥ずかしいよ」

——ネイサンである。

わざわざ、友達を引き連れて自慢しに来たらしい。

アイザックには使用人の動揺が気配でわかった。誰かを呼びに行くか、それともまずは様子を見るか迷っているのかもしれない。きっと〝なんで自分が担当の時に……〟と思っている事だろう。

「そうなんですよ。兄上も一緒に遊びませんか」

アイザックは革で作られたボールを見せる。

弟の誘いを、ネイサンは鼻で笑って断った。

「こんな寒い中、外で遊ぶわけないだろう」

(じゃあ、寒い中自慢しに来るなよ!)

もう一二月に入っている。元気な子供でも寒い季節だ。外で遊ぶならばともかく、友達を見せびらかすために、寒い中出てくる根性がアイザックには信じられなかった。だが、使用人もいるし取り巻きもいるので、器の違いを見せるいい機会だと考える。

「そうですか、それは残念です」

まったく残念そうな素振りを見せずにアイザックは言った。酔客のクレームを考えれば、子供の友達自慢など嫌味ですらない。それならば、本当の嫌味というものを見せてやろうと、アイザックは考えた。

「皆様、初めまして。アイザックと申します。兄、ネイサンの毎々格別のお引き立てを賜り、厚く御礼申し上げます。今後とも、兄の事をよろしくお願い致します」

アイザックが深々と頭を下げる。

——嫌がらせをしようとしていた弟に〝兄をよろしく〟と丁寧に挨拶される。

これはやられた方は屈辱的だろう。

アイザックはしてやったりと、笑みを浮かべた。

「えっ、マイマイ?」

「えっ?」

思わずアイザックは顔を上げる。ネイサンを含め、誰一人アイザックの言った事を理解していないようだ。

理解できたのは〝名前〟と〝よろしく〟と言った部分くらいだろう。回りくどい嫌味を言うには、相手が幼すぎたらしい。

「まぁ、いいや。俺はフレッド。ネイサンの従兄弟だ。よろしくっ」

赤毛の少年が、アイザックに挨拶を返す。他の子供たちはネイサンの様子を窺っている中、彼だけが空気を読まずに名乗ってきた。

「よろしく。……兄上の従兄弟って事はウィルメンテ侯爵家のフレッド？」

「あぁ、そうだよ」

フレッドは笑みを浮かべて答えた。そして、腰に下げた子供用の木剣を抜き、アイザックに構える。

「なんとなく、お前の頭が良さそうなのはわかった。それじゃあ、剣はどうだ？」

（あぁ……、そういえば強さが付き合う基準になるとかいう極めて面倒臭いキャラだったか）

非常に面倒な嫌なキャラと出会ってしまった。

「やめてよ。君はウィルメンテ侯爵家の直系じゃないか。武門の家の子には勝てないよ」

アイザックは大人しく負けを認めて、剣を納めさせようとする。だが、フレッドにやめる気はないようだ。

「やってみなくちゃわからないだろう？」

フレッドがニッと笑う。

「やってもわからないよ。僕はまだ剣の使い方を習ってないからね。本当に強さを比べたいなら、一〇年後とかでもいいんじゃない？　噂に聞いた限りでは、君は僕と同い年だよね？　王立学院に入学してからでもいいんじゃないかな？　戦い方を知らない相手と戦うのは、騎士道に反すると思うよ」

アイザックは、やや早口になって断った。確かにアイザックはフレッドを恐れている。だが、それはフレッド自身ではなく、怪我をする事を恐れているのだ。

せっかく健康な体で美男子に生まれたのだ。必要のないところで怪我をするのは避けておきたいという気持ちがあった。

「むっ、そうだな。騎士道に反するのはよくないな」

フレッドは〝それもそうか〟と素直に木剣を納める。頭は悪そうだが、根は悪い子ではなさそうだ。

「フレッド、もうこいつは放っておいて行こう」

その様子を不満そうに見ていたネイサンが言った。

友達を見せびらかす事が目的だったのに、フレッドと話を続けられるのは面白くない。このまま本当に友達になられたら困ると思ったのだろう。

「わかった。アイザック、一〇年後に勝負する事を楽しみにしているぞ」

「僕が強くなっていたらね」

笑顔で楽しみだと言うフレッドに、アイザックは引きつった笑顔で返す。

（違うだろ――――！　なんで、ダミアンといい攻略キャラと続けて会うんだよ！　しかも、今のはなに？　ゲームキャラならライバル認定とかのフラグか？　俺が男キャラとフラグを立ててどうするんだ！）

――アイザックは、この世界に対して怒りを覚える。

ティファニーをはじめ、多くの女の子と友達になった。

だから、心の中で〝王都では他の女キャラとも知り合えるのではないか？〟と期待していた。だがその期待が裏切られ、攻略キャラとばかり出会う事になった運命を呪う。

元が乙女ゲームというのも印象が悪かった。アイザックは前世の記憶を持って生まれ変わった自分が、この世界の主人公のような気分でいる。主人公である自分に攻略キャラとのフラグが立ち始めたのではないかとすら考えてしまった。〝このまま女性キャラとの恋愛フラグが立たず、男性キャラとのフラグしか立たないのではないか？〟と考えると恐怖を覚える。

（幼馴染フラグは女だけでいいんだよ。どうせならアマンダとのフラグにしてくれ）

――アマンダ・ウォリック。

王党派を代表するもう一つの侯爵家の娘で、フレッドの婚約者。〝ロリ〟〝貧乳〟〝元気のいいボクっ娘〟という欲張りセットの女の子だ。

元が略奪愛をテーマにしたゲームだけあって、女性キャラは男性に人気のあるキャラ設定を採用した。

――男に人気のありそうなキャラから婚約者を奪う。

アイザックが前世で妹を心配したのは、そのゲームコンセプトに引いたからだ。だが、アイザックも元気な男の子。どうせ仲良くなるなら、可愛い女の子と仲良くなりたいと思っていた。

ネイサンを見送りながら〝女の子たちを助けたら、チヤホヤされるかな?〟と考えて、アイザックはニヤニヤしてしまう。アイザック付きの使用人がその姿を見て〝兄の嫌がらせも笑って受け流せるなんて、子供ながら大物の風格がある〟と驚いていた。

一二月二四日。

この日は〝協定記念日〟と呼ばれている一二月二五日の前夜祭が行われる。

一二月二五日は、二〇〇年前にリーベル大陸全土で起こった種族間戦争の終戦記念日である。前日の夜からパーティーが行われ、種族間で起きた戦争の悲劇を忘れぬように平和を祝うと同時に一年の終わりをねぎらう忘年会の日だ。祝い酒が大いに振る舞われるので、基本的に大人のパーティーとなる。参加するのも一五歳以上に限定された。

(とはいえ、酒が飲めるのは二〇歳以上からなんだよなぁ。変なところでゲーム業界のレーティング守りやがって……)

一八、一九で結婚するのが一般的だというのに、お酒だけは二〇歳からという設定に違和感を覚える。

だが、これも原作のゲームが一般向けという事を考えれば仕方がない。元々がメインシナリオライターの設定がおかしいと言われるくらいだ。世界観とそぐわない設定であっても、飲酒に関して厳しいのは気にされなかったのだろう。お酒の出る大人向けのパーティーとなれば、当然子供のアイザックに出番はない。

家族は王宮でパーティーに参加するために出かけていった。王宮に行く事のできない爵位を持たない者や継げない者たち――次男・次女以降の子供たち――の独身者は、相手を求めて大貴族主催の婚活パーティーに参加する。

家庭のある者は毎年交代で家族と過ごしたり、婚活パーティーの運営を手伝ったりしていた。

そんな状態なので、子供は蚊帳の外に置かれる。さすがに放置はされないが、夕食後は〝ガキはさっさと寝ろ〟という空気を醸し出される。

大人が楽しそうにしている――伴侶を必死に探す独身者は除く――のに、子供だけのけ者という状況にはアイザックも寂しさを感じていた。

（こういうものだとはいえ、よその子供はよく大人しくしていられるな）

おそらく、ベビーシッターを雇っているのだろうが、親がパーティーに行くのに、自分は留守番という状況に子供がよく耐えられるなと、アイザックは思った。

前世の記憶があるアイザックですら、祖父母と両親が出かけて寂しく感じている。本物の子供に耐えられるのかと思う。もちろん、アイザックは大人だけが集まるパーティーの必要性を認めている。

子供の前ではできない話ができるし、場合によっては子供には見せられない姿を晒す事もできる。

議会のない王国において、パーティー会場は様々な爵位の者が集まって行政について語り合える場となっていた。大臣だけではカバーできない細かい部分の調整などを行うらしい。その場に出席できない、この身がもどかしく感じられる。

そして、なによりも寂しいと思わされるのは友達関係だ。ネイサンが寂しくないように、ネイサンの部屋には友達が来ているが、アイザックは一人だった。

これは〝幼いとはいえ、男女を同じ部屋で泊まらせるような事はできない〟という、異議の訴えようがない正当な理由によるものだった。

別の部屋に泊まらせればいいのにと思ったが、女に飢えていると思われるのが恥ずかしくて言えなかった。

アイザックの男友達はダミアンだけだが、まだ二度会っただけ。友人であるルシアとキャサリンの交流は許されているが〝ダミアンがアイザックの友達になる事のないように〟と圧力がかかっていると、キャサリンが二度目の来訪時に語っていた。

フォスベリー子爵家も王党派のため、メリンダの魔の手が、ウィルメンテ侯爵家を通じてフォスベリー子爵家にまで伸びていたのだ。

嫌がらせも、ここまで来ればたいしたものである。

地味だが、じわじわと効いていると言わざるを得ない。その分、アイザックの怒りのボルテージもじわじわと高まっている。

(来年は動きがある年でありますように……)

アイザックがなにかを行うには、まだ幼すぎる。

自発的になにかをしようにも、両親の許可が下りない。

――動く事が許されるきっかけが欲しい。

彼にしてみれば、一二月二四日はクリスマスイブ。

寝る前に〝権力を握るきっかけが欲しい〟と、サンタクロースに願いながら眠りについた。

新年を迎えるにあたり、特別な感慨はなかった。

大晦日の年越しそばもなければ、お年玉もない。

せいぜいが教会へ祈りに行くだけである。大人になってからの正月のように、特にイベントといった気分のものではない。

(いや、正月に飲みに来る客の相手をしなくていいだけマシか……)

居酒屋に正月休みなどないどころか、むしろかき入れ時なので死ぬほど忙しかった。こうしてゆっくりできるだけマシだ。

だが、祖父母や両親はそうはいかなかった。新年の挨拶に訪れる貴族たちの相手をしなくてはならないからだ。年末年始の挨拶には、ルシアやメリンダもウンザリした顔をせずに対応していた。

そういう貴族としての義務を嫌な顔をせずに果たせるところはアイザックも感心していた。

年が明けると、しばらくして一〇歳式が行われる。

この日は、忘年会を兼ねた協定記念日とは大きく異なるところがある。

――子供が主役だというところだ。

その理由は、一〇歳になった子供たちを祝うという事だった。前世とは違い、この世界では幼い子供は病気や事故で死んでしまう可能性が高い。そのため、一〇歳になった子供は〝ウチの子は無事に育ちました〟とお披露目されるのだ。

アイザックはこの一〇歳式で、ようやく王都でのパーティーに出席する事ができる。基本的に一〇歳未満の子供はパーティーに出席しないが、身内が一〇歳になった時は特別扱いで出席する事ができる。

乳姉弟である、リサが一〇歳になったからだ。とはいえ、それはウェルロッド侯爵家で行われるパーティーの事。王宮で行われる式典には、まだ出られない。

そのため、今回は王宮に向かう前に顔を見せに来たリサを送り出す事しかできなかった。

屋敷の前で、馬車から降りたリサとアイザックが話している。その隣では、ルシアがアデラとその夫であるオリバーと話していた。

「おめでとう、リサお姉ちゃん」

「ありがとう」

リサは嬉しそうに礼を言った。

この世界は娯楽が少なく、その数少ない楽しいイベントの中で自分が主役の一人として参加できることを、リサは心から喜んでいたが、不満なところもあるので喜びきれない微妙な顔をしていた。

「ドレスも似合ってるよ」

「えっ、そう?」

リサは少し戸惑いながら答える。彼女はこの薄い緑色のドレスが気に入ってなかった。女の子らしい赤やピンクのドレスを着たかったが、人気のある色は高位貴族の娘が着る事になる。

――パーティーで目立つからだ。

アイザックの乳兄弟とはいえ、男爵家の娘であるリサは地味な色を選ぶしかなかった。その事に不満が残っていたから、褒められて嬉しい事は嬉しいが、少し複雑な思いもあった。アイザックもアデラからその話を聞いていたので、少しでも気分良く一〇歳式に送り出してやりたいと思っていた。

「ほら、こうするとよくわかるよ」

アイザックはリサの髪を少し摘まむと、前面に持ってくる。

「赤紫の髪が、薄い緑色のドレスのお陰で映えるよ。あくまでもドレスは脇役で、主役はリサお姉ちゃんなんだから、お姉ちゃんの魅力を際立たせるいいドレスだと僕は思うな」

――自分が主役で、ドレスは脇役。

そう言われてみると、リサも悪い気はしなかった。

確かに赤のドレスならば髪の色が目立たなくなってしまい、ドレスが主役になっていただろう。

「うーん、そうね。そう言われてみれば、そんな感じがするかも……」

リサの機嫌が少し和らぐ。アデラたちも〝似合ってる〟と言っていたが、リサには〝男爵家の娘だから、この色のドレスで我慢しなさい〟と言われているようにしか聞こえなかった。そのせいで、ドレスに不満を感じていたのだ。ちゃんと似合っているという理由がわかれば悪い気はしない。

「派手な色で目立とうとするより、ちゃんと自分に合った色を選べるのって凄いと思うよ」

リサは〝選べなかったんだけどなぁ〟と思ったが、アイザックが褒めてくれているのに否定するのも悪い気がした。

「うん、ありがとう」

〝母がこの色を適当に選んだわけではない〟と教えてくれたお礼を込めて、含むところのない満面の笑みでアイザックに答えた。

少し照れくさいが、良い気分だった。

「アイザック様、そろそろ式典に向かう時間です。行って参ります」

今までルシアと話していたリサの父親であるオリバー・バートン男爵が、アイザックに声をかけてきた。

「遅れたら大変だもんね。行ってらっしゃい。どんな感じだったたか、帰ったら聞かせてね」

「うん、行ってくる」

まずリサが手を振りながら馬車に乗り込む。

次にアデラが乗り込むが、その際にアイザックに目礼を送る。リサの機嫌を直してくれた感謝だろう。

アイザックも目礼で返す。最後にバートン男爵が、ルシアとアイザックに深いお辞儀をしてから馬車に乗り込んだ。アイザックは彼らの馬車が敷地を出るまで手を振りながら見送った。

（俺が大人になったら、年末年始のこの流れを主催するのか……。たまんねぇな）

三月には王立学院の卒業式、四月には入学式もある。

その他、官僚の異動なども三月付近にある。ゲームでは攻略イベントくらいだったが、あれはニコルが男爵家の娘だったのと、ゲームだったから余計なイベントがなかっただけ。

アイザックは侯爵家の息子として生まれるよりも、下級貴族の方が楽だったのではないかと思う時がある。そんな事を考えながら見送るアイザックにルシアが声をかける。

「ねぇ、アイザック。髪の色がドレスに映えるとか、リサが主役とかよく思いついたわね。リサの機嫌も直って助かったわ。ありがとう」

「本当の事ですから」

アイザックはニッと笑い、笑顔をルシアに見せる。

（本人が主役っていうのは本当だからね）

アイザックは、リサの可愛さがドレスの色程度で霞む事はないと思っていた。

――リサが可愛いのは当然。

自然にそう言えるのはいい事だと思うが、同時にルシアには心配事でもある。

（優しいのはいい事だけれども、時には優しさが残酷な結果を招くのよ）

アイザックにそう言おうとして、ルシアはやめる。

賢い子とはいえ、まだ子供だ。もう少し大きくなってから、言うべきだと考え直したからだ。

ランドルフが学生時代に、数多くの女の子に優しく対応をした。そのせいで、自分に気があると勘違いしてしまった子も多い。ランドルフは〝愛している〟と一言も言っていないのにだ。

お陰で、前もって〝愛している。政略結婚する事になっても、ずっと傍にいてほしい〟と言われていたルシアは、そんな子たちの姿を見るのが心苦しかった。

――今のままでは、きっとアイザックも知らぬうちに多くの子を勘違いさせてしまう。

ルシアはアイザックが一〇歳になる頃には、ちゃんと教えておいてあげようと思った。

第六幕

年が明けて一カ月が経った。一〇歳式からのパーティーラッシュが終われば静かなものだったが、二月にも当然イベントがある。

――バレンタインデーだ！

別に聖ヴァレンティヌスが存在しているわけでもないのに、二月一四日はバレンタインデーとして認識されている。ホワイトデーもあり、この世界でもこの日は女性が想いを伝える日として知られている。

大昔、どこかの国の姫が騎士に恋をした。しかし、身分違いの想いが叶うはずもない。そこで自らの手で刺繍（ししゅう）を施したハンカチをこっそりプレゼントした。せめて、自分の縫った物を持っていてもらいたくて。

――それが二月一四日の事。

プレゼントを受け取った騎士は、姫の想いに気づいた。しかし、身分違いの想いが叶うはずもない。そこで、その国の王都付近を騒がしていた小型のドラゴンを倒す事にした。その狙いは成功し、ドラゴンを討ち取った褒美として、騎士は姫との結婚を勝ち取る。

――それが三月一四日の出来事で、後にホワイトデーと呼ばれる日になる。

（ハードルを上げられすぎて、普通の男には迷惑極まりないんだよなぁ……）

アイザックは、この話を絵本で読んだ時に、そのような感想を抱いた。この世界では、恋人のいない女性が想い人に刺繍の入ったハンカチを渡す日となっている。男性が女性の想いを受け取る場合、自分の実家や女性の実家に結婚の根回しをする。ドラゴンの首の代わりに、婚約という成果を女性の家族に捧げるのだ。

刺繍の入ったハンカチ一枚で、三倍返しどころではないものを要求される。世界は違うといえども、このイベントに関して男性は不利となっている。

これはリード王国でも定着しており、王立学院を卒業する前の一大イベントとなっている。卒業間際まで婚約者のいない者たちにとっては最後のチャンスだけに必死であり、面倒だなんだと言ってはいられない。もちろん、そこまで必死にならない者の方が多数派である。家によって政略結婚が決まっていたり、学生の間に婚約者を見つけたりした者たちは、バレンタイデーを〝女性が手料理を振る舞い、男性がささやかなプレゼントをお返しする〟という過ごし方をするのが一般的となっている。婚約者が決まっているか、決まっていないかで心の余裕が大きく変わる日だった。

（まぁ、どうせ俺には関係ないけど……）

アイザックは前世を思い出した。友達は〝俺は一個もらったぞ〟と言う者が多かったが、そのほとんどは母親からだ。それに対し、修は〝俺は二個だった〟と返すのが慣例だった。当然ながら女子にもらったものではなく、母親と妹からもらったものである。

そのやり取りは、なぜか毎年行われ、お互い傷口を舐め合った苦い記憶として残っている。ではなぜアイザックが、こんな事を考えているのかというと、それは目の前にある漆黒の物体Xに起因する。

物体Xの向こうには、リサが座っていた。

「一〇歳式の時、似合っているって言ってくれてありがとう。さぁ、どうぞ」

リサが謎の物体をアイザックに勧める。アイザックを異性として愛しているとかではなく、友チョコのような感覚で作ってくれたのだろう。だが、どう見ても炭化したなにかだ。とても食べられそうにない。

（ホットケーキ？　それともパン？　お好み焼き？）

丸い形をしているので、フライパンで焼いたものだろう。しかし、真っ黒に焦げているので、それがなにかはわからない。焦げた匂いに混じる小麦粉の匂いが、焼かれる前は食べものだったと主張していた。

アイザックは周囲を見回す。テラスにはアイザックとリサ、そしてアデラとパトリックしかいなかった。

「アデラ？」

そこで、唯一助けを求められそうなアデラに救いを求めるが、スッと視線を逸らされた。

「リサが初めて作った料理です。一口でもお食べいただければ、この子も幸せでしょう」

アデラは自分の娘の想いを大切にしたかった。本来ならば、アイザックにしてはいけない事だと理解していたが、初めて料理を作る娘の姿を見て〝一口だけでもアイザックに食べてほしい〟と思ってしまっていた。

（おいぃぃぃぃ！　お前、俺の乳母だろう！　こんなものを食わせようとするなよ！）

その想いはアイザックに伝わらない。まだ幼い体なので毒に対する耐性も弱いだろう。焦げたものを食べて腹を壊したら、大事になる危険性だってあった。

（メリンダに毒を盛られて殺される前に、リサに毒殺される事になるとは……）

――真の敵は身内にあり！

アイザックは、今なら明智光秀に裏切られた織田信長の気持ちがわかるような気がした。

「これ、リサお姉ちゃんが初めて作ったんだよね？」

「そうだよ。けれど、ちょっと失敗しちゃった」

リサがエヘへと可愛らしい笑顔を見せたので〝頑張ったね〟と言って頭を撫でてやりたいところだった。

だが、これを食べさせられるのは勘弁願いたい。なのでアイザックは逃げる方法を必死に考える。

「リサお姉ちゃん、悪いけどこれは食べられないよ」

「えっ、なんで……」

アイザックに拒絶されて、照れ笑いを浮かべていたリサの顔が凍りつく。

「作ってくれたのは嬉しいよ。できれば食べたい。けどね、僕が食べちゃいけないと思うんだ」

深刻な表情でアイザックは言った。

「いつかリサお姉ちゃんが好きな人に料理を作ってあげた時に『初めて料理を作ったのは別の男の人』って言われると、相手の人が悲しむと思うんだ」

「で、でも、アイザックは弟みたいなものだし」

リサは笑顔から泣きそうな表情に変わっている。

「それでもだよ。僕たちは血が繋がってない。だから、あんまりいい気はしないと思う。リサお姉ちゃんの初めては人生を共に過ごす人のために取っておいてよ」

〝なんだか誤解を受けそうなセリフだな〟と思いつつも、アイザックは堂々と言い切った。こういう場合、

言い切ってしまえば相手は〝そういうものなのかな〟と信じてしまう。中途半端が一番いけない。

「でも……。それじゃあ、これどうしよう」

リサは悲しそうな目で炭化したなにかを見つめている。ここで放置はせず、フォローをしてやる事にした。

「男の人にプレゼントを渡すのはダメだろうけど、家族だったらいいんじゃないかな。両親に初めて料理を作ってあげたっていうなら、きっと未来の結婚相手の人も優しい人だなって思ってくれるはずだよ」

「じゃあ、そうしようかな」

パァッと明るい笑顔になったリサは、謎の物体をどうやって持って帰ろうか考え始める。初めて作った料理なので、誰かに食べてほしかったのだろう。

食べてくれそうな相手が見つかって、素直に喜んでいる。それに対して、アデラは驚愕の表情を浮かべていた。まさかアイザックに、このように返されるとは思ってもいなかったからだ。

（アイザック様……。やってくれますね）

（先に僕を裏切ったのはアデラの方だよ。その報いは受けてもらう）

二人は視線で会話をした。

――信賞必罰。

己の職務を忘れてアイザックを裏切った罰として、アデラにはリサの料理を食べてもらう。

これくらいは受け入れてもらわねば示しがつかない。

（まったく、新しい人生でもバレンタインデーはロクでもないな……）

プレゼントをもらえるのは嬉しい。でも限度がある。

（こんな炭と化したものを食べる勇気なんてないよ。それは勇気じゃなく、無謀というものだ。いくら可愛い女の子が作ってくれたとはいえ、さすがにこれは食べられないよ……）

アイザックも我が身が可愛い。頑健な内臓と強力な胃薬があれば違ったかもしれないが、まだ五歳の体では口にしたくない。申し訳ないが今回はパスだ。

（未来の旦那さんには悪いが、可愛い嫁さんをもらうんだからメシマズくらいは我慢してもらおう）

そもそもメシマズのままとは限らない。大人になる頃には料理の腕も上がっているかもしれないのだ。本人の努力次第で未来は変わる。今がダメだからといって、将来もダメだとは限らない。

どうやって炭を持って帰ろうかと悩んでいるリサに、アデラは困っていた。その姿をアイザックは微笑ましいものを見る目で見守っていた。

そこへ、メイドが一人やってくる。

「アイザック様。キャサリン様がそろそろお帰りになられるそうです」

「わかった。ありがとう」

これはあらかじめ命じておいた事だ。

キャサリンに頼みたい事がある。

「ちょっとキャサリンさんに挨拶してくる。すぐに戻るから待っててね」

キャサリンに頼みたい事があるアイザックは、リサとアデラにそう言い残すと屋敷の中へ入っていく。さすがにもう五歳だ。少し席を外すくらいでは、もうアデラはついてこなくなっていた。

（さて、俺も努力をして未来を変えないとな）

アイザックは少し悪い笑みを浮かべていた。

ルシアは学生時代とは違い、侯爵家に嫁入りしたあとは友人との縁が切れていた。友人たちが彼女にどう接すればいいのか、わからなかったせいだ。媚びを売るためとはいえ、会いに来てくれていたキャサリンがまだマシという状態である。その事を知っているキャサリンは、できるだけルシアの話し相手になろうとしてくれていた。

「今日はそろそろ帰るわね」

キャサリンが帰ると言い出した。

「そう、残念ね。表まで送るわ」

「ううん、それはいいわよ。ダミアンを迎えに行かなきゃならないから」

キャサリンは申し訳なさそうに言った。メリンダに目をつけられたダミアンは、ネイサンのもとへ呼び出されるようになっていた。そこで同じ王党派で同じ年齢という事もあり、フレッドと知り合って仲を深めている。ルシアと再会する前のキャサリンなら「フレッドの友達になれた！」と大喜びしていただろう。

だがルシアへの態度を改めた今では、ただ申し訳なさしかなかった。だから彼女は、せめてルシアを寂しがらせないようにしようと、彼女自身はメリンダのもとではなくルシアのもとを訪れていた。誰かに〝どっちつかずのコウモリ女〟と思われるかもしれないが、これが今の彼女にできる精いっぱいの誠意だった。

「皆で仲良くできればいいのだけれど……。またね」

ルシアはキャサリンに別れを告げる。

その時メイドの一人が静かに部屋の外へ出ていった。

「ええ、春になる前にまた遊びに来るわね」

春になれば領地に戻ってしまうので、それからは手紙での連絡になるだろう。寂しくなるが、もう学生時代とは違って子持ちの母親である。自分の都合ばかりを優先してはいられない。

キャサリンが部屋を出ると、メイドがネイサンの部屋まで先導する。たとえ客人であっても、屋敷の保安上の問題で一人では歩かせられないからだ。途中の廊下で、アイザックが待っていた。

「キャサリンさん、お帰りになるんですか？」

なにも含むところのない子供の笑顔が、キャサリンの心を強く殴りつける。

「はい、アイザック様もお元気そうでなによりです」

キャサリンは無難な挨拶を返す事しかできなかった。

他にいい言葉が見つからなかったからだが、アイザックには気にする様子がなかった。

「ねぇ、エリザ。ちょっとキャサリンさんと話したいから外してもらってもいい？」

「かしこまりました」

エリザと呼ばれたメイドが、少し先に移動する。その光景にキャサリンは驚いた。侯爵家の人間が使用人の名前を憶えているなど、他の家ではなかった事だ。

――〝おい〟〝そこの〟〝おまえ〟〝あなた〟

そういった言葉で呼んでいる家ばかりだ。

珍しいものを見たキャサリンは目を丸くしていた。

「ねぇ、キャサリンさん。実はお願いがあるんだけど聞いてくれる？」

アイザックは、モジモジとしている。もしかしたら、ダミアンと遊びたいのかもしれない。それならば断らねばならないので、胸が締めつけられる思いだった。

「聞ける内容なら喜んで」

キャサリンは、そう答えるしかなかった。嬉しそうなアイザックの笑顔が、より一層強く彼女を苦しめる。

「実はメリンダ夫人に、こう伝えてほしいんだ。アイザックは後継者にふさわしくないし、ルシアも望んでいない。ネイサン様こそが後継者になるべきだ。第一夫人もメリンダ夫人こそふさわしいってね」

「それは……」

――絶句。

それ以上、キャサリンは言葉を続けられなかった。アイザックの継承権放棄ともいえる言葉に、貴族としての常識を持つ彼女は非常に驚いた。

「キャサリンさんがそう伝えてくれると、僕やお母様のためになるんです。お願いできますか？」

「……どうして私なのですか？」

五歳児の言葉でひどく動揺させられ、彼女はその言葉を絞り出すのが精いっぱいだった。

「キャサリンさんが、お母様のお友達だからです。キャサリンさんは王党派側の人間ですよね？　だから、信じてもらえるかなって」

「……本当によろしいのですか？　お母様に相談されましたか？」

キャサリンの言葉に、アイザックは首を振った。

「では、ダメです。勝手な事はできません」

彼女の言う事も正論である。他家の家督相続、それも侯爵家の問題に関して口出しをするなどもってのほか。彼女の立場ではしてはいけない事だった。

「お願いします！　メリンダ夫人に会った時、ちょっとした世間話程度でいいんです。この事が将来、僕とお母様のためになるんです！」

アイザックは先ほどの笑顔から打って変わって、必死の形相になっている。それだけ強い思いがあるのだろうと感じ、キャサリンも心が動かされた。

「……あくまでも世間話。それもメリンダ夫人に軽くほのめかす程度。それでいいですか？」

「ありがとうございます！　それで結構です」

アイザックの顔に笑顔が戻った。

（小さな子供なのに、家督争いで苦労しているのね）

キャサリンは、アイザックの事を心配した。ルシアとメリンダの問題は先例に頼ることもできないので、苦労もひとしおだろう。後継者争いに疲れて、降参しようとしているのかもしれない。そう思うと、アイザックの事がとても可哀想に思えてきた。

「ダミアンにもよろしくお伝えください」

「ええ、また遊べるようになるといいのですけれども……。申し訳ございません」

キャサリンは残念そうな顔をして謝り、ダミアンを迎えに行った。アイザックは、その後ろ姿を見送る。

（やったやった！　お袋の友達であるキャサリンに動いてもらえてよかった。友達だからこそ、その言葉に真実味を帯びるんだよな）

特にメリンダの傍には〝ネイサン様こそが後継者にふさわしい〟と、おべっかを使う者ばかり集まっている。そこにキャサリンが加わっても疑わないはずだ。それどころか〝やっぱりそうか〟と、確信を抱くはず。


アイザックは、メリンダに確信を持ってほしかった。

キャサリンに頼んだのは、その布石の一つだった。

布石というのは、行動を起こす直前に打っても効果がない。先に用意しておいて、行動を起こす時に相手が詰んでいる状態になっているから布石となるのだ。

アイザックは自分に知識はあるが、才能がない事を知っている。だからこそ、地道に積み上げる道を選んだ。キャサリンも、まさか〝アイザックは後継者にふさわしくない〟という言葉が、メリンダたちを奈落に突き落とす布石だとは思うまい。気づいたとしても、その時にはメリンダとネイサンは墓の中で手遅れだ。

（少しずつだ。小さいを少しずつ積み上げる。気合と根性で努力し続ければ、世の中なんとかなるものさ）

アイザックはあくどい笑みを浮かべながら、キャサリンの後ろ姿を見送った。

三月に入った頃、ウェルロッド侯爵家で家族会議が

開かれた。子供まで集める会議など、今までなかった。アイザックはどんな話が行われるのか不安になり、身構えて会議に挑む。

家族が揃うと使用人は退出し、残ったのはモーガンの秘書官だけとなった。それでアイザックは察した。

――よほど重要な話が行われるのだろうと。

誰に聞かせてもいいという内容ならば、使用人たちを退出させる理由がない。

だが、アイザックは安心していた。

（もし、ネイサンに継承権を優先すると言うならば秘書官は必要ない。それに、すぐに広まる事だから使用人がいてもいいはず。きっと他の事だ）

いや、実際は自分にそう言い聞かせて落ち着こうとしていた。今はまだ種を蒔いているところだ。ここで本当に〝ネイサンを後継者にする〟と言われたら、家督争いの大義名分を失ってしまう。表面上は落ち着こうとしてはいるが、アイザックの内心は穏やかではなかった。モーガンの言葉を大人しく待つ。

「実は今日、外務大臣の内示を受けた」

モーガンが一同を見回す。

「現外務大臣のランカスター伯は最近体調を崩す事が多くなり、職務をこなす事が辛くなっているそうだ。そのため私に話が回ってきた」

そこでモーガンはランドルフを見る。

「陛下の期待に応えるため、大臣に専念するつもりだ。領主の仕事はランドルフ、お前に任せる」

「はい」

責任の重さを感じ取り、ランドルフは真剣な表情で返事をした。

「準備期間として一年いただいた。今年はランドルフへの引継ぎを集中的に行う事になるだろう。だが、これはあくまでも予定で、就任が早まる可能性もある。皆でランドルフを支えてやってくれ」

「はい！」

今度はランドルフ以外の者たちが答えた。

特にルシアとメリンダは〝次期領主の妻〟から〝領主代理の妻〟になる。今までマーガレットが行っていた内向きの仕事もこなさなくてはならない。これからは今まで以上に忙しくなるはずだ。

「それとランカスター伯が不調だと他国に知られるのはよろしくない。口外はせぬように頼むぞ」

モーガンは秘密だぞと言って話を締め括る。

（だったら、俺とネイサンはいない方がよかったんじゃないかなぁ？）

アイザックはそう思ったが口には出さなかった。

子供だからと排除されるのではなく、家族だから信頼して知らせてくれたのだと思ったからだ。

「しかし、陛下の期待とはどの程度ですか？　まさか、お爺様くらいの……」

ランドルフは恐々としてモーガンに尋ねた。

――先代当主のジュード・ウェルロッド。

彼がランカスター伯爵の前任者だったからだ。

「そのような期待はされていない。むしろ、ランカスター伯のような真っ当な働きを期待されている」

その言葉を聞き、ランドルフはホッと息を吐き出す。

ジュードと同じことをされては、身内としても安心できないからだ。

ウェルロッド侯爵家の先代当主であるジュードは口下手で口数が少なく、人付き合いが苦手な男だった。

だが人の心を読み、自在に動かす事のできる男だった。

外交交渉だけではなく謀略にも長けており、ジュードが訪れる国は気が気ではなかったらしい。友好国ですら、彼の動きを常に監視していたと聞く。

彼は同盟国が攻め込まれた際、和平の仲介を行うために援軍と共に向かった。その時にジュードの宿舎が奇襲を受けて戦死するまで、近隣諸国との外交はジュードの独擅場だったと記録されている。ウェルロッド家の記録だけではなく、王国の近代史にすら名前が出てくるほどの男だったそうだ。

だが、彼も完璧ではなかった。息子のモーガンですら〝ジュードが戦死した〟という報告を受けて悲しむよりも先に安堵したとアイザックは聞いている。

有能さと引き換えに、人として大事なものが欠落していたのだろう。そんな男と同じ働きを期待されても、モーガンができるはずがない。期待に応えられても、それはそれで困る者が出てくるだろう。普通の外務大臣として期待されていると聞き、モーガン自身は安心して引き受けたそうだ。

（曽爺さんも半端ねぇけど、そのあとで外務大臣を引き受けたランカスター伯っていう奴も凄いよな）

先人が偉大であれば偉大であるほど、あとを継ぐ者は比べられる。〝あの人ならこのくらいの問題は解決できましたよ〟と言われてしまうのだ。そんな貧乏くじを引く事ができるのは、よっぽど肝が据わっていなければできない。アイザックは、まだ会った事のないランカスター伯の事を心の中で称賛する。

「これまで通りの生活とはいかなくなるだろう。だが、皆にも頑張ってほしい。なにか質問はあるか？」

ここでアイザックが手を挙げる。

「外務大臣という事は、お爺様は王都に住む事になるのですか？」

これはアイザックにとって重要な事である。

「そうなる。各国の大使との交渉や交流もあるからな。私とマーガレットは王都に住む事になるだろう。……ネイサンやアイザックと会えなくなるのは寂しいが、社交シーズンにはまた会えるだろう」

「父上、息子に会えないのはよろしいのですか？」

モーガンがアイザックやネイサンを慈しむ目で見ると、それにランドルフが冗談めかして抗議した。ランドルフの言葉を、モーガンは笑い飛ばす。

「お前は別れを悲しむより、独り立ちを喜ぶ年だ。ようやく独り立ちかと思うとせいせいする」

「それは酷いですね」

二人が笑った。いつかは、こうして別れの日が来るとわかっていた。突然の死に別れではなく、生きて離れられる分ずっといい。このあとは特に質問もなく、和やかな雰囲気で解散となった。

――だが、アイザックの心中は穏やかではなかった。

（あと一年か、マズイな……）

今まではモーガンやマーガレットがいた。二人の存在は、メリンダを抑えるのに十分だったはずだ。

――では彼らがいなくなったらどうなるのか？

アイザックが不安になったのは、そこだった。抑える者がいなくなった時、メリンダがどのような行動に出るのかわからない。今のまま地道に支持者を集めて乗っ取りを考えているのならばいい。だが結果を求めてすぐに行動を起こされたらどうなる事か。

（今はまだ防ぐ手立てがない。なにか牽制できる理由が欲しいところだな）

本来ならばモーガンが外務大臣という国家の重鎮となった事を喜ぶところだ。しかし、アイザックにとっては身の危険を感じる危うい結果となってしまった。

まずアイザックが取った行動は、本を読み漁る事だった。なにかいい方法はないかと、曽祖父ジュードの行動が書かれたものを重点的に読んでいた。

（敵国の同盟国に行って、酒を飲んで帰るだけで仲間割れを誘うか。どれだけ怪しまれているんだよ）

――あのジュードがなにもしないはずがない。

そう思われる事を逆手に取って、本当になにもせずに友好の使者として振る舞った。疑心暗鬼になった敵国は、背後の安全を確保するために裏切ったと思い込んだ同盟国に攻撃を仕掛ける羽目になる。

〝ジュードは酒を飲んで帰っただけだ〟と弁明しても、そんな弁明など聞き入れられなかったのだ。

後ろめたいところがあるから、本当の事を話せないのだと思われて、滅ぼされてしまったらしい。

（自分が周囲にどう思われているかを理解して、それを利用した謀略まで行う。この人の柔軟性は凄ぇわ。本当に見習いたいくらいだ）

曽祖父は、いくら努力しても自分ではたどり着けそうにない高みにいる。まるで物語の主人公のような曽祖父の行動を、小説を読むような感覚で読み進めていく。記録を読み終わった時、アイザックは面白い小説を読んだ時の充実感があった。

（……いやいや、ダメだろ。なんで満足してるんだよ）

アイザックは反省したが、仕方のない面もある。これまでこの世界で読んだ本は、絵本やこの世界の歴史を中心とした内容だった。ツッコミを入れながら読める伝記は、今まで読んだ本の中で格別に面白い本で、つい夢中になって楽しんでしまっていた。

（でもまぁ、死んでいてくれてホッとするけどな）

モーガンが自分の父なのに〝死んでよかった〟と思った事に、アイザックも〝同感だ〟と思った。

かつてモーガンには姉妹がいたが、今はもう生きている者はいない。ジュードに殺されたからだ。かつて、ジュードは王国に不利益をもたらす者たちと娘を結婚させた。ここまでなら政略結婚として普通の事であるが、ジュードが他の人と違うところは、このあとに娘もろ共全員毒殺した事だ。もちろん侯爵だからといって他の貴族を殺しても許されるという法はない。

だから〝何者かの手によって自分が狙われて、娘婿たちはその巻き添えを喰らって死んでしまった〟というような言い訳をした。誰も信じなかったが、自分の娘たちも犠牲になっていた事を理由にジュードは罪の追及を逃れた。アイザックは我が子ですら捨て駒として扱うジュードを恐れ、同時に敬意を抱いた。

（人を従えるには飴と鞭がいる。その鞭である恐怖だけで見事なまでに人の上に君臨していた。本当に凄い人だ。こういう人になりたくはないけど、その才覚は素晴らしい。方向性さえ間違えなければ、もっと良い意味で歴史に名を残せただろうに）

——飴と鞭を使い分けずに人を従えている。

もしかすると飴もあったのかもしれないが、その飴もなにかの布石だと思われていたのかもしれない。曽祖父は凄いが、今は楽しんでいる場合ではなかった。

自分の将来の方が大切だ。アイザックは、ジュードの伝記を諦めて種族間戦争の本を手に持った。

（この世界にはエルフやドワーフがいるらしい。彼らを味方にできないかな？）

二〇〇年前までは人間と共存し、友好的な関係だったが、徐々に関係は悪化。二〇〇年前には大陸全土で種族間戦争が始まる事態にまでなった。休戦協定が結ばれて以来、それぞれの種族の交流が途絶えているらしい。ただ交流を禁じる法もないので、上手く味方につける事ができれば頼もしい存在となるかもしれない。

ウェルロッド侯爵領の南部、岩塩の鉱山がある山脈の南側にはドワーフが。東部から南東にかけて広がる森にはエルフが住んでいるらしい。

接触を持とうとすれば持てる距離だが問題がある。

（彼らの領域に近づいたら殺されるらしいんだよな。やっぱやめといた方がいいよな）

かつての種族間戦争以来、彼らは自分たちの領域を死守するようになった。本には書いてあった。領域を侵す者には死の制裁が加えられると、そんなリスクは冒せないし、誰かに〝行ってこい〟と命令しても従ってくれる部下がアイザックにはいない。

手を伸ばせば届く距離にある切り札に手を出せない。アイザックは、非常にもどかしい思いをする。

（いや、これでいいんだ。劇薬の扱いは難しいからな）

ニトログリセリンは心臓病の薬となるが、扱いを誤れば危険な爆薬となる。異種族に頼り、権力を奪うというのはそれ以上に危険だという事くらいはわかっている。結局は別の方法を探すしかない。

（サンタなんかに願うんじゃなかった。俺が望んでいたのはここまで急激な情勢の変化じゃない）

最大の保護者が傍からいなくなるこのような事態になった事を、アイザックは呪わずにいられなかった。

家族会議の翌日。

嗅覚の優れた者たちが、ご機嫌伺いに訪れ始めた。

アイザックはもちろん、ルシアも誰にも話していない。メリンダも話してはいないようだった。

どうやらランカスター伯と共にモーガンが王宮に呼び出された事から推測されたらしい。

ウェルロッド侯がランカスター伯と共に王宮に呼び出された。

↓

今は人事異動の季節だから、きっとそういう方向の話だろう。

↓

ランカスター伯は最近体調が優れないらしい。

↓

外務大臣の後任にウェルロッド侯が選ばれたのではないか？

という連想により、祝いの品を贈りに来たそうだ。

こういう嗅覚に優れているからこそ、王宮で生き残れるのだろう。アイザックはこの話を聞き〝王都の貴族は権力の匂いに敏感だな〟と感じていた。

それもそのはず、爵位はあるが官位のない貴族は、多少裕福な平民程度の暮らしをしているだけだ。王家が爵位に応じた年金を払っているが、それだけでは〝貴族らしい生活〟はできない。領地を持たない宮廷貴族にとって〝役職持ちになる〟という事は〝金持ちになる〟と同義だった。

特に外交官は旨味（うまみ）がある。リード王国は周辺国と比べて大国である。電話やメールがない世界なので、駐在大使の報告は非常に重要視される。様々な理由で大使の印象を良くしようと、賄賂が横行していた。他国の駐在大使にでもなれば、付け届けだけで一財産を築けるとまで言われていた。

その外交官を任命するのは外務大臣だ。なので、次の大臣となるモーガンに今のうちから取り入ろうとしていた。モーガンも贈り物を受け取っているので、この世界では賄賂が当たり前なのだろう。

その事にアイザックはカルチャーショックを受けた。

しかし、悪いばかりではない。収穫もあった。

（権力に擦り寄るって事は、俺が国を奪った時に貴族全員が下野する事はないって事だ。ある程度はまとまった数が残るだろう。国を動かせる程度の官僚が残っていてくれたら、それでいい）

アイザックたちが王都にいる今、ウェルロッド侯爵領を運営しているのは官僚だ。この世界では、教育に金を使えるのは王侯貴族や平民の富裕層のみ。

――王位の簒奪者には従えない。

そう言って気概を見せられて辞職されるよりは、風見鶏（かざみどり）のように風向きで旗を変える人間の多い方が都合はいい。人材を一から育てている間に国が乱れてしまうからだ。官僚として働いてくれるのなら、気高い志を持たずとも問題にはしないつもりだった。

（ちょっと早い社会見学だ。色々と学ばせてもらおう）

アイザックにも不正を憎む心はある。だが、前世では不正であっても、今の世界では不正と認識されていない事がある。付け届けがそうだ。前世ならば賄賂として逮捕されるような事も、ここでは話をスムーズに進める潤滑油でしかない。という事は、それは不正ではなく、目くじらを立てて逮捕する必要もない。

少し抵抗はあるが、そういうものだと受け止めてしまえばいいだけだ。他の貴族がどういう原理で行動するのかを学ぶいい機会だ。

祖父や父から話を聞くなどして、将来の糧とする。曽祖父のような化け物じみた知謀はいらない。

努力で身につけた知識と、その応用で高みを目指す。アイザックはその一歩を、踏み出そうとしていた。

「お父様の働きぶりを見たいのですがいいですか？」

早速、アイザックは行動に移した。父の王都での行動を見学したいと申し出る。

「あぁ、もちろんだ」

ランドルフは領主代理として、張り切っていた。彼のもとにも多くの来客があり、挨拶だけではなく交渉も行っていた。だから、息子に仕事ぶりを見てもらうのは気合が入る。ネイサンに興味を持たれていないのが残念だが、ランドルフのやる気は頂点に達していた。

父の仕事の見学を始めて一週間が過ぎた。誰も遊びに来ない日は、父の仕事ぶりを大人しく見学するようにしていた。口出しせずにジッと見ているアイザックの事を、来客者は〝あぁ、子供に見て学ばせる英才教育か。まだ幼いのにスパルタだな〟くらいにしか思わず、自主的に見学しているとは考えもしなかった。

ある日、事件が起きた。相手はウェルロッド家のお抱え商人であるブラーク商会の会長デニスである。

元々は木材を取り扱う商会だったが、一〇〇年ほど前の当主が当時の商会長の娘を妾にする際にお抱え商人にした。それ以来急成長を遂げ、ウェルロッド侯爵領全土で幅広く様々な商品を取り扱っている。本来ならば取り立ててもらっているウェルロッド家に足を向けて眠れないはずだが、今回は違った。お祝いと言っているが、その実ランドルフを試そうとしていたのだ。

「本日は儲け話を持って参りました」

デニスは、ランドルフが領主代理として仕事を任された事を祝ってから本題を切り出した。

「我が商会から、安物の宝石を一億リードで購入していただきたいのです。来月になれば、こちらのエドガーが二億リードで購入致します」

「ウェルロッド侯爵家所有の品だったというだけで価値は上がります。どうか御威光をお借しください」

デニスの持ちかけた話は、ささやかではあるがランドルフに手柄を立てさせたいというものだった。領主代理になって早い段階で利益を出せば周囲に顔が立つ。

その手助けをしたいというのだ。ランドルフは、この話に乗り気だった。やはり手柄は欲しいからだ。

しかし、アイザックはその本質を見抜いた。

「詐欺だ！　詐欺ですよ、お父様！」

（知ってる、俺は知ってるぞ！）

アイザックとて無知ではない。テレビや新聞で似たような詐欺の方法があると見た覚えがあったので必死にランドルフに注意を促す。しかしながら、息子の注意をランドルフは笑い飛ばした。

「なにを言っているんだ。ブラーク商会が私を騙すはずがないだろう？　そもそも、ウェルロッド家は一億リードくらい騙し取られても揺らがない」

ランドルフのセリフに、デニスも相槌を打つ。

「まだお若いので、お金の価値をわかってらっしゃらないのですよ。きっと、家が傾くような大金を想像しているのでしょう」

まるで信頼する者の間で一万円を貸し借りするかのように言う。実際に彼らには、その程度の認識なのかもしれない。だが、アイザックは父が騙されようとしているのを見過ごす事はできなかった。

「なら、契約書を。そちらのエドガーなる者が購入しなかった場合、ブラーク商会が全額払い戻すと一筆書かせましょう」

せめて損害の補塡を約束させればいい。

そう思うが、ランドルフは首を振る。

「アイザック、この程度の額なら信用で取引をする。我々はウェルロッド侯爵家だ。リード王国に四家しかない侯爵家なんだぞ。この程度の金額の取引でうろたえていては沽券にかかわる。やめなさい」

ランドルフは少し厳しい声で叱りつけるように言った。今までは黙って見ていたからよかったが、口を挟む事を許さなかった。これは大人の取引なのだから。

「ですが、お父様。どう考えても詐欺です。手柄を焦る気持ちはわかりますが――」

アイザックが話している最中に、バチンと平手打ちが飛んできた。放ったのはランドルフだ。ランドルフにも少しは手柄を立てたいと焦る気持ちもある。それを見透かされて、思わず手が出てしまった。

子供の体では、軽くとも大人の平手打ちは痛い。アイザックは歯を食いしばって泣き声を上げるのを堪えたが、こぼれる涙までは抑えきれなかった。

「自分で金を稼いだ事もない子供が知った風な口を利くんじゃない！　話の邪魔になる、すぐに出ていきなさい」

初めてアイザックに手を出してしまった事に、ランドルフは後悔した。せめてあと一〇歳は年を取っていれば違っただろう。賢くとも、さすがに五歳の子供の言う事を受け入れられなかったのだ。

アイザックは珍しく怒った父の姿を見たあと、デニスを殺すような視線で睨む。そして、大人しく部屋を出ていった。泣き喚く姿を人に見られたくないという思いが強かったからだ。

アイザックはパトリックのいる部屋へ向かう。母に泣きつくのは情けないと思ったので、パトリックに慰めてもらうつもりだった。

「さすがはウェルロッド侯爵家だけあって、子供のしつけも厳しいですね」

「いや、普段から甘やかしすぎたようだ。すまなかったな。さて、話を進めようか」

部屋に残った者たちは商談を進め始めた。

――しかし一カ月後。エドガーは姿を現さなかった。

デニスは一億リードを返そうと申し出たが、ランドルフはその申し出を受けなかった。デニスが金を返そうとした事で、ランドルフの〝アイザックの言う通り騙されたのではないか〟という思いは消えてしまった。

本当に騙すつもりだったなら、金を返そうとはしないからだ。〝今回は勉強代だ〟と、見栄を張って金を受け取らずに納得してしまった。

こういう対応をするとデニスが予想したのか、それとも本当にランドルフを試すだけだったのかはわからない。それでも、アイザックにわかる事がある。

――今後はランドルフが食い物にされるという事だ。

人が良いのは立派な事である。だが、それでも相手を選ぶべきだ。誰にでも優しい態度を取るのは、人が良いのではなく頭が悪いと言われても仕方がない。

今年はまだモーガンがいるので大丈夫だろうが、いなくなる来年以降どうなるかわからない。アイザックは自分がなんとかしなくてはいけないと思い始めた。

これは〝自分が爵位を継ぐ時に家の力を失っている〟という事を恐れてではない。

ランドルフは自分の父親だ。親をコケにされて黙ってなどいられない。顔を引っ叩かれたとしてもだ。

〝オレオレ詐欺に騙されて振り込もうとしているお年寄りを助ける〟ような気分だった。

(まずは実績だ。親父に自分で金を稼げるっていうところを見せないとな。そうしないと説得力がない)

幸い、王都でどう稼げばいいのかを学んだ。そして、その方法を実行できそうな場所を見つけた。あとは実施だけ。だが、それが難しい。

五歳児に自由な行動が許されるかどうか……。

モーガンに理と情で訴えかけるしかない。

(覚えておけよ、デニス。誰の親父をコケにしたのか思い知らせてやる。……数年後な!)

〝今すぐに〟と言わないだけ冷静に判断ができているようだ。パメラや権力よりも、まずアイザックは目先の問題を片づけようと決意した。目先の問題すら解決できないものに、大望を叶える事などできないのだから。

第七幕

（そうか、そうだったのか）

ウェルロッド侯爵領に戻ったアイザックは、モーガンの執務室に向かう途中で思索にふけり、一人で納得していた。アイザックは〝曽祖父のジュードも転生者だったのではないか？〟と疑問に思った事がある。

――ウェルロッド家の優秀な代は全員転生者で、前世の知識があるから優秀なのだと。

しかし、それは違うとわかった。アイザックが、そう確信したのには理由がある。あまりにも野心がないからだ。誰もが恐れる謀略の神なのに王家の中心として生き、最後まで裏切る素振りを見せなかったからだ。

アイザックのように才能を持ち合わせてなくとも、玉座を狙う者がいるくらいだ。ジュードほどの知謀を持っていれば、多少なりとも野心を持っていたはず。

――才能があっても、王位の簒奪を狙わない。

つまり曽祖父ジュードは王国貴族としての枠組みを越えない、常識の範疇（はんちゅう）の人間だった。王家を裏切るという事など考えなかったのだろう。転生者であれば、権力を手にする機会を前に冷静ではいられないはずだ。

周囲の期待に応えようと必死に努力してきただけの、この世界の人間なのだと考えれば納得がいく。

（まぁ、それはそれで凄いけどな）

――前世の記憶による知識の底上げなしで、近代王国史に名を残したバケモノ。

きっと顔を会わせていれば、恐怖のあまりにションベンを漏らして泣き叫んでいた事だろう。すでに亡くなってくれていてよかったと、アイザックは胸を撫で下ろす。同時に申し訳ないという気持ちもあった。

（ご先祖様が守ってきたリード王国。……俺がもらう事になる。どうせ混乱するんだし、許してくれよ）

愚かな王子によってパメラが殺される。もしかしたら、ウィンザー侯爵家も取り潰されるかもしれない。

ならば、その混乱を利用してパメラを助けるついでに、王位を乗っ取る事になるだろう。祖先が守ってきた王家を潰してしまう事に、アイザックは心の中で先祖に合掌して許しを請う。

そんな事を考えているうちに、祖父の執務室の前までたどり着いた。周囲に面会待ちの人影はない。アイザックも人がいない時を狙っていたので、この状況はちょうどよかった。

これからやろうとしている事は、ルシアやマーガレットには反対される事が予想できた。反対されても押し切れるよう、先に当主であるモーガンと領主代理のランドルフから許可を得ようと考えていたからだ。

アイザックがドアをノックすると中から返事が聞こえ、少ししてドアが開かれた。

「おや、アイザック様。どうかされましたか？」

「フランシス、今回は留守番お疲れ様」

ドアを開けているフランシスと呼ばれた秘書官に、アイザックは花束を渡す。こういった事は継続的に、まんべんなく行うのが重要だった。〝なんで俺にはないんだ？〟と不満を持たせてはいけないのである。

「ありがとうございます。もしかして、このために来られたのですか？」

その質問に、アイザックは首を振って答える。

「これもだけど、お爺様たちに大切なお話があるんだ」

「左様でございますか」

フランシスは部屋の中を振り返る。今はランドルフが領主代理としての引継ぎを行っている。以前アイザックが、この部屋を訪れた時のように二人が机を並べていた。前回と違うところは、ランドルフが領主の椅子に座り、モーガンが横から教えてやっている事だ。領主の椅子に座らせる事で領主としての意識を持たせるつもりなのだろう。だが今は二人の視線がこちらに向いており、手が止まっている。

「構わない。入りなさい」

モーガンが入室を促す。わざわざアイザックがやってきたのだ。ここで追い返したら、どのような用件で来たのかが気になって仕事がはかどらなくなる。

先に聞いておいた方が、ランドルフにとってもいい経験になるかもしれないので、アイザックを追い返す事はできなかった。アイザックは部屋に入ると、ランドルフの前に立った。

「お仕事中、お邪魔します。お願いがあって参りました。話を聞いていただけますでしょうか？」

アイザックは父と祖父の二人と視線を交わし、最後に隣の部屋へ続くドアに視線を動かした。

――執務室の隣にある談話室。

そこは分厚い扉で、中の話が外に漏れ聞こえないようになっている。アイザックは談話室で話したいと、視線で語った。これは自分のためではなく、ランドルフのためだった。

五歳の子供に〝お父様を支えるための実績作りです〟などと、書記官たちのいる前で話されてしまっては、ランドルフの面目は丸潰れとなる。父のプライドが傷つかないようにする配慮だった。そんな思いを父にさせたくはなかったので、別室で話をしたかった。

「やましい事ではないなら、ここで話しなさい」

だが、ランドルフにその思いは通じなかった。人目をはばかるような内容であれば執務室まで来て話す必要はない。私的な時間ではなく、職務中に来たという事は人前で話してもいい内容だと考えたのだろう。

「やましくはないのですが……」

アイザックは自分の配慮が無駄になってしまい困った。こう言われてしまっては、別室で話をする事ができなくなったからだ。ある程度言葉は選ぶつもりだが〝父のプライドをいくらかは傷つけてしまうかもしれない〟と覚悟をする。

「ティリーヒルの鉄鉱石を毎月、一〇〇キロほど現地で自由に売買させてください。それに伴い、外出許可も欲しいのです」

「なんだと⁉」

ランドルフが驚く。いや、驚いたのはこの場に居合わせた者全員だった。モーガンなど絶句している。

「なんでそんな事を考えたのか気になるが……。ティリーヒルの鉄鉱石の品質は良くないぞ？」

「はい、それはわかっています」

――ウェルロッド侯爵領東部の都市ティリーヒル。

小高い丘陵地帯が広がるこの街は、領都から馬車で四日の距離にある。そこは都市と呼ぶには小さく、村と呼ぶには大きい、中途半端な規模の街だった。

鉱山があるのに、微妙な大きさだという事には理由がある。リード王国の鉱石産出量は九割以上をウォリック侯爵領で採掘されたものが占める。鉱石の鉄の含有量、埋蔵量、品質などが優れているからだ。

一方、ティリーヒルで産出される鉄鉱石は鉄の品質が悪く、労力に見合ったものを得られない。無理に採掘するよりは、ウォリック侯爵領から製鉄されたものを仕入れた方が安いというシロモノだった。

それでも鉱山が維持されているのは、非常時に備えてだ。災害などでウォリック侯爵領から、鉱物を仕入れられなくなった時のための保険でしかない。

――技術者を雇い続け、ウェルロッド侯爵領でも採掘技術を維持し続ける。

ティリーヒルの鉄鉱石に、それ以上の価値はなかった。それをなぜアイザックが自由にさせてくれと言うのか、誰一人としてわからなかった。

「ブラーク商会の件でお父様に、自分で金を稼いだ事もない子供が知った風な口を利くなと言われました。ですから、まずは実績を作ろうと思ったのです」

アイザックの言葉に、ランドルフは顔をしかめる。まるで、自分への当てつけのように思えたからだ。

「だからといってなぁ……。そういう事はもっと大きくなってからでいいんじゃないか?」

せめてあと五歳は年を取っていれば考えてもよかった。まだ母親に甘えている年頃の子供が言い出す事ではない。だが、アイザックには待てない理由があった。

「いいえ、待てません。ブラーク商会のデニスはお父様を騙した！　お父様の人柄につけ込んで、すでに一億リードをせしめているではありませんか。あいつはきっとこれからもお父様を騙し続けるでしょう」

アイザックは拳を握りしめて語る。

それに対し、ランドルフは困惑気味だ。

「しかし、謝罪と共に賠償をしようとした。ちゃんと誠意を見せてきたから、あれは手違いだったと判断したんだ。人は過ちを犯すもの。一度の過ちをいつまでも責め続けるのはよくない事だぞ」

ランドルフは正論を用いてアイザックを諭そうとす

る。あの時の事だけを切り取れば、この考えは間違ってはいなかったかもしれない。

「いいえ。デニスには明確な悪意がありました。お父様が、返金は無用だと答えると読んだうえで、返金するという申し出を行ったのです」

だが、アイザックの脳裏には、アル・カポネを騙した詐欺師の話が思い出されていた。

――投資をすると言って金を借り、投資に失敗したが失った元金は金を掻き集めて返しに来た。

そうする事で〝儲けられなかったが、金をちゃんと返しにきた誠実な奴だ〟と気に入られ、より多くの金を騙し取っていった。実際は金を借りて投資はせず、そのまま金を返しただけだったというのに。

デニスも同じである。二束三文のクズ宝石を売りつけて一億リードを受け取った。そして一カ月後にランドルフに金を返すと持ちかけた。これだけでランドルフは、デニスを信用できる男だと思ってしまった。

アル・カポネと違うところは、これからも騙され続ける可能性が高い事だ。そんな事を見過ごすわけにはいかない。世の中には騙される方が悪いと言う者もいるが、アイザックは騙す方が悪いと思っている。

いつ人に騙されるのかを疑ってギスギスとした人間関係しかない社会よりも、ランドルフのような人間が騙される事のない社会の方が良いに決まっている。

その第一歩として〝父を助けてみせる〟と、アイザックは決意を固めていた。

「僕はお父様の事が大好きです。ですから、デニスにコケにされた事がたまらなく嫌なんです。お父様にデニスを警戒してもらえるよう、僕の言葉を信じてもらうための実績を作る機会をください」

アイザックは深く頭を下げる。真剣な思いが伝わるように。そして、ほんの少しの謝罪として。本当はランドルフを助けるだけではなく〝活動資金も得よう〟と、一石二鳥を狙っていたのが心苦しかった。

「アイザック……」

ランドルフは驚きのあまり、それ以上の言葉が口から出てこなかった。幼い我が子に、ここまで心配させていたとは思いもしなかったのだ。

彼の代わりに、モーガンが横から口を出す。

「アイザック、鉄鉱石でどう利益を出すつもりだ？　鉄鉱石という事は製鉄前の石ころだぞ。そんなものが一〇〇キロあっても、一〇万リードいくかどうかだろう。お前のお小遣いにもならんぞ」

「それはですね――」

アイザックは机の向こう側に回り込む。

そして、ランドルフとモーガンに耳を貸せと手招きして、二人に耳打ちする。

「――という事を考えています」

「なんだと！」

「どこでそんな事を覚えた！」

二人の驚く声に、仕事をしながら様子を見ていた書記官たちが注目する。なにを耳打ちしていたのか気になり、ソワソワとしながら事態を見守る。

「王都でのお爺様のお姿を見て覚えました。これも合法の範囲内ですよね？」

アイザックはニッと笑って答える。

「確かに合法だが、子供が考えるような事ではない」

モーガンは頭を抱える。知らぬうちに、可愛い孫にいらぬ事を覚えさせてしまった事を反省していた。

子供の成長は可愛いというが、駆け足で成長するどころかワープしてしまっている。ランドルフは、めまいを感じているのか目のあたりを押さえていた。

「これはブラーク商会にお灸（きゅう）を据えるという効果もあると考えています。許可していただけませんか？」

「むぅ……」

モーガンは唸る。やらせてやりたい気持ちはある。だが、それ以上にやらせるべきではないという気持ちが強かった。これはまだ幼いアイザックに長旅をさせるのが心配だったからである。

「ここでの取引ではダメなのか？」

なので、安全策を提案する。わざわざ現地で取引をする必要などないと思うのは普通の事だ。問題があるとすれば、アイザックが普通ではない事だ。

「ダメです。現地で行うからこそ、奴をハメる仕掛けも役立つのです」

そうは言ったが、モーガンがまだ許してくれそうにない気配を感じていた。

（この手は使いたくなかったが、仕方ないか）

強制的に提案を飲ませるやり方に抵抗はあった。アイザックは一度唾を飲み込み、意を決して口を開く。

「お爺様は〝叶えられる望みなら叶えてやる〟と言ってくださいました。これは叶えられる望みなのではありませんか？」

「それはそうだが……」

モーガンは〝やはり覚えていたか〟と目を泳がせる。

パメラと会った日、アイザックにパメラを諦めさせるために色々と言葉をかけていた。その時に〝叶えられる望みなら叶えてやる。だが、パメラはダメだ〟と言っていた。それを持ち出されては、ダメだと言いづらい。

「……わかった。その代わり、護衛や身の回りを世話する者も十分につけるからな。それと、体調の悪い時は諦めて休むように」

「ありがとうございます！」

モーガンが折れた。

「よろしいのですか、父上？」

「構わん。ただし、こんな無茶はこれっきりだぞ」

「はい！」

ランドルフからすれば断りたい。しかし、現当主であるモーガンが許可を出してしまった以上、それを覆すのはよほどの理由がいる。ただ〝父親として不安だから〟では認められないだろう。

「……アイザック。これだけは聞いておく」

モーガンは苦悩に満ちた表情から、真剣な面持ちへと変わる。そして、ジッとアイザックの目を見つめてきた。まるで心の奥を見透かそうとするかのように。

「お前は私の父であるジュードや、ご先祖様の生まれ変わりだったりするのか？」

あまりにも馬鹿げた質問だが、この世界ではそういう霊的な事もあると信じられていた。

「いいえ、違います。僕は僕ですよ。お爺様」

アイザックには前世があるが、ジュードではなく、ご先祖様でもない。これは嘘偽りのない言葉であった。

それを感じ取ってか、モーガンは深い溜息をついてから、アイザックの頭を撫でた。

「そうか、変な事を聞いてしまったな。紹介状や売買許可証は、できるだけ早く用意しておこう」

「ありがとうございます」

アイザックはお辞儀をして、ランドルフたちに〝お仕事頑張ってね〟と言い残して退室していった。

「お前も辛いな。私は父上に頭を抑えつけられたが、お前は下から突き上げられる立場だ」

モーガンがランドルフを慰める。モーガンは優秀な父を持ち、その息子として父と比較された。それに対し、ランドルフは優秀な息子を持ち、父親として息子と比較される事になる。どちらが辛いかは明白だ。

「……私だってまだまだ負けませんよ」

ランドルフは言い返したが、ブラーク商会の件を考えれば、すでにアイザックにフォローされる立場になってしまったと感じていた。

まだ五歳の息子相手だが、焦ってはいない。領主としては、まだ負けていないからだ。子供とは思えない賢さだが、それでも人生経験が違う。長く生きていれば、積み重ねてきたもののかさが違うのだ。

その積み重ねてきたものが領主として重要だ。才能だけで物事を推し進められるほど、行政は甘くない。政策を提案するだけではなく、調整役としての役割も果たさなければならないのだ。そういった経験がなければ、領地の統治などできないのだから。

（……でも今のうちに差をつけておこう）

ランドルフも子供ではない。才能の差というものが、残酷なほど他人との違いを見せつけるのをよく知っている。そう遠くないうちに追い越される日が来るとわかっていても、それまでの間に領主として必要なものをしっかりと学び、少しでもリードを広げておくつもりだった。いつかアイザックに追い越される日を一日でも長く遅らせて、父としての威厳を保つために。

アイザックは活動資金が欲しいと思い続けていたが、問題はどこから集めるかだった。〝胡麻の油と百姓は

搾れば搾るほど出るもの〟という言葉がある。

――ならば、農民から徴税するのか？

だが、そのような事をするつもりはない。経済に詳しくないが〝国家を支える平民が豊かであればこそ、国も富む〟と、アイザックは考えている。無理な徴税で、平民を消耗させるつもりはなかった。

――では、貴族から金を集めるのか？

これも無理だ。不必要な反感は将来に不和の種を残す。国の統治に知識階級は必要だ。自主的な献金ならばともかく、強引な徴収で反感を買う事はできない。

そうなると、相手は自然と限られてくる。

――アイザックが選んだのは商人だった。

彼はウェルロッド侯爵領内の各分野で二番手の商会に目をつけた。ブラーク商会はウェルロッド侯爵領内のほとんどの街で仕事を一手に引き受ける最大手。公共事業の大半を引き受けているようなものだ。そんな状態でも、二番手につけている商会は実力と根気があると思われる。アイザックは、彼らの目の前にエサをぶら下げるつもりだった。

――未来のお抱え商人の座というエサを。

だが、今はまだ伝えていない。アイザックの書状を見て興味を持った者だけがやってくればいい。自分に誠意を見せた者にのみ、こちらも誠意を見せるつもりだった。選別はすでに始まっていた。

とりあえず、いくつかの商会が参加の返事をしているので、ティリーヒルに誰も来なかったという寂しい結果にはならないだろう。ここまではアイザックが〝こうなるだろう〟と予想した範囲内ですべての物事が進んでいる。そう、すべてが予想通りに――。

「そんなのダメ、絶対にダメよ！」

「ルシアの言う通りです。まだ五歳なんですよ！」

ルシアとマーガレットが、許可を出したモーガンとランドルフに抗議している。

（やっぱり、こうなったか）

アイザックの予想通り、母と祖母の二人が反対した。二人の勢いにランドルフとモーガンも、腰が引けていた。そして、母と祖母の間に座らされているアイザックも小さくなっていた。

「アイザックもアイザックよ。なんでそんな事を言い出したの？　お小遣いには困っていないでしょう」

「いや、それは……」

アイザックは口ごもる。馬鹿正直に〝親父を守ろうとして〟と言えば、ランドルフの面子は完全に潰れてしまう。しかし、適当な言い訳が思いつかない。

どう答えようか迷っているアイザックを見て、ランドルフが助け舟を出した。

「私のためだよ」

「あなたの？」

ランドルフは、妻の視線をしっかりと受け止める。

「そうだ、私のためだ。ブラーク商会の一件を見て、アイザックは心配になったらしい。そして実績を作って、これからは自分の言葉を私に信じてもらえるようになりたいと今回の件を持ち出したんだ」

己の未熟さを語るのは辛い。しかも幼い息子にフォローされるというのは屈辱の極みである。だが、それ以上にこの状況で黙っている方が辛かった。

彼にも親としてのプライドがある。助けられるところでは、ちゃんと助けてやりたいと考えていた。

「そんな……」

ルシアは否定しようとしたが〝アイザックなら言い出すかもしれない〟と思うと、言葉が続かなかった。

代わりにマーガレットが否定した。

「信じられません！　賢いとはいえ、いくらなんでも、こんなに小さい子がそんな事を言い出すはずがありません。あなたたちが、そう言い出すように仕向けたのではないのですか？」

ランドルフが真実を告白しようが、マーガレットの勢いは止まらない。彼女はアイザックの肩に手を乗せてギュッと強く握る。少し痛いくらいだが、力の強さは思いの強さ。その手を振り払う事はせず、アイザックは祖母の手に自分の手を重ね合わせる。

「本当の事です。お婆様」

アイザックは答えながら、マーガレットを見上げる。

――子供奥義・涙目での上目遣い。

子供であるという事を最大限に生かした技である。

その姿を見て、肩を掴んでいた手の力が緩む。

「お父様は優しい方です。ブラーク商会は、そんなお父様の信頼につけ込んで食い物にしようとしました。絶対に許せません！」

アイザックが説明すると、マーガレットはモーガンに視線を向ける。

「ならば、あなたがブラーク商会に制裁を加えればいいではありませんか。当主なのですから」

彼女は真っ向から正論をぶつける。

しかし、正論であってもできない事もある。

「ランドルフが謝罪を受け取った時点で、表向きは終わった事だ。それを覆すような真似はできん。それに、ランドルフはなにかの手違いだと信じている。私も一度の過ちで制裁を加えるような事はしたくない。だから、アイザックに任せるのも悪くないと思ったのだ」

貴族には面子というものがある。ウェルロッド侯爵家が一億リードの損失で大騒ぎすれば鼎（かなえ）の軽重を問われてしまう。ただし、侯爵家は金を持っているとはいっても資産は動産・不動産が多い。〝現金〟という括りで考えれば、一億リードの損失はやはり痛かった。

だが、面子を捨てて、なりふり構わず報復するほどの額ではなかった。今後のブラーク商会の態度を見てから対応するべきだというのがモーガンの考えである。

「アイザックに任せるのも悪くないと思っている、ではないでしょう？　そういうのはあと一〇年してから言いなさい！」

マーガレットとて侯爵家の妻である。感情的になっているようで、的確に痛いところを突いてくる。

モーガンは気圧されながらも、説明を始める。

「いやいや、幼いからいいんだ。我々に面子があるように、商人にも面子がある。だから、子供にしてやられたなどと文句をつける事はできん。それに、本人にやる気もあるしな」

「ですから――」

「お婆様」

マーガレットが否定しようとしたところで、アイザックが止める。

「これはお父様のためだけじゃないんです」

「……どういう事か説明しなさい」

アイザックは神妙な面持ちになり、口を開いた。

「僕が実績を残す事で、後継者に兄上を推す声ばかりではなくなるでしょう。そうすれば、お母様も寂しい思いをしなくて済むかもしれません」

今はネイサンが次々代の当主として有力視されているので、貴族たちはメリンダのご機嫌伺いを行い、ルシアにはおざなりな対応をしている。

〝アイザックが後継者になるかも？〟と思わせられるだけの実績を残せば、ルシアに擦り寄ってくる者も現れるだろう。カレンたち、数少ない友人が訪ねてくるのを待って、一人で過ごさなくても済む。

――子供奥義・涙目での上目遣い。feat．母を思う純粋な気持ち。

このコラボの前には、マーガレットの勢いが大きく削がれた。〝これはいける〟とアイザックは確信する。

「そんな事しなくていいのよ！」

ルシアがアイザックを抱きしめる。

「後継者の座なんていいじゃない。権力に擦り寄ってくる人なんていなくてもいいじゃない。家族で静かに過ごしていられたら、それでいいじゃないの……」

ルシアは、そう言って泣き始める。彼女はランドルフやアイザックと共に暮らせれば、それでよかった。わざわざ、静かな水面に石を投げるような真似をしなくてもいい。後継者争いを激化させるような事をしなくてもいいと思っていた。

嫌がらせ程度で済んでいる今のままを望んでいたが、アイザックは現状維持を望んでいない。これを機会に物事を進めていきたいと考えている。母には申し訳ないが、前へ進むのをやめるわけにはいかなかった。

「お母様、ごめんなさい。ですが、子供はいつか親の手を離れるものです」

「早すぎるのよ！」

（うん。まったくもってごもっともな意見だ）

シンプルな意見をストレートに言われてしまっては言い返せない。返答に困ったが、すぐに気を取り直す。

「今生の別れというわけではありません。それに、今年と来年で合わせて一〇回だけです。行かせてください」

アイザックは母の目を見つめながら言った。今言ったように、アイザックが考えている鉄鉱石の入札は一〇回。それも、ウェルロッド侯爵領にいる間だけで、王都に行っている間は行わないというものだった。

それでもルシアは納得のいかない顔をしていた。ルシアの心痛は一人で遠出をする子供に対して相応のものので、過保護というほどではなかった。これは心と体のバランスが取れていないアイザックの存在が悪い。

「でも、でも……」

涙を流すルシアに、アイザックは援護を求めてモーガンを見る。

「私は許可を出しただけだ。本当に行くかどうかはアイザックの判断に任せている」

「えっ、それはないでしょう……」

あっさりと救いの視線を受け流され、アイザックから嘆きの声が漏れる。次はランドルフに視線を向けた。

「好きにさせてやりたいとも思うが、家族の団欒の時間は大切だ。非常に難しい問題だな。うん、難しい」

「ちょっと」

ランドルフもルシアに〝行かせてあげろ〟とは言わなかった。明言を回避し、視線を逸らす。二人ともアイザックに決めさせようと責任回避に動いていた。

（クソッ、説得方法がマズかったか！）

――叶えられる望みなら叶えてやる。

その言葉を盾にしてティリーヒル行きを約束させたようなものだ。やや強引な方法を取ったので、許可は出してくれたが積極的には味方してくれないらしい。説得方法に問題があった場合、こんな場面でどんな結果が返ってくるのかをここで思い知らされるとは、アイザックにとって想定外の事だった。

（つまり、貴族を味方にする場合は、ガッチリ心を掴まないと頼りにならないって事か。……いや、こんな事考えている場合じゃない）

アイザックは気を取り直して説得しようとする。

「お母様、僕が人間として大きくなるチャンスだと思って行かせてください。護衛もいます。お母様と離れるのは寂しいですが、その他の心配はありません」

「アイザック……」

アイザックは年齢以上に賢い子だ。だから、行かせてやりたい。けれども、母親として心配である気持ちの方が強い。アイザックを抱きしめる腕は緩む事はなかった。そんな状況を打破する強力な援護射撃が思わぬところから飛んできた。

「ルシア、行かせてあげましょう」

「お義母様！」

マーガレットの援護だった。彼女は行かせてやってもいいと思い直していた。

「お義父様と違い、この子にはまだ人としての情があります。その思いを汲んで、今回は行かせてあげてもいいでしょう」

〝後継者争い〟だとか〝ブラーク商会にお灸を据える〟という不穏な点は、マーガレットもかなり気になっている。だが、それ以上に〝両親のために動きたい〟という点に注目した。ジュードのような人物になる前に、アイザックの家族愛を無下にせず、そのまま育てるのも悪くないと考えたのだ。

ルシアは返事をしなかった。ただアイザックをギュッと強く抱きしめ、首を縦に振るだけだ。

——外出には納得していないが許可は出す。

彼女なりの精いっぱいの意地の張り方だった。

マーガレットは優しい目をして、苦しい決断を下したルシアを見る。そして、厳しい目をして、曖昧な事を口走ったモーガンたちを見た。

「あなたたち！　アイザックに許可を出したのなら、最後まで腹を括って応援してあげなさい！　なんですか、さっきの責任逃れは！」

「いや、あれはだな……」

「違うんです、母上。そういうつもりでは……」

二人は、マーガレットの気迫に押されていた。

（もしかして、婆さんが一番男らしいんじゃ……）

祖母の意外な一面を見て、アイザックは驚いた。

（これで失敗したら、面目ないってレベルじゃねぇな）

家族に心配をかけ、母を泣かせてしまった。アイザックは大きなプレッシャーを今になって感じ始めた。

だが、そのプレッシャーも責任ある行動を許された事により、どこか心地良いとすら感じていた。

第八幕

ティリーヒルという街は、領都ウェルロッドより馬車で四日の距離にある鉱山都市である。丘陵地帯にあるため、領都から一直線に向かえるわけではない。ティリーヒルにはウェルロッド領の北東、領境にある商業都市テーラーを経由して向かう。

その道中は、アイザックにとって苦難の連続だった。思わず〝母や祖母の言う通り、まだ子供には早かった〟と考えてしまうくらいには。特に商業都市テーラーからティリーヒルに向かう道が酷かった。王都へ向かう道とは比べものにならないほど酷く、一応は整備していますという程度で、大都市間の主要道路とは比べものにはならないほど道が荒れていた。

一番苦痛だったのは、世話役の使用人が全員男だという事だった。シェリーのような若いメイドがいれば〝馬車の揺れに耐えるため〟と称して抱きついたりできたのだが、男相手にそんな事はしたくはないし〝子供なのに女好きなのか〟と思われたら嫌なので、メイドと一緒に行きたいという要望も言えなかった。

（それにしても物々しい警備だ）

アイザックは馬車の外を見る。完全武装の騎士が一〇人に兵士四〇人と、総勢五〇人もの護衛がいた。ちょっとした小競り合い程度なら余裕で勝てるだろう。

アイザックも〝さすがにこれほど大勢はいらない〟と言ったのだが、モーガンが譲らなかった。危険があっては困るというのもあるが、アイザックはウェルロッド侯爵家の継承権第二位。どこかに出かけるのならば、相応の護衛を連れて出かけなければならない。これも貴族としての見栄の範疇だったようだ。

（最初は、この護衛たちの給料分も稼げないのに……）

商会に落札させても、最初は低い価格となるだろう。次回の入札までは少し気まずくなるかもしれない。

（大丈夫だ。商人なら、利を見せれば食らいつく……よな？　頼む、食らいついてくれ）

ここまで来て不安になるが、もう立ち止まれない。

前世とは違う人生を歩むと決めた以上、挑戦しないという選択肢はないのだ。前世では気になる女の子がいても、まごまごして声をかける事すらできなかった。

そんな自分だからこそ、多少強引に進めるつもりで物事に当たるくらいが、ちょうどいいと考えていた。


ティリーヒルの代官であるオルグレン男爵家の屋敷の一室を借りて入札を行う事となった。オルグレン男爵家当主であるクレイグとその家族に、世話役としてついてきたグレンという秘書官見習いも同席し、護衛の騎士は部屋の隅で警護をしていた。

「皆さん、よくぞここまでお越しくださいました。まずはその事に感謝致します」

アイザックは三人の商会代表者に礼を言う。彼らはアイザックが選んだ〝規模が大きく、それなりに金がある商会の中でアイザックの呼びかけに応えた者たち〟である。他にも同規模の商会はあったが〝取り入るならネイサン様だろう〟といった判断をして誘いを断っていた者の方が多かった。


――重要な決定ができる者を必ず出席させる事。

参加にこのような条件をつけていたので、面倒だと思う者がいてもおかしくない。これはアイザックにしてみれば優しさでつけた条件だったのだが、商人たちはそう受け取らなかった。大きな特典が付くとは、まだ教えていない。商人たちには〝アイザックが面子にこだわっているのだろう〟と受け取られていた。

確かに媚びを売るのは大切だが、後継者争いで負けそうな側にまで売る必要はない。それならば無駄な時間を使わずに本業に精を出した方がずっといい。重要な決定を下せる者は商売に必要なのだから。

今回アイザックの誘いに乗ったのは、そういった当たり前の判断をしなかった者たちだ。〝ネイサンと接触を持つのは当たり前〟という共通の認識が商会の間にはあったが、多くの商会が支持するのでは、一つ一つの商会に対するリターンも少ない。彼らは、むしろ不利なアイザック側に投資をして、一発逆転を狙ってみようというチャレンジ精神を持った者たちであった。

参加した商会は、それぞれ扱う分野が違う。

主に食料品を扱うワイト商会からは、番頭のヘンリーが出席している。ウェルロッド領内ではブラーク商会の勢力が強いので、隣国の農業国であるファーティルとの間で食料品の輸出入を行っている商会だ。

アイザックに取り入る価値があるならば取り入り、領内での食料品取引量一位の座を目指そうとしている。

主に鉄製品を取り扱うグレイ商会からも、番頭のイアンが出席している。元々ブラーク商会は木工品を取り扱っていたが、お抱え商人となって一〇〇年経つ。すべての分野で仕事を独占しようとしており、近年では鍛冶職人にも声をかけ始めたのに危機感を持っていた。アイザックの呼びかけに応えたのは、なにかのきっかけになるかもしれないと思ったからだ。

装飾品を取り扱うレイドカラー商会からは、商会長であるジェイコブが出席していた。レイドカラー商会はブラーク商会の動きを最も警戒している商会だった。

デニスの妻は王都にある商会の娘で、その商会は王家に装飾品を納めるほど有名なところだった。その伝手を使って商品を取り寄せ、ブラーク商会は装飾品も取り扱い始めた。メリンダやネイサンに取り入っているのはブラーク商会も同じ。アイザックが〝当たり〟である事を願い、博打を打つ気分で参加していた。

「そして、この場をお貸しくださったオルグレン男爵にも感謝致します」

これから度々屋敷を借りる相手に感謝をしておく。挨拶で感謝を述べるのはタダだ。それだけで今後の印象が良くなるなら、いくら言っても損はない。

「いえいえ、こちらこそお礼を言いたいくらいです。田舎(いなか)は娯楽が少ないですから」

そう言ってオルグレン男爵は笑い、シワの刻まれた顔にさらにシワを増やした。鉱山があるとはいえ、ウェルロッド領内の需要を満たすほどの量を採掘しているわけではない。この街は採掘技術の維持と、他の鉱山でなにかが起きた時の保険として存在している。

主要な交易路からも離れているため、大道芸人たちもティリーヒルまでは滅多に来ない。こうしてアイザックが訪れて、なにかをやるというのはいい見世物だった。とはいえ〝家族総出で見学はいかがなものか〟と、アイザックは思っていた。

「それではさっそくですが、話を進めたいと思います。お越しくださった皆さんに、鉄鉱石一〇〇キロを入札によって買っていただきたいのです」

アイザックの隣に座るグレンが気づかれぬよう小さく溜息をつく。他の者たちも表には出さないが、ほとんどがグレンと同じ気持ちだった。

――露骨な賄賂の要求。

安いものを高く買わせる事によって、その差額を懐に収めるのはよくある手法だ。〝賢いと噂されていたが、しょせんその程度か〟と皆がガッカリとしていた。

「全部で一〇回はやるつもりです。落札した方には凄い特典がありますよ。ぜひとも頑張ってください」

子供らしい笑顔で話すアイザックに、他の者も笑顔を浮かべる。バカバカしいと思っていても、正面切って馬鹿にするわけにはいかない。相手は領主の孫なのだ。ご機嫌を取っておかねばならない相手だった。

騎士によって商人たちの間に衝立が運ばれる。入札額を書き込む時に他の者から見えなくするためだ。

商人たちは肩を落としながら入札額を書き込んだ。

中でも、ジェイコブは絶望に満ちた表情で書いていた。この集まりがブラーク商会を打破するきっかけにはならないと思ったからだ。アイザックは集められた用紙を彼らに見られないように確認すると、そこにはガッカリする金額が書かれていた。

（三〇万、五〇万、一二一万……。やる気があるのはワイト商会だけか）

元が一〇万リードもしない鉄鉱石と考えれば、全員それなりの値はつけてくれた。ワイト商会の一二一万リードというのは、誰かが一〇〇万と書くのを予想して一一〇万、というのを予想して、さらに一二〇万。ついでに一万を上乗せして一二〇万で被った時の保険にするという読みによるものだろう。

今回の入札に真面目に対応してくれたという事であ

り、アイザックはワイト商会に好印象を持つ。

「ワイト商会の落札です。おめでとうございます」

アイザックが笑顔で祝福する。

「ありがとうございます」

ヘンリーも馬鹿らしいと思っていたが笑顔で返事をする。周囲からも祝福の拍手が聞こえてきた。

「落札されたので、まずは一ポイントを差し上げます」

アイザックの言葉を聞いて、グレンが手元の用紙に〝ワイト商会の落札回数一〟と書いた。

「他の商会がどの程度落札できるかによりますが、このポイントが五ポイント貯まれば勝ちです。例えば落札回数が五回：二回：二回となった場合、最多落札者が優勝となり九回目で入札は終わります」

〝一〇回やる〟とは言ったが、どこが一位か決まれば、そこでやめるという事を伝える。とはいえ、この場は白けていた。落札者を含め〝もうどうでもいい〟という空気が漂っていた。

「落札回数が多かった商会は、僕が領主になった時にお抱え商人にしますから頑張ってくださいね」

「なんですと⁉」

白けた空気が吹き飛んだ。アイザックの一言で〝子供の小遣い稼ぎ〟から、一気に〝お抱え商人の座争奪戦〟へと変貌したから当然だ。

「そのような事は伺っておりません。なぜ先におっしゃっていただけなかったのですか！」

「そうですよ。そうとわかっていれば、もっと高い金額を入札しておりましたのに」

落札できなかったグレイ商会とレイドカラー商会は抗議する。最初の一回とはいえ、競争でリードを取れるというのは非常に有利だからだ。

だが、その抗議はお門違いだった。アイザックは顔から笑みを消し、真顔になって一度強く机を叩く。その音で二人は体をビクつかせて静かになった。

「落札者には特典があると告げていました。ガキの小遣い稼ぎならば、この程度で十分だと控えめの金額を書いた責任が、ご自身にあるのではありませんか？」

態度が豹変(ひょうへん)し、咎めるような口調で話すアイザックに二人は目を伏せる。アイザックの言う通りだったからだ。甘い考えを本人に気づかれてしまったので、非常に気まずい。しょせんは子供と思っていただけに、より一層の気まずさを感じていた。アイザックは二人を軽く一睨みしたあと、笑顔に戻った。

「さて、ワイト商会のヘンリーさん。最初の落札者として、ルールを一つ決める権利を差し上げましょう」

「ルール……、ですか？」

ルールを決めろと言われても、どんな事を決めればいいのかがパッと思いつかなかった。アイザックはこの反応を予想していたので、参考までに教えてやる。

「今回を含めて、入札金額を公開するかどうかを決めるという権利を差し上げます。全員分を公開するのか、それとも落札者だけを隠すかといったものですね」

落札金額がわかるかどうかは、今後の入札に大きく影響する。その決定権を、最初の落札者であるヘンリーに与えた。

「持ち帰って検討し、来月の入札の時に伝えるのではいけませんか？」

ヘンリーはダメもとで聞いてみたが、当然アイザックは首を横に振る。

「それでは次回までに、どのようなルールになるのかわからない他の商会が著しく不利になります。この場で決めてもらうために、重要な決定を下せる者を呼び寄せた意味がなくなってしまうではありませんか」

持ち帰る事が無理だとわかると、ヘンリーは顎に手を当てて考え込んだ。時折、他の二人に視線をやって、どうすれば自分が有利になれるかを必死に考える。

「落札者の金額は非公開とし、他の商会の入札金額は公開するというものでお願いします」

結局、アイザックが例で出した〝落札者の金額だけを隠す〟という案を選択した。自分が落札者なので、落札金額がわかっているというアドバンテージがある。次回以降もそれが有利になるはずだ。

そして、これはアイザックが望んだルールだった。

落札金額がわからない以上、落札できるように大幅な落札金額のアップをしていかなくてはならない。入札金額が大きく上がっていけば、アイザックの実入りも大きくなる。この方法を選んでもらうために、さりげなく参考として伝えて思考を誘導していたのだった。

「では、こちらが残りの入札金額です」

アイザックは入札金額を書いた用紙を見せる。

グレイ商会が五〇万、レイドカラー商会が三〇万。

公表された金額を確認し、ジェイコブが〝安かったので不興を買っていないか〟と不安そうな顔を見せた。

「勝者にならなくても、こうして参加してくださっているだけで感謝しています。ですから、落札できた回数が少なくても諦めないでくださいね。他にもこちらで決めたルールがあります」

アイザックは自分の決めたルールを伝える。

——第一に、入札するための金は、現金でティリーヒルまで持ってくる事。

——第二に、ティリーヒルに来る他の商会を直接的、間接的に妨害する事の禁止。

——第三に、アイザック以外のウェルロッド侯爵家関係者に助けを求める事を禁止する。

これは落札金額の漏洩（ろうえい）や、モーガンなどに頼んで落札したと見せかける不正をアイザックにするよう、働きかけないようにするためだ。

「これらは基本ルールであり、状況に応じて限度を超えて不当であると思われる行為には罰則を与えます。皆さんが妨害などを考えずに、普通に入札してくれていればなにも問題はありません」

「たとえば談合はどう判断なされますか？」

イアンが恐る恐るアイザックに質問する。

「どうぞ、ご自由に。ですが、お抱え商人にするのは、最も落札回数が多いところです。談合で途中の入札金額を抑えても、最後の一回は全力で金を積む事になるでしょう。それよりは駆け引きをして出し抜く方が結果的に安く済むと思いますけどね」

「いや、まったくその通りでございます」

イアンは額の冷や汗を拭う。いや、イアンだけではない。この場に同席した者のほとんどが、緊張のあまり汗をかいたり、唾を飲み込んだりしていた。

噂には聞いていたが、アイザックは普通の子供ではない。それどころか、先代当主のジュードの魂が乗り移っているのではないかとすら思えた。

ランドルフたちはアイザックが生まれた時から知っているのでインパクトは薄いが、普段接しない者たちにとってアイザックは不気味でしかなかった。

ここまで理路整然と話のできる五歳児など、得体の知れない化け物と同じだ。アイザックに失望していた空気は、とうの昔に消え去った。ここにあるのは〝ジュードが再来した〟という畏怖のみである。

「他に質問はありますか?」

「いつ頃お抱え商人になれますでしょうか?」

ジェイコブが質問する。これは他の者たちも気になっている内容だった。

「いつ頃になるでしょうね。僕が領主代理を任されるのは二〇年くらい先になると思いますよ。ですから、来年、再来年といった短期間でお抱え商人になれると思って、無茶な入札をしたりするのは避けていただいた方がいいでしょう」

「ありがとうございます」

ジェイコブは答えてくれた礼を言いながら、素早く計算をする。これから先、二〇年もすればレイドカラー商会が天下を握れる。その間、ブラーク商会に負けずにいられるかどうか。先の見えない戦いではなく、二〇年という期限がわかっていればなんとかなるかもしれない。お抱え商人になれるというのであれば、一度店に戻って考える価値があった。

「他にはなにかありますか? 次回以降も質問は受けつけますので、今すぐにでなくても大丈夫ですよ」

「重要な質問があります。もしアイザック様が継承権二位の座を失った場合はどうなるでしょうか?」

ヘンリーの質問は最も大事な質問でもあり、最も聞きにくい質問であった。だが、アイザックはなんでもない事のように答える。

「そのための資金集めですよ。どの程度資金が集まるかによって、僕の運命は左右されます、あなた方と一蓮托生と言ってもいい。だからこそ、見返りも大きいのですよ。最多落札者以外にもね」

アイザックの言葉に、最も大きな反応を示したのはオルグレン男爵だ。物珍しさで見学に来たが、たかが鉄鉱石の入札がウェルロッド侯爵家の後継者争いを左右する事に繋がるとは想像もしていなかったからだ。

〝大変な現場に立ち会ってしまった……〟と、息を呑む。そして、この場にいる者たちは気づいた。

——なぜ入札形式なのかを。

後継者争いに勝つための投資を求めるのならば、こんな面倒な事をしなくてもいい。わざわざ鉄鉱石の入札という面倒な手段を取った理由は〝信頼できる商人を見定めるためだ〟と。

アイザックは、これからの後継者争いで頼りになる者を探している。だからこそ、目ぼしい商会に声をかけ、競わせてその実力を見定めるつもりなのだろう。

アイザックから〝資金が欲しいので投資してください〟と頭を下げるのではなく〝お前たちが俺に従う者としてふさわしいのかを見定めてやる〟という強い意志が見える。これには商人たちも驚いた。悪い意味ではなく〝当たりを引いた〟という意味でだ。この年で商人を試すような子供を見た事などない。きっと後継者争いにも勝ってくれるような気にさせてくれた。

もっとも、アイザックは頼りになる商人を探すために入札形式にしたわけではない。来年からはブラーク商会をさりげなく誘い、財産を吐き出させるための種を蒔くためでもある。

(必要な事とはいえ、俺は種を蒔いてばっかりだな。どうせ種を蒔くなら女に蒔きたいっていうのに。……こんな時になにを馬鹿な事を考えているんだ俺は)

アイザックは自嘲気味な笑みを浮かべる。

その笑みを見て、この場に居合わせた者たちは〝さぁ、お前たちの実力がどんなものか見せてみろ〟と、挑戦的に言われているように見えていた。

最初の入札から、さらに二カ月が経った。

四月に始まった入札も五月、六月となるにつれ、気温に比例するように熱くなっていった。二度目の入札は、ワイト商会のヘンリーが落札する。落札金額は一四〇〇万リード。ほかの商会も、今回は一〇〇〇万前後の勝負になると読んでおり、近い金額を提示していたが、続けて二度もワイト商会に落札された事により、他の商会は危機感を覚え始めた。あと三回落札されれば、勝利確定となるからだ。

その焦りは三回目の入札に表れた。三度目の入札は、グレイ商会のイアンが落札する。落札金額は四六〇〇万リード。他の商会が、三二〇〇万リードと二七〇〇万リードと、三〇〇〇万リード前後の勝負と読んでいたのに対し、予想金額の五割増しの値をつけて強引に落札した。これは落札者の金額が発表されない事による不安によるせいだった。

――自分が考えている以上に、ワイト商会は多額の入札をしているのでは？

そう思ったイアンが、予想を大きく上回る額で入札した。これはアイザックが望んだ通りの結果である。

――不安を煽り、入札額を跳ね上げさせる。

通常の入札とは違い、落札者の金額が正確にわからないからこそ、このような事が起きた。アイザックには、彼らから搾り取ろうというつもりはないが、無理のない範囲で徴収しようとは考えていた。

金はいくらあっても困らない。金を持っているだけでも、その金が目当ての者たちが近寄ってくる。人が集まれば、彼らの人脈を使ってさらに人脈を広げていくのも可能だ。金の使いどころを間違わなければ、さらに大きな結果を残す事ができる。

その一例として、アイザックは護衛の騎士や兵士たちにボーナスを配っていた。まだ落札金額が少ないので少額ではあったが、アイザックは金を貯めるのが目的ではない。それでも庶民的な感覚の抜けきらないアイザックにとって身を切る思いだった。だが、それも仕方ない事だと我慢する。

今回の目的は、ブラーク商会への制裁であり、金を貯めるのはその副産物に過ぎない。ならば、ネイサンを追い落とす時のために使っておく方がいい。権力を握れば、使った金以上のものを得られるのだから。

アイザックの思い通りに商人たちが動いてくれるのには理由がある。すべてウェルロッド侯爵家三代の法則とジュードの存在のお陰だ。ジュードが戦死して、まだ一〇年も経っていない。そのため彼らの脳裏には、ジュードの存在が記憶に深く刻まれたままだった。

――ジュードから三代後のアイザックが能力の片鱗を見せた。

〝アイザックが後継者になる姿を思い浮かばせた〟のも〝母親の実家の力など関係なしに継承権を守り切る〟と思わせたのも、ジュードの存在があったからだ。

そのせいで、先入観を持ってアイザックを見定めてしまった。アイザックは彼らが〝本来のアイザック〟に気づく前に、本物の力を身につけねばならない。

だが、力を見せねばならないのはアイザックだけではない。今後も良い関係でいたければ、商人たちもその実力を見せねばならなかった。そのためにガバガバなルールを設定しているのだ。商人たちは、アイザックの不興を買わないやり方で競争相手を出し抜く事を求められている。双方共に、今後もパートナーとして付き合えるかどうかを証明しなくてはならなかった。

とはいえ、アイザックも入札の件にばかり構ってもいられない。五歳で遠出を許された代わりに、屋敷にいる間は家族と過ごす時間が増えた。離れている分の時間を取り戻そうとしているのだろう。

特にルシアには強くその傾向が見られた。今までアイザックは一人で本を読んだりしていたが、彼女はなにかにつけて自分の傍に置くようになったのだ。

七月七日。この日はティファニーの誕生日であり、それを口実にお茶会を開いた時も、ルシアはアイザックを隣に座らせていた。出席者は主役であるティファニーとカレンの母娘と、リサとアデラ母娘である。

「お誕生日おめでとう」

アイザックは花束をプレゼントする。

従姉妹であり友達でもあるティファニーには、使用人に渡す花束よりも花が多めになっている。

「ありがとう」

ティファニーは笑顔で花束を受け取った。まだ子供とはいえ女の子である以上、こうして花束をプレゼントされるのを喜んでくれていた。特にアイザック本人が花の世話をしているのを知っているのでなおさらだ。

「アイザックは花壇の世話を休まないなんて凄いね。よくお出かけしてるのに……。お母さん、私もお出かけしてみたい」

「あなたは女の子だからダメよ。アイザックは男の子だから特別に許されているのよ」

〝私も連れていって〟という目で見るティファニーを、母親であるカレンがたしなめる。そう言う彼女のお腹は大きくなってきている。

「ティファニーは王都で家族とお出かけしていたんじゃないの？　僕は王都の見学に出かけられなかったから、そっちの方が羨ましいな」

　王都ではティファニーと会う回数が減っていた。それは彼女が家族で出かけているからだ。僻地に出かけるよりも、華やかな場所を散策する方がずっといい。ティリーヒル周辺で変わったものといえば、松林が広がる一帯があるだけだ。松の木に特別な思い入れがあるわけでもないアイザックは〝王都でウィンドウショッピングをしたい〟という気持ちの方がずっと強かった。王都での話が出た事でティファニーはなにかを思い出したんだろう。エヘへと照れ笑いをする。

「なにかあったの？」

「んっとねー。実はね、婚約者ができたの」

「本当に⁉」

　アイザックとリサが驚きの声を上げる。

　ルシアやアデラは特に反応しなかったので、そういう話があるというのは知っていたのだろう。ティファニーは照れ笑いをするばかりで話を聞けなくなった。

　代わりにカレンに視線が集中する。

「どんな相手なの？」

「相手はアダムス伯爵家のチャールズよ。伯爵家とはいっても、領地を持たない宮廷貴族だけれどね。前々から話はあったのだけれど、先日正式に婚約しようという手紙が来たから、今年の冬には確定するわね」

　カレンの言葉に、アイザックは目を見開いて驚くしかなかった。

（チャールズ・アダムスっていうと、ゲームでティファニーの婚約者だった奴だ！　俺がいたらシナリオに影響を与えると思っていたけど、関係ないのか？）

〝自分の存在が、ティファニーの人生に影響を与えるかもしれない〟と思っていたアイザックは、原作通りの方向に物事が動いている事に驚く。

だが、それはそれでいい。主人公であるニコルの活躍に期待できるという事でもあるからだ。

「アダムス伯は財務省で未来有望と言われている官僚ですよね。凄い良縁に恵まれましたね。どうやって渡りをつけたのですか？」

大きな力を持たない地方貴族の娘が〝未来は事務次官〟と目されている有力者の息子と婚約するのは、十分に玉の輿といえる婚約だった。まだ婚約者が見つかっていないリサのため、この機会にコツを聞いておこうとアデラは考えた。カレンは軽い溜息をつく。

「こちらから特別なにかをやったわけじゃないのよね。アイザックの従姉弟っていう事で選ばれた面が大きいと思うわ」

「えっ、僕ですか？」

ティファニーの婚約に自分が関わっていると聞き、アイザックはまたも驚かされる。

「ティファニーは、あなたの従姉弟だからウェルロッド侯爵家ともまったくの無関係じゃない。むしろ、近い立場にいるのよ。アダムス伯は政治的な影響も考慮したのではないかしら」

カレンの説明にアデラは納得した。たとえネイサンの継承権が優先されるような事があっても、ランドルフの第一夫人であるルシアの姪という肩書きは強い。

一応は正統な後継者であるアイザックもいるので、興味を惹かれるものがあったのだろう。ハリファックス子爵家よりも、ランドルフとの関係を考えての婚約の可能性が高い。

アイザックは〝自分が関係して婚約が決まった〟事に驚いていた。原作には存在しないと思っていた自分が関係して、ティファニーとチャールズの婚約が決まった。その事が意味するものを考える。

（つまりゲームに出ていないが、裏設定みたいなもので存在はしていた？　だから、俺がいる事で婚約が決まったのか？　俺がいる事前提でメインストーリーは進んでいる事になる?)

考えれば考えるほど不安になってしまう。ウェルロッド侯爵家の名前は出ていたようだが、自分やネイサンの出番はなかったらしい。それにゲームを実際にプレイしたわけではなく、攻略サイトなどの情報を軽く見ただけだ。攻略キャラ周辺の事は知ってはいても、書かれていないキャラの事までは知らなかった。

今までは〝アイザック・ウェルロッド〟など存在しないと思っていたが、実は存在していて、現れていないだけのキャラだとしたら――

(そうか! シックスメンズだ!)

アイザックは、あり得ないほどダサイネーミングの中に含まれている六人目の男の存在を思い出す。隠しキャラでありながら、バグにより出現フラグが立たずに出てこない攻略キャラ。修正パッチ待ちで攻略サイトにも情報は出ていなかった。

パメラ、アマンダ、フレッド。他の侯爵家のメンバーが登場しているのに、四つ目の侯爵家のキャラが出てこなかった理由も、これで合点がいく。

(俺は転生者で幽霊っぽいしな)

シックスメンズに含まれるにはちょうどいいのかもしれない。アイザックは意外なところで、意外な事実に気づいてしまった。

(……っていう事は、俺がニコルに狙われる可能性があるって事か!)

そしてそれは新たな悩みとなる。ニコルのようなキツネ目の女はあまり好みではなかった。顔立ちは悪くないと思うが、好みとしてはモブ扱いのメイドの方が可愛いと感じるくらいだ。ニコルに付きまとわれるような事は勘弁願いたい。思わず溜息が出る。

その溜息をカレンは見逃さなかった。

「あら、ティファニーが婚約して残念だった?」

「確かにティファニーは可愛いと思います。ですが、どちらかといえば妹みたいな存在なので、残念というよりは寂しいといった感じですね」

「アイザック、私の方がお姉ちゃんなんだからね。背だって私の方が高いし」

ティファニーがアイザックに抗議する。

三カ月差とはいえ、そこは譲れないらしい。

「あと一〇年もすれば身長は追い越すさ。覚えとけよ」

「私の方が背は高いもんねー」

アイザックはアイザックで、身長の事を気にしていたので言い返す。ランドルフがスラリとした長身なので大丈夫だろうが、同い年のティファニーに負けている事を少し気にしていたからだ。

そして、危機感を抱いている子供がもう一人いた。

「ねぇ、お母さん。ティファニーに先を越されちゃったんだけれど……」

――リサだった。

彼女も一〇歳になり、王都では少しずつパーティーなどに顔を出すようになったが、まだ婚約者が見つかっていない。今日、六歳になったばかりのティファニーに先を越されて自分の将来に少し不安を覚えた。

「ティファニーは子爵家の娘で、アイザック様の従姉弟。アイザック様の乳姉弟とはいえ、男爵家の娘であるあなたの婚約者が決まるのはもっと先になるわ。焦らなくても大丈夫よ」

「うーん。大丈夫かなぁ……」

アデラの言葉に嘘偽りはない。誰だって子供の婚約者は少しでも良い家から選んでやりたい。だが基本的には侯爵家、伯爵家、子爵家、男爵家といった順番で婚約者が決まっていく。リサはアイザックの乳兄弟なので早く決まるだろうが、それは男爵家という枠組みの中での事。ティファニーのようにアイザックの血縁者で子爵令嬢という立場との差は大きいのだ。

「大丈夫だよ。リサお姉ちゃんは可愛いから、良い人が見つかるって」

アイザックがフォローする。

少し悩んでリサの表情は明るくなった。

「そうよね。遅くても王立学院を卒業する頃には相手が見つかっているだろうし、焦る必要ないよね」

「そうだよ」

そうではなかった。もし今のリサのセリフを、卒業後も婚約相手が見つからず、働きながら婚活している者が聞けば、否定しただろう。

――もっとガッツリ探さないと後悔するよと。

だが、この場にいる者は既婚者ばかり。リサを諭してやれる者は不幸な事に誰一人としていなかった。

七月に行われた入札では、ここまで一度も落札できていないレイドカラー商会のジェイコブが開き直った。

落札金額は一億五〇〇〇万リード。グレイ商会が八〇〇〇万リード、ワイト商会は五五〇〇万リードという入札額だった。この時になって、ワイト商会はグレイ商会が予想金額よりも大きく入札していた事を知る。そして、レイドカラー商会がそれ以上の金額を入札しているという事も知った。

八月の入札は、またしてもレイドカラー商会が落札した。今度は三億リードで落札。グレイ商会、ワイト商会を大きく引き離しての落札だった。

これは他の商会との違いが影響していた。ジェイコブは商会長であり、自分の判断ですべてを決断できる。

それに対して、グレイ商会のイアンとワイト商会のヘンリーは番頭。権限は大きいものの、商会長ではないので、ギリギリのところで踏ん切りがつかなかった。自分の商会というわけではないので落札ラインの金額を予想し、多少上乗せするのが精いっぱいだったのだ。人に使われる者として、商会に損をさせてはならないという精神が身に染みついているせいである。この立場の違いをジェイコブは最大限利用した。

――お抱え商人になれるのであれば、ここで数億の損失を出そうが将来的には元が取れる。

――それならば、細かい入札額の読み合いは無駄。

――読み合いで勝てばアイザックの評価は高まる。

――だが立場の違いを活かした戦い方も、それはそれで評価されるはず。

――なによりも、高額で落札されて嫌な気にはならないはずだ。

そう考えたジェイコブは、一気に金を積む事を決めた。彼の考え通り、アイザックはジェイコブの判断を高く評価した。アイザックも〝馬鹿正直に金額を読み合って入札しなさい〟とは言っていない。

勝手に彼らが、そういうものだと思い込んでいただけだ。金目当てではないが、いつまで経っても少額での入札を繰り返されるのも面白くない。自らの手ではめていた足枷（あしかせ）を解き放ち、リードを広げ始めた者が出た事に安心していた。

そして九月。グレイ商会とワイト商会の商会長も出席する。すでに子供がせびるような金額ではなくなっていた。ここまで高額になってくると、さすがに信頼する者に任せているとはいえ同席せざるを得ない。

「グレイ商会会長、ラルフと申します。よろしくお願い致します」

「ワイト商会の会長をしております、ケネスでございます。以後お見知りおきを」

まず二人は挨拶から入る。笑顔を見せているが、その雰囲気はどことなく暗い。彼らが参加するうえでの懸念があるからだ。

「ウェルロッド侯爵家、ランドルフの息子アイザックです。今後ともよろしく」

だが、アイザックは気にしていないかのように普通に挨拶をする。彼らは心配のしすぎだった。それでも、同じことを考えたジェイコブが苦情を訴える。

「アイザック様。途中から参加するのはいかがなものかと思われますが……」

彼らが懸念していたのは途中参加に関してだった。元々商会自体は参加しているが〝担当者が変わったからダメ〟と言われたりすれば困る。ジェイコブは〝最初から参加している唯一の商会長〟という優位を保ちたかった。しかし、アイザックが口にした言葉は、ジェイコブだけではなく、他の者たちも驚かせる。

「途中参加でも構わないよ。担当者が変わるだけじゃなくて、ほかの商会が参加するっていう意味でもね」

「そんなっ！」

悲痛な叫び。彼らはここにいる三商会で勝負を決めるものだと思っていた。新たに参加者が増えてしまうという事は、落札金額の上昇が引き起こされるだけではない。お抱え商人になる確率も下がってしまう。

今はリードしているが、それでも新参者が現れる可能性は好ましいものではなかった。

「ルールで新規参加者の禁止はしていませんよ。入札担当者が変わったとしても、それも禁止していないので問題ありません」

アイザックは、ここでさりげなく〝禁止事項に触れなければ、なにをしても認める〟とほのめかす。彼が一番見たかったのは、商人たちの才覚だった。アイザックがボクシングの構えをしたからといって、彼らも拳で対応する必要などない。足で対応してもいいし、関節技や寝技でもいい。目潰しや股間を蹴るといった一線を越えた事をしなければいいのだ。今の状況にどう対応するのかを見せてほしかった。

――臨機応変にどう対応できるかが最も重要なポイントである。

柔軟な対応といっても、あっさり裏切るような事をされては面白くないが、その心配はしていない。

彼らがネイサン側に全力をもって尽くしたとしても、アイザックについた時の利益よりは少ない。それにお抱え商人になれなくても、利益を享受できる事を匂わせている。大勢力の側について些少な利益を得るか、それとも小勢力の側について大きな利益を得るか。

彼らがどちらを選ぶかは、ティリーヒルにまで来ている時点で考えるまでもない。この場にいる時点で、実質的にアイザックの味方と考えてもいいだろう。あとは味方という枠組みの中で優劣を決めるだけだ。

「途中参加を認めるとはいっても、皆さんはポイントでリードしています。一〇回という制約の中では……。そうだ、一つ訂正と謝罪をしなくてはいけませんね」

ここでアイザックはミスに気づいた。

「もし、途中参加の商会が現れた場合、入札回数が問題になる可能性があります。三回：三回：二回：二回といった感じで、横並びになった時です。その場合は延長戦となり、四回落札したところが勝利とします。説明が不足してしまい、申し訳ありませんでした」

アイザックが頭を下げる。子供とはいえ、侯爵家の嫡流に頭を下げられてしまっては非難の声を上げるわけにはいかない。不満そうな顔をしているが、口には出さなかった。

「ま、まぁ我らは先に落札した回数が多いですし」

「それに入札に参加して雰囲気や流れを掴んでいるので有利ではありますから」

ラルフとケネスがアイザックを庇うような事を口にする。参加が許可されたばかりだったため、彼らはアイザックの印象を良くしようとしていたのだ。

「誰が参加してこようが、勝てばいいだけです」

この流れにジェイコブも乗った。いくら最も落札した回数が多い商会がお抱え商人になれるとはいえ、嫌われてしまっては仕事がやりにくくなる。顔色を窺わねばならない側として、このくらいならばまだマシな方である。他の貴族からは、もっと不愉快な要求がされる事もあるのだから。

「ご理解いただきありがとうございます。ラルフさんとケネスさんには、イアンさんとヘンリーさんがいます。ジェイコブさんも誰か相談できる人を連れてきてもいいですよ。一人よりも二人の方が良い考えが浮かぶ時があると思いますので」

「お心遣いありがとうございます。次回までに考えておきます」

ジェイコブはアイザックの配慮に感謝を述べる。問題があるとすれば、自分の商会の中にこの入札に関して頼れる者がいるかどうかだ。

「今年は今回の入札で終わり、続きは来年から再開となります。来年は悔いを残さないよう、入札を頑張ってください」

アイザックがそう言うと、騎士が衝立を運び始める。すでに慣れたもので、スムーズに行動をする。その姿を見て〝騎士に運搬作業を慣れさせるのはいかがなものか〟と思ったが、保安上の問題でやむなしと考える。

会議室のような部屋はそこそこの広さはあるが、あくまでもそこそこ。使用人を入室させて手狭になっては、いざという時に騎士の行動を阻害してしまう。

適度な空間を維持するには、騎士にも雑用をさせるしかなかった。しかし、彼らは嫌な顔をしていない。こういう雑用もしてもらうので、騎士には心持ち多めのボーナスを与えているからだ。

――見合った見返りがあれば、人は喜んで従う。

アイザックが前世で学んだ事だ。些細な事だが、それを確認できて満足する。今年最後の入札なので、気持ちよく終わりたい。気持ちのいい金額を書いていてくれと願いながら、アイザックは金額が書かれた用紙を確認する。

「今回はグレイ商会が落札ですね」

「よしっ！」

「やったな！」

アイザックの発表と同時にラルフとイアンがハイタッチを交わす。落札金額は六億リード。だが、思い切った金額をつけたのは彼らだけではない。

ワイト商会は五億三〇〇〇万リード、レイドカラー商会は五億五〇〇〇万リードと、グレイ商会と近い金額で入札していた。二人の商会長が参加したことで互角となり、また入札金額の読み合いとなったようだ。

——金額は跳ね上がった状態で。

「これで全商会、落札回数は二回。ふりだしに戻りましたね。来年もまたよろしくお願いします」

出席者たちもアイザックに挨拶をしたあと、部屋を退出していく。グレイ商会の二人は喜び、他の者たちは肩を落としているのが後ろ姿でもよくわかる。

「オルグレン男爵、今年はありがとうございました。また来年もお邪魔する事になりますが、よろしくお願い致します」

アイザックは隣に座っているオルグレン男爵にも声をかける。

「いえいえ、こちらも楽しませてもらっておりますので。しかし、このまま入札を続ければ、来年に持ち込まずともよろしいのではありませぬかな？」

オルグレン男爵は、アイザックに疑問をぶつける。わざわざ毎月やらずとも、一日でまとめて一〇回分の入札をしてもいいはずだ。当初よりあった疑問を晴らそうと、この機会に聞いてみた。

「そうはいきませんよ。一気にまとめて終わらせてしまえば、落札金額の総額が低くなります。入札のためにお金を貯めさせて、それを吐き出させるという目的もありますので。きっと冬から春にかけて頑張ってお金を貯めてくれるでしょう」

アイザックは、にこやかに言い放った。これは〝ブラーク商会を参加させるための時間稼ぎ〟とは言えないので、その場で考えた適当な嘘だった。

だが、この言葉はオルグレン男爵を驚かせた。まだ幼い子供が競争意識を高めさせて、より多くの利益を得ようとしていたからだ。後継者争いに使う資金を、このような手法で集めるとは思いもしなかった。

しかも、それだけではない。お抱え商人の座をエサにしているとはいえ、彼らは自分の意志で進んで金を差し出している。有力貴族が時々行う〝踏み倒す事が前提の借金〟や〝税の臨時徴収〟のような恨みを買う方法ではなく、自分の意志で気持ちよく大金を支払わせている。落札できたとわかった時の嬉しそうな顔に、金を失うという喪失感はない。アイザックの掌で踊らされている事にも気づいていないのだろう。

――人の恨みを買わず、自分の力をつける。

その一点だけでも〝アイザックは傑物だ〟と、オルグレン男爵に思わせるのには十分だった。このまま田舎町で年老いて死んでいくと思っていたオルグレン男爵は、自分の中でなにかが熱くなるのを感じていた。

「そうだ。このお金は使う予定があるから今はまだ無理ですけど、入札が全部終わったら総額の二割を場所代や迷惑料として支払います」

「二割！　それは多いのでは？」

これまでの入札だけでも一〇億リードを超える。来年はもっと入札の熱が加速するだろう。田舎町を任される男爵家には過ぎた現金収入だった。

「さすがに一割では少なすぎます。けど、一割五分では細かく数字を刻むケチだと思われるかもしれないでしょう？　二割を受け取ってくださるのが僕のためにもなるんです。受け取ってくださいませんか？」

「本当によろしいので？」

オルグレン男爵はアイザックが子供だから金の価値がわかっていないのではないかと考えた。しかし、その考えをすぐに振り払う。金の価値を知っているからこそ、商人たちを上手く煽り立てて少しでも多く稼ごうとしているのだ。価値をわかったうえで支払おうとしている事に気がついた。

「はい、受け取ってください」

子供らしい笑顔を浮かべるアイザックは、金の価値など知らぬ無垢な子供にしか見えない。

だがその中身は〝幼くして先代当主ジュードに迫るのではないか〟と思わせるものを秘めている。

（これも天命か）

オルグレン男爵は不要な後継者争いになるくらいなら、後継者はネイサンでも構わないと思っていた。

だが、その考えは変わる。

――ウェルロッド侯爵家の血を継ぐ者としてふさわしいのは誰か？

今ならば誰に聞かれても〝アイザックだ〟と答える自信があった。ならば、これは不要な後継者争いではなく、必要な争いへと変わる。

ウェルロッド侯爵家三代の法則を体現した存在がここにいるのに、ネイサンを推す理由がないからだ。

「……それでは、ありがたく頂戴致します。私にできる事でしたら、なんなりとお申し付けください」

オルグレン男爵は深々と頭を下げる。

まるで、モーガンに対して行うかのように。

「うーん、それじゃあねぇ……」

早速、お願いがあるようだ。思わず、どんなお願いをされるのかオルグレン男爵は身構えてしまう。

「近くに松林がありますよね。松茸って採れますか？」

彼の警戒は無用のものだった。

「松茸ですか……。そういえば、ちょうどこの季節に採れますなぁ。ただ、臭いので食用には向きませんぞ。我らも松脂を取る時にしか森に近づきません」

オルグレン男爵の言葉に、アイザックは不思議そうに首を捻る。

（あぁ、そうか。外国人は松茸に興味がないんだっけ。なら松茸が山ごと独り占めじゃないか！）

「一度食べてみたかったんですよ。よければ部下を連れて採りに行く許可をください」

「もちろん結構です。森に詳しい者を用意しましょう」

「やった！」

〝大人びてはいても、アイザック様はまだまだ子供らしいところがある〟と、オルグレン男爵はホッとした。

「森の中に入るのは初めてです！」

無邪気に喜ぶアイザックを見て、オルグレン男爵の頬がほころぶ。

「アイザック様のお年頃ですと、遠出を許可される子供は少ないでしょう。ご友人に自慢話ができますね。ですが森の中は危険です。護衛もしっかり付けて行っていただきます」

「森の中は危険……。その通りですね」

オルグレン男爵の言葉はただの念押しだったのだが、それがアイザックの表情を曇らせる。いきなりアイザックは真剣な表情で考え込む。

（あぁ、立派に見えてもやっぱり子供は子供。もう少し気楽に送り出すべきだったか）

オルグレン男爵は、先ほどの自分の言葉を猛省する。そしてアイザックを気分良く送り出すために、どのような言葉をかけるべきかを考え始める。

しかし彼の心配は杞憂だった。

「漆に触れるとかぶれたりしますし、滑って倒れた時に枯れ枝などで手のひらを傷付けると破傷風になる事もあります。落ち葉で滑りやすくなっているかもしれないですし、森を歩く時は気を付けないといけませんね。出かける時は怪我をしないように気を付けます！」

「……そうしてください」

（前言撤回しよう。どこにこんな具体的に森を歩く心配する子供がいるというのだ！　この様子ならウェルロッド侯が遠出を許すのもわかる気がするな）

オルグレン男爵はアイザックの子供らしからぬ言動を目の当たりにして、先ほどの考えは誤りだと判断する。

だがそれでアイザックの評価が下がったりはしない。むしろその子供らしからぬ言動によって、彼のアイザックに対する評価は爆上がりしていた。

第九幕

アイザックの〝松茸が食べたい〟という言葉は嘘ではなかった。昼食を済ませたあと、軽装に着替えた騎士を連れて森へと向かう。どうせ現地に来ているのだから、自分で採ったものを食べたかった。

猟師二人の先導で数キロ離れた山の中へと入る。

（そういえば今世では家族でピクニックに出かけたことがないな。いつか家族で行けるといいな）

しばらく歩いたところで、猟師が足を止める。

「あった、あったぞ。坊ちゃん、これが松茸だ」

猟師が木の根元を指差す。彼の言葉遣いを咎める者はいない。言葉に侮蔑の色が含まれなければ、教育を受けていない平民の言葉遣いを気にしないというのが、この世界では一般常識らしかった。

「おぉっ、こんなにいっぱい……」

アイザックはかがみ込んで松茸を見つめる。一〇センチくらいの大きさの松茸が多数群生していた。

「奥に行きゃあ、もっとあるけど貴族の坊ちゃんにはあぶねぇから、このへんで我慢してくれや」

猟師は話しながら、近くの木の根元を見て回る。しかし、アイザックはこれ以上を望んでいなかった。アイザックは松茸を一本引き抜くと匂いを嗅いでみる。

（インスタントのお吸い物で嗅いだ匂いにそっくりだ！　……今のはテンション上げるところじゃないな）

前世では、インスタントのお吸い物や炊き込みご飯の素でしか嗅いだことのない香りを嗅いでテンションが上がるが、前世では本物を食べた事がなかったという事に気づかされ、テンションが下がってしまう。

「どうする？　一応、道具は持ってきたけど焼いて食うか？　持って帰るか？」

「ここで食べる！」

せっかく新鮮な松茸をゲットしたのだ。どうせなら、取れたてを味わってみたい。昼食を食べたあとだったが、アイザックはここで食べる事を選んだ。

「じゃあ、俺は土台作るわ」

猟師の一人が木と木の間、少し開けた場所で土を盛り始める。簡易のかまどのようなものを作り、その上に金網を載せる。

もう一人の猟師が枯れ枝を拾う。それを見て、騎士二人がアイザックの護衛に残り、他の三人は枝拾いを手伝う。彼らも野外演習で薪拾いくらいは経験している。それと松茸に興味のない彼らは早く済ませて帰りたいと思っていたので、率先して手伝った。

猟師は腰に下げた小袋の中からおがくずのようなものを取り出しかまどに入れた。火打ち石でおがくずに手際よく火をつける姿を見て、アイザックは感心する。

（この人なら、ライターで火をつけるよりも早いかもしれないな）

やがて松茸が、その香りを一際強く放ち出す。

「松茸の香り……。うん、美味しそうな匂いだ」

「えっ」

「えっ？」

アイザックのセリフに驚いた騎士と、驚かれた事に驚いたアイザック。二人の視線が交錯する。

「この匂いが苦手なの？」

「あー、それはですね。……普段嗅いでいるので」

「どこで嗅いでいるの？」

騎士は他の騎士と視線を交わすが、最初に驚いた騎士に〝お前が言え〟というような視線が集まっている。

「蒸れた下着の匂いです……」

これからアイザックが食べるので、かなり言いづらそうにしていた。猟師が騎士の答えに反応して、アイザックに対して更なる追撃を行う。

「俺らも森の中で小腹が空いて、なにも食べるものがない時に食うくらいだな」

「そうなんだ……」

アイザックは改めてカルチャーショックを受ける。

周囲にこう言われては、あれだけ楽しみにしていた松茸も、どこか魅力のないものに見えてくる。

「ま、まぁ食べてみないとわからないし」

「そりゃそうだ。そろそろいけると思うぞ」

猟師は焼けたと思われる松茸を串に刺してアイザックに差し出す。アイザックが受け取ろうとすると、横から騎士の一人が先に受け取った。

「毒キノコかもしれないので、先に毒見致します」

「えっ、あぁ。そうか。ならお願い」

自分でも忘れてしまっていたが、アイザックは侯爵家の後継者だ。毒見もせずに、森に生えていたキノコを食べるわけにはいかない。お預けを食らってしまったが、ここは我慢だ。毒見を申し出た騎士は少し躊躇していたが、思い切って松茸を一齧りする。

「グホッ」

「おい、大丈夫か？」

何度か咀嚼したところで、松茸を吐き出した。その姿を見て、他の騎士が水筒を差し出す。水で口をゆすいだ騎士が苦しそうな顔でアイザックに報告する。

「アイザック様。おそらく毒ではありませんが、これはやめた方がいいかと……」

「そんなに美味しくなかった？」

「はい。噛む度に臭いが強くなり、鼻を突き抜ける香りがなんとも不快で……。真夏の行軍演習後の靴下を口に含んでいるようでした」

「………」

そこまで言われてしまっては、アイザックも食べるのが不安になる。しかし、焼かれている松茸からはいい香りがする。だが、この国の人間にはたまらなく臭いらしい。今の体は、この世界の人間のものなので食べたらガッカリするかもしれない。

「いや、ここまできたんだ。食べてみる」

アイザックは騎士が手に持っている松茸に手を伸ばす。本人が食べると言っているのだ。毒がない以上、騎士も止める手立てはない。アイザックに串を手渡す。

(匂いはいいのになぁ)

顔に松茸を近づけて、何度か匂いを嗅ぐ。こちらの世界の味付けに慣れてしまっているので、口に入れてしまえばどう感じるのか不安だ。いっその事、松茸の良いイメージを残すために食べない方がいいのではないかとまで考えて、動きが止まってしまう。

「あら、いい匂い。私もご一緒してもいいかしら？」

近くから女の声がした。アイザックが松茸と睨み合い、その様子を見守っていた騎士たちの反応が遅れる。

声が聞こえた方向を見ると、弓を背負い、矢筒を腰に下げたマタギのような服装をした少女がいた。金髪の髪をポニーテールにしており、年頃は一五歳前後といったところだろうか。特徴があるとすれば、耳が長いという事だ。

「エルフだっ！」

騎士の一人が悲痛な叫び声を上げる。その声に反応して皆が剣を抜き、アイザックを守るためにエルフの少女との間に立つ。

「えっ、ちょっと」

エルフの少女がうろたえる。いきなり剣を向けられて戸惑い、すぐに逃げようとする。

「待って！　ストップ！　剣を納めて！」

アイザックが騎士を止める。命令が出たので斬りかかりはしないが、騎士に剣を納める気配はない。

「エルフは危険です！　先に逃げてください」

「剣を向ける方が危険だよ。戦争を引き起こすきっかけになってもいいの？　剣を納めろ！　命令だ！」

今度は強い口調で命令する。

――戦争を引き起こすきっかけになる。

その一言で騎士たちは渋々剣を納めるが、納得はしていない。

「エルフとは殺し、殺される間柄ですよ。危険ですので、今のうちにお下がりください」

騎士はアイザックに逃げろと進言する。だが、アイザックは受け入れなかった。

「大丈夫だよ。それにはちゃんと理由がある」

アイザックは、エルフの少女を指差す。

「彼女は弓矢を持っていますし、エルフは強力な魔法を使えると聞いています。襲うつもりなら、遠くから射かけているでしょう」

次に松茸を指差す。

「〝ご一緒してもいいかな〟と声をかけてきました。松茸を一緒に食べるつもりだったのでしょう。彼女に敵意はありません」

そして、最後に猟師を指差した。

「なによりも、彼らは彼女を警戒する素振りを見せませんでした。つまり、地元の人間。少なくとも猟師にとってはエルフとの接触は珍しいものではないという事です。それは〝出会ったからといって、殺し合う間柄ではない〟という事を証明しています」

騎士たちは、アイザックの説明に息を呑む。自分たちはエルフを恐れ、戦おうとしかしなかったのに対し、アイザックは冷静に状況を判断していた。ある意味、その知謀と胆力と判断力を持つアイザックの方が恐ろしい存在なのかもしれないとすら考えていた。

だが、アイザックにとってエルフとの接触は驚くようなものではない。ゲームや漫画、アニメといったものでは大体の場合は味方になってくれる存在だ。〝珍しい相手に会えてラッキー〟程度にしか思っていなかったから冷静でいられたのだった。

「坊ちゃんの言う通りだ。俺たちはたまにエルフと森で会っている。塩と獲物を交換したりなんかもするぞ」

アイザックの言葉を、猟師たちが正しいと保証した。少しだけ騎士たちの警戒が緩む。その様子を見て、アイザックはホッと胸を撫で下ろした。

「いいですか。ここで彼女に危害を加えれば、それこそ報復を招く事になります。そうなれば被害を受けるのはここの領民です。落ち着いてください」

「この状況で落ち着いていられる方が不思議なくらいですが……」

騎士の一人がアイザックに言った。

子供で世間を知らないとはいえ、アイザックの落ち着きは異常にしか思えなかった。

「相手の事を知らないから恐れるのですよ。少なくとも、友好的に声をかけてきてくれているのです。まずは対話から始めましょう。お姉さん、驚かせてしまって申し訳ございませんでした。こちらで一緒に松茸を食べながら、少しお話をしませんか?」

アイザックは少し離れた木の陰に隠れながら、こちらの様子を見ていた少女に声をかける。

「なんなのよ、あなたたちは……」

ゆっくりと木の陰から少女が出てきた。いきなり剣を向けられたのだから警戒するのも当然だろう。

「僕はウェルロッド侯爵家、ランドルフの息子アイザックです。大雑把に言えば、この付近を治める人間の長老の孫です。だから、彼らも初めて会うエルフに驚き、僕を守ろうと剣を向けてしまいました。皆を代表して謝ります。本当に申し訳ありませんでした」

アイザックが深々と頭を下げる。角度は九〇度。悲しい事に、前世でお客様に下げ慣れた角度である。アイザックにだけ謝らせるわけにはいかないので、騎士たちも口々に謝罪して頭を下げた。

その姿を見て、少女の警戒が薄れたようだ。

「私も知らない人がいたのに、いきなり声をかけたのが悪かったわ。ごめんなさい。私はブリジットよ」

「普段から人間と接触したりしているんですか？」

アイザックは、ブリジットに質問する。

「たまにね。自分で火をおこすのが面倒な時は、火を借りたりするのよ」

（ズボラな奴だな……）

ブリジットの返答を、そのように感じてしまった。

二〇〇年前に人間は、エルフやドワーフを相手に戦争をしていた。戦争が終わり、休戦協定を結んで以来、疎遠になっているはずである。時間が経って恨みが薄れ、他のエルフも人間と接触し始めているのかもしれないが〝火をおこすのが面倒だからという理由で接触するのはいかがなものか〟とアイザックは思った。

ひとまず、話している間に焼け焦げてしまった松茸を諦め、新しい松茸を焼きながら話す事にした。

「エルフなら魔法で焼けばいいんじゃないですか？」

人間の魔法使いは、王家を守る近衛騎士と教会で治療活動に従事する者ばかりであり、健康なアイザックは魔法を見る機会がなかった。せっかくの機会なので、アイザックは魔法を見せてもらおうと考えていた。

そのきっかけとして、この話題を振ってみる。

「焼け焦げた炭にするのは簡単だけど、弱火でじっくりっていうのは難しいのよ」

「エルフでも魔法は難しいんですね」

アイザックの言葉に、プライドを刺激されたのだろうか。ブリジットは言い訳じみた事を言い出す。

「人によって得意分野が違うだけよ。私は水とか土を使うのが得意だけど、火が苦手ってだけよ」

「へー。なんでもできるってわけじゃないんだ。魔法が使えるっていうだけでも……」

そこでアイザックは一つ思いついた。

(魔法が使えるって事は、普通ではできない事ができるって事だよな)

「どうしたの?」

ブリジットが話している最中に黙ってしまったアイザックを不思議そうに見ている。

「ねぇ、ブリジットさん。土を石に変えたりできる?」

「そりゃできるわよ。家の壁を土で造って、魔法で石に変えるなんて普通にやるもの」

ブリジットの答えはアイザックを震わせる。

恐怖でも、寒さでもなく、歓喜による震えだ。

「そ、それじゃあ、このくらいの石を作ってみせてよ。とりあえず厚さは一センチくらいで、表面はできるだけ平らにして」

アイザックは地面に一〇センチ四方の四角を描いた。

「別にいいけど……」

ブリジットは不思議そうにしながらも、手を重ね合わせる。

「オン・カカカビ・サンマ・エイ・ソワカ」

ブリジットが言葉を発すると、瞬く間に土を押し固めたような四角い板が出来上がった。アイザックは板を手に持ち、軽く叩いてみる。土で作られた割には、かなり堅そうだ。

「ブリジットさん。今の魔法ってなに?」

「今のは大地に働きかける呪文よ。それでいいの?」

アイザックの驚き具合を見て、ブリジットは控えめな胸を張っている。だがアイザックは魔法だけに驚いているのではない。呪文の方にも驚いていた。

(あれって神主か坊さんが唱えていたような呪文っぽいような……。自信ないけど)

なんとなくテレビで聞いたような呪文に、アイザックは驚いていた。〝ファイア〟だとか〝アースクエイク〟のように、横文字の魔法を使うと思っていたからだ。

(ファンタジーのイメージぶち壊しじゃねぇか)

ゲームで設定されていたのか、それとも設定されていないからか、適当な設定でこうなってしまったのかはわからない。ただエルフのイメージとは違ったので、ほんの少し不満に思ってしまった。

「ねぇ、これ割れるか試してみてくれない?」

気を取り直して、騎士の一人に板を手渡す。

「お任せを」

騎士は板を地面に置くと、かかとで思いっきり踏みつけた。しかし、割れない。仕方がないのでナイフで削ってみようとするが、それでようやく少し削れる程度。簡単に割れそうにはなかった。

「ブリジットさん。深さ一メートル、幅一〇メートルくらいの幅と深さで、どの程度の距離まであの板みたいにできますか?」

「やってみないとわからないけど一〇〇歩分くらいかな」

「ほう、一〇〇歩。それは毎日やれる範囲内ですか?」

「そうだよ」

ブリジットの答えは満足のいくものだった。

(約一〇〇メートル。エルフが一〇人いれば一日一キロ。これはデカいんじゃないか)

アイザックは〝初めてのエルフとの接触〟だという事が頭から飛んでいってしまっていた。今は〝NEXCO(ネクスコ)ウェルロッド〟の事で頭がいっぱいになっていた。エルフが味方にはなってくれずとも、出稼ぎ労働者として道路整備を行ってもらえば、それが大きな力を呼び込むきっかけになる。

「猟師の方々と塩を交換しているそうですが、エルフの方々は他になにか欲しいものはありますか?」

一方的な協力要請など敵意を生むだけだ。

まずは相手の望むものを用意するための情報収集を行う。

「鍋とかかなぁ。塩もドワーフと取引してたけど、遠いから交換しに行くのが面倒なのよね。五〇年くらい前から、人間と少し交換するようになったみたいよ。やっぱり近くの人と交換できる方が楽だよねー」

「なるほど、なるほど」

今の情報から多くの事が読み取れる。その中でも、

五〇年前から現地の人間と物々交換していたというのは大収穫だ。〝二〇〇年前の戦争時に生きていた人間とは取引したくないが、直接争った人間でなければ妥協して取引を行ってもいい〟という意思が透けて見える。つまり、アイザックにも交渉の余地があるという事だ。どの程度の見返りが必要かはわからないが、報酬を支払う事はできるだろう。インフラ整備によって貴族を味方につけるという構想が現実味を帯びる。

（そうなると、来年……。は、ダメだな）

年が明けてから交渉をしようと思ったが、来年には祖父が外務大臣として王都に残る事になる。異種族との交易という大事であれば、領主代理の父よりも、現当主である祖父に足を運んでもらうべきだろう。

（……うーん、でも大丈夫かな？）

アイザックは不安になった。ティリーヒル行きは許してもらえても、エルフをインフラ整備に雇って、物を売るという事を許してもらえるかどうかはわからない。しかし、アイザックは不安を振り払った。何事もやってみなければわからないのだから。

「ブリジットさん。エルフの代表の方に、二週間後に人間との交流の再開を話し合ってもらえるか伝えてもらえませんか？」

「別にいいけど、なんだか怒られそうでやだなぁ……」

こうやって人間と接触するのは暗黙の了解のようなものなのだろうか。ブリジットは嫌そうな顔をする。

「僕も祖父に怒られる事を覚悟しています。ダメだった場合も、中止になったと使者をここまで送りますのでお願いします」

アイザックは頼み込む。エルフの協力があるのと、ないのとでは大違いだ。自分の人生が懸かっているので必死である。その必死さがブリジットにも伝わった。

「わかったわよ。でも、ダメで元々だからね」

「はい、ありがとうございます」

笑顔を浮かべるアイザックに、ブリジットは手を差し伸べる。アイザックは笑顔で、その手を握り返した。

「違うわよ。松茸に振りかける塩を頂戴ってことよ」

「ええ、そっち！」

いつの間にか松茸はいい感じに焼けているようだ。

アイザックも松茸の刺さった串を渡されると、そちらに気が行ってしまう。さっきの串は地面に落としてしまったので、これが松茸の初体験だ。息を吹きかけ、少し冷ましてかぶりつく。

「なんか、フツー……」

香りの割に、味は普通のキノコだった。

期待が大きかった分、ガッカリする。

「香り松茸、味シメジって言葉があるくらいだしね」

ブリジットは香りを楽しみながら、塩を振りかけて食べている。アイザックも真似をして塩を振りかけたが、イマイチ感は拭えない。

(誰か、醬油をくれ)

本物の松茸を食べたのに〝まだインスタントのお吸い物の方がうまかったかもしれない〟と思ってしまう。

松茸の味はガッカリだった分、せめてエルフとの交流は上手くいってくれと、アイザックは願った。

⚜　⚜　⚜

ウェルロッドの屋敷に戻ると、アイザックはパトリックのお腹を枕にしながら考え事をしていた。

(さて、どう説得しようか……)

エルフとの交流は、ティリーヒル行きとは比べものにならないほど反対されるだろう。さすがに異種族との交流再開など、個人の考えで簡単に決められない。

――長らく交流のなかった相手と、どうやって交流を復活させるか？

敵対していたという点に関しては、騎士たちから事情を聞いたところ解決できそうだった。彼らにあったのはエルフに対する憎悪ではなく、恐怖だったからだ。

原因は二〇〇年前の戦争で、エルフのウェイガンという大魔法使いが命と引き換えに使った魔法だ。その魔法は、たった一撃で二〇〇〇の人間を焼き尽くした。そのたった一人のエルフが引き起こした惨事に、多くの人々が恐れをなし、それ以降、人間たちは数の優位を生かした密集隊形で攻め寄せる事ができず、散発的な攻撃になってしまう。しかし、散発的な攻撃ではエルフやドワーフに跳ね返されてしまい、攻めあぐねる事となった。それが戦争継続を諦めて、和平を結ぶきっかけとなる事件だった。

――たった一人であろうとも、エルフは侮るな。

それが武人の教訓となる。魔法の力量は姿形ではわからない。見れば〝強そうだな〟とわかる者と違い、魔法の力量は姿形ではわからない。

ブリジットのような娘であっても、魔法を使えば普通の騎士など一方的に征圧できる可能性が高い。

だから、彼らはブリジットの存在自体を警戒した。

（……自分で身を守れそうだからエルフ側に危険はないだろうけど、インフラ整備しているところに出くわした旅人とかがビビりそうだな）

アイザックは〝NEXCOウェルロッド〟の設立に関して不安を覚える。価値は認めてもらえても領民が不安がるからダメだと言われるかもしれない。

（でも後悔するなら、やる事やってからじゃないとな）

アイザックは体を起こし、パトリックの体を撫でてやる。そしていい資料はないかと書斎へと向かった。

（あっ、ヤベッ）

モーガンの部屋を訪ねると、マーガレットまでいた。

トップであるモーガンから説得し〝お爺様の許可が出た〟という事を盾にして順番に説得するという計画が崩れ去った事を意味する。

「どうしたの、アイザック？　私がいるとなにか不都合でもあるの？」

ドア付近で固まっているアイザックに、マーガレットはまるで心の中を見透かしたように言った。

もっとも、マーガレットの顔を見て固まっている時点で問題があると言っているようなものだが。

「いえ、問題はありません。ただ、夫婦の時間を過ごす邪魔をしたかなと思っただけです」

「子供がそんな事を気にするものではありませんよ」

〝もう、この子は〟と、マーガレットが口元に手を当てて上品に笑う。

「アイザック、護衛の騎士から話は聞いている。例の件なのだろう？　座りなさい」

　モーガンは、自分の前の席をアイザックに勧める。

　単純にお話をして可愛がる時は、自分の隣に座らせる。

　こうして前の席に座らせる時は、モーガンからお小言がある時だ。幸先の悪い流れに、アイザックは一度深呼吸をしてから椅子に座る。

「お爺様、重要な話があります。人払いをしていただいてもいいでしょうか？」

　オドオドしていては、通る話も通らなくなる。アイザックは祖父の目をしっかりと見つめ、人払いを願い出た。そういう行動を取られると、困るのはモーガンの方だった。孫に頼られるのは嬉しいが、アイザックの願いは厄介なものばかり。しかし話を聞かないわけにもいかないので渋々と使用人たちを退出させる。

「今までウェルロッドと王都の往復だけでしたので、つい外に興味を持って森に入るという軽率な行動を取って申し訳ありませんでした。それと、おそらく叱られるでしょうが、お願いがあります」

「なんだ」

　モーガンの言葉には、少し呆れたような声色が混じっていた。謝罪と同時に自分の要求を伝えようとしている事に呆れていたからだ。年齢的にも、そろそろ厳しい家庭教師をつけて教育するべきだろうかと考えてしまう。主に倫理や道徳に関して。

　モーガンの声に含まれているものを感じ取って少し迷ったが、アイザックは素直に話す事にした。自分の権力への渇望を満たすには、茨の道を踏み出さねばならない。命を失うほどではない安全な交渉に、躊躇してなどいられなかった。

「エルフとの交流を始めたいと思います」

「……本気で言っているのか？」

「はい」

　護衛の騎士から〝アイザック様がエルフとの接触を望んでいるようです〟との報告を受けているので驚きはしない。しかし、問題の大きさを考えるだけで頭に痛みを感じてしまう。

「二〇〇年前に休戦協定を結んで以来、お互いに交流を絶っていた。今まではそう思われていましたが、現地の人々は五〇年前から交流していたようです。それならば、正式に国交の樹立まで行った方が結果的にはいい関係を構築できるのではないでしょうか？」

アイザックの言葉に、モーガンは少し考える。

「厄介事は嫌だから公的には関わり合いにならないでおこうという、臭いものに蓋をするような対応よりも、もっと大きな枠組みで交流を持って事前に火種をコントロールできるようにしろというのか？」

人間とエルフは断交している。しかし、現地の人間は交流を持ち、物々交換をする程度の友好関係を築いている。それを見て見ぬフリをして、なにか問題が起きてから行動するのは下策。あらかじめ交流を持つ事によって、問題が起きた時に戦争ではなく、対話による解決が可能な状態を構築しておこう。

アイザックの提案を、そうモーガンは読み取った。

彼とて外務大臣に選ばれる男。持ち込まれた話から、どのような意図があるのかを読み取れるのだ。

「はい。ですが、いきなり国ぐるみでは調整が難しいでしょう。最初はウェルロッド侯爵領との交易から始めるべきだと思います」

「……つまり、入札に関係している商会を使ってやれというのか？」

アイザックは返事をせずに黙っている。

少ししてから、意を決したように口を開く。

「それもありますが、僕はその先を考えています」

持ち込んだカバンをテーブルの上に置く。その中には、ブリジットに作ってもらった土の板がある。

「エルフによる街道整備。これを僕の名で行いたいと思います。幸い資金も――」

「ならん」

アイザックの言葉はモーガンによって遮られた。

「ティリーヒルでエルフが交易するくらいならば許せん事もない。だが、領内にエルフを入れる事は認められん。何事も急ぎすぎるのは混乱の元だ。それにあちらも準備ができていないだろう。交易は認めてあげるからそれで満足しなさい」

エルフがどれだけの恨みを持っているのかわからない以上、モーガンは安全策を取る事を選んだ。もしも街中で魔法を使われてしまえば、大きな被害が出てしまう。交渉をする前から領内に受け入れる事を前提に考えるのは危険極まりない。テロを警戒するのは統治者として当然の行為であった。

「交易を認めていただけるのはありがたいのですが……。この資料を見てください。アルスター周辺では時々川の氾濫が起きています。エルフを使えば、堤防の強化も魔法で簡単にできますよ」

アイザックは諦めきれず、カバンから書斎にあった資料を取り出す。ウェルロッド侯爵領南部の街、アルスター周辺の治水の悪さが書かれているものだ。これも魔法によって川底を掘り下げ、同時に堤防を高くする事で解決する。土木機械のない世界では、エルフは最高の建設作業員であった。彼らを使わずにいるのはもったいない。アイザックは、エルフの労働者としての雇用を薦める。

「……アイザック、なにを焦っているの？」

そんな彼を見て、マーガレットが口を挟んできた。

女の勘なのか、年の功か、アイザックが焦っていると感じ取ったようだ。マーガレットに問われて、アイザックは誰もいないとわかっているが、一度部屋を見回して誰もいない事を確認する。そして、意を決して口を開いた。

「僕は、一刻も早く力が欲しいんです……」

「なんのために？」

「自分の身を守るためです」

アイザックはギュッと拳を握りしめる。本当は国を奪い取るためだ。ちょっとした嘘ならともかく、愛する祖父母に重大な嘘を言うのが少し辛かった。

マーガレットは、モーガンと顔を見合わせる。

「アイザック、お前には誰も手出しをさせん。これから先もだ。なにを心配している？」

モーガンの問いかけに、アイザックは顔を歪めながら言いづらそうに答える。

「……メリンダ夫人と兄上に関してです」

アイザックの答えに二人は言葉が詰まる。

〝そんな事はない〟と答えてやりたいが、メリンダはネイサンのために精力的に地盤固めを行っているので、アイザックが身の危険を感じるのも無理もない。

だが、彼らはそこまで危険だとは思っていなかった。

「いくらなんでも、あなたに危害を加える事はないわ。そんな事は私が許さないから安心しなさい」

本当に暗殺を考えているのなら、勢力の確保など後回しでいい。アイザックがいなくなってからの方が、勢力の掌握は簡単なのだから。命を狙っているのなら、わざわざ多数派工作のような面倒な真似をする必要はない。その事から〝メリンダが直接危害を加えるつもりはない〟とアイザックを落ち着かせようとする。

「お婆様の言う通りだと思います。今のところはですが。お爺様とお婆様は、僕よりも早く亡くなられます。そして、もしお父様が早世されたら、僕を守ってくれる人はいません。むしろ、僕がお母様を守らねばなりません。殺されはしないといっても、幽閉されたりするかもしれません。そんな事が起きないように、僕は守る力を身につけたいんです」

アイザックの言葉が、モーガンの心に突き刺さる。

継承権第二位という肩書きこそあるものの、そこに実態は伴わない。これは家庭内で無用な争いにならぬようにと、静観を決め込んでいたモーガンにも責任があった。実家の力関係を考えれば、簡単に反故にされるという事にも気づいていた。

それでも静観していたのは、彼としてもウィルメンテ侯爵家と関係が深まるのは悪い事ではないと思っていたからだ。だから、ランドルフが満足するならそれでいいと思い、継承権の事を認めながらも、特に手を打たずにいたのだった。

――ランドルフも、しばらくすれば現実がわかるだろう。いつかこの事を教訓として成長してほしい。

その程度の事にしか考えていなかった。結婚当時は、アイザックがここまで早熟な子として生まれてくるとは思わなかった。そして、そのせいで苦しめていたとも思わなかった。モーガンは自分自身とランドルフのミスを、アイザックに背負わせていたと知る。

とはいえ、エルフの協力を求める事は認められない。

それはそれ、これはこれだ。

「だがな、エルフという異種族の力を借りるのはよろしくない。他人の力を誇示して従わせれば、配下に対する求心力を大きく失う事になってしまう。そうなれば今以上に辛い立場になるぞ」

人という者は立ち位置を気にするものだ。アイザックの周りにエルフしかいなければ、そこに自分の居場所はないと思ってしまう。そうなれば、ネイサンを担ぎ上げようとする周囲の勢いが増すだけだ。

しかし、アイザックは落ち着いて答える。

「大丈夫です。エルフには土木作業だけをしてもらうつもりです。ただ、味方を引き寄せる呼び水としては利用するつもりでした」

――エルフを呼び水として使う。

その言葉にモーガンは顔をしかめる。花を愛するような優しい子だと思っていたアイザックが、いつの間にか大人の世界に踏み込んでしまっていたからだ。

「……利権か」

「はい」

東の森に住むエルフの数はわからないが、新しい市場が開拓されるという事は、新しい利権が生まれるという事である。二〇〇年ぶりのエルフとの交易など、多くの商人が請負を望む事だ。

エルフに街道を整備させる事で〝交通網が整う〟というメリットだけではなく〝エルフと接触を持っている〟という事自体が新たな権益となる。アイザックが安全に交渉できる窓口となるとわかれば、誰もがアイザックと接触しようとするだろう。

エルフとの交流が認められれば、商人たちは自然と自分の利益を守るために行動するようになる。街道整備に従事するエルフを恐れる者たちに、エルフとの交流を望む人々が〝心配ない〟と広めてくれるだろう。そして、交流再開を主導するアイザックを守る盾となってくれる。そこまで考えていたのかと、モーガンはアイザックの成長に驚く。

「確かに新しい取引先ができるのは大きい。だが、ブラーク商会をどうする？　必ず一枚嚙もうとしてくるぞ。お前は受け入れられるのか？」

アイザックがブラーク商会を嫌っているのは知っている。それでも侯爵家のお抱え商人である以上、この話に関わってくるはずだ。それにどう対応するのか、モーガンはアイザックに確かめたかった。

アイザックの返答は至ってシンプルだった。

「受け入れません」

「それならば、どう対応する？」

もしも、アイザックが感情的になっているだけならば、この話から外すつもりだった。貴族には面子がある。理由もなく、お抱え商人という重要な立場にあるブラーク商会を締め出すような真似はできない。

〝大事な仕事を任せられない商会をお抱え商人にしている〟と、陰口を叩かれてしまうからだ。つまらない事かもしれないが、つまらないからこそ譲れないような事も世の中にはある。

モーガンは、アイザックの答えを待った。

「僕の名前でワイト商会、グレイ商会、レイドカラー商会に仕事を任せます。ブラーク商会に任せない理由は、侯爵家に近すぎるからです。ブラーク商会が関わってエルフと問題が起きれば、それは侯爵家が裏で引き起こしたものと同一視されるでしょう。僕が主導して三商会に仕事を任せれば、子供である僕の責任という事になります」

その答えは、モーガンを失望させるものだった。

「子供だから厳しく責任を追及されないと考えるのは無責任というものだ。問題が起きた場合、責任者が責任を取れるかどうかが重要になる。ブラーク商会を使わないというのは、まぁいいだろう。だが、今のお前に任せる事はできん。せめてもの名目上の責任者にしてやるから、それで我慢しなさい」

なにかを約束する時は、責任を負えるかどうかが重要になる。アイザックは責任に対する覚悟と認識が甘い。人と人との繋がりは〝子供がやった事だから大目に見てくれ〟という態度ではいけないのだ。

「いえ、任せてください。ウェルロッド侯爵家の継承権第二位という立場を懸けても構いません。廃嫡も覚悟するのでお願いします！」

「そこまでの覚悟があるのなら……。やってみろ」

――廃嫡覚悟での大仕事。

そこまで考えているのならば任せてもいいかもしれ

ない。ここでモーガンは一つの疑問が思い浮かんだ。

「それで、話はどこまで進んでいる？　まさか、すでに契約を交わしているのではないだろうな？」

アイザックは賢い。だが、それは小賢しいともいえる。すでに契約を交わして、既成事実を作っている可能性があった。だから〝廃嫡も覚悟している〟と言い出したのかもしれない。まずはその事を確認しなかった事を、モーガンは悔やんだ。

「いえ、それはまだです」

モーガンは、ホッと安堵の息を吐く。

「ですが二週間後に代表者と話し会って、交流の再開に関して話し合いましょうと伝えています。ですから、お爺様かお父様にエルフと会ってほしいのですが……。ダメな場合は、使者を送ると伝えてますので、ダメならダメと言っていただければ……」

アイザックの声が段々と小さくなっていく。今までの様子から〝ダメだ〟と言われそうだと思ったからだ。しかし、モーガンの反応は予想とは違ったものだった。

「ダメなはずがあるか。どうなるかわからんが、エルフとの交渉を行ったという事実は実績となる。来年の春から私は外務大臣になるのだからな」

今回の話は厄介事ではあるが同時にチャンスでもあった。二〇〇年もの間、交流が絶えていたエルフと交流を再開したとなれば外務大臣に任じられた時に箔が付く。アイザックにすべてを任せるような危険な真似はできないが、自分が交渉するのならエルフとの会談は歓迎するべき事態ではあった。

――起きてしまった事態を最大限利用する。

そういう、したたかさがあるからこそ、侯爵家の当主が務まるのだ。

「こちらに来なさい」

モーガンがアイザックに手招きをする。

アイザックは言われた通り祖父に近づいた。

(褒められるのかな)

モーガンに抱き上げられた時、アイザックはそう思った。しかし、今回は様子がおかしい。膝の上に座らされるのではなく、腹這いに置かれたからだ。

(まさか、この体勢は……)

「痛っ！」

　バチンという音が鳴ると同時に激しい痛みを感じた。どうやら尻を叩かれているようだ。

「お爺様！」

　アイザックは涙目になりながら声を上げる。

　だが、尻を叩く手が止まる事はない。

「エルフとの会談のきっかけを作ったのはいい事だが、それはそれ。わずかな護衛で森に入るなどという軽率な行動を取った事の責任は取らねばならん」

　今までモーガンはアイザックを猫可愛がりしていた。

　しかし、そのせいで〝どんな行動をしても大目に見てもらえる〟と思い込んでいる節がある。その事を反省し、今は心を鬼にして折檻する事にした。ここで矯正しておかねば、いつか取り返しのつかない事になってしまうかもしれないからだ。

　一〇回ほど尻を叩いたあと、アイザックをマーガレットに手渡す。アイザックは唇を噛み締めて泣き叫ぶのを我慢していた。そんな孫を慰める役目を、妻に任せようとしたのだ。

「私はランドルフと話をしてくる。あとは任せるぞ」

「ええ、わかりました」

　モーガンは部屋を出ていった。残されたマーガレットは、涙を浮かべているアイザックを抱きしめてやる。

「今回はあなたが悪いわ。色々と興味が出てくる年頃かもしれないけれど、やって良い事と悪い事があるの。今回の行動は、まだ幼いあなたがしてはいけない事だったのよ」

　アイザックは祖母の胸の中でうなずく。声を出そうとすれば、泣き叫ぶ事を耐えられそうにないからだ。

　マーガレットは、それ以上なにも言わなかった。

　アイザックは賢い子だ。こうして注意されれば、今後は気をつけて行動するだろう。それに、口先だけの慰めなど不要だと思っている。抱きしめて人のぬくもりを感じさせる事が、子供を落ち着かせるのに最も有効な方法だと知っていたからだった。

⚜ ⚜ ⚜

アイザックたちは、ティリーヒルの東にある森の手前の平原に天幕を張って待っていた。モーガンはランドルフに留守を任せ、アイザックやオルグレン男爵と共に出迎えるつもりだった。

昨日、猟師たちに森に入ってもらい、エルフに〝明日、会談しよう〟と伝えてもらった。昼くらいに向かうという返答をもらった。念のため、軽く食事が取れるように野外調理の用意はしているが、こちらの出す食事を警戒して食べないかもしれない。

とはいえ〝用意をして無駄になる〟と〝無駄になるから用意しない〟とでは意味が変わってくる。今回は迎える立場なので、用意をしておく事となった。

もちろん、他にも手土産も用意している。

「本当にあんなものでよかったのか?」

モーガンは、手土産を載せている荷馬車の方を見る。

主に塩がメインで、他にはコショウや砂糖といった調味料ばかりで、手土産というには心許ない。だが、アイザックに心配する素振りはなかった。

「南のドワーフと取引をしているそうですが、距離が遠いので、この地の人間と塩を取引し始めたというのが交流再開のきっかけだと話していました。ならば、こういった実用性のあるものの方が喜ばれると思います。もしも僕がエルフでしたら、いきなり宝石などをプレゼントされても受け取らないと思いますし」

「そうかもしれんがなぁ……」

ウェルロッド侯爵領の南に岩塩の採掘場があるという立地故に〝塩など掘ればいくらでも採れるものだ〟という認識しかモーガンにはなかった。岩塩の鉱山から遠いエルフの苦労はわかりづらい。

しかし高価な物を贈られて困るというのはよくわかった。侯爵家なので、付け届けも高級品が多い。しかし、無駄に高価すぎるものをもらうのは負担でしかなかった。贈り物に見合った物を返すにも、なにを返すか考えるのが非常に面倒だったからだ。それはきっとエルフたちにとっても同じはず。こんな基本的な事すら思いつかないほど〝エルフとの交流〟という事態に興奮していた事に、モーガンは気づかされた。

「面目ありません。平民がエルフと物々交換をしていたとは、今まで気づきませんでした」

謝っているのは、オルグレン男爵だ。昔から森に入る者たちがエルフと会っていた事になる。今まで気づけなかった事を非常に恥じているようだった。

「いや、こういう末端の事は報告されねば気づく事はできない。オルグレン男爵に責はない」

モーガンは彼を庇った。猟師や木こりといった者たちに限らず、薪拾いや山菜採りに森に入った者たちも詳しく報告していなかったのだ。〝森の中でエルフと出会った〟という報告はあったようだが、それだけで終わっている。〝取引をした〟というような事までは報告に上がっていなかった。

東の森にエルフが住んでいると知っている以上、遭遇する事は不思議ではなく、会っただけで取り立てて大事にする事もない。町ぐるみならともかく、個人間で取引している事までは気づけなくても責める事はできなかった。これは情報の伝達に関する問題だ。

――領主様に教えてもいいけど、信じてもらえなかったら嘘をついたと思われて罰を受けそうだ。

――物を交換したくらいなら、わざわざ伝えなくてもいいだろう。

そう判断する者ばかりだったから、オルグレン男爵にまで伝わらなかったのだ。だからといって〝街であった事をすべて報告しろ〟と命令するのは無謀である。

実態のない噂に右往左往させられる危険があるし、膨大な量の噂を整理するだけで一日が終わってしまう。もっと情報伝達手段の発達と、それに伴う情報に関する意識向上を待たねばならないだろう。

「オルグレン男爵が知らなかったという事は、今まで大きな問題がなかったという事。男爵も知っていて黙っていたわけではないのですから、気にしすぎないでください」

自分が引き起こした事態で、オルグレン男爵が処罰されるような事があっては寝覚めが悪いので、アイザックもフォローに回る。

その時、森を見張っていた者から報告が入る。

「来ました！　数はおよそ二〇！」

エルフの人数を聞き、騎士たちに緊張が走る。

「微妙な数だな。武装はどのようなものだ？」

「目立つ武装は弓矢とナイフくらいでした。他は毛皮やズダ袋を持っています」

モーガンは顎に手を当て、少し考える。

「あちらも警戒はしているようだが、取引を進めたいと考えているようだな。こちらも護衛を二〇人だけ残して、他の者は距離を取るように伝えよ」

自領内とはいえ、当主であるモーガンを守るために同行した護衛は三〇〇ほど。一人一人の戦闘能力に勝るエルフ相手とはいえ、それだけの数を傍に置いておけばなにかを企んでいると思われかねない。それに交渉は論理的な会話だけで済むものではない。〝こいつら、俺たちにビビってるぞ〟と思われてしまえば、それだけで条件を決める時に不利になる。内心では恐れていようが、表向きは平静に振る舞わねばならないのだ。意地を見せるためにモーガンは兵を離した。

アイザックは、エルフの服装を見て驚いていた。代表者であろう老人たちが羽織袴を着ていたからだ。

（絶対、あんな服装だと森の中を歩きにくいだろ！　なんであんな服を着ているんだ？）

付き添いらしき者たちは作務衣のような服を着ており、その上に皮の胸当てなどを着けている。弓を撃つ時に弦が胸に当たらないようにしているのだろう。

ブリジットの姿も同行者の中に見えた。

「皆さん、初めまして。僕はウェルロッド侯爵家、ランドルフの息子アイザックです。こちらは当主であり、僕の祖父のモーガンです。そしてこちらはそこの街を治めている代官のクレイグ・オルグレン男爵です」

まずは打ち合わせ通りにアイザックが最初に口を開く。それに合わせて、二人も挨拶をした。アイザックが最初に名乗ったのは〝名目上の責任者〟ではあるものの、この場の代表者が誰かわからせるためだった。

――エルフとの交渉はアイザックが主導する。

アイザックが身を守るために〝エルフとの交渉を取

り仕切った〟という名誉はアイザックに譲る。モーガンには〝エルフとの交流再開を実現した〟という事実があれば外務大臣としての箔付けには十分だからだ。

「モラーヌ村の村長を任されているアロイスです。ブリジットの住んでいる村といえばわかりやすいかな」

人間でいえば五〇歳前後に見える中年のエルフが答えた。確かに服装はエルフたちの中で立派な部類だ。

前世の成人式でもスーツだったアイザックからすれば、羽織袴姿は羨ましいくらいだ。アロイスは次に、隣にいる年配のエルフを紹介し始める。

「こちらは村の長老であるマチアス様です。今回の話をして興味を持たれたので連れてきました」

長老と呼ばれたマチアスは鷹揚にうなずいただけだった。顔にはかなり深いシワが刻まれているので、人間でいえば七〇歳以上のように見える。

アイザックが読んだ本では、エルフは人間の一〇倍の寿命を持つらしいので、マチアスはリード王国が誕生する前から生きているものと思われる。まさに長老といえる存在なのだろう。

「お待ちしておりました。お席の方へどうぞ」

アイザックは席を勧める。しかし、テーブルについたのは村長を含む一部で、残りは立ったままで周囲を警戒していた。

――個人では信用できる人物も、集団になれば性格が変わる。

長年の取引で信頼を築いた猟師相手ならばともかくとして、人間の代表と話をするのに警戒を解く事ができないのだろう。その事は特別取り立てて非難するような事ではなく、当然の行動だと受け入れた。

「本日はお越しいただきまして、誠にありがとうございます。何分にもエルフの皆様とは二〇〇年ぶりの交流です。作法の違いにより、不愉快な思いをさせるかもしれません。その際は、なにとぞご容赦のほどお願い申し上げます」

まずは礼儀作法の違いがあった場合の予防線を張った。文化が違えば作法も違う事は十分考えられるので、こうした予防線はお互いのために必要だった。あらかじめ伝えられていれば、エルフ側も〝無作法な奴だ〟

と腹を立てずに済む。エルフに関する過去の資料は残っているので〝不勉強な奴だ〟と思われる可能性があったが、保険をかけておいて損はなかった。

「このような場を設けましたのは、森の中でブリジットさんにお会いした事がきっかけです」

アイザックは、アロイスたちの後ろに座るブリジットを見る。

「ブリジットさんからは人間に対する恨みが感じられませんでした。喧嘩をしようと思わないなら、みんなで仲良く暮らす方が楽しいのではないかと思いましたのでお声をかけさせていただきました」

ここで子供らしい明るい笑顔を浮かべる。これには、緊張の色が見えたエルフ側も少し表情が和らいだ。種族は違えど、子供の笑顔は場を和ませる効果がある。

エルフたちは〝利口そうな子だな〟という印象を持っていたので、なにかを企んでいるのではないかと警戒していたが、仲良くしたいという子供らしいきっかけに、警戒もやや緩む。

次にモーガンが口を開いた。

「過去には人間とエルフの間で悲劇が起こりました。私はすべての人間を代表するほどの立場ではありませんが、この場にて謝罪を申し上げます」

モーガンが頭を下げるのに合わせて、アイザックとオルグレン男爵も頭を下げた。

それをマチアスが止める。

「お主らが頭を下げる必要などない。争いを始めたのは祖先の罪。子孫にまで罪を償えとは言わん」

「マチアス様の言う通り。だから世代が完全に入れ変わった頃に接触を始めたのだ」

アロイスもマチアスの言葉に続いた。

「そう言っていただけると助かります」

モーガンは心の中で安堵するが、気を緩めたりはせず、逆に気を引き締めた。恨みは消えても人間を見る目自体は厳しいはずだ。これから自分たちの行動次第で、今後の関係がどうなるか大きく動く事になる。〝許した〟という言葉に甘えるわけにはいかない。

「しかし、ブリジットは戦後に生まれた世代とはいえ警戒が甘すぎる。エルフと人間というのは関係なしに、若い娘が不用心に火を借りに行くのはいかん」

溜息交じりにアロイスがブリジットの不用心さを嘆く。まずは世間話で場を和ませようというのだろう。

モーガンもこれに乗る事にした。

「それはアイザックも同じ事。森の中には毒を持つ生物がいます。侯爵家の血を引く者として軽率な行動でした」

「若い者には、お互い苦労しますなぁ」

お互いに子供をダシにして世間話をして場を温める。そういったやり取りを何度か繰り返したあと、モーガンが少し踏み込んだ話を切り出す。

「そういえば、アイザックから塩が喜ばれると聞いておりました。ささやかではありますが、こうして会談の記念として贈り物を用意しております。塩などの調味料を受け取っていただけますか？」

モーガンは贈答品の目録を渡しながら言った。

アロイスは目録を見て非常に嬉しそうにしている。

「塩はありがたい。若い者でも森の中を毛皮などを持って一〇日以上歩き続け、ドワーフのところから塩を持ち帰るのは一苦労ですからな。こちらからも、返礼の品を受け取っていただきたい」

アロイスが背後にいた者たちに指示を出すと、毛皮や果実などが差し出された。

「ありがとうございます。今はこうして会談の場を設けられただけで十分だと思っております。ですが、将来的には正式な交易を始めようとも考えております。もし取引をするなら、毛皮などの売買を中心としたものがよろしいでしょうか？」

エルフは森に住む。自然と動物の皮や森で取れるものが中心となると考えられる。人間よりも狩りの上手いエルフなら、毛皮などの量も増えると思われた。

しかし、エルフたちの顔は渋い。

「いえ、森の動物は食べるために狩るもので、売るために必要以上に狩りたくありません」

アロイスが取引を否定した。

「その通りだ。今までは余剰分で物々交換していたに過ぎん。こうして公に取引ができるようになっただけでよしとするしかないだろう。残念ではあるがな」

マチアスも同意する。これはエルフとしての生き方の問題だ。強制して狩りをさせるわけにはいかない。

(今回は関係改善だけか……)

表情にこそ出さないが、モーガンはガッカリしていた。エルフとの交流再開自体はいい事だが、それではアイザックに旨味がない。継続的な取引がなければ、アイザックの望むエルフ利権は手に入らないだろう。利権という盾を手に入れる事ができないのは、かなり厳しいところだ。モーガンがアイザックをチラリと見ると、ちょうどアイザックもモーガンを見ていた。

(仕方がない)

モーガンは〝なしだ〟と言った方法を採る事にする。

「では、我が領内で働きませんか? そうすれば、獲物を狩らずとも必要なものを手に入れられます」

「なにっ?」

アロイスもマチアスも、露骨に嫌な顔をする。人間がエルフに働かせようとする場合、ロクな事がない。

——男は戦争に駆り出され、女は体を売らされる。借金だなんだと名目をつけてはエルフを食い物にしようとする者があとを絶たなかった。過去の人間の所業を知っているだけに、人間に働かされるという事に忌避感を抱いていたからだ。

「実はこの子が思いついた事ですが、エルフの魔法で道や堤防を造っていただきたい。もちろん、出稼ぎをしたいという希望者がいればの話ですが」

〝魔法で道を造る〟という言葉に思うところがあったのだろう。マチアスが口を開く。

「……変わったな。人間に造らされるものといえば、城や要塞といった戦争に関するものばかりだった」

彼は遠くを見るような目つきをしている。人間と交流があった時代を思い出しているのだろう。

「出稼ぎとして考えれば悪くない話だ。近くの街で自由に買い物ができるようになれば、鍋や包丁も手軽に手に入るようになるな。歩いていける距離に店がないと不便でかなわん」

マチアスは前向きのようだ。快適な暮らしを知っているだけに、金を稼ぐ利点も忘れていないようだ。

「確かにティリーヒルには製鉄所があり、鍛冶師が鉄製品を作っております。ですが、さすがにドワーフ製のものとは比べないでくださいよ」

オルグレン男爵が少しおどけた感じで言った。おどけてはいても、一〇〇パーセント本心である。物作りではドワーフに勝てないので、ドワーフと取引をしているエルフにガッカリされないように予防線を張る。

「しかし、人間の領域で活動するというのは気が引けますな……。越冬の用意もできているので、急ぎすぎる必要はないのでは？」

村長であるアロイスは慎重論を唱えた。彼も豊かな生活をしていた時代を覚えている。だが、だからといって勢いで物事を決めるのは怖かった。

そんな彼の考えを、アイザックが支持する。

「僕もそう思います。冬の間に出稼ぎに出ても構わないという人がいるか聞いてみるのがいいのではないでしょうか？　僕たちも王都で冬を過ごすためにいなくなるので、一度冷静になって考える時間があった方がいいと思います」

モーガンが〝それでいいのか？〟と視線を投げかけるが、アイザックは力強くうなずき返した。

「ならば、そうさせてもらいましょう」

アロイスも性急な判断を求められずホッとした。自分一人の問題ならばともかく、村長という立場でも勝手に決めていい問題ではなかったからだ。

「そうだ。僕はブリジットさんの魔法をちょっと見せてもらったんですが、お爺様たちにも見せていただけませんか？　そこらへんに道を造ってもらえればわかってもらえるかと思います」

どのような道ができるか見ればわかりやすい。きっとモーガンも渋々ではなく、積極的に協力してくれるはずだ。アイザックはエルフに魔法の行使を求めた。

「それじゃあ、私がやってあげる」

ブリジットが手を挙げる。彼女は今回のメンバーの中では一番若く、魔力もほどほどである。彼女が行う事によって、エルフがどの程度やれるかがわかりやすいはずだ。アロイスはそう考えて彼女に任せた。

「幅は一〇メートル、深さ一メートル、距離は一〇〇メートルくらいの平坦(へいたん)な道でお願いします」

アイザックは注文を付けた。本当は車が走るようになった時代の事を考えて、片道三車線分の車道と歩道分くらいの幅が欲しかったが、ひとまずはこの国の主要な街道の広さである一〇メートルくらいを求める。

深さも注文したのは、舗装部分が薄いと割れてしまいそうで怖かったからだ。

「オッケー、オン・カカカビ・サンマ・エイ・ソワカ」

ブリジットが魔法を唱えると、平原の草が地面から這い出して、魔法の範囲から抜け出る。

（うわっ、気持ち悪っ）

カサカサと根を動かして歩く姿はまるで虫のようである。草は気持ち悪かったが、本来の目的である道の方は素晴らしかった。一〇〇メートル×一〇メートルの舗装路がミシミシという音と共に出来上がる。

「おぉっ！」

それを見ていた者たちの感嘆の声が湧き上がる。

たった一言でこのような道が出来上がったのだ。同じものを人の手で造ろうとした場合、どれだけの労力が必要だろうか。その驚く姿を見て、ブリジットは自慢げに胸を張っていた。

「これは……、なんというものを……」

モーガンは立ち上がり、突如平原に現れた舗装路を確かめる。王都周辺のよく整備された石畳の道よりも平坦で綺麗な道。しかも、かなり頑丈そうだ。

「確かに、これならすぐにでも仕事を依頼したいくらいですな。アイザックが街道整備を頼もうとしていた気持ちもよくわかる」

現物を見て、彼の考えも変わった。労役を平民に課すよりも、その分働かせて得た税金でエルフに依頼した方が得だろうと考えを巡らせる。

アイザックはモーガンに微笑むと、アロイスの方に向き直る。

「皆さんにお願いしたいのはこれです。綺麗で頑丈な道と洪水が起こりそうな場所の堤防強化。生活に必要なところで魔法を使っていただきたいだけなのです」

アロイスは、うーんと唸る。本当にこれだけで金を稼げるのなら悪い話ではない。

「報酬は？」

「まだよく考えていませんが、一瞬で終わる事を考えて一人あたり一日二万リード程度を考えています。塩でいえば四〇キロほどになるでしょう」

一〇〇メートルの道の工事費として考えれば格安。しかし、魔法を唱えるだけで一瞬で終わるので時間もかからない。成果を考えればもっと高くてもいいのだが、分給二万と考えれば破格ではある。

相場を知らないエルフを騙すような感じになるが、これは決定事項ではないので交渉可能である。

「魔法を一度唱えるだけで塩が四〇キロですか……。前向きに考えさせていただこう」

だがエルフにしてみれば十分なようだ。賃金の引き上げは要求があってから、交渉してみてもいいのかもしれない。

「僕は来年の春にまたここに来ます。その時までに出稼ぎしてもいいかどうか話し合ってください」

そう、アイザックはまたこの街に来る。まだ入札は終わっていないのだ。彼は入札が終わるまでに話がまとまればいいくらいの気持ちでいた。

「そうさせてもらおう」

考えるとは言っているが、アロイスの気持ちは揺れているように見える。期待してもよさそうだ。

「皆さん、昼食は済ませましたか？　簡単なものですが用意してありますので、ご一緒しませんか？」

「せっかくだ。いただいていこうじゃないか」

アイザックの誘いにマチアスが答えた。久々の人間とエルフの交流。軽い食事会くらいはいいだろうと考えてくれたようだ。

このあと、食事をしながら雑談を交わし、喧嘩別れになる事なく会談を終える事ができた。

その結果にアイザックは満足していた。

（塩が不足していたところに、大量の塩やコショウを得る事ができた。その状態を維持しようと思って、かならずこちらとの繋がりを保とうとするはずだ）

アイザックは春にエルフが出稼ぎを受け入れると確信していた。人というものは豊かな状態に慣れてしまうと、貧しくなった時に我慢できなくなるものだ。

きっとエルフたちも、今は蔵の中に山積みになった塩を見て満足しているが、時が経つにつれて減っていく塩を見て焦燥感を覚えるはずだ。

――もっと備蓄が欲しいと。

それが塩以外のものになり、稼いだ金で物質的に満たされていくうちに、やがてアイザックとの縁を切れなくなる。自然とアイザックとの関係を守ろうとする雰囲気ができるはずだ。あとは、エルフたちの思いをそれとなく他の貴族や商人たちに教えてやれば、アイザックの身は守られるようになるだろう。

そこまでの道筋がアイザックには見えていた。

第一〇幕

　エルフたちとの会談が終わると王都へ向かう。去年も行った事だが、今年は慌ただしい。本当は日にちに余裕があったのだが、モーガンと共にもう一往復したせいでギリギリとなってしまったせいだ。

　この王都行きによって生まれる時間はちょうどよかった。交流再開という興奮から熱を冷まし、冷静に考える時間ができる。

　モーガンは魔法による整地を見た事により考えを変えた。最初はエルフに金を稼がせる手段としてしか考えていなかったが、その有用性を認めた事により、街道整備の依頼を積極的にするべきだと思い直した。

　モーガンは自分の考えに固執せず、状況に合わせた対応をできる柔軟性を持ち合わせているようだ。とはいえ、エルフを領内に入れる不安までは拭い去れていない。

　エルフ側は交易によるメリットを考えていた。塩に限らず、森では取れない農作物や鉄製品の入手手段が増えるのは悪くない。毛皮の収穫量は限られるので、物々交換や森で取れるものの売買では早晩行き詰まる。そうならないよう、金銭を手に入れる方法を用意されているというのは魅力的だった。

　だが保守的な考えをする者も多く、今のところは出稼ぎに関して否定的な考えをする者がいるようだ。少なくとも、現段階では春の会談待ちというのが双方共に一致した考えだった。その頃には状況の変化や、なにか良い考えが浮かぶかもしれない。

　――考える時間ができてよかった。

　みんながそう思っていたはずだが、アイザックは王都に来てからは、ゆっくりと考える余裕がなかった。

「――というわけですから、今は国交樹立だけで取引しない可能性が高いんです。申し訳ございませんが、この話はなかったという事でお願い致します」

　王都に来てから何度目かのセリフ。

「それは残念です。もし、なにかお困りの際には気楽にご相談ください。いつでもお力になります」

そう言い残して客が退室していく。彼はエルフとの交流再開を小耳に挟んで、アイザックを訪ねてきた者だ。モーガンが外務大臣の引継ぎを始めたので、名目上はモーガンの大臣の内示とランドルフの領主代理就任のお祝いで屋敷を訪れているため客を追い返すわけにはいかない。同年代の友達よりも、むさ苦しいオッサン連中の友達が先にできそうだ。

（オルグレン男爵め、あの爺さん喋りすぎだろう！）

アイザックは、オルグレン男爵を恨む。

こんな状況になったのも彼が〝アイザック様は素晴らしい。エルフとの会談もウェルロッド侯に負けず劣らず主導していた〟と言いふらしたせいである。

口止めをしていなかったアイザックも悪いのだが、貴族の当主があそこまで口が軽いとは思わなかった。

これは情報に関する意識の違いである。アイザックは顧客情報などに触れる機会がなかったが、個人情報保護に関する社員教育は受けていた。ここは〝個人情報の保護〟という概念が広まってない世界である以上、噂話を広められるのは防ぎようがなかった。

もっとも、よほど秘密にしなければならない重要な話でもない限りは口止めされても情報は漏れる。オルグレン男爵の情報漏洩は、貴族界隈でエルフに関しての情報が流れるのが少し早くなっただけで、実際は責めるほどのものではなかった。

「なんだか、アイザックと話したい者ばかりだな」

同席していたランドルフが愚痴をこぼす。彼も領主代理という立場になったため挨拶に来る客は多いものの、社交界での話題はアイザックにかっさらわれているせいで、どうしても息子のついで感が否めない。少し寂しさを感じていた。

「物珍しさのある今だけですよ。冬の間は進展がないので、すぐに飽きられるでしょう」

アイザックは〝とりあえず唾をつけておこうという感覚で客が来ている〟と考えていた。すぐに領主代理として確実におこぼれにありつけるランドルフに媚びを売り始めるだろう。

「そうだろうけどな……。とりあえず、今のところは受け答えはいい感じだ。どうなるかわからない以上、期待を持たせるような事は言わないように」

ランドルフは、アイザックに念押しする。迂闊(うかつ)な事を口走っても〝まだ子供だから〟で話を反故にする事はできるかもしれない。だが、そういう事をすればアイザックの信頼が傷ついてしまう。あらかじめできない約束をしないようにと教えられていた。

「はい、気をつけます」

（〝考えておきます〟も言えないから気をつけないと）

――よく考えておきます。

遠回しに断る時に言葉だが、貴族社会では解釈の違いという事で都合よく受け取られる。

〝どう実現するかをよく考えておきます〟と、自分に都合よく受け取られるのだ。〝考えたけどダメでした〟と後日答えると〝期待を持たせておいてどういう事だ〟と、責める口実を与えてしまうらしい。

イエスかノーかはハッキリ相手にわかるようにしておかねばならないそうだ。美味しそうな利権が関わるところは〝曖昧に済ませる〟という事が許されず、ダメな時はキッパリと断れと教えられていた。

「まったく……。父上に王都行きの準備を投げ出されたと思ったら、お前がエルフとの友好関係を築こうとしていると聞いて驚いたよ。鉄鉱石の入札に行っているはずだったのにな」

ランドルフが呆れたようにアイザックの頭を撫でる。

「ごめんなさい。森に入った際、偶然出会ってしまいました。僕も驚いています」

「森なぁ……。もう父上に怒られてわかっただろうが、危ない事をするなよ」

「はい、気をつけます」

撫でていた手でポンとアイザックの頭を軽く叩いて終わらせた。アイザックは厳しく叱らず、人を許す事のできるランドルフの事が好きだった。自分が持ち合わせていない器の大きさを感じられる。だからそんな父につけ込んで金を騙し取ったブラーク商会のデニスの事が許せなかった。

「そういえば、ブラーク商会から買わされた宝石を二億リードで売ってくれませんか？」

ブラーク商会の事を思い出したので、この機会に切り出す事にした。今は宝石を買うくらいの余裕はある。

「ん？　あれは粒が小さかったり形が悪かったりする安物だぞ。欲しいのなら好きにしていいぞ」

ランドルフも、さすがに自分の息子から金を取ろうとは思わなかった。それにウェルロッド家の財産なので、すでにアイザックのものともいえる。

だが、アイザックは首を振った。

「レイドカラー商会に頼んで装飾品にしてもらい、エルフたちに安く売る。ドワーフ製には負けるかもしれませんが、いつかは〝自分たちが稼いだ金で、家族にもっといい物を買ってやろう〟と思わせる道具に使うつもりなんです。もしくはタダ同然で配るつもりです」

品質が悪いからこそ、粗品として利用してエルフの物欲を刺激するための小道具に使うつもりだった。

「なるほど、責任者として上手くやりなさい。わからない事は聞くんだぞ」

モーガンの方針により、アイザック一人が責任を取るようなやり方をするつもりはない。問題が起きた場合は、ちゃんと侯爵家でエルフに対して責任を取れるようにしている。秘書官の補助つきとはいえ、アイザックは交渉責任者に任命された。初めて仕事を任されたので張り切っているのだろうと、ランドルフは微笑ましく思っていた。

「ならば一億リードでどうだ？　二億もいらない」

「いいえ、商品を売買するには手数料とかが必要だと思います。ですので二億リードを支払います」

アイザックの決意は固い。ランドルフもそう感じ取ったのか、アイザックの提案を受け入れた。

「わかった。気の済むようにしなさい」

「ありがとうございます」

アイザックは嬉しそうに笑みを浮かべる。去年、ランドルフはブラーク商会にコケにされて一億リードを奪われた。〝お金を稼いだので、損失を補塡します〟と金を渡せば、父としてのプライドが傷ついてしまうだろう。〝エルフに売るか配るために売ってくれ〟というのが、傷つけずに金を渡すいい方法だった。

二億リードにしたのは、エドガーという男に売るはずだった価格だからだ。当然、ランドルフも馬鹿ではない。〝二億〟という数字が出た時点で、アイザックが自分のミスをカバーしようとしてくれていると気づいていた。しかも、元値ではなく売値の方でだ。我が子の成長が嬉しくもあり、悲しくもある。

（私も老いたな……。いやいや、私はまだまだこれからだぞ！　老いを感じるにはまだ早い）

ランドルフは思わず一人でノリツッコミをしてしまった。子供の成長が早いのも困りものである。

「その金でお前のために高名な家庭教師を雇うか」

ランドルフも我が子から金をもらったと素直には喜べない。ならば、受け取った金は我が子の未来への投資に使うべきだと考えた。モーガンからは〝倫理や道徳を中心とした教育〟をするように言われている。

これはランドルフも同感だった。アイザックは文字や数学は十分な知識がある。それならば、その知識の使い道に関して教える方が正しいと思っていた。

一方のアイザックは家庭教師を雇うと聞いて嫌そうな顔をしていた。国語や数学の教師ならわかるが、倫理の教師などどんな人物が来るかわからない。そもそも、倫理の教師が必要だと思われているのが嫌だった。

だが、ランドルフはアイザックの反応を〝授業を受けるのが不安なんだろうな〟と受け取っていた。

⚜

⚜

⚜

アイザックは基本的に暇である。リサは同じ年頃の友達と遊び始めている。王立学院に入学する前に、同年代の友達と仲を深めておくのも大事だ。寂しくはあるが、疎(おろそ)かにして困るのはリサなのだから仕方がない。貴族社会において、縦の繋がりだけではなく横の繋がりも重要となる。アデラの娘だからこそ、今までアイザックの相手をしていてくれた。アイザックは、ちゃんと納得してリサを送り出した。

ティファニーは、まだアイザックと遊んでくれているが、婚約者ができた事で礼法などを重点的に学び始めた。アイザックと違い、前世の記憶がない分だけ基礎からしっかりと教えなければならない。ティファニーの未来のためにも邪魔をするわけにはいかない。こちらも理由を理解したうえで、遊ぶのを諦めていた。

他にも年の近い女友達はいるが、元々二人に比べれて遊ぶ頻度が低い。二人は身内といえる身近な存在だったから、遊びに来る頻度も高かったのだ。こうなると、友達の少なさが響いてくる。

自分自身が嫌われるような事をしていないのに〝気がつけば一人ぼっち〟という状況になっていた。アイザックに友達を作らせないというメリンダの嫌がらせが地味に効いている。本物の子供であれば挫けていただろう。だが、暇なら暇でやる事を作ればいい。

アイザックは会議室を借り、侯爵家で雇っている菓子職人のアレクシスとその弟子たちと地図を囲んでいた。

砂糖控えめのお菓子屋作りのためである。店舗で食べられるようにテーブルなどを設置した喫茶店形式を考えていた。

――お金を貯めたいなら、どうするか？

前世のアイザックなら、地道に給料を貯金していただろうが、今回は違う。今までの入札で稼いだ分を使い果たしても、来年の春以降に稼げる。ならば、ただ金を貯めておくよりも、さらに増やすために投資する事にした。爪に火を点すような思いをしなくても、転がせるだけのあぶく銭があるのだ。

――金が金を生む。

金を転がして金を増やす。お菓子屋は実験的な試みの第一段階だった。

「やはり、王宮へ続く大通り沿いがいいでしょう。他の菓子店もこの通りにあります」

「官公庁の近くに店を造って、贈答用に使ってもらえれば良い宣伝になるでしょう」

「いっその事、他の店に卸す形式はどうでしょうか」

それぞれが思い思いの意見を発言する。アレクシスの弟子には店で職人として働いてもらう事になる。弟子とはいえ、侯爵家の厨房で働く者だ。アレクシスが上の上なら、彼らは上の下くらいの腕前を持つ。大量生産の菓子作りには十分な実力を持っていた。侯爵家の直営店で働かせて恥ずかしい腕ではない。

「僕は王立学院の近くがいいと思う。砂糖が控えめで他の菓子店よりも価格を抑えられるから、帰宅中の学生をターゲットにしてみたい」

アイザックが考えたのは、王立学院の立地だ。王立学院は比較的王宮の近くに造られている。その理由は〝王族が徒歩で登下校するため〟というふざけたものだ。これはゲームの〝王子様と下校デート〟というイベントのために作られた設定によるものだ。

貴族街も近いので治安は良いとはいえ、アイザックが〝貴族が王族の暗殺狙ったらどうするんだろう？〟と心配するほど杜撰な設定である。

今回はこれを利用する事にした。

「なるほど……。学生が立ち寄るようになれば、口コミで自然と親や友人にも広がっていく。そして学生なので気楽に菓子を買いに来るでしょう。宣伝する手間が省けますし、なによりも競争相手が近くにいないのがいいですね」

アレクシスがアイザックの意見に賛同した。

「えっ……。あぁ、うん。そうだよ」

自分の考えとは違う立派な意見を言われ、アイザックは少し戸惑う。

（下校デートで〝ここ、僕の店なんだ〟がやりたかっただけとか言いづらいな……）

前世では男友達と下校中にコンビニやラーメン屋に寄ったりしていた。その感覚で友達を連れて下校中にお菓子を食べに立ち寄ろうと考えていただけだ。

それと高位貴族用の個室を造って〝パメラと密会的な事をやってみたい〟という、よこしまな考えで言った事である。深い意味があるように受け取られて、アイザックは少し気まずい思いをした。

「そのあたりで十分な広さ、そのうえで匂いの苦情が出ないようなところを探させます」

「侯爵家の名前を利用した強引な方法はなしでね」

アイザックはこの点はしっかりと念押ししておく。強引な地上げで反感を買って、不要な争いをする必要はない。特に飲食店はイメージが大切なのだから。

「もちろんです。その点はちゃんと注意しておきま

す」

　アレクシスたちも言われずとも理解していた。

　なによりも自分たちの作った菓子の晴れ舞台だ。
よけいな因縁を付けられるような事は避けたかった。

「それでは、あとは任せます」

　アイザックは細かいところは店で働く者に任せればいいと考えていた。居酒屋で働いていたとはいえ、この世界での菓子作りに向いた厨房などはまったくわからない。現場の者の意見を採用し、素人の口出しは最低限にしようと思っていた。それにアイザックも店の事にかかりきりになれなかったからだ。

　父が本当に家庭教師を呼び寄せたからである。

「王都にいる間、週に一回だけなんだけど著名な学者を呼ぶ事ができた」

　そう言って、ランドルフが嬉しそうにしていた。

　なんでも〝君主論〟〝戦争論〟〝子育て論〟といった様々な論文を発表している著名な学者らしい。

（最後のやつだけ、なんだか場違いなんだよなぁ……）

　特定の分野に特化せず、論文を色々と書いているのは凄い事だ。しかし、そういう節操のない学者にアイザックは不安を覚える。

　なによりもランドルフが〝素晴らしい先生だ〟と絶賛するのが不安だった。人格面では父を尊敬しているが、人を見る目に関してはイマイチ信頼できない。

　特に家庭教師を呼ぶ理由が、アイザックの道徳を中心とした情操教育のためである。人を許す事の重要性を説くために宗教家っぽい家庭教師が来たらどうしようかと心配してしまった。

　アイザックは宗教が嫌いだった。特に気にしていないというのではなく、嫌いなのだ。その理由は前世の友人の鈴木という男に関係する。

『俺は新世界の神になる！』

　そう言い残して、彼は新興宗教を始めるために大阪に引っ越してしまった。鈴木の妹が昌美の同級生で友達だったという事もあり〝兄を連れ戻すのを手伝ってほしい〟と泣きつかれた事もある。

そのような出来事があったので、アイザックは宗教を好きにはなれなかった。こちらの世界では教会で祈りを捧げる事があるが、それはあくまでも付き合いで祈っているだけ。本気で神に祈ってなどいない。

(宗教家っぽい奴が来たら追い返そう)

アイザックは身構えて家庭教師を待つ。

「待たせたな。先生がお越しになった」

ランドルフが部屋に入ってくる。その背後には、五〇代くらいの気難しそうな顔をした男が立っていた。

「ネトルホールズ男爵家のテレンス殿だ」

「これからよろ――――」

「えええぇぇぇ――――!」

挨拶をしようとしたテレンスを、アイザックが遮る。

(ネトルホールズ男爵って、ニコルの爺さんだよな!)

見た目はモーガンと同じような年頃に見えるので、父親ではないだろう。となれば祖父である可能性が高い。まさか、ニコルの祖父から道徳を教わる事になるとは思いもしなかった。

(まずは自分の孫を教育しろよと言ってやりたい)

だがニコルもまだ六歳くらいだろう。将来、他人の婚約者を奪う女になると言っても、絶対に信じないはずだ。〝まずは孫娘の教育に集中しろ〟と言ってやりたいが言う事はできない。そもそも、ニコルにまともになられたら困るので絶対に言いたくない。なんとも複雑な相手が家庭教師としてやってきた。そのテレンスは怪訝そうな表情でアイザックを見ていた。

「ふむ、どこかで会った事はないはずだが……」

自分の事を見てアイザックが驚いた。その事から、過去に接触があったのかと思い出そうとしている。

(ヤベッ。お互いに知らないはずなのに、知っているような反応はマズイよな……)

アイザックはテレンスとの顔合わせの衝撃から立ち直った。そして失敗を反省し、誤魔化す事にする。

「実は先生の書かれた本を読んだ事があって……」

色々と発表しているのなら、本を読んだと言えば納得するだろう。とはいえ、著者として〝ネトルホールズ〟の名前を見れば驚いているはずなので、見た事はないと断言できる。少なくともウェルロッドの屋敷にはなかったはずだ。

「ほう、私の本をかね」

だが、テレンスは少し嬉しそうな顔をした。

――こんなに幼い子供ですら、自分の書いた本を読んでくれている。

そう思うと、嬉しいのだろう。

だが、すぐに顔を引き締める。

「なるほど。この年で私の本を読むという事は、話に聞いた通り高い知能を持っているようですな。よければ感想を聞かせてもらいたい」

「えっ……」

今のアイザックは〝読書感想文の宿題を忘れたけれど、本は読んだ〟と言い訳をして〝どんな内容だったか言ってみなさい〟と先生に返された子供の心境になった。仕方ないので、それっぽい答えで誤魔化す。

「……テレンス先生の考えは僕に合わないかなーと」

「なにっ！」

アイザックの言葉にテレンスは少し眉を吊り上げる。

「あっいや、そのっ。子供の僕には難しかったから、よくわからなかっただけというような気がしないでもないような……」

さすがにマズイと思ったアイザックは誤魔化そうとするが、言葉が出てこずしどろもどろになる。テレンスは厳しい表情を浮かべた。

「どの本を読んだかはわかりませぬが、すべての本で『争いはよくない。人に優しくしよう』と説いております。本を読めるだけの知能があって、それが理解できないとは思えません。おそらく、その事を理解するつもりがないのでしょう」

「そんなっ！　なんとかなりませんか⁉」

ランドルフは悲痛な叫びを上げる。

我が子が〝優しさを理解しようとすらしていない〟と言われて、かなり動揺している。

（おぃぃぃ！　君主論とか戦争論とかの大層なタイトルを使っといて、中身はそれかよぉぉぉ！）

アイザックも心の中で抗議の声を上げる。だが情操教育のために呼んだのだから、そういう方面の教師だと想定するべきだった。これは君主論という本を出している事で、色眼鏡で見てしまったせいだ。

（あのキャベツ……、マニキュア……、キュピズム？　とかいう人と同じ方向の考えかと思ったのに！）

アイザックが思い出そうとしているのは、マキャベリだった。国家の利益のためなら、どんな手段を取っても構わないという非情な考え方であるマキャベリズムを考えた人物だ。

きっとニコルの祖父なら、そういう事を書いていると思い、適当に答えてしまった。そのせいで今のアイザックの状況は、より悪いものになっていた。

「どうでしょうな……。ご子息を見る感じでは、悪ぶって答えている素振りではなかった。自分には合わないと自然に答えていたご様子です。おそらく、先代ウェルロッド侯と同じ系統に育つのではないかと」

「そ、そんな……」

ランドルフはテレンスの言葉を受け、頭を両手で抱えて膝から崩れ落ちる。彼の記憶にある祖父の姿は、平然と人を陥れる姿であり、彼には理解不能な恐ろしい化け物だった。その片鱗が愛する我が子に見えたと言われたのだ。絶望に落とされるのも無理はない。

しかし、テレンスはまだ諦めなかった。まずはテストをして、答えを出すのはそれからでも遅くない。

「アイザック殿に一つお聞きしたい。侯爵家には多くの農奴がいる。彼らをどうしたいですかな？」

「えっと、どうってどういう事ですか？」

突然の質問にアイザックは首をかしげる。

「奴隷が可哀想だから待遇を良くするとか、解放するとか。そういう事をなにか思いませんかな？」

「あぁ、なるほど。そういう意味でしたか」

アイザックは納得する。ここでどういう答えをするかで、アイザックの事を判断するつもりなのだろう。ならば、よく考えなければならない。しばしの間、頭を悩ませる。その姿を、ランドルフは両手を胸の前で組み合わせて、祈るように見守っていた。

「なにもしません」

アイザックが導き出した答えはシンプルなもので、その言葉に二人は、表情に失望の色を見せる。

「どうして、そう思ったのかね？」

テレンスは一応聞いておく。物事を表層だけで判断するのは焦りすぎだ。考えて答えた以上、その意図を聞いておかねばならない。

「農奴は平民よりも恵まれているからです」

アイザックの答えに、今度はテレンスが首をかしげる。

「様々な権利を剝奪された農奴がかね？」

「はい」

アイザックは自信を持って答えた。

「確かに農奴は自由がありません。その代わりに多くの恩恵を受けています。衣食住はもとより、時には医療に関しても。これは侯爵家の所有物だからです。平民は自由がある代わりに、すべて自分の責任で暮らさなくてはなりません。自由があっても、恩恵がないので貧しい暮らしをしています」

これは遠出をした時に知った事だ。農奴は侯爵家の所有物として大切に扱われている。わざわざ自分に富をもたらす者たちを粗末に扱う必要はないからだ。むしろ、しっかり働けるように待遇は恵まれていた。

それに対し、平民は自由の代償として苦しんでいる。税金を払えば生活にギリギリの金しか残らない者もいるが、国は彼らを助けない。彼らが苦しみから這い上がれないのも、本人の責任だとして手出しはしない。貧しさに苦しむのも自由なのだから。

「それに権利があるといっても、平民がそれを行使できているとは思いません。教育を受けていないので、ほとんどの人が自分に様々な権利があると知らず、年老いて死んでいるのではないでしょうか？　誰かを助けるべきだというのであれば、農奴ではなく平民の方ではありませんか？」

「むぅ、それは……。斬新な考え方だ」

――権利の代わりに恩恵を受けている。

そう言われてしまっては、なかなか言い返せない。

〝農奴から解放してやるべきだ〟と教えづらくなってしまった。農奴から解放しても、安定した生活を与えられなければ、それはただの感情の押しつけに過ぎない。〝農奴としての暮らしよりも、自由を与える〟というのと〝自由の代わりに安定した生活を与える〟というものの、どちらの暮らしがいいかは農奴本人に聞いてみなければわからない。少なくとも現段階でアイザックの考えが間違っているとは断言できなかった。

「なるほど……。その答えもまた一つの真理。ランドルフ殿、どうやら早とちりをしていたようだ。アイザック殿はアイザック殿なりに人を思いやっている」

その言葉で、ランドルフの表情は明るくなった。

「で、では」

「ジュード様のようになられるかは、これからの教育次第でしょう」

「よかった……」

ランドルフは胸を撫で下ろす。

(いや、それは失礼すぎやしないか？　……最初に適当に答えた俺も悪いけどさ)

〝なぜ自分が曽祖父のような外道扱いされなければならないのか〟と思い、アイザックは心の中でモヤモヤとした複雑な感情を覚えていた。

「まず、人になぜ優しくしなければならないのかという基礎から教えましょう。意外と基礎的なところが疎かになっている者が多いですからな」

アイザックを教え甲斐のある生徒と見て、テレンスがやる気を出したようだ。〝ニコルに教えてやれ〟と思うものの、ここで断ったらランドルフが苦悩する様が想像できる。やむを得ず、アイザックは大人しくテレンスから学ぶ事にした。

なお授業が始まる前にさりげなく家族の話題を振ったところ、本当にニコルの祖父だったので絶望した。

後日、アイザックはテレンスの書いた本を読んでみた。君主論は〝人の上に立つ者は優しさを持ちましょう〟という内容であり、戦争論は〝戦争は大勢の人が死ぬので、争い事は避けましょう〟といった内容を小難しい言葉を並べて書いているだけだった。

(この国は、本当に大丈夫なんだろうか？)

このような考えを持った者が著名な学者だというのには、アイザックも納得がいかなかった。

年末は大人向けのパーティーばかりで、アイザックは寂しい時間を過ごすはず――だった。

（この人ウザいんですけど……）

年末だろうが関係なく、ニコルの祖父であるテレンスが定期的に訪れていた。どうやらアイザックの思想が珍しかったようだ。この世界の人間は、どうしてもこの世界の常識に囚われてしまう。アイザックは常人とは違う考え方をするので、論文のネタになにか使えないかと色々と質問してくるようになった。

今では授業を受けるアイザックだけではなく、テレンスまでメモを取るようになっていた。腐っても学者、知識への探究心はあるようだった。

「先生、年末年始はパーティーに出なくてもいいんですか？　男爵家の当主なんですよね？」

それとなく〝帰れ〟という意味を込めて尋ねてみる。

「大丈夫だ。役人を辞めて学問の道に専念し始めた時から、社交の場は息子に任せている」

しかし、それは不発となり軽く受け流された。

（クソッ、ニコルの爺さんじゃなければ、理由をつけて首にしてるのに……）

アイザックが他の家庭教師にしてくれと頼めばしてくれるだろう。だが、そうしないのには理由がある。

――ニコルに金を渡すためだ。

原作ではパーティー用のドレスや装飾品を買うために、ニコルはアルバイトをしなければならない。

アイザックが〝やってほしい〟と望んでいるニコルの王太子エンドは、かなりシビアなスケジュール管理の下で達成される。ニコルが最大の障害であるアルバイトをしなくて済むように、テレンスをクビにしないでいた。彼が稼げば、その金はネトルホールズ男爵家の金となる。家に金銭的な余裕ができれば、キャラの攻略も容易になるだろう。

だが、その代償は大きかった。暇だからといって、ニコルの祖父と親しくなりたくなんてなかった。

ニコルを利用するつもりではあるが、手を組むつもりはない。できれば適切な距離を保っておきたかった。

「そう邪険にするのではない。我らは知を高め合う間柄。心行くまで語り合おうではないか」

「いやいや。先生は、僕の家庭教師ですよね？　なんで自分の仕事を放棄してるんですか」

自分の知的好奇心をちゃっかり満たそうとしているテレンスに抗議する。こんな男からでも、この世界の倫理観などアイザックの知らない事を学べるところがあるのが憎らしい。

「ニコルさんでしたっけ？　先生のお孫さんに勉強を教えようとかは思わないんですか？」

ニコルの事に触れて未来に影響を与えるのは怖いが、テレンスを避けるために彼女の話題に触れてしまう。

「ニコルはアイザック様ほどではないが頭が良い。普段から少しずつ教えているので、学生になればトップの成績も夢ではない……。いや、二番ですかな」

そう言ってテレンスは笑う。アイザックがいる以上、一番にはなれない。だがそのアイザックも道徳だけとはいえ自分の教え子だ。二人がトップクラスの成績を残せるのは教育者として誇らしい事なのだろう。っていうか、

（そういえば、ニコルは頭が良い……。って事になるのか）

体力面でも優れているって事になるのか）

アイザックはゲームの主人公であるニコルの事を考える。勉強をすれば確実に身につけ、学力の能力が上がる。体力面のパラメータもメキメキ成長していくという、努力をすれば努力しただけ結果を残す事のできる化け物だ。もし、この世界でもそうなら、ある意味王子よりも恐ろしい相手となるかもしれない。

（ゲームでは入学から始まるけど、もしも子供の頃から努力し続けていたとしたら……）

アイザックはショックのあまり唾を飲み込む。少なくとも〝自分は同年代では頭脳はトップだ〟と思っていたが、一を聞いて十を知るような者が存在していたら……。自身を阻む最大の壁になるかもしれない。

（ニコルの目的は良い男をはべらすだけじゃない。金と権力も欲しいという俗物だ。あんな女に負けるわけにはいかない）

俗物という点では人の事を言えないにもかかわらず、

アイザックはニコルを警戒する。金銭面で手助けする分にはいいが、頭脳面で差をつけられては面白くない。この世界の倫理観に合わせて、少し卑怯な方法を使う事にした。

「でも、女の人が頭良すぎるのも、あまりよろしくないんですよね？　裁縫とか女の子らしい事もやらせてあげてもいいんじゃないですか？」

――女は男を立てるべき。

前世ならSNSの炎上を引き起こしそうな発言も、この世界では常識となっているので問題発言とはならない。たった一言で手強いライバルの勢いを削げるのなら、プライドだって投げ捨てられた。

「確かにその通りです。その才能を料理や編み物などに使わせた方が……。いや、しかし……」

テレンスはアイザックの言葉で悩んでいるようだ。二〇歳を過ぎれば、行き遅れ扱いされるこの世界。孫娘の才能を伸ばしてやりたいが、そうすれば男に敬遠されて婚期を逃すかもしれない。

「将来、本当は女としての幸せが欲しかった、なんて恨み言を言われるかもしれませんよ」

アイザックは追撃を行う。少々心苦しいが、アイザックは王子であるジェイソンだけではなく、ネイサンという壁も乗り越えねばならない。ニコルという新たなライバルの相手まではしていられなかった。本末転倒ではあるが、少しだけ足を引っ張ろうとする。

アイザックの言葉はテレンスによく効いているようで、真剣に頭を悩ませている。彼もモーガン同様に孫を非常に可愛がっているのだろう。

自分の都合で人の人生を狂わせるのは申し訳ないと思う心は持っている。

しかし、申し訳なさと同時に、人を口先一つで惑わせる事に対して喜びのようなものを感じていた。

年が明け、年始の挨拶に来た者の中に一人、熱意のある者がいた。

「今年で卒業なのですが、よろしければアイザック様の下で働かせてください」

そのように言ってきたのは、モーガンの秘書官をしているベンジャミンの息子であるノーマンだ。

（一月にもなって、まだ進路が決まってないのか？）

アイザックも前世の事があるので人にどうこう言える立場ではないのだが、ついそのように思ってしまう。

「そう言ってくれるのは嬉しいんだけど、ベンジャミンの子供だったらウェルロッド侯爵家で雇ってくれると思うよ」

コネが有効な今世において、父親が侯爵の側近というのは非常に強いコネだ。就職先が決まっていなくても、侯爵家でいくらでも斡旋してくれるはず。わざわざアイザックに頼みに来なくてもいいはずだった。

「ウェルロッド家で雇われるというだけでは、どこに配属されるのかわかりません。父からの手紙を読み、誰かに仕えるならばアイザック様に仕えたいと思っていました」

おそらく、花束をもらったというだけではない。

入札やエルフの事も書かれていたのだろう。

（そう考えると、ただの書類仕事よりも面白そうな仕事のように思えるだろうけど……）

働くとなれば、実際は書類仕事がメインになるだろう。それだけに懸念もある。

「面白そうな仕事だからやりたいという、いい加減な気持ちで働かれても困るんですよ」

これはハッキリとさせておかねばならない。あとで〝思っていた仕事じゃない〟と辞められたら、彼に付き合った時間が無駄になってしまう。やるからには最後までやり遂げる気持ちでいてほしかった。

ふと〝前世で俺を面接してた奴らは、こんな気持ちだったのかな〟と、アイザックは考えてしまった。

「確かにやりがいのある仕事だとは思っています。ですが、私が仕えたいと思ったのは、アイザック様の才覚を知ったからです。今はまだ時と場所を得ていませんが、いつか大きく羽ばたかれる事でしょう」

そこでノーマンは言葉を切った。

そして、拳を握りしめ、感情を込めて熱く語り出す。

「私も歴史に名を残すような大きな事をやりたいです。

しかしながら、自分の力ではなにも成し遂げられないという事を理解しています。ならばせめて、大きな事のできる人の手助けをしたい。そう思い、アイザック様の下で働きたいとお願いに参った次第です」

——歴史に名を残すような大きな事をやりたい。

その言葉はアイザックの胸を打つ。

アイザックも同じ事を考えていたからだ。

（どうせなら、同じ志を持つ奴がいた方がいいよな）

その一言で採用する事に決めた。熱意はあった方がいい。しかも、身の程を知っているので、自分の力を過信して無茶はしないだろう。ある程度は安心して仕事を任せられるはずだ。

「そういう事ならば、まずは他の部署で研修してもらってからになりますが、それでいいですか？」

「はい、ありがとうございます！」

ノーマンは嬉しそうに何度も頭を下げる。自分の下で働けると聞いて、これだけ喜んでもらえるのはアイザックも嬉しい。

「では、成績表とか見せてもらえますか？　冬休みに入る前にもらってるはずですよね？」

その言葉でノーマンは体を強張らせる。

顔もヒクついているようだ。

（あっ！　これ早まったか！）

ノーマンの反応を見て、アイザックは自らの失言に気づいた。ベンジャミンの息子だから優秀だとは限らない。就職口が見つからないほどの無能という可能性だってあるのだ。そんなノーマン相手に採用するような事を言ってしまった。

おずおずと成績表を差し出すノーマンから、成績表を受け取るのが怖くなってしまった。

「……あれ？　そんなに悪くないじゃないですか」

中を見たアイザックは、思った事を口に出してしまっていた。成績が七や八ばかりだったので、おそらく一〇段階評価だと思われる。平均以上の成績なので、恥ずかしがるような成績ではない。だが、アイザックが自然と口にしていたように〝悪くはない〟だけだった。

「侯爵家の秘書官や、それに近い肩書きで働くのは正直厳しい成績なんです……。申し訳ございません」

ノーマンは白状した。王家や高位貴族の下で働く者は、九や一〇という成績を取る者ばかり。あと一歩が足りていない。しかし、アイザックは気にしなかった。

「別にいいよ。勉強と仕事は別物。実務の方で頑張ってください」

アイザックも前世の成績でいえば似たようなもの。

〝居酒屋以外の、どこかの会社に就職できていればもっと力を発揮できていたかも？〟という思いが胸の中を占めていた。なので、これは就職先の見つかっていないノーマンへの同情なのかもしれない。それでも、人にチャンスを与える事は良い事だと思っていた。本当にダメだと思った時に、別の仕事を割り振ってやればいいのだから。

「でも今後は僕に対して誤魔化そうとはしないでください。それが誤魔化しておいた方がいい事でもです」

「アイザック様……。ありがとうございます。卒業したら精いっぱい働きます！　もう誤魔化しません！」

ノーマンは今にも土下座をしかねない勢いだった。平身低頭という言葉を体現している。その姿を見ながら、アイザックがボソッと呟く。

「よかった。汚れ仕事してくれる裏方が欲しかったし」

「えっ？」

〝なにか聞き逃したか？〟とノーマンは顔を上げる。

「なんでもないよ。春からよろしくね」

なんでもない事はない。周囲にアデラや使用人が傍にいるアイザック本人では、下手に動く事はできない。そんな裏工作を誰かに命じる事で実行できるようになる。その事は大きなメリットである。

特にノーマンはアイザックに成績を黙っていようとした、後ろめたいところを持っている。喜びはしないだろうが、黙って従ってくれる事だろう。

(酷い事かもしれない。けど、国を奪い取るまでは手段を選んでなんかいられないんだ)

残念ながら、テレンスの授業はアイザックには効果がなかったようだ。もしかすると、純然たる子供であったなら効果があったかもしれない。だが、アイザックは自我の確立された大人の精神を持つ。

教育を受けても〝そういう価値観もあるんだな〟という程度で、根本的な改善にはならなかったようだ。

その事が誰にどのような影響を与えるのか。

今はまだわからない。

だが今わかる事もある。

それはアイザックが目的のためならば手段を選ばないという事だ。

けしてテレンスから教わった事を聞き流しているわけではない。学んだ事を有効活用するつもりではあった。

しかし学んだ知識を誰かのために使うつもりはない。自分のために利用するつもりだ。

誰にどこまでの影響を与えるかはわからないが、周囲に良くない影響を与えるであろう事だけは想像に難くない事だった。

第一一幕

三月半ば。モーガンはブラーク商会のデニスを呼び出していた。これはアイザックに頼まれたからだ。

（なぜだろう。アイザックの頼みは、いつもロクなものではない気がする……）

子供のお願いといえば可愛いもののはず。実際、ネイサンはそうだった。だがアイザックの頼み事は子供が要求する内容ではない。それどころか大人ですらこんな頼み事をする者は滅多にいないだろう。モーガンは溜息をつくと、デニスに話を切り出した。

「ティリーヒルで、アイザックがやっている事は知っているか？」

「もちろんでございます。エルフとの交流再開は素晴らしい出来事です。王国史にも残る偉業。さすがはウェルロッド侯爵家の跡継ぎだと感服しておりました」

デニスはどこか浮かれているように見える。お抱え商人なので仕事が回ってくると思っているようだ。しかし、デニスは予想と異なる内容を伝えられる。

「そちらではない。アイザックが将来のお抱え商人を決めるために、鉄鉱石の入札を始めている事だ」

モーガンは秘書官に命じて、ルールと詳細が書かれた書類をデニスに渡させる。言われた内容が内容だけに、彼はすぐ書類に目を通して確認した。

「なるほど……。ですがなぜです？　なぜ今になって私に教えるのですか？」

アイザックが、こんな事をする理由はなんとなくわかる。ランドルフを試すために二束三文の宝石を売りつけた事の報復だろう。だがモーガンが、この時期になって教えてくる理由がわからなかった。教えるのなら去年のうちでもよかったはずだ。

「私もランドルフがコケにされたという事は気に食わん。だから、どうするべきかの決断が鈍っていた」

モーガンはデニスに厳しい視線をぶつける。侯爵家の当主としてふさわしい迫力に満ちた視線を向けられて、デニスは言い訳をする気にもなれなかった。

「だが感情的になり、ブラーク商会を排除しようとするアイザックのやり方も少々やりすぎだと思う。ブラーク商会は長年の付き合いがあるのだから、お前に許しを乞う機会を教えてやろうと思ったのだ」

「機会……、でございますか」

　薄っすらと機会というものがどういう内容なのかを察してはいるが、デニスは聞き返した。

「そうだ。最も落札回数が多い商会が将来のお抱え商人となる。これにはブラーク商会を除くといったルールは決められていない。これから入札に参加し、残された数少ない機会を逃さず最多落札者になってみせよ。そうすれば、アイザックを説得してやる」

「なるほど、そういう事でございますか」

　デニスとてウェルロッド領最大の商会長である。巨額の落札金(ワイロ)を支払い、アイザックの許しを乞えと言っているのだと理解した。それと同時に〝騙し取った金に慰謝料を上乗せして払え〟と、モーガンの言葉の裏に隠されている事を読み取った。

　これはデニスも計算外だった。モーガンも人が良いといっても、ジュードの薫陶を受けている。ランドルフに領地の事を任せた以上、失敗は当人の責任だと突き放すと思っていた。まさか、アイザックを使った回りくどい警告をしてくるなど考えもしなかった。

　さすがに現当主であるモーガンを、そこまで怒らせてしまったのなら平謝りをするしかない。

「それでは残りすべてを落札する事によって、こちらの誠意をお見せ致します」

　デニスは深く頭を下げた。彼が〝アイザック本人が考えた事ではなく、モーガンが裏で糸を引いている〟と思ったのも無理はなかった。いくら頭が良いと言っても、当時五歳の子供がブラーク商会への当てつけのような事をするとは考えられるはずがない。人を陥れるには、知識だけではなくそれなりに人生経験も必要なのだ。子供に人生経験などあるはずがない。

　——自分の孫ですら駒にする。

〝さすがはジュード様の息子だ。これまで甘かったから油断しすぎた〟と、デニスは肝を冷やした。

（……とか思っていそうだな）

モーガンは彼の反応を見て、大体の察しがついた。

アイザックから〝デニスを呼び出してこう言ってほしい〟と頼まれた時点で、こうなる事は予想できていた。

（行動には責任が伴う。だから、デニスがこうなるのも仕方がない。しかし家庭教師の意味はあったのか？）

ランドルフが連れてきた家庭教師は熱心に教えていたようだが、今回のような事を頼んでくる時点でアイザックに効果があったようには思えない。モーガンは〝来年は違う者を探してみるか〟と思い、誰が適任かを考え始めていた。

彼の言った〝自分の息子をコケにされたのは気に食わん〟という事は本心でもあるので、デニスに同情するつもりなどはなかった。

四月に入ると、大人は任命式、子供には入学式がある。それらのイベントが終われば、領地を持つ貴族は王都から離れる。ウェルロッド侯爵家もそうだったが、今回はいつもとは違い、モーガンとマーガレットが王都に残る事になった。外務大臣に任命されたためだ。

「お爺様、お願いがあります」

アイザックは離れる前に最後の頼みをする。

「ん、なんだ？」

アイザックの頼み事に、モーガンは身構えてしまう。

「外務大臣がどれほど大変なのかわかりませんが、お体にお気をつけください。次に会った時、寝込んでいるような姿を見たくありませんから」

「アイザック……」

警戒していただけに、そのギャップで感動して目が潤みそうになる。人を陥れる事しか頭になければ、早い段階で性格を矯正するために厳しく躾ける事ができる。だが、こうして可愛いところを時々見せるせいで〝矯正してやろう〟という気勢が削がれてしまった。

デレデレとした表情でアイザックを抱きしめる。

「任せておけ。お前の孫の顔を見るまでは頑張って生きてやる！」

「いや、そこまではちょっと……」

モーガンの〝人間の限界を超える宣言〟にアイザックは引き気味だった。だが、これから離れて暮らす事になる。少しくらいオーバーな事を言いたくなるのだろうと思い、笑って聞き流した。

　春は新しい出会いの季節でもあり、別れの季節でもある。アイザックは祖父母と別れるだけではなかった。ティファニーとも離れる事になった。これはカレンが王都で子供を産んだためだ。まだ生まれたばかりの赤子を長距離移動させるわけにはいかず、ある程度大きくなるまで王都で過ごす事になった。そのためティファニーもカレンのもとに残る事になり、アイザックは貴重な友人と離れてしまう事になった。

　それとモーガンの秘書官たちともお別れだ。彼らも外務大臣となるモーガンの補佐をするために王都に残る。実務は外務官僚が補佐するとはいえ、モーガンの私設秘書官もいた方がいいためである。

　その中にはベンジャミンもいる。学院を卒業した息子のノーマンと肩を並べて働く機会もあったが、彼はモーガンの傍で働く事を選んだ。強い忠誠心を持つ部下に恵まれたモーガンは幸せ者である。

　そして、新しい出会い。

　こちらはあまり好ましいものではない。モーガンに仕えるために大勢の文官がいなくなる。その穴埋めとして次世代の期待の星を昇進させて、ランドルフの側仕えとした。ここまで問題はなかった。

　新旧の秘書官が世代交代も兼ねて交代するというだけの問題ではない。最大の問題は昇進した者達の後釜にあった。中立的な立場の者もいるが、ネイサン派の者たちが空いた席に座る事になったのだ。これにより、ウェルロッド侯爵家の財務関係の重要なポストがネイサン派で埋められる事になった。

　とはいえ、彼らも腐ってもウェルロッド侯爵家傘下の貴族。〝ネイサンが後継ぎになった方が不要な家督争いが起きなくていい〟と考えている者が多いようなので、その点はまだマシといえる。

「お爺様、また冬に会いましょう」

アイザックもモーガンを抱きしめ返す。最大の庇護者である祖父と離れて暮らすようになるのは不安だが、純粋に祖父と別れるのは寂しいという気持ちもあった。

――そばにいて当たり前の相手と離れ離れになる。

そう思うと、涙腺が緩みそうだった。

「なにを言っておる。まだしばらくは一緒だぞ」

「へ？」

「外務大臣になったからな。最初の仕事はエルフとの国交正常化だ。お前たちと一緒にウェルロッドに戻り、エルフと会いに行く事になっている」

言われてみれば、それもそうだと納得がいく。異種族との交渉など、地方領主だけに任せるはずがない。ちょうどモーガンがエルフと国境を接する領地の主であり、外務大臣でもある。正式に国の代表者として交渉を任されるのも当然の流れだった。

「じゃ、じゃあ……。今までの話は……」

――無駄だったのか。

そう言いそうになったが、アイザックが口にする前にモーガンが頭を撫でて喋らせなかった。

「お前の気持ちは嬉しかった。マーガレットは王都に残るから、同じ事を言ってきてあげなさい」

モーガンは仕事で出かけるが、マーガレットは王都で屋敷の中を取り仕切るからだ。マーガレットにも仕事がある。王都に滞在する貴族の女房衆との交流だ。普段から交流を持ち、横の繋がりを強化しておくのも必要だ。女には女の戦場があるのだった。

「わかりました。ですが、そういう事はもっと早く言ってください」

まだ別れないと知ったアイザックが抗議する。今生の別れではないにしても、それなりに感情は込もっていた。また同じように別れの挨拶をすると思えば、恥ずかしくなってしまう。

「すまん、すまん。つい忘れてしまっていてな」

そうは笑って誤魔化すが、実はモーガンはわざと言わなかった。彼も家族と離れて暮らす事に一抹の寂しさを感じていた。その寂しさを誤魔化すために〝みんながウェルロッドに帰る時に、一緒に帰ると言って驚かせてやろう〟と考えていたのだった。

お陰でアイザックの珍しい姿を見る事ができた。頰を膨らませて怒るアイザックに対し、モーガンは満足げな笑みを浮かべていた。

二週間ほどかけてウェルロッドに戻り、そこから四日かけてティリーヒルに向かう。アイザックとモーガンだけではなく、今後エルフと交渉する事が増えるであろうランドルフも一緒だった。

「アイザック、あれはなんだ？」

そのランドルフが屋敷の庭に並べられた品々を見て質問する。視線の先には馬車を改造した移動販売車があり、食料品、金物、装飾品が並べられている。

「あれはエルフに売る商品です。今回は森の近くではなく街での会談になります。ですので二万リードを足代として支払うつもりです。働いた際にもらえる日給で、どれだけ買えるかを実体験してもらいます」

「なるほど」

ランドルフはわかったような、わからないような複雑な気分だ。かつてアイザックに〝自分で金を稼いだこともないのに〟と叱りつけたが、いまいちピンとこなかった。稼いだ事がない。だから、いまいちピンとこなかった。

〝欲しいものがあれば、買えばいいのに〟というのが彼の思いだった。それが侯爵家の跡取りとして普通の事。限られた予算での買い物という経験がないので仕方のない事である。今まで買い物といえば商人を呼び出して持ってこさせるものだと思っていた。

ランドルフは興味深そうに商品を見ていく。その中の一つを見て驚愕する。

「こ、これは……。ダメだ、ダメだ。拷問器具など売ってはならん！」

ランドルフはグレイ商会の品物を一つ手に取ると、下げるようにと命じる。

「お父様、それは調理器具です！」

アイザックがそれを止める。ランドルフが手に持っているのは〝泡立て器〟だ。アイザックが近づいてきたのを見て、慌てて体で隠す。

「アイザック、こういうものを見てはいけない。まだ子供なんだから」

どうやら拷問器具の〝苦悩の梨〟と勘違いしているようだ。幼いアイザックの視界に入らないように気をつけているらしい。

「子供が見てはいけないようなものは持ってこさせていません。それは泡立て器です。小麦粉を混ぜたり、ホイップクリームを作ったりする道具ですよ」

「なんだと?」

ランドルフは泡立て器を一度ゆっくりと見直す。言われてみれば、確かに特殊な動作をするような機能はなさそうだ。形が似ているだけの器具のように見える。勘違いしてしまった事を恥じ、あった場所に戻す。

「……アイザック、お前はなんでこの道具の事を知っているんだ?」

ランドルフが気恥ずかしさを誤魔化すためにした質問はかなりピンポイントで嫌なところを突いていた。

(前世で知ったとは言えないよな……。そうだ!)

「アレクシスに聞いたんですよ」

アイザックはかつてお菓子に注文をつけた。それに、王都で店を造るために新商品なども試しに作らせている。その時に知ったのかと、ランドルフは納得した。

「そうだったか。こうして様々なものを見ると、自分が世の中を知らないと思い知らされるな……」

ランドルフは溜息をつく。まさか自分が、調理器具を拷問器具と間違える事になるとは思いもしなかった。他にもどう使うのかわからない器具が多くある。まるで物事を知らない未熟者だと、それらの器具に笑われているような気分だった。

ショックを受けている父にアイザックが寄り添う。

「その代わり、お父様は商人や料理人が知らない事をたくさん知っています。知らない事があっても、それは恥ではありません。人間が一生のうちに知る事など限られます。わからなければ、知っている者に聞けばいいだけですよ」

「それもそうだな。……それにしても、包丁だけでも色々あるものなのだな」

ランドルフはアイザックの言葉に納得し、ウィンドウショッピングを続けた。欲しくはないが、物珍しさが目を楽しませてくれる。調理用品だけではなく、獲物の解体用ナイフなど森で暮らすエルフに需要のありそうなものも揃えている。色々と見ていくうちに、レイドカラー商会のところで気づいた事があった。

「なんだ、この安物は？」

装飾品の中には平民の富裕層向けくらいのものもあるが、明らかな安物が多く並べられている。〝これをエルフに売るとは正気か？〟と疑問を抱いた。そのせいで、問い詰めるような厳しい口調になってしまう。

「お父様。それは一つ一〇〇〇リードくらいの格安で売るお試し品です。他の品物はちょっといいもので、それと見比べるために用意させました」

その言葉を聞いて、少しランドルフは考え込む。

「こうして色々と並べているのは、エルフが出稼ぎをどうするか悩んでいるかもしれないから、実際に買い物をさせて背中を後押しするためか？」

実際はお試しで安物を買わせるのに、少し高めの品を持ってきて並べている。その狙いは物欲を刺激するためだと、ランドルフは答えを導き出した。

もっと色んなものが欲しいと思っても、物々交換では限度がある。金を稼ぐために街道整備の仕事を前向きに検討してくれるだろう。

「そうです。外務大臣になったお爺様のためにも、エルフの皆さんにやる気になってもらいたいので」

――モーガンのため。

そう言えば聞こえはいいが、ランドルフはモヤモヤとした思いを抱いた。人の欲望を刺激して、上手く利用するようなやり方には無条件での賛同はできない。今回はエルフ側にも利益があるので止めはしないが、あまりこういう方法を使ってほしくなかった。

「アイザック、これからはこういうやり方はあまり使わないようにな」

（アイザックは賢い子だから、注意しておけばきっとわかってくれる）

そう思い、軽くではあるが注意をする。察してくれると思って黙っていては真意が伝わらない。軽くでも口にして注意しておくのが大事だと思ったのだ。

「はい、もちろんです。ここぞという時に使わないと効果がなくなってしまいますからね」

（ダメだ、まったくわかっていない……）

思わずランドルフは天を仰ぐ。アイザックはわかっていたが、それは効果的な使い道に関してであって、人としてダメだという方面での理解ではない。

（教師の人選を間違ったかな。やはり学者と教育者は違うんだろうか……）

ランドルフも、最後はモーガンと同じく〝教師の効果がなかった〟という答えに行き着いてしまった。やはり、アイザックと接していると、そのように思ってしまうのだろう。しかし、アイザックが歪んでしまったのは彼の責任でもある。

両親であるモーガンとマーガレットは夫婦仲が良かった。そして、他人を思いやれる大人になれたと思っている。自分とルシアも夫婦仲が良い。だからきっと、アイザックも他人を思いやれる大人になれるのだと思っていたが、決定的な違いがあった。

――メリンダとネイサンの存在だ。

彼女らがいなければ、アイザックも大きくなるまでは優しい子として育った事だろう。しかし、家督相続という目の前に差し迫った問題に対応するため、アイザック本人も知らぬうちに、人として大切な物をどこかになくしてしまっていた。

アイザックが前世の記憶を持ち合わせているという事に気づく必要はない。ランドルフは自分の時との境遇の違いに気づいてやるべきだったのだ。彼がその事に気づくのは、いつになるだろうか。

「これいくら？　四〇〇〇？　買った！」

「ちょうど鍋の底に穴が空いていたんだよな」

「これとっても綺麗。……なんで買えない金額のを置いてるのよ。もう、意地悪ね」

「下着とか服関係はないの？」

屋敷の庭に用意された移動販売車にエルフが群がっている。我先にと品物を手に取って見る者。その背後から、どの商品がどの程度の値付けされているのかを聞き取っている者。喧騒が落ち着いてから、ゆっくり品物を見ようと少し距離を置いて様子を見ている者。真っ先にコショウや砂糖といった調味料を有り金で買い込む者。それぞれの性格が見て取れる。

「アロイスさんは見なくてもよろしいのですか？」

アイザックは、村長のアロイスに声をかけた。

「さすがに荷物片手に会談に挑むというのはな……。それに立場というものがある」

護衛としてついてきた若者たちならばともかく、村長という役職にある者が、用意された足代という名の贈り物に飛びつくわけにはいかない。興味は持っているる様子だが、責任感と自制心で抑えているようだ。

「でも、マチアスさんは他の人に負けずに割り込んでいるようですが……」

長老のマチアスが若者たちに押し負けず、自分の位置をしっかりと確保して品物を見ていた。

「あのジジ――オホン。ちょっと失礼」

マチアスは先ほどまで近くにいたのだが、気がつけば最前列にいた。〝立場がある〟と言ったばかりなのに、マチアスに軽率な行動をされてしまっては沽券に関わる。アロイスは急いで連れ戻しに向かった。

「いやー、申し訳ない。この年になるとドワーフのところまで行くのが億劫でな。久しぶりの買い物で、はしゃいでしまったようだ」

謝るマチアスの手には深鍋があった。すでに購入までしていたようだ。

「マチアス殿……。これから交渉なんですから、もう少し自重してください」

呆れた様子のアロイスだが、厳しく追及する様子はない。長老という立場に気を使っているのか。それとも、マチアスが元々お茶目な一面のある人物なので諦めているのか。

「喜んでいただけたようでなによりです。用意したこちらとしても嬉しく思います」

モーガンが笑顔を浮かべながら言った。

――会談の前に金を渡して、先に買い物を体験してもらう。

これは彼の意見だったからだ。アイザックは〝会談が終わってからゆっくりと買い物してもらおう〟と考えていたようだが、それでは遅い。

　エルフが出稼ぎを受けてくれるのならいい。もし、断るつもりだったら断腸の思いでなにも買わずに帰ったかもしれない。断るつもりであっても、先に買い物をさせる事で良い方向に考えが変わる可能性もある。

　同じ〝買い物〟という行為であっても、タイミング次第で効果も変わる。だから、先に買い物をさせて心を掴むつもりだった。これはアイザックよりも人生経験豊富なモーガンに一日の長があった。

「だが鍋一つで二万リードは高いのではないか？　昔は同じサイズの鍋が四〇〇〇リードだったはずだ」

　しかし、マチアスは鍋の値段に不満があるようだ。

「マチアスさんが買い物したのは二〇〇年前の事ですよね？　さすがに物価も変わっていると思います」

「あぁ、それもそうか。森の中にいるとイマイチ世間の動きが実感しにくくてな」

　そう言ってマチアスは笑った。二〇〇年も経てば人間なら数世代は変わっている。物価も時代と共に変化し続けるので、昔と同じではないと気づいたからだ。

「金銭感覚は実際に付き合っていくうちに慣れるでしょう。本日呼んでいる商人はアコギな商売をしないよう厳しく言いつけてありますのでご安心ください」

　実はアコギな商会であるブラーク商会も、会談後の入札に備えて滞在している。だが金は持ってきていても商品までは持ってきていなかった。彼らは他の商会がエルフ相手に取引しているところを指をくわえて見せられているだけだった。

「確かに人間はなぁ……。信頼しすぎると騙そうとしてくる。交流を再開するとなると、若者にお互いのためにも隙を見せすぎないように教育しなくては」

　アロイスも交流のあった時代に、なにかがあったのだろう。苦々しい表情をする。

「立ち話も悪くないが、年寄りには厳しくてな。とりあえず、何人かを連れて中で話をしよう」

　マチアスが疲れたと言い出して、屋敷の中での会談を希望する。

（えっ、さっきの元気はなんだったんだ？）

　皆の思いが一致した。先ほどの〝若者には負けん〟

という気迫で買い物していたのはなんだったというのか？　もしかしたら、あれで力を使い果たしたのかもしれない。

「これは気づかず申し訳ない。中へご案内します」

老人が疲れたと言っているのだ。そのままにしておく事はできないので、モーガンが屋敷へ案内する。

「お前たちも一応ついてきてくれ」

アロイスは少し離れていたところにいる者に声をかけた。警戒心のないたるみ切った状態になっていたが念のために呼ぶ。その中には、買い物を終えたブリジットも交じっていた。

会談は会議室ではなく、パーティー用の広間に机を並べて行われた。もちろん、ウェルロッド侯爵家の屋敷とは比べるまでもなく小さい。田舎街の代官の屋敷なので、小さめでも十分なのだ。今回は問題なさそうだが、交流が増える事を考えれば、もう少し広いところも用意した方がいいのかもしれない。

「さて、まずは交流の再開についてだが、これは問題ない。周辺の村とも話したが、戦争利用や奴隷化といった著しい不利益を被らない限りは交易も認めていいという事になった」

アロイスが話を切り出した。まずは交流の再開が可能かどうかを話さなければ、今回の会談が進まないからだ。

「しかし、出稼ぎに関しては意見が割れた。世代や男女関係なく、今の暮らしのままでもいいじゃないかという意見も根強くある。しかしな……」

アロイスは、すでに買い物を終えた者たちに視線を向ける。エルフの装飾品は翡翠や琥珀といったものがメインだったが、その中に小さなダイヤやエメラルドといった宝石が光を放っているのが目立つ。

「やはり自給自足だと若者には刺激が足りんようだ。もちろん豊かな暮らしがすべてではない。しかし、暮らしの中に彩りが多い方がいいに決まっている」

アロイスは交流のあった時代に生まれ、暮らしていた。今の暮らしに不満はないが、調味料や嗜好品に不自由しなかった頃の生活にも惹かれる。

「だが、いきなり村人の大半を動員しての出稼ぎというのは受け入れられない。最初は希望者から選別して

二、三〇人程度で構わないだろうか？　まずは様子を見るために少人数で行いたい」

「もちろん、歓迎です。最初はそれくらいの方がトラブルの起きないようにするのに護衛も付けやすい。むしろ、ありがたいくらいです」

モーガンはアロイスの申し出を即座に受けた。本音を言えばもう少し欲しいところだが、最初の一歩を踏み出してくれた。今はそれだけでも十分だ。

それに急激な環境の変化はエルフ側だけではなく、人間の側にも影響を及ぼす心配もあった。この街は五〇年の時をかけて、物々交換という形でゆっくりと交流を深めたが、他の街では突然現れた異物に拒否反応を起こすかもしれない。少人数から始めて、少しずつエルフの存在に慣れていった方が安全だ。〝もっと大勢雇え〟と言われるよりはずっといい。

「一人あたり一〇〇メートルの整備をしてもらうとして……。三〇人で日に三キロ。一カ月ほどで、ティリーヒルからウェルロッドまで街道を整備できますね」

ランドルフが整備速度の計算をして驚く。労役で平民を使うよりも少人数で、しかも早くて頑丈な道が出来上がる。たった三〇人と馬鹿にはできない。〝これがエルフの魔法の力か〟と息を呑んだ。

「ただし、派遣する前に一つ条件がある。友好のためにアイザック殿にブリジットを娶ってもらいたい」

アロイスの言葉で場の空気が一変する。このような事は想定外だ。モーガンはすぐさま考えを巡らせ、ランドルフは動揺している。

「友好のためと言っていますが、それは実質的に人質を差し出すのと同じでは？」

アイザックが、アロイスに問いかける。ちらりとブリジットの方を見ると、アイザックに向かって笑顔を向けて手を振っていた。彼女は前もって、この話を聞いていたのだろう。動揺している様子はない。

「アイザック様は幼いからわからないでしょうが、人間よりも寿命の長いエルフの女は、ずっと若いまま共

に過ごせます。つまり、年老いる事なく、若く美しい女がずっとあなたの傍にいてくれるのですよ。友好の証として、最高の贈り物なのです」

　アロイスは淀む事なく言い切った。奴隷ではなく、あくまでも妻だと押し切るつもりなのだろうか。その反応を見て、アイザックは決めた。

「お爺様」

「うむ」

　返事をするモーガンもアイザックと同じ思いを抱いたようだ。二人は目でうなずき合う。

「そのような事は受け入れられません。人間なんて若く美しい女を送っておけば喜ぶだろうと見下された気分です。今回の話はなかった事にしましょう」

　アイザックがキッパリと断った。

「ちょっと、私のどこが不満なのよ⁉」

　これに驚いたのはブリジットだった。抗議の声を上げるが、アイザックの表情は変わらない。

「ブリジットさんには不満はありません。ですが、奴隷扱いをされるのを嫌いながら、女性をもののように扱うアロイスさんの判断には不満があります。そのような信頼できない人とは取引などできません」

「それは私も同感です。長年の断交からの交流再開。もっと地道な信用構築をするべきでしょう。そのような行為をされる方々とは、少し付き合い方を考える時間が必要だと思っております」

　アイザックとモーガンがアロイスの判断を非難する。二人に非難されても、アロイスに動揺はない。それどころか、嬉しそうにマチアスと顔を見合わせていた。

「少なくとも、この者たちは信頼できそうだな」

「ええ、そうですな」

　マチアスの言葉にアロイスがうなずいた。

　そして、アイザックたちも顔を見合わせる。

「僕たちを試したんですか！」

「すまなかった。だが今言ったような理由で、人間にはエルフの女が好まれる。交流の再開を機に我らを騙して奴隷のように扱おうとしているかもしれんと警戒するのは当然だろう？　直接取引する相手くらいは見極めたかったのだ」

アロイスも本当に交流を再開していいのか悩んでいたのだろう。再開してもいいという確信を持ちたかったために、婚姻の話を持ち出した。

「不安なのはお互い様だったという事ですね。確かめる方法に思うところがなくはありませんが、これから少しずつでも信頼関係を築いていきましょう」

不安だったのはモーガンも同じだったから、アロイスが試そうとした気持ちもわからなくもない。孫を利用されたのは気に入らないが、個人的な感情はエルフの街道整備や治水工事で得られる利益を考えれば我慢できる。ならば、話を進めてもいいと考えた。お互いに理解せぬまま別れるよりも、交流を続けて友好的な関係を築いた方が双方にとって安全だからだ。

「そうですな。これから少しずつお互いを知っていけばいい」

アロイスが右手を差し伸べる。

モーガンがその手を握り返した。

――人間とエルフ、二〇〇年ぶりの国交回復という感動的な瞬間である。

「それにしても、人選を間違ったかな？　昔は子供でもエルフの女に見惚れていたくらいなのだが……」

「ちょっと、長老！　私が悪いっていうの！」

その空気をぶち壊す会話が始まろうとしていた。

「いえ、ブリジットさんは魅力的な女性だと思いますが、一人の女性を手に入れるよりも、ずっと大切なものが世の中にある事を僕は知っているつもりです。だから断ったのです」

その会話をアイザックが止める。一人の女を奪うために国を乗っ取ろうと考える男のセリフではないが、その言葉自体は素晴らしい答えだった。

「良い親、良い家族に恵まれて育っているようですな」

アロイスが満足そうな顔を浮かべて、アイザックの感想をランドルフに伝えた。

「いえ、この子が勝手に育っているだけです」

ランドルフは照れながら答えた。本当にアイザックは一人で勝手に育っている。親のお陰と言われても、恥ずかしいという気持ちが強い。しかし、今回の出来事のお陰で、最近モーガンとランドルフが抱えていた不安は払拭された。〝アイザックは真っ直ぐ育っている〟と実感できたからだ。ここで女に転ぶようでは、先が思いやられる。ちゃんと時と場合を考えて、適切な答えを出せたのでホッとしていた。

――だが、アイザックの本音は違った。

本当は危ういところだったのだ。

（ブリジットさん、貧乳でありがとう！）

ブリジットが好みのタイプではなかったから、断ろうという気持ちになっただけだ。エルフは森の中を移動するからか、スレンダーな体をしている。これはブリジットだけではなく、他の女性も似たような体つきだったのを確認済みだった。

前世で風（おっぱい）を感じたいからと、オープンカーを買ったアイザックには非常に物足りない体つきだったから、可愛くてもあっさりと諦める事ができたのだ。ティファニーもそうだ。今も可愛いし、大きくなっても可愛くなるとわかっている。

――だが、大きくなっても胸は小振りのまま。

その時点でアイザックの興味は薄いものとなった。従姉妹で幼馴染の美少女という贅沢な属性を天秤に上乗せしても、胸の脂肪の重さには敵わなかった。だから、ティファニーの婚約も素直に祝えたのだ。

胸の脂肪の重みがこの会談の流れを作ったとは、アイザック以外の誰も気づいていない。

そしてそれは、これからも気づかれてはならない。

モーガンとランドルフは、書記官を呼んでアロイスと細かい打ち合わせをしている。アイザックもさすがにリード王国側の法律と、エルフの慣習とのすり合わせには参加させてもらえなかった。

「そういえば、ブリジットさんは松茸を食べておられましたけど、エルフの方々は普段どんなものを食べておられるのですか？」

だが手が空いたからといってボケっとしているわけにはいかない。客に暇な思いをさせないのも、ホスト

側の役目である。子供だからといって、客を放置しておくわけにはいかない。アイザックはマチアスに話を振る。食べものの話を振られたマチアスはニヤリと笑った。少し嫌な気配だ。

「おぉ、食べものに興味があるか。持ってきたから食べてみるといい。クロード、荷物をここに」

背後に控えていた者が一人、ピクニックに持っていくようなバスケットをテーブルに置く。

「好きなだけ食べていいぞ」

マチアスがバスケットを開くと、アイザックは絶句した。それは前世でも食べた事のないものばかりだったからだ。アイザックは串を一つ指差す。

「これはイナゴの串焼き……、ですか」

「そうだ、よくわかったな。精がつくだけではなく、稲を食べるイナゴを減らせる一石二鳥の食べものだ」

「な、なるほど……」

(佃煮でもグロいのに素焼きって。昆虫食は栄養価が高いと聞いた事があるけど、さすがにこれは無理だ)

アイザックはそっと視線を外す。だが、そちらにも蛆虫のようなものがうごめいていた。吐き気を催す惨状にアイザックの体が固まってしまう。

「そちらは蜂の子だ。……どうした？　エルフの食べるものなど口にできんか？」

マチアスの視線が少し険しくなったように感じる。

「いえ、こういうものを食べる地域もあるというのは知っています。ですが初めてですので、ちょっと様子を見ているだけです」

日本にもこういう料理があるのをどこかで聞いた事がある。食べられない事もないだろうと思い、アイザックは我慢して蜂の子を一匹手に取った。

(あぁ、クソッ。子供の頃は平気で虫に触れたのに！)

今も子供なのだが、どうしてもそんな事を考えてしまう。どんなものでも手に触れて、口に入れてしまえる本物の子供が羨ましくなった。蜂の子を目の前まで持ってきて凝視してしまう。

「人によって好き嫌いの分かれるものだ。無理をして食べなくてもいいぞ」

そんなアイザックの様子を見て、クロードと呼ばれた三〇歳前後の男のエルフが助け舟を出してくれた。元々美男美女揃いのエルフであるが、助けてくれたヒーロー補正でクロードが最高のイケメンに見えた。

だが、アイザックはかぶりを振る。

「いいえ、食べます」

本当なら〝そうですね、やめておきます〟と言いたかった。しかし、今はそれはできない。正式に交流をし始める話をしているところだ。そこで、相手の食文化を否定するような真似はできない。

エルフとの交流も、これを食べた方が短期的にも長期的にも上手くいくだろう。アイザックの頭の中では〝食べない〟という答えは選べなかった。誰よりもエルフの力が欲しいのは自分自身なのだから。

「アイザック。なにを食べようとしている」

だが、そこでアイザックの様子がおかしいのをランドルフが気づいた。アイザックが幼虫を持ち、口に入れようとしているのに驚いて声をかけた。

（親父に止められる）

そう思うと、思わず蜂の子を口の中に放り込んでしまった。本当は止めてほしかったが、相手の食文化を尊重するという意味では止められたくない。こうして、同じものを食す事で友人として認められたかった。

「お、おい……」

だが、ランドルフはドン引きだ。小さい時に、おもちゃなどを口に入れたりしなかったアイザックが虫を食べた。その驚きは計り知れない。

「エルフの方々は、こういったものを食べているそうです。エルフの食文化を理解し、お互いに尊重し合うために食べてみただけですよ」

アイザックは父に説明するが、その間にも口内に甘みが広がる。いっそゲロのような味の方が嬉しかった。甘みのせいで、余計に吐き気を誘っているような感じがする。それでもアイザックは気合で我慢した。何度か噛んだあと、お茶で流し込む。

「甘みがあるのでデザート向けかもしれませんね。マチアスさんも一緒にいかがですか？」

「えっ、嫌じゃよ。そんなもの」

自分が食べたから、相手にも勧めるというのは普通の事だ。しかしマチアスの返事は普通ではなかった。

「えっ？　あの……。えっ？」

あまりの出来事にアイザックは思考が追いつかない。それはランドルフも――いや、いつの間にか様子を見ていたモーガンとアロイスも凍りついていた。特にアロイスなど、一瞬のうちに顔が青ざめていた。

アイザックは重要人物だ。交流のきっかけを作ったというだけではなく、隣接する領地の領主の孫である。マチアスのしでかした事に〝どう謝ればいいのか〟と考えを巡らせていたが、どうするか戸惑うばかりだ。

そんな状況で、最初に動いたのはクロードだった。彼は、バチンとマチアスの後頭部を平手で強く叩く。

「痛っ！　おじいちゃんになんてことをするんだ」

「子供相手に食べなければいけない雰囲気を作ったからだ！　だから、食べないでいいって言ったのに」

後半はアイザックに向けられた言葉だった。叩かれたマチアスが怒るが、クロードの方が怒っていた。クロードは蜂の子を一掴み口の中に放り込む。

「俺たちは普通に食べる。だがウチの爺様は人間と暮らしていた時間が長いせいか、食事の好みが人間寄りなんだ。これは無理やり食べさせるためじゃなく、俺たちはこういうものも食べているという参考のために持ってきただけだ。無理に食べさせて悪かった」

どうやら世代によって抵抗感の有無があるらしい。アイザックは〝それもそうか〟と思った。マチアスのように長生きしている者は、平和な時代に人間たちと暮らしていた期間の方が長い。エルフたちが普通に食べるものとはいえ、好き嫌いがあったのだろう。

ただ自分が嫌いなものを人に食べさせるのはどうかと思った。クロードが説明し終わると、他のエルフたちも空気を読んで食べ始めた。彼の言葉が嘘ではないと証明するためだ。

「私は足のところの食感が好きかな」

ブリジットも可愛い顔をして、平気でイナゴを食べている。足を千切って、少しずつ齧っている姿を見て、アイザックは吐き出しそうになっていた。

（いくら可愛くても、こいつとは絶対キスしたくねぇ

……。虫の間接キスはきつい）

もしかしたら、この世界の人間も普通に虫を食べているのかもしれない。しかし、この場にいるのはそういった経験がない者ばかり。アイザック以外の者たちも、平気でイナゴや蜂の子を食べる姿を見てエルフとの距離を感じていた。

「そ、それじゃあ……。マチアスさんは自分が食べないのに、なんで僕に勧めたんですか？」

アイザックは非難がましい目でマチアスを睨む。少しだけ圧力をかけられた事を根に持っていた。

「ちょっとした悪戯心だ。本当に食べるのかなーと思ってな。痛っ」

あまりにも酷い理由に、クロードがもう一度マチアスの頭を叩く。

「爺様はそうやって大事な場面でふざけるから、イマイチ信頼感がなくて、今まで村長とかにも選ばれなかったんだよ！」

「今、そんな事を言う必要ないだろう！　大体ワシは長老だ！」

「長く生きているってだけだろう！　それに、今こんな事をしでかした時に言わないで、いつ言うんだ！」

二度も頭を叩かれた痛みからか、マチアスも強く言い返す。段々とヒートアップしていき、二人は口論となった。どうしていいかわからなくなったアイザックは、二人を放置してランドルフのもとへと向かう。

「アイザック、大丈夫か？　食べるなとは言わないが、まずは毒見をさせてからにしなさい」

まずはランドルフが心配そうに具合を尋ねた。毒のある虫だったりしたら大変な事になる。軽率な行動を取ったアイザックを叱るより、その身を心配していた。

「体は大丈夫です。それよりも、取り決めはすべて決まってしまいましたか？」

吐きそうな気分ではあるが、それはイナゴの串焼きを食べている姿を見た事の影響が大きい。それよりも、マチアスとのやり取りで思いついた事がある。その事を提案したいという思いの方が強かった。

少し口の中が酸っぱくなっているが、歯を食いしばって我慢する。アイザックが気持ち悪そうにしているが〝本人が優先したい事があるならば〟と、ランドルフはアイザックの質問に答える。

「いや、大体は決まっているが、調印にまでは至っていない。なにかあるのか？」

「一人か二人でいいんです。お互いの文化を理解し、教え合うために屋敷へ来てもらうのはどうでしょうか？　大使が務まる真面目な人がいいですね」

これはマチアスが気づかせてくれた事だ。食文化だけではなく、他にも礼儀作法や倫理観といったものも異なるはずだ。日常生活を通して、そういった差異を炙り出していくべきだろう。

こういった事は早ければ早い方がいいはずだ。ついでに傘下の貴族たちに見せびらかして〝アイザック様がエルフを連れている〟と、評価を上げられたらなぁと考えていた。家のためにもなり、自分のためにもなる悪くない考えだと思っていた。

「なるほど、駐在大使として招待するのか……。検討の余地はあるな」

人間同士であっても、住む地域が違えば考え方や習慣も違う。だから相手の国に人を送り込み、その国の風土や気質を理解しようとする。相手を知るという事は、相手の領域に踏み込むという事。怖がりすぎて距離を置くよりも、一歩踏み込んだ方が良い結果が残せるかもしれない。これはエルフにも適用するべきだろうと、ランドルフに理解された。

「それは提案しておくから任せろ。お前はこのあとの入札に備えて、準備ができているか様子を見てこい」

今回は、エルフの会談後に保護者同伴の上で入札を行う予定だった。どのようにやっているのか気になっているらしい。その準備の様子を見てこいという。

「えっ、でも……」

アイザックは、マチアスとクロードの方を見る。口論は終わっているが、顔を突きつけ合わせて睨み合っている。今にも殴り合いの喧嘩でも始めそうな雰囲気だ。自分がきっかけなので、それを放置して部屋を出ていくのは、さすがに気が引ける。

「大丈夫だから。なっ」

だが、ランドルフはアイザックを出ていかせようとしていた。彼は何度かウィンクをして、アイザックになにかを知らせせようとする。

(俺を出ていかせたい理由……。あっ、そうか!)

アイザックは〝気分が悪いなら、理由を作ってやるから食べたものを吐き出してこい〟と、父が合図してくれている事に気づいた。

「そうですね。ちょっと様子を見てきます。それと、ついでにトイレにも寄ってきます」

アイザックも〝わかった〟とウィンクをする。それにランドルフもウィンクで答えた。血の繋がった親子なのだ。この程度の意思疎通はできる。

「ああ、ゆっくりでいいぞ」

「はい、ありがとうございます。あとはお願いします」

一言礼を言ってから、アイザックは退出する。ドアのところで振り返ると、ランドルフがマチアスとクロードの仲裁に入ろうとしていた。それを見て、アイザックはホッと溜息をつく。

(いやいや、ホッとしてどうする! 上を目指すなら、ここは俺が仲裁に入るべきところだっただろうが!)

アイザックは面倒臭い事から、嬉々として離れようとしてしまった自分を責めた。こういった時に、人間の本質が現れてしまう。自分の未熟さに気づき、恥じ入るばかりだ。そして、アイザックを気遣い、平然として嫌な仕事を引き受けたランドルフの事を見直す。離れたところから見ているのに、父の背中がいつもよりも大きく、頼もしく見えた。

⚜ ⚜ ⚜

エルフとの会談は慎重な形で上手く進んでいた。

そして、いくつかの事項が決められた。

第一に、交流の再開はするが、人間たちの街に移り住まない。同様に人間もエルフの村に移り住まない。

これは、いきなり相手の領域に踏み込みすぎる事を警戒したもの。移住する事によって、法や慣習の違いによる騒動が起きないようにするためだ。交流が続き、双方の考えが理解し合えた頃になるまでは、許可された者以外は相手の領域に立ち入るのを制限される。

第二に、ティリーヒルと森の中間地点に交易拠点を設ける。

第一の条件があっては、エルフが買い物に出かけるのが不便だ。エルフの村に商店を造ろうにも、森の中に大量の荷物を運び入れる事は困難。だからといって、いきなり街中に入る事を無条件で許可しては住民が混乱する。そのため、妥協案として森に近いところに交易拠点を作る事になった。

第三に、法の適用は被害者側の法を優先する。しかし、加害者側の法も考慮して判決を下す。

人間社会では罪であっても、エルフ社会では罪ではない行為もある。その逆も同様。〝○○をしてはいけない〟と教えていても、身についた癖は簡単には抜けない。異なる種族との交流が自然なものとなり、相互の理解が進むまでは加害者側にも配慮をしようという事になった。法に関する事としては曖昧な決定である。

しかし、これは〝情状酌量〟という名目でエルフ側に配慮しようというモーガンの考えで決められた。

第四に、出稼ぎ労働者に関する給金と待遇。

特にメインとなるであろう街道整備は〝一〇〇メートルで三万リード。衣食住つき〟となった。これはアロイスによる交渉の結果向上した。しかし、アイザックはこれでも〝後世の歴史家に奴隷契約と叩かれそうだ〟と思っていた。

〝魔法で一瞬で終わるから〟と、最初は二万リードを提示していた。実際にブリジットは簡単にやってのけたので〝安くてもいいだろう〟と思って安値をつけていたのだ。だが冷静になって考えれば〝コンクリートのような固くて綺麗に舗装された一〇〇メートルの道路〟が、こんなに安いはずがない。いつかエルフたちに自分たちの仕事の結果がどれほど素晴らしいものかを理解された時に問題になる可能性があった。

これについてアイザックは〝日本も借金で高速道路とか造ってるし、負の遺産は子供たちの代で解決してくれるだろう〟と問題を先送りにしようとしていた。

実績の欲しいアイザックにとって、多少の事は目を瞑ってやり過ごすしかない。それに、苦情が出れば給与引き上げや待遇改善を考えるつもりだ。

それでも問題になるようならば〝いきなり大金を与えて生活を乱すのもよろしくない〟という、相手の事を考えていると思わせる言い訳を考えていた。

それにこれらの事はすべて暫定的な決定である。人間側はエルフとの交流の経験がないため、エルフ側は人間の事情を考慮し、気長に良好な関係が構築される時を待ってくれるようだ。ならば今は最低限の事を決めるだけに留め、あとは現場の者に任せようという判断が両者共に一致した考えだった。

なにもかも厳格に決めてしまえば、後々それが逆に足枷になりかねない。これを行き当たりばったりと受け取るか、柔軟な対応と取るかは人によるだろう。

そもそも、エルフとの国交正常化自体が突然の出来事だ。それに今まではエルフがこの話に乗るかどうかすら不明だった。だから、どこまで用意をしたらいいのかわからず、すべてモーガンの裁量に任された。

幸いなことにエルフ側も上手くやっていきたいと思っていてくれたので、こんな状態でも仮の調印までは持っていけた。このあと上手くやっていけるかは、代表者だけではなく、接する個人の問題となる。

領主代理となったランドルフを中心に、上手く人々を導いていかねばならない。課題は山積みではあるが、これはランドルフにとって領主代理就任直後のやりがいのある仕事だった。

そして、会談が無事に終わった事を祝い、これからの事を期待と不安で胸をいっぱいにして、皆は帰るべき場所に帰っていった――などという事はなく、昼食後にエルフたちを見送ったあとは入札(おたのしみ)の時間である。

今回はモーガンたちが見学しているので、三商会の面々は借りてきた猫のようにおとなしくしていた。

ブラーク商会のデニスが出席している事について質問したいが、侯爵家の当主と代理がいる前では許可なく発言する事を控えていた。その分〝なんでブラーク商会が参加しているのか説明してほしい〟と、アイザックに熱い視線を送っていた。求められるまでもなく、アイザックは説明するつもりだった。

「皆様方。まずはエルフたちに売り込む商品を用意していただいた事を、心より感謝申し上げます」

まずはお礼から入る。急ぎでもない限り、労をねぎらうのは早い分に越した事はないからだ。

「今回はエルフとの会談後の入札となりますので、祖父モーガンと父ランドルフが見学に来ています。入札に介入するつもりはないそうなので、いないものと思っていつも通りでお願いします」

「ハッ」

商人たちは返事をするが〝できるわけないだろう〟というのが共通の思いだった。さすがに現当主と次期当主の二人をいないものと思えるはずがない。気休めにもならない、無茶な言葉だった。

「それと気になっていると思いますが、今回からブラーク商会が参加する事になりました。色々と不満もあるとは思いますが、参加の制限はしていないのでルール上認めざるを得ません」

アイザック自身が一番不服そうな顔をしていた。実際はアイザックがモーガンに頼んだ事なので、これはパフォーマンスだ。ブラーク商会を歓迎していない空気を出す事により、ブラーク商会に〝絶対に落札しなければならない〟と思わせる事が目的だ。そうやって少しでも多くの金を吐き出させるつもりだった。

――アイザックが不満を持っている。

そう見て取ったブラーク商会のデニスがアイザックに質問をする。

「坊ちゃまに嫌われてしまった事を残念に思います。ですが最も多く落札すれば、お抱え商人は我らのままだというのは納得していただけるのでしょうか？」

〝金を受け取るが、嫌いだからやっぱりなし〟などと言われて反故にされれば大損である。デニスはモーガンのいるこの場で明言させようとしていた。

「そんな事言いましたっけ、というようにしらばっくれようと考えなかったとは言えません。ですが一度でもそんな事をすればブラーク商会だけではなく、他の商会の方々からの信用も失うでしょう。最多落札者になった場合、お父様の事は水に流します。その事で約束は反故には絶対しないと誓いましょう」

「ありがとうございます。これで安心して入札に参加できます」

もしモーガンやランドルフに〝数多く落札したら許してやれ〟と強制されたのであれば、抑え込まれた不満はいつか噴出する。しかし、アイザック本人が〝約束を反故にはできない〟と理解し、納得したうえで決めた事であれば別だ。大きな失敗をしない限り、ブラーク商会を切ろうとしないだろう。少なくとも、感情による判断はしないはずだと考えた。

しかし、それはデニスが勝手に考えているだけだった。アイザックは感情で動いている。父をコケにした事は水に流す。だがランドルフを騙したという事は、ウェルロッド侯爵家を騙したのと同義である。ウェルロッド侯爵家をコケにした事は許さない。頃合いを見て、それを理由にデニスを処罰するつもりだった。

「ただし、エルフとの交易に関しては別です。ブラーク商会が関わるのは禊を済ませてからになります。その点はご了承ください」

「かしこまりました」

この点に関しては不満ではあるが、まだ我慢できる。本格的に交易が始まるのは、まだ先になるだろう事は想像に難くない。まだ旨味があるうちに利権にありつける。そして一度食らいついてしまえば、あとはどうにかする自信がデニスにはあった。

「ルールはお爺様が教えたと聞いています。ですが、念のために教えておきましょう。グレン、ルールを書いた紙を渡してあげてください」

アイザックは秘書官見習いのグレンに命じ、デニスにルールを再確認させる。

ルールは至ってシンプルな内容である。だがそれだけに抜け道も多く、入札が佳境に入ると共に他の商会をどう出し抜くかが重要になってくる。もっとも、多少の駆け引きなど関係なく多額の金を積めば勝てるので、このルールはブラーク商会以外の三商会のために設けられていると言っても過言ではない。この程度の障害を乗り越えられないのなら、アイザックは今後の付き合い方を考え直すつもりだった。

「まぁ入札に関して子供の僕が商人の皆さんに説明するまでもありませんよね。さっそく始めましょうか」

騎士たちが衝立を運び、商人が入札額を書き始めた時に、ランドルフがアイザックに質問をする。

「もしかして、これだけか？」

入札額を書いてもらい、最高価格の者から金を受け取る。それだけなら普通の入札と同じだからだ。

「そうですよ。あとは最高価格の入札額を発表しないって事くらいですね」

「……そうか」

特別な事をしていると思っていたランドルフは拍子抜けしていた。彼はアイザックが考えている事を知らないので、入札する現場と関係のないところでの駆け引きに重きを置いているとは知りようがない。〝これだけなら子供でも上手くやれるはずだ〟と、入札の流れを気楽に見守る事にした。

「アイザック様、集めて参りました」

グレンがアイザックに入札額が書かれた紙を手渡す。

「ありがとう。さて今回はどうなっているかな」

アイザックの手元をモーガンとランドルフが覗き見る。彼らも気になっているのだろう。今までの入札の時にオルグレン男爵も気になっていたが、覗き見るような事はしなかった。これは家族だからできる事だ。

「今回はグレイ商会が落札ですね」

「よし！」

落札者の発表と同時にラルフがガッツポーズを取る。これで落札三回目。勝利にグッと近付いたと言える。

一方、他のメンバーの顔は曇っている。〝他にもライバルがいる以上、自分が続けて落札できる可能性はほぼない〟と諦めてしまいそうになっていたからだ。このままではこれまでの投資が無駄になってしまうかもしれない。負けた時の事も視野に入れて立ち回らなければいけなくなっていた。

「異議あり！　落札者の入札金額を発表しないという事は、不正の働く余地があるという事。私に落札させないために嘘をついているのではありませんか？」

この状況で異議を唱えたのはデニスだった。彼は勝たなくてはならない。少なくとも、その姿勢を見せねばモーガンからも冷や飯を食わされかねない。不審な点があれば、そこを追及していくつもりだった。

「うーん、そうは言われてもねぇ。他の人たちは嘘を言っていないとわかってもらえていますよね？」

アイザックは三商会の面々に問いかけると、彼らはうなずいた。もしも今まで嘘を言っていたのなら、自分の入札額を知っている落札者が〝なぜ自分が落札できたのか？〟と不審がっているはずだ。自分が落札できなかった時に、嘘をついていると不満を持った事だろう。落札者に関してはアイザックも不正する事なく、最高価格をつけた者に落札させているので、これは完全な言いがかりである。

「それに、この金額ではどうせ無理でしたよ」

そう言って、ブラーク商会の入札金額が書かれた紙を皆に見せた。書かれた金額は五〇〇〇万リード。初期ならともかく、今は到底落札できない金額だ。

「なにを馬鹿な事を。鉄鉱石一〇〇キロになら十分な……はず……」

続けて落札できなかったワイト商会、レイドカラー商会の入札金額を見せる。一一億リードと一二億リード。まさに桁違いの金額が書かれていた。

「ばっ、馬鹿な！　鉄鉱石などになんでそんな金額がつけられている！」

デニスは自分との価値観の違いに狼狽(ろうばい)する。

「はぁ、わかっていると思ったんですけどねぇ。これは鉄鉱石ではなく、未来のお抱え商人の座が懸かった入札だという事を忘れたのですか？」

アイザックは溜息交じりに言った。しかし、デニスの困惑も理解はできる。ジェイコブが落札額を跳ね上げてから、億単位で落札が上がっていった。今回から参加のデニスは、その事を知らなかったので、インフレについていけなくても無理はない。さすがに前回までの入札金額を教える親切をしてやる必要はないので、アイザックはデニスに黙っていた。

「それに、まだ諦める必要はありません。あと四回続けて落札すればいいだけですから」

慰めにならない慰め方をする。だが、これからブラーク商会には金を吐き出してもらわなければならない。諦めてしまわないよう、希望へ続く道が残っている事を教えてやる必要があった。だが、そうは言われても五回続けて落札するというのは簡単ではなかった。当然、落札しようとする相手がいる以上、勝ち続けるというのは容易ではないのだ。

「なるほど……。私の考えが甘かったというわけですか。失礼致しました」

デニスの中では〝鉄鉱石の入札など余裕で勝てる〟という先入観があった。しかし、それは間違いだったとすぐに思い直した。鉄鉱石など入札を開く名目に過ぎない。〝お抱え商人という肩書きへの入札〟だと考えれば、数回の入札を経て一〇億リードを超えた金額になっていてもおかしくない。浅いところで舐めていた事を反省する。デニスは覚悟を決めた。確かに四回連続となれば難しい。それでも、今まで積み重ねてきた地力が他の商会とは違う。負けるつもりはなかった。

「それでは解散します。ですが、ワイト商会、グレイ商会、レイドカラー商会は別室でお待ちください。交易所について話があるらしいですので」

露骨にブラーク商会をのけ者にするが、これは仕方のない事だ。まだエルフとの交易に参加する権利はないのだから。商人たちが退出し、グレイも金を受け渡すために部屋を出ていく。彼らが出ていく喧騒の中、アイザックは物音に紛れてモーガンに耳打ちする。

「今回のお金はお爺様にプレゼントします。王都へ持っていってください」

思わぬ申し出に、モーガンは驚いた。

「確かに金があると助かるが……。お前にも使う予定があるのではないか？」

モーガンは一応アイザックに聞き返す。エルフ関係や継承権争い関係で使いたいはずだと思ったからだ。

「外務大臣になったので、裏工作用のお金があった方がいいでしょう？　それに僕が必要な分は来月からブラーク商会が持ってきてくれると思いますので」

だが、アイザックは余裕の笑顔で返す。愛らしい顔で下種（げす）い事を言っている様子に、モーガンに複雑な感情がこみ上げてくる。

「そういう事ならありがたく受け取ろう。……しかし、そういう事ばかり考えていてはいかんぞ」

〝悪い子だ〟と、モーガンがアイザックの頭を指でつつく。頭を突かれたアイザックが頬を膨らませる。会話の内容を知らぬ者が見れば、その姿は仲の良いおじいちゃんと孫のじゃれ合いにしか見えなかった。

　次の入札で、ブラーク商会は三〇億リードという高額で鉄鉱石を落札した。他の入札額が二〇億リード前後だったので、大きく差をつけた入札額となる。かつてレイドカラー商会が取った方法と同じく、金に糸目をつけぬやり方だ。レイドカラー商会と違うのは、このやり方で息切れしない体力がブラーク商会にはあるという事だった。

　この結果に、多くの者がブラーク商会の執念を垣間(かいま)見た。あと一回で最多落札回数が確定していたグレイ商会などは、落札結果を知ると絶望のあまり頭を抱えて机に突っ伏していたくらいだ。

　このままブラーク商会が落札し続けて最多落札者となるというのが入札会場にいた者たち共通の思いだった。ただ一人、アイザックを除いては。

「お父様、質問があるのですがよろしいでしょうか？」

　午後のティータイムを楽しんでいる時に、アイザックはランドルフに話しかける。明日にはティリーヒルの北にあるテーラーという街から街道整備を始める。その式典に出席するついでに、彼もアイザックと共にティリーヒルに来ていたのだ。

「答えられる事ならね」

　ランドルフは、我が子の質問にできるだけ答えてやろうと思っていたが〝アイザックは早熟だから、大きくなって異性に興味を持つようになったら答えにくい質問が来そうだなぁ〟と考えていた。今はまだ親として答えやすい質問であってほしいと願う。

「エルフの代表として、ウェルロッドに滞在するのがクロードさんという人選には納得できました」

　アイザックの視線は向かいに座るクロードに向かう。

彼の年齢は三二〇歳。エルフはおよそ人間の一〇倍程度の寿命を持つらしいので、人間換算だと三〇歳前後の男性で、しかも長老であるマチアスの孫だ。

マチアスとのやり取りを見る限り、人間とエルフがお互いの常識をすり合わせるための話し合いで、ハッキリと意見が言える性格。妻に先立たれて独身の子供なしという単身赴任に最適な人選であった。アイザックも彼に不満はない。

「なぜブリジットさんまで許可を出したんですか？」

アイザックは、クロードの隣に座るブリジットを指差した。不満があるのは彼女の方だ。

「ちょっと、なによ！　やっぱり、私に不満があるんじゃない！」

ブリジットはアイザックに女として受け入れられなかったという経緯があるので、個人的な感情で自分が非難されているように受け取ってしまった。彼女は一四〇歳。年齢を聞いた時に、うっかりアイザックは〝ババアじゃん〟と呟いてしまい〝失礼な事を言うのはこの口か〟と両頬をつねられてしまった。

――彼女は自分が受け入れられなかった事がきっかけとなり、アイザックの事が気になり始めて大使に志願した。

などというフラグが立ったわけではない。戦争を知らない世代同士での交流も大事という、もっともらしい屁理屈をこねて大使枠に売り込んできた。

「確かに今回は不満がありますす。人間は僕たちのように友好的な者ばかりではないんですよ。若い女性が人間社会に入り込み、交流再開早々に父親のわからない子を孕まされて涙ながらの帰国という事にでもなったら、友好どころか戦争になりかねないんですよ！」

アイザックはブリジットの無防備さにイラ立っていた。二人の妻を持つランドルフですら、時々チラリとブリジットを盗み見る程度には魅力的な女性だ。万が一の事が起きたら一大事になる。〝やはり交流を持ちかけたのは、そういう目的だったのか！〟と、また国交断絶状態になりかねない。自分一人ではなく両種族全体の問題に発展する可能性を考えないブリジットの行動を、アイザックは快く思っていなかった。

「……あれっ？」

　いい事を言ったと思っていたアイザックだったが、皆が驚いたような視線で見つめているのに気づいた。ランドルフなど、驚くを通り越してオロオロとしている。見かねたクロードが、アイザックに声をかける。

「どこでそんな言葉を知ったんだ？　子供が言う事じゃないだろう」

「えっ、いや。本でそういう事を書いてたんで……」

（ヤバイ、言いすぎたか）

　つい子供らしからぬ発言をしてしまった。いくらなんでも〝孕まされて〟というのは言いすぎたかもしれないと反省する。

「話をしていると、高い知能を持った子供だというのはわかる。しかし、だからといってなんでもかんでも学ばせればいいというものでもないだろう」

　クロードの矛先はランドルフに向かう。アイザックはまだ幼いので、学ぶべき知識を選別するのは大人の役割だ。覚えるからといって、なんでもかんでも教えればいいというものではない。この場における最年長者として、クロードはランドルフを咎める。

「確かにその通りです。本を読むのが好きな子なので、自由に読ませていたのですが……。読むものを制限するべきだったかもしれません」

　ランドルフは額の汗をハンカチで拭う。クロードの言う事はもっともなものだ。父親として、教育に関してはアイザックの自主性に任せていた事は否めない。こうして正面切って批判されても、言い返せない後ろめたさがあった。

「ちょ、ちょっと待ってください。僕がどんな本を読んでいたかはともかく、若い女性エルフが人間社会に入り込む危険性を考えてよ」

　アイザックは話を戻そうとする。気まずい雰囲気ができつつあったが、そのために話を逸らそうとしたのではない。街道整備にも女性エルフの希望者がいたが、身の安全のために初期メンバーから外れてもらっていた。ここでブリジットの駐在大使としての就任を認めるのはどこか間違っている気がするのだ。

「大丈夫だ。ちゃんと女性の護衛を普段からつけるし、エルフだからいざという時は魔法で身を守れる。それに、女性目線の意見も聞けるというのは大きい。大勢を同時に守るのは難しいかもしれないが、一人くらいならば守り通せるさ」

〝ブリジットだけなら、女性の護衛を交代でつける余裕があるから大丈夫だろう〟というのがランドルフの考えのようであった。ウェルロッド侯爵家の屋敷に滞在するのであれば、けしからん考えを持つ者も近づきにくいので安全面に関しては心配していないようだ。

「わ、私だって一人で猪(いのしし)くらいは狩れるんだからね！　運ぶのは魔法を使わないと無理だけど。自分の身くらい守れるわよ」

〝孕まされる〟という言葉に頬を染めながらも、ブリジットは自分を守れるとアピールした。彼女がここまで積極的になっているのには理由がある。

――食事である。

まだ若い彼女は味の濃いものが食べたかった。ティリーヒルで食べた人間の食事は塩気も利いており、満足のいくものだった。別にエルフの食事に嫌気が差したというわけではない。開けた場所で田んぼを耕したりして、米や野菜中心の食生活をしている。小麦を中心とした食生活に魅力を感じていたのだ。

もし、アイザックがエルフの食生活を詳しく聞いていれば〝米が食べたい！〟と言い出していただろう。

「でもまぁ、私の魅力に負ける人も出るかもしれないと心配するのも仕方ないのかもしれないわね」

ブリジットは両手を頭の後ろに回し、セクシーポーズを取ってアイザックにウィンクする。だが、そのポーズで強調されるべき部分が強調されていない。

「チェンジで」

アイザックは冷酷な言葉を言い放つ。彼の好みは巨乳美人だ。前世では恋人がいなかったという事もあり、可愛いだけの女の子は二次元で見慣れている。

だから、三次元の膨らみが現実の女性に対する評価の判断基準となってしまっていた。美形ばかりのこの世界において、モブ顔扱いの女性でも前世基準では十分に美人だったというのも、顔で女性を判断しない理由となっていた。

「よし、その喧嘩買った！」

ブリジットは椅子から立ち上がり、アイザックの頬をつねろうとする。それをアイザックは伸ばされる手を振り払い、自分の頬を守る。

「ちょっと、友好の大使が暴力振るっていいの？」

「悪い子にはお仕置きしないとダメだからよ」

「そもそも、子供相手にセクシーさをアピールしようとするってなにを考えてるんですか」

二人の激しい攻防戦を見ながら、ランドルフは笑った。リサやティファニーとは、こんな風にじゃれ合った姿を見た事がない。大人しく話をしたり、遊んだりしているだけだった。

確かに友好の大使としては不安を覚えないわけでもないが、本来の役割はクロードが果たしてくれるだろう。身分や立場を気にする事なく、こうして馬鹿を言い合える相手が一人くらいいてもいい。

そう考えると、アイザックにとっては意外と悪くない人選のように、ランドルフには思えていた。

⚜
⚜
⚜

翌日、エルフ三〇人を含む一行はティリーヒルの北にあるテーラーを訪れた。この街から街道整備が始められる。本来ならば、王都から始めて広くエルフとの友好の始まりを周知させる方がいいかもしれないが、エルフを王都に近づける事への不安や、いきなりエルフの領域から遠い地へ連れていかれる事になるエルフたちの不安。その両方の点から、テーラーから始めようという事になった。

この街は領都ウェルロッドと北のランカスター伯爵領を繋ぐ領境の街であり、東の隣国であるファーティル王国へ向かう商人たちが通る商業都市でもある。

テーラーとティリーヒルの間の街道から始めようという話もあったが、それはアイザックが止めさせた。その二都市間の街道を整備されては、入札に使える手が一つ減る。今はまだ整備されては困るのだ。

〝商人が多く通るので、街道整備の効果が広く知られる〟という理由で、アイザックが領都ウェルロッドとテーラー間の街道を最初に行おうと主張して、それが受け入れられた形となった。

この決定に驚いたのはテーラーを任されているグレーブス子爵だった。〝エルフとの交流なんて、王都や領都付近の話だ〟と自分には関係のない話だと思い込んでいたからだ。それが人間とエルフの交流再開の証として、街道整備始まりの街となる。なにもしていないのに、突如として新しい歴史の一歩目に加わるという栄誉を賜る事になったので驚くのも当然である。

彼は今も街の入口に急遽（きゅうきょ）設置された演説台の上で、ランドルフの隣に立ち〝信じられない〟といった顔でキョロキョロと周囲を見回している。

ランドルフは演説中だった。今、この時代を生きている人間にはエルフに対する免疫がない。だがそれは〝エルフは凄い魔法を使えるらしい〟という程度の知識しかない平民にはプラスにもなる。最初に強いインパクトと同時に良い印象を与え、今後の付き合いをやりやすくしようと頑張っていた。

「エルフとは長く交流が断絶していたが、それも今日で終わりを迎える。これからは手を取り合い、共に歩んでいく時代となる。諸君らは歴史の転換点の目撃者となるのだ！　アロイス殿、お願いします！」

演説が終わり、ランドルフはアロイスに魔法を頼む。彼はエルフの代表者として、最初の道造りを任されていた。栄誉ある仕事は責任ある立場の者に任せようという考えだった。街の入口付近から一〇〇メートルほどを衛兵が人払いしていた。通行人に影響を与えてはいけないので、万が一を考えての措置である。そこに魔法で平坦な道を造ってもらう事になっていた。街道を封鎖されているので周囲は混雑しているが、それはそれでいい。エルフの魔法の目撃者が増えるだけだ。

「この第一歩がエルフと人間の友好の証となる事を願わん。オン・カカカビ・サンマ・エイ・ソワカ」

アロイスが魔法を唱えると、見る見るうちに地面が平坦な道になっていく。しかも、雨が降った時に備えて蓋つきの側溝のオマケ付きだ。細かいところも、ちゃんとアイザックの注文通りに造ってくれたようだ。

エルフの魔法を見た人々の反応はしばしの無言。呼吸数回分の時間を置いてから、申し合わせたわけでもないのに同時に喝采を送る。身分に関係なく、その場にいた者たちが目にしたものへの感動を表した。

「街道の整備がこんなに早く終わるなんて……」

グレーブス子爵が呟く。平民に労役を課して道を直させても、ここまで綺麗にはならない。まるで職人が整えたかのように道が綺麗になっている。道として使い、踏み荒らすのが申し訳なく思えてしまうほどだ。

「ええ、これがアイザックの考えた事なんですよ。さぁ、行きましょう」

ランドルフはアイザックの手を取り、魔法で整備された道のところまで歩む。その隣にはグレーブス子爵とオルグレン男爵。そして、アロイスたちエルフがいた。最初にこの道を歩くためだ。

「街道整備事業が、友好の架け橋となる事を願います」

ランドルフの言葉に合わせて皆が一歩目を整備された道に踏み出す。くだらない式典だという人もいるかもしれない。だがくだらなくとも、こうしてはっきりと内外に知らしめる事が必要な時もある。

――学のない平民には見せて教える必要がある。

そのための儀式のようなもの。少なくとも、今日ここで見学した者たちで理解できない者がいたとしても〝なんだかエルフたちがいて良い雰囲気だった〟と話してくれるだろう。

アイザックが歩むこの一歩は小さな一歩。

しかし、覇道の終着点へと続く大事な一歩となる。

アイザックたちは街道の整備初日が終わるのを見届けてからウェルロッドに帰る。およそ三キロの整備作業にかかった時間は一時間程度だった。一〇〇メートルの道を造り終える時間よりも、次の作業現場である一〇〇メートル先まで歩いていく時間の方が長いくらいだ。次々と出来上がっていく道に、ランドルフだけではなくアイザックまでもが驚いていた。

――さすがに科学技術には負けるだろう。

そう思っていたのにもかかわらず、三キロの道が瞬く間に出来上がっていくのを見て、魔法というものの恐ろしさを知った。エルフたちとの雑談で〝戦争利用しようとしないのは気に入った〟と言われた意味をようやく理解する。

確かにこれだけの効果があるのなら〝火の魔法で敵を焼き払ってくれ〟と頼みたくなる。前もって簡単な道の整備方法がないかなと考えていなければ、戦争に利用できないかという考えが真っ先に浮かんだはずだ。

貴族たちの懐柔手段を考えていた事が功を奏したが、良い事ばかりではない。異種族との交流再開という歴史的な出来事なのに、なぜ王都に招かないのかという事も理解できた。

――一歩間違えれば、この魔法が自分に向けられる。

そう思うと、皆が警戒するのもわかる。ゲームなどで〝エルフは味方〟という印象があったアイザックですら、魔法の凄さを目の当たりにして恐れを抱いた。戦争して以来交流の途絶えていた未知の相手と仲良くしようとするなど、他の者からすれば狂気の沙汰でしかないだろう。実際に交流が再開されてから、アイザックはその事にようやく気づいた。

しかし、今となってはもう手遅れだ。ここで〝やっぱりやめよう〟などと言っては、余計に関係がこじれる。あとは上手くいくように頑張るしかなかった。

（ウェルロッドまで街道の整備が終わったら、フランシスたちにボーナスを弾んでやろう）

さすがにアイザックが付きっ切りで、エルフたちと寝食を共にする事までは許されない。現場監督を任された秘書官のフランシスや、その他雑用としてエルフの出稼ぎ集団の下へ向かったノーマンたち若手官僚がついている。彼らを、あとでねぎらってやらねばならなかった。

屋敷に戻ると、そこには先触れによりアイザックたちの帰りを知らされたルシアたちが出迎えに待っていた。これはクロードとブリジットを出迎えるためだ。メリンダやネイサンも最前列で待っている。ランドルフはともかく、アイザックを出迎えるのは気に入らないだろうが、領主代理の妻として客人は出迎えなければならない。そういう事をちゃんとこなすあたり、貴族として必要な事は忘れていないようだ。

「ただいま」

「おかえりなさいませ」

ランドルフとアイザックが馬車から降り、一同が深く頭を下げて出迎える。こういう出迎えはどこか気恥ずかしく思うが、同時に偉くなったような気分になれてアイザックは気に入っていた。

「先触れによって知っていると思うが、今回は客人を連れてきている。これから共に暮らす事になるので、よろしく頼む」

ランドルフの言葉に合わせて後続の馬車のドアが開かれた。

「まぁ、素敵なお方……」

メイドの誰かが感嘆の声を漏らす。

最初に降りてきたクロードは、若さと渋さを兼ね備えたナイスミドルである。日に焼けた肌がロココ調の貴族服とミスマッチのようだが、それはそれで不思議な魅力を引き出していた。クロードを見たメイドたちの目の色が変わる。〝エルフは恐ろしい存在〟という認識はどこかへ行ってしまったのだろう。そんな女たちの反応を男の使用人たちが鼻で笑う。

〝自分たちの職務を忘れ、客人に見惚れるなど使用人失格だ。貴族の中でも侯爵家という上位貴族に仕えるプロとしての意識が欠如している〟というのが表向きの理由。実際は他の男に見惚れているのが気に入らないだけだ。メイドの一人に気があった者は、クロードに見惚れている表情を見て恋心を打ち砕かれていた。

しかし、そんな男たちも次に降りてきたブリジットを見て態度が変わる。クロードに手を添えられて降りてくる姿は、まるで異国の王女のように可憐な姿であった。ワンピースのドレスが、ブリジットの魅力を引き出していた。長い髪はオールバックにして、首の後ろでバレッタで留めただけだが、それはそれで〝女としての魅力〟を持ち始めた年頃のブリジットに似合っているように思われた。

「なんと可憐な……」

　今度は男の使用人たちから感嘆の声が漏れる。可愛いは正義だ。しかし、女たちからは〝簡単に見惚れる情けない男〟として軽蔑された。お互い様である。

　これはアイザックがランドルフと相談して決めた事だ。人間は第一印象を引きずるものだ。〝エルフは恐ろしい存在だ〟という知識を持っている以上、初めて実物を見た時に、それを塗り替えるインパクトを与えなければならない。

　――いつもの作務衣のような服ではなく、あえて人間の服を着せる事で美形を際立たせる。

　という目的で貴族服やワンピースのドレスを着てもらった。作務衣を着たままでは〝やはり文化の違う異種族〟という認識を持たれてしまっていただろう。

　人間の服を着せる事で〝自分たちとさして変わらぬ存在〟という親近感を抱かせようという目的もあった。その狙いは成功だった。しかし効果がありすぎて、男女間に亀裂ができたような気がしないでもない。

　前世の基準があるアイザックには、みんな美形に見える。だが元々この世界の人間には、些細な違いでもはっきりとわかるようだ。そんな彼らにエルフの美しさはあまりにも強烈だったらしい。

「皆さん、初めまして。私はクロード、こちらはブリジットと申します。エルフと人間の友好のため、そしてなによりもお互いを知るためにこちらに滞在する事になりました。文化や常識の違いにより、礼を失する事もあるでしょう。その時はぜひとも教えていただきたい。教えていただくために来たのですから、忌憚のないご意見を歓迎しております。これからよろしくお願いします」

「よろしくねー」

　クロードが真面目に挨拶をし、四五度の角度でお辞儀をする。それに対し、ブリジットは軽い挨拶と、笑顔で手を振るだけだった。

　しかし、その反応は好評であった。クロードの挨拶は女の使用人たちに〝やだっ、ワイルドそうな人だと思ったら紳士的〟と好意的に受け取られた。

　ブリジットの挨拶は男の使用人たちに〝天真爛漫で

明るくて可愛い子じゃないか〟と受け取られた。

見た目の重要性が思い知らされる。だが、一番効果があったのは予想外の人物だった。

――ネイサンだ。

ネイサンはブリジットを見つめて、頬を染めながら呆けたように口を半開きにしていた。二人がルシアやメリンダと話し始めたが、その視線はブリジットに釘づけのままだった。

（おいおい、マジかよ。あいつ、一目惚れしてるよ）

ネイサンがブリジットに一目惚れしているのを発見し、アイザックは驚愕する。確かに見た目だけは悪くないが、ズボラな一面とかを知った時どうなる事か。

（ハッ！　これはなにかに使えそうかも！）

他人の恋心を利用するのは気が引けるが、相手はネイサンだ。〝敵対する相手ならいいだろう〟と、恋心を利用するという選択肢が増えた事を喜ぶ。

「君がアイザックのお兄ちゃんのネイサン？　よろしくね」

ブリジットが膝を曲げて、ネイサンと顔の高さを合わせて挨拶すると、ネイサンはメリンダの背後に隠れてしまった。

「よ、よろしくお願いします」

ネイサンはスカートの陰から挨拶をした。顔を合わせて話すのが恥ずかしいようだ。この反応を見て、アイザックはネイサンがブリジットに惚れていると確信した。だが、同時に〝その恋心を利用してもいいのか？〟という自分の中にある思いにも気がついた。

確かに気に入らないところもあるが、自分と違って相手は本物の子供だ。メリンダの影響でアイザックに厳しく当たるのであって、本人に責任があるのかと考えてしまう。それに、自分自身もパメラとの事で苦しい思いをした。少しだけ後ろめたさを感じる。

（恋心を利用するまでしなくても……。今までの計画でいいかもな）

アイザックの計画は恋心を利用しなくても、八割方成功しそうだった。恋心を利用しても、八割五分になる程度だろう。ならば、ネイサンを無駄に苦しめなくてもいいのではないかという考えにもなる。

（でも、権力を握るためには情を捨てるのも大切なんだろうな……。どうすればいいんだ……）

ひとまずは問題を先送りにする事にした。状況を見極め、必要に応じて臨機応変な対応をしようと決めた。

わざわざ狙って行わずとも、暮らしていくうちに自然とそういうチャンスは訪れるはずだ。積極的に恋心を利用してネイサンを陥れようとするほど、今のアイザックは非情になり切れなかった。彼を排除しようと考えている事は変わらないが、それはそれ、これはこれである。

（それに、ブリジットが利用されたとバレるとクロードにも反感を持たれるかもしれない。エルフの関係者は家督争いに使わないでおこう）

――人間同士の争いは人間だけで終わらせる。

そう考える事で、アイザックはブリジットを利用する事を諦めようとした。

（けど、お袋もメリンダもクロードに見惚れないか。親父もやるじゃないか）

アイザックは特にランドルフに感心した。恋愛結婚のルシアはランドルフを愛している。そして、メリンダもランドルフの事を愛しているのだろう。

他の女たちと違ってクロードに見惚れたりしていない。政略結婚の割には、他の男に見向きもさせないほど惚れさせるのは素晴らしい事だと思う。

もっとも、二人の妻を持つしわ寄せがアイザックに来ているので、その点は褒められたものではなかったが。

「お父様。お話しするなら中でしませんか？」

いつまでもクロードとブリジットを見世物のようにしておくわけにはいかない。予想以上の効果があった顔合わせを終わらせ、一度中へ入ろうと申し出た。

「そうだな。皆も疲れているだろうし、中へ入ろうか。どうぞ、こちらへ」

ランドルフはクロードとブリジットの先導をして屋敷へ入る。気がつけば、ネイサンは抜け目なくブリジットの横について歩いていた。

第十二幕

ランドルフは領主代理としての仕事があるため、ずっとクロードやブリジットと行動を共にはできない。そのため、クロードたちとの常識のすり合わせはアイザックに任されていた。しかし……。

「エルフとの共同生活といっても、特別変わったところはないですね」

「それはそうだろう。昔は一緒に暮らしていたんだから、基本的には習慣や作法は同じはずだ」

三日ほど経ったが、アイザックたちは特別気をつけねばならないところを見つけられなかった。違いがあったとしても、個人の好き嫌いといった程度の違いでしかなかった。取り立てて騒ぐほどのものではない。

「そもそも、俺だってお前くらいの大きさの頃は人間と暮らしていたんだ。ある程度の年齢の奴なら問題なく暮らせると思うぞ」

クロードは周りを見渡しながら言った。人間との関係が改善される事はないと思っていたのに、気がつけば自分が大使として人間社会に入り込んでいる。人生とは不思議なものだと感じていた。

「そうですよね。戦争が起きてから二〇〇年だから、一定の年齢の人は人間と暮らしていたんでした。ハハハ……。グレンの出番もないわけですね」

アイザックは頭を掻き、笑ってごまかした。エルフとの交流のために、アイザックの付き添いをしていたグレンが正式にアイザック付きの秘書官として任命された。彼は常に意見を聞き漏らさずに、すぐ書き残せるようにしているのだが、この三日の間は役目を果たせていない。出番があったのが、お菓子と飲み物の注文程度だった。エルフが人間の暮らしに慣れているので、手持ち無沙汰なグレンは気まずい思いをしていた。

「爺様が言っていた昔との物価の違いとかを教えてくれれば、多分すぐにでもやっていけると思う」

今のクロードの言葉を〝初めてのまともな仕事だ〟と、グレンがすぐさま書き留める。二〇〇年前の物価の資料が残っているかはわからないが、昔と今の物価の違いを表にして用意すれば役立つはずだ。だが、クロードの言葉にアイザックはなにか引っかかった。

「うーん……。あっ！　もしかして、出稼ぎの日給は三万リードって決まったのって、今の物価を考えてなかったんじゃ……」

気づかなくていいところに気づいてしまったと、アイザックは焦る。

「心配無用だ。会談の前に買い物をしていたじゃないか。村長も三万リードの価値くらいわかって調印した。サインしておいて、あとで知らなかったと文句を言うのは筋違いというものだろう？」

それをクロードが落ち着かせる。契約書にサインをする意味は、エルフだって当然知っている。アロイスもよく理解せず、雰囲気でサインするほど馬鹿ではないはずだ。契約に関して問題はないと思われる。

「だが、モラーヌ村はいいとしても、他の村とも正式に契約し始めると問題になるかもしれない。口で説明するか、俺たちの時のように最初に買い物させてくれるとわかりやすくて助かるな」

「確かにそうですね。覚えておきましょう」

三日目にして進み出した交流に関する意見交換に、グレンは慌てて紙に意見を書き残す。書く事がないからといって気を休める事などできなかった。アイザックがクロードやブリジットと話す時に、いつどんな話になるかわからなかったからだ。

現に今も雑談から打って変わって、重要な話題に変わっている。だがこうして話が進んでくれた方が仕事に集中できるので気が楽になっていた。

「交易所ができたら、村ごとに一定の買い物資金を融通するという方向で考えてもよさそうですね」

「私からも伺いたい事がございます」

ここでグレンが口を挟んだ。秘書官として、主人の補佐も必要な仕事だからだ。

「昔の通貨はお持ちではありませんか？　昔の通貨でも利用できるようにしておけば、すぐに買い物ができるようになります」

「昔の通貨か……」

クロードは目を閉じ、通貨がどうなっているのか思い出そうとする。

「おそらく残っていないだろう。ドワーフから食料品や鉄製品を購入するのに使い切ったはずだ。残っていたとしても少量じゃないかな」

「なるほど。それでは現地で商売する商会の裁量に任せてもよさそうですね」

グレンはエルフの所持金の事を注意点として書くに留めた。金の話になった事で、アイザックの思考も自然と金の方面に向いた。

「お金か……。今はインフラの整備があるからいいけど、出稼ぎで働く人が増えて一気に整備が進んだあとの事も考えておかないとダメだよね」

道には限りがあるので、いつまでも街道整備だけをというわけにはいかない。さすがに他国まで遠征させられないので、代替案を考えておく必要があった。

「エルフの魔法は道を造るだけじゃない。怪我や病気だって治せるんだ。俺だって千切れた手足を元通りに治す事もできるんだぞ」

その悩みを、苦笑交じりにクロードが答えてくれた。

アイザックは土木作業に意識が向きすぎている。戦争に使おうと考えないのはいい事だが、考えが偏りすぎていた。エルフの魔法は他の事にも使えるので、柔軟な思考をしてもらわねば困るところだった。

「それは凄いですね！　交流が進んだら、各街に何人か駐在してほしいくらいです！」

医療の充実は重要課題の一つだ。治療魔法が得意な者は教会が集めているらしいが、病人の数に対して数が足りていない様子。しかも、エルフのように千切れた体を治す事ができる者などまずいない。エルフという優秀な医療従事者を配備する事ができれば、平民だけではなく貴族の支持も得られるだろう。松茸狩りに出かけたお陰で、思わぬ金鉱を掘り当てたようだ。

「アイザック様、それはできません」

しかし、その考えはグレンによって否定される。

「どうして？」

「医療は教会の役割だからです。教会関係者もいい顔をしないでしょう。得られるものは大きいですが、その分反発も大きくなります。この件に関しては、諦められる事を強く推奨します」

――既得権益。

社会が形成されている以上、かならずどこかで発生する問題である。街道整備は平民の労役だったので、エルフに任せても文句は出てこなかった。

しかし、医療活動は既存の職業の領域に踏み込んでしまう。当然、その職業に就いている者は反発するだろう。特に教会という存在が厄介だった。普段は慈愛を説くくせに、気に入らない相手がいれば〝神の敵〟というレッテルを貼って誰かに叩き潰させる。なんの力も持っていない今は対抗できない相手だ。

「グレンがそう言うなら、仕方ないね……」

言葉とは裏腹に、いい感じの話を潰されてアイザックは不愉快そうに顔を歪める。だが、グレンの進言を受け入れるだけの冷静さはあった。

グレンは性格に尖ったところのない、良くも悪くも普通の人だ。まだこの世界の常識に慣れたと言えないアイザックにとって、彼の進言は無視できない。しかも〝強く推奨する〟とまで言っている。危ないからやるなと言っているのと同じ事である。秘書官の立場でできる精いっぱいの強い言葉だ。そこまで言われてしまっては、アイザックも大人しく受け入れるしかない。

（わかっていた事だけど、継承権第一位以外は持っている意味ないな……）

ランドルフのように次代の後継者であれば、侯爵家の力が使える。だがアイザックのように、ネイサンとどちらが将来の後継者になるのかわからない場合、使える力は非常に限定されたものになる。教会や医療関係者すべてを敵に回して戦えるような権限は持っていないし、敵に回そうと考える事すら許されない。

「どうせなにかをやるにしても、エルフの全面的な協力を得られなければどうしようもない。今は現場の人たちが上手くやっていけるのかを確認して、他の村からも出稼ぎにきてくれるのを待つしかないね」

自分に言い聞かせるようにアイザックは言った。やりたい事は色々とある。しかし、それはエルフあってのもの。強要して嫌われては意味がない。

「正直なところ、挨拶に来る貴族の集団が鬱陶しいが、暮らしに関して不満はない。これはおそらく出稼ぎ組も同じように思っているはずだ。口コミで徐々に出稼ぎが増えていくと思うから気長に待つといい」

クロードがアイザックを慰める。

「えぇ……。エルフの気長には合わせられないよ」

「そこまで長くはないさ」

一応は慰めの効果はあったようだ。アイザックが冗談交じりに返す。人間とエルフでは時間の感覚が違う。その事をアイザックも理解しているようだが、クロードは念のために補足する。

「今年は冬場の活動はしないんだろう？　なら来年に動きがあるはずだ。出稼ぎ組が冬に村に帰れば、他の者に話すだろう。来年からは出稼ぎに出る者が増えると思う。少しずつ増やしていけばいいさ」

「来年かぁ。待ち遠しいですね」

アイザックはクロードの言葉で納得する。

「医療関係でなくとも、治水工事などのようにやるべき事はまだまだあります。あれをやろう、これをやろうと焦る必要はありません」

グレンもアイザックをフォローする。

「そうだね。まずはできる事から解決していこう」

不満げだったアイザックの機嫌が直る。元々〝小さな事を地道に積み上げて、いつか頂点を目指そう〟と考えていたのだ。エルフという切り札を握ったからといって、整い始めた手を崩して大物手を狙う必要はない。アイザックの機嫌が直り、空気が和らいだところで雑談へと戻っていった。

「あっ、これ美味しー」

「アーモンドの香ばしさがいいですよね」

「アーモンドなんて食べ飽きていたけれど、お菓子職人が作ると新鮮な味わいになるのね」

三人が話す横で、リサとブリジットがクッキーをつまんでいた。そう、実は彼女たちも最初からこの場に居合わせていたのだが、話に入れないので二人で雑談をしながらお茶を楽しんでいた。紅茶を一口飲んでクッキーを流し込むと、ブリジットがリサに質問する。

「なんだか、小難しい話ばっかり。あの子はいつもあんな感じなの？」

ブリジットの視線はアイザックに向けられていた。

リサはなんとも言えない複雑な表情をして答える。

「昔から大体あんな感じですね」

「本当に変な子ね」

リサは思わず同意しそうになるが、さすがに本人の前で口に出すのはためらわれる。〝そうですね〟の言葉は、紅茶と共に胃の中へと流し込まれた。

一カ月が経つ頃には、クロードとブリジットも屋敷に馴染み、出稼ぎのエルフたちも、酔っぱらいによる喧嘩が起きたくらいで特に問題は起きなかった。

変わった事といえば、アイザックのところにも貴族たちがチラホラ顔を見せ始めたくらいだろう。

――母親の実家の差があっても、本人の実力で継承権を勝ち取るのではないか？

そう思われ始めた。アイザックは普段からクロードたちを連れ歩いている。無知な子供であれば〝エルフの怖さを知らない〟と、馬鹿にされていただろう。しかし、アイザックは子供とは思えないほど頭が良い。

〝エルフの持つ力を知ったうえで、対等に付き合う事のできる豪胆さを持っている〟と、高く評価され始めていた。

そしてなによりも、ブラーク商会をはじめとした多くの商人が屋敷を訪れた際に、面会を申し込む相手がアイザックだというのも影響が大きかった。

彼らはエルフとの交易所に関係する事を話しに来ているのだが、官僚たちはそれだけだとは思わなかった。商人は利に聡い。ネイサンより、アイザックが有利だと判断して取り入っていると思っていた。

この日もワイト商会のケネスとレイドカラー商会のジェイコブがアイザックを訪ねてきていた。今月の入札もブラーク商会が五五億リードで落札し、彼らは四〇億リード前後の入札額だったので負けてしまった。落札回数で並ばれてしまったため、尻に火がついた彼らは、彼らなりに考えるところがあるのだろう。

「それで質問とは？」

アイザックは単刀直入に聞く。貴族らしく最初は雑談で場を温めた方がいいのかもしれないが、そのやり方は前世で急かされながら働いていたアイザックにはまどろっこしく、話を急いでしまう。

アイザックに急かされ、ケネスが口を開く。

「まずお聞きしたいのは、たとえばワイト商会がお抱え商人となった際、レイドカラー商会をパートナーとして仕事を回してもいいのかという事の確認です」

「今でもブラーク商会が取り扱っていない分野、たとえば装飾品などはレイドカラー商会や他の商会に発注をしたりしています。同じようにワイト商会が侯爵家から発注される装飾品関係の仕事をすべて請け負って、それをレイドカラー商会に仕事を回してもいいのかという意味ですか?」

「その通りです」

お抱え商人の旨味は仕事を優先して請けられるというところだ。しかし、ワイト商会は食料品を中心に取り扱っている。すべての仕事を請け負えるわけではない。だからレイドカラー商会と提携して装飾品の分野を任せても、自分たちの利益を失うというわけではない。利益相反にならない相手と手を組もうというのだろう。アイザックも、その考え方には賛成だった。

「もちろん、構いません。僕が皆さんのように取り扱う分野が異なる商会に声をかけたのは、最多落札者が決定したあとに、その事を持ち出すつもりだったからです。入札に参加してくださった時点で、なんらかの見返りを与えるつもりでしたので」

――敗者にもおこぼれにあずかるチャンスを与える。

これは最初から考えていた事だった。前もって仕事を分け与える事を約束し協力関係を築こうとするのは、推奨はしても反対する理由がない。

「では、金銭の貸し借りは大丈夫でしょうか?」

今度はジェイコブが質問する。おそらく、これがメインの質問なのだろう。

「大丈夫ですよ。ですが、お金を貸すと言っておきながら、入札の直前に貸すのをやめるというのは妨害の範疇に入ると思います。協力し合うのなら協力する。手を切るのなら手を切ると、時間に余裕を持って相手に伝えてください」

　アイザックの返答を聞き、二人はホッとした表情を浮かべた。これでブラーク商会が落札していくのを、指を咥えて見ているだけではなくなった。別れの挨拶をして、彼らは満足そうに退出していった。その姿をアイザックはつまらなさそうに見つめていた。

「アイザック様。なにかご不満でも？」

　気になったグレンが質問する。

「自分の落札回数を相手に譲るとでも言ってくると思っていたから拍子抜けだなと思ってさ。商人っていっても根は真面目なんだね。ちょっとガッカリだよ」

　映画やドラマだと、商人というのは悪巧みに長けた悪人という役割ばかりだった。毒気のない人物ばかりではつまらない。アイザックは商人の中から、自分の陰の参謀として頼れそうな人材を求めていた。しかし、真っ当な商人ばかりだったので少し残念がっていた。

「な、なるほど。そういう型破りな方法も有効なのですね……」

　グレンには想定外の考えだったのだろう。これには度肝を抜かれているようだ。

「そういう抜け道に気づいてほしくて、ルールでの制限を最低限にしたんだよ」

　アイザックは大きな溜息をつく。

（元が乙女ゲームの世界だし、狡猾なキャラはユーザーのヘイトを買うからいないのかな？　でも曽爺さんがかなりヤバイ奴だから、いないってわけでもない。いや、ほとんどの人物が甘いからこそ、ごく稀に生まれ出る謀略家が際立って目立つのか？）

　だが、その答えは出なかった。自分の周囲に狡猾な者がいないからといって、この世界にいないと決めつけるのはまだ早い。そして陰の参謀として頼れる者がいないのならば、人を陥れる事は自分で考えればいいと思い直す。

「そういえばさ、グレンのところにブラーク商会とかから接触はなかった？」

　アイザックは話を変えた。答えの出ない事を悩み続けるよりも、疑問の解決を優先したのだ。

「……ありました。ですがなにも情報は漏らしていません。秘書官として恥ずべき行為はしておりません」

グレンは疑われたと思ったのだろう。恥じる事はしていないと、堂々と否定する。そんなグレンにアイザックは〝違う、違う〟と身振り手振りで、彼の考えを否定した。

「今回の入札に関しては話してもいいんだよ。そういった事も制限していないんだから。だからさ、一つお願いがあるんだ」

アイザックがニッと笑う。子供らしい可愛い笑顔だが、グレンは嫌な予感しかしなかった。

「今度ブラーク商会の人と会う機会があったら、ワイト商会とレイドカラー商会が揃ってアイザックにお忍びで会いに来ていたと伝えてよ」

「えっ、こちらから教えるのですか⁉」

〝情報を漏らすな〟ではなく、あえて〝教えろ〟と命じられてグレンは困惑する。そのような事にどのような利点があるのかわからないからだ。

「そうだよ。それで確かめたいことがわかるからね。あっ、ちゃんと見返りの報酬は受け取ってね。無償の情報提供なんて嘘くさいからさ。その報酬は手間賃として懐に入れていいから、お願いねっ」

「お願いねっと言われましても……。やってはみますが、失敗しても責任は取れませんよ」

「いいよ、試してくれるだけでいいから」

グレンは戸惑いながらも引き受けた。秘書官という立場からすればいけない事だが〝今度はなにを見せてくれるのだろう〟という期待もあり、怖いもの見たさでつい手を貸してしまった。

次回で一〇回目の入札となる。そこでグレイ商会が落札すれば終了。ブラーク商会が落札すれば、一一回目が開かれる。その時、ワイト商会やレイドカラー商会がその存在をアピールできるのか。彼らの運命の懸かった入札を、不謹慎ながらもグレンはどうなるのか楽しみにしていた。

七月も半ばが過ぎ、気温が高まり始めた頃。一〇回目の入札のためにアイザックたちはティリーヒルへと向かう。だが問題もあった。

「なんでいつも私たちまで行かなきゃなんないの？」

――ブリジットの存在である。

彼女は若いからか、クロードよりも早く屋敷での暮らしに順応した。いや、順応しすぎた。自分で料理を作らなくても、頼めば使用人たちが持ってきてくれるし、喉が渇けば好みのジュースも持ってきてくれた。布団は柔らかく、使用人が常に清潔にしてくれる。

元々ズボラな一面を持っていたブリジットにとって、ウェルロッド侯爵家の屋敷は、この世の楽園だった。

「いつも言っているでしょう。無事だと皆さんに顔を見せるためですよ」

これはクロードとブリジットの二人を丁重に扱っているという証明のためだ。だから、アイザックがティリーヒルに向かうついでに連れていっている。それでも〝楽園から離れたくない〟と、ブリジットはティリーヒルに行くのを嫌がっていた。

「それなら、クロードだけでもいいでしょ？」

「クロードさんよりも、女性であるブリジットさんが無事だと顔を見せないと意味ないでしょう」

アイザックは溜息交じりに答える。アロイスもエルフの女性を奴隷にするのではないかと心配していた。ブリジットが顔を見せなければ〝人間に酷い目に遭わされているので会わせられないのではないか？〟と疑うはずだ。彼女の意思を無視してでも、ブリジットは連れていかねばならなかった。

「それにほら、こうしてエルフの仕事を確認できるのも悪くないでしょう？」

アイザックは馬車の床を指差した。正確には、その先にある地面を指差している。

「うん、まぁ……」

それでもブリジットの反応はイマイチだった。馬車の中で会話ができるようになったのは、道が整備されたお陰だ。いつ馬車が揺れるかわからず、話をしていて舌を噛むかもしれないという恐怖から解放された。

こうして呑気（のんき）に話をしていられるだけでもエルフと友

好を結んで正解だったと思えるものだった。

難点はティリーヒル直前の道だけが整備されておらず、ぬかるみに車輪を取られる事くらいだろう。

「ブリジット、お前は顔を会わせる家族がいるじゃないか。会えるのは相手が生きている時だけだぞ。こういう機会に顔を会わせておけ」

クロードがしんみりと語る。

「でも、私だってもう独り立ちできる大人だよ？」

「なにを言っている。俺から見れば、まだまだ子供だ」

「そうそう。〝自分は大人だ〟っていう人って、実際はまだまだ子供の事が多いよね」

クロードの言葉にアイザックも乗る。

「あなたがそれを言うの？」

ブリジットが非難がましい目をしながら答える。

「ほら、アイザックのような子供に言われるほどだ。独り立ちと言うにはまだ早い」

「うーん、そうなのかなぁ……」

このまま否定し続けて、六歳児に論破されでもしたらプライドはズタズタだ。被害が増えないうちに、さっさと負けを認めて撤退するに限る。ブリジットは〝認めたくないが、認めざるを得ない〟といった感じで、渋々とクロードの意見を受け入れた。

「でも、あんたに言われるのは納得いかない」

「まぁまぁ、いいじゃないですか」

しかし、アイザックに言われるのは受け入れられなかったようだ。まだ不満そうにしている。アイザックは、そんなブリジットを宥めた。そして、アイザックに宥められてブリジットはよけいに不機嫌そうになる。

そんな二人の姿を見て、クロードが笑った。道が整備され、馬車の揺れがなくなっただけで、馬車の中には穏やかな空気が流れていた。

だが、入札は穏やかにはいかなかった。落札者はまたしてもブラーク商会。

グレイ商会が六〇億リード。

ワイト商会が七五億リード。

レイドカラー商会は七三億リード。

それに対し、ブラーク商会は九〇億リードだった。

おそらく、ワイト商会とレイドカラー商会は〝落札できた方に三〇億リード程度を貸す〟という約束をしたのだろう。相手の三〇億リードに自分の予算を上乗せするという形で入札したようだ。しかし、ブラーク商会はその上を行った。前回の入札が五五億リードだった事を考えれば、九〇億リードという入札は不自然だ。これで一つ確定した事がある。

――ブラーク商会は他の商会の予算を知っている。

前回の入札金額を考えれば、今回は七〇億リードや八〇億リードだった方が自然だ。しかし、今回はワイト商会とレイドカラー商会が手を組んだ。

ブラーク商会はその事を知り、両商会が入札に使える金額を調べたうえで、確実に上回る金額を入札してきた。その方法がどのようなものかはわからないが、相手の懐の内がわかっているという油断があるからこそ、ブラーク商会を罠にかける事ができる。

とりあえず、今回はワイト商会とレイドカラー商会の協力を知った事により、ブラーク商会の入札金額が高くなった。少しでも多く搾り取る事ができたと満足する事にした。

(問題があるとすれば、デニスがあの事に気づいてくれるかどうかだな)

アイザックは、その点だけが心配だった。最悪の場合はヒントを与えて助けてやらねばならない。

(俺が助けてほしいくらいなのに……)

他人に頼るばかりではいけないと思っているが、アイザックはどこか釈然としない。それでも、ブラーク商会には罠にかかってもらわねば困る。自分の足場を固めるためには、手間暇をかける必要がある。

「今回も入札金は、こちらで保管しますか?」

オルグレン男爵が考え事をしていたアイザックに話しかけてくる。

「うん。来月が多分最後になると思うから、来月まとめて持って帰るよ」

モーガンに渡した一六億リードはもうないが、それ以降の計九六億リードはオルグレン男爵の宝物庫に保管してもらっている。今回のと合わせて一八六億リードにもなる。そのような大金を預かる事に、オルグレン男爵は負担を感じていた。

「このような田舎町で預かるには多すぎます」

ティリーヒルの税収よりも多いのだ。しかも、アイザックの金なので盗まれないように細心の注意を払わねばならない。取扱いに困るものだった。

「まぁいいじゃないですか。二割は手数料として入るんですし」

「ここまでの大金になるとは思っていませんでした」

〝数千万リードくらい手に入れば嬉しい〟と思っていたオルグレン男爵だったが、一〇億リードを超えてからは気が気でなかった。次回を考えれば、彼の取り分は四〇億リードは超えるだろう。田舎貴族としては過分な報酬だ。周囲からの嫉妬が怖い。

「これからは、エルフ関係で気を揉む事も増えるでしょう。その手間賃の先払いと思っておいてください」

「……そういう事でしたら、ありがたく頂戴します」

エルフ関連で戦争沙汰になれば、最初に被害を受けるのはティリーヒルだ。そうならないように、色々と気を使わねばならない。入札の場を貸しただけで大金をもらうのは気が引けるが、エルフ関係の手間賃も含まれていると言われれば断る必要などない。ありがたく、民衆を慰撫するのに使わせてもらおうと考えた。

「そういえば、交易所も少しずつ稼働し始めたとか？」

「はい。ブラーク商会以外の三商会が取引を始めたようです。確認なされますか？」

「もちろん」

自分が関わった案件がどうなっているのか気にならないわけがない。アイザックは見に行く事にした。

交易所はコンビニのような四角の建物を並べて造られている。エルフの魔法によって壁や天井が造られ、ドアや窓は人間の手ではめ込まれた。〝どうせなら早く造ってほしい〟というエルフの要望に応えるた

めに協力してもらったのだ。出稼ぎ労働者の給与のうち一万リードは本人が、残りの二万リードは村が受け取るという形式になっている。これは村ぐるみで必要なものを買い揃えるという初期の間だけの措置だ。

しかし、村で買い物するだけではなく、個人でも買い物をしたいという者もいる。そのため、毛皮や宝石の原石などを買い取るための買い取りカウンターも設置されていた。最初の一年は〝交流復活祭〟と称して、査定を甘めにするようにと指示を出していた。そのお陰で、村に残っているエルフたちも不用品を売る事で現金を手にする事ができた。

「……なんだか、エルフの方が多いくらいですね」

「始まったばかりで物珍しいのでしょう」

アイザックの疑問にオルグレン男爵が答える。人間も商会の人間だけではなく、大工たちもいるのでそこそこの数がいるが、それ以上にエルフの数が多かった。

――買い物に興じる者。

――持ち込んだ毛皮を高値で買い取ってもらおうと交渉する者。

――歩いてきたから疲れて休憩しているのか、木陰で座り込んでいる者。

ざっと見ただけでも一〇〇名を超えるエルフがいる。さすがに一つの村が総出で来ているとは思えないので、アロイスの村以外からも来ていると思われる。

〝近所の神社で祭りが始まっているし、見に行ってみよう〟くらいの気持ちなのかもしれない。だが、こういう注目を浴びている時こそチャンスだ。商人たちには上手く興味を惹きつけておいてほしい。

アイザックたちが歩き出すと、エルフたちから注目を浴びた。〝護衛を引き連れている人間だ〟というのもあるだろうが、それが子供だからより目立つ。それに、今回の立役者が子供だと噂で聞いていた。アイザックと会った事がない者も〝あの子がアイザックか〟と察する事ができた。注目を浴びるのも当然といえる。

食料品を扱うワイト商会では、やはり塩などの調味料がよく売れていた。たまに小麦粉などを買ったりする者もいるが数が少ない。その姿から〝食料には困ってないが、塩に困っている〟という事が窺い知れる。

今はまだ交流がどうなるかわからないので、とりあえず塩を買い溜めておこうというところだろうか。付き合いが続いていけば、他の食料品にも興味を持つようになるのかもしれない。

金属の加工品を扱うグレイ商会では、調理器具が売れているようだった。包丁や鍋などが人気らしい。その他にも矢尻やナイフといった狩りに使うものも売れている。鉄製品はどうしても重くなるので、遠いドワーフと高品質のものを取引するよりも、近い人間とそこそこの品質のものを取引する方が楽なのだろう。今後も安定した売り上げが期待される。

装飾品を得意とするレイドカラー商会は、まだ冷やかしの客が多い。しかし、たまに昔の指輪などを持ってきて修理を依頼しているようだ。装飾品を取り扱っているという事もあり、関係の深い商会から服や生地を出してもらっているようだった。これは移動販売車で商売をした時に〝下着や服はないの?〟と言われた事を忘れていなかったからだろう。金銭的に余裕ができれば、ここも買い物客で溢れるだろう。

ブリジットが店の前で同年代の女の子に洋服を見せびらかしている。羨望の眼差しを浴びている姿が、洋服も売れるという確信を持たせてくれた。

(ん? あれは)

アイザックは、もう一度レイドカラー商会の店の前に視線を送る。ブリジットが同年代の女の子に洋服を見せびらかしているところを再確認した。

ブリジットとクロードは服をウェルロッド家で用意していた。駐在大使がみすぼらしい格好をしていては、エルフと初めて会う者に侮られる。そのため、貴族が着ているものと同じ服装を用意していた。店に並んでいるものより品質が良いので、ブリジットは鼻高々だ。

(あいつ、なにをやっているんだ……)

友達に服を見せびらかして自慢するのは、あまり好ましい行動とは思えない。だが、ブリジットたちが楽しそうに話しているので注意はしなかった。

「アイザック様、ちょうどいいところに。面会の予約をしようと思っていたところなのです」

注意をしようか迷っていたアイザックに、グレイ商会のラルフが話しかけてきた。

「どうしたの？」

「実は、次回の入札に関してお願いが――」

ラルフは誰にも聞かれないよう、アイザックに耳打ちする。その申し出はアイザックが待ち望んでいたものだった。ついニヤリと悪い笑みを浮かべてしまう。

「もちろん結構です。お引き受けしましょう」

「おぉ、ありがとうございます」

二人は握手を交わす。それは、ブラーク商会の敗北がほぼ確定した瞬間だった。

⚜　⚜　⚜

延長戦となる一一回目の入札。この日は重苦しい雰囲気になっていたが、アイザックは平然としていた。

「それでは発表と参りましょう。これが最後になりますので、落札者の金額も発表します」

アイザックの言葉で、ワイト商会とレイドカラー商会は肩を落とす。どちらかが落札している場合は、落札回数三回で横並びになる。最後と言われた時点で彼らは〝落札できなかったのだ〟と察していた。

あとはグレイ商会とブラーク商会の一騎打ちだ。

「低い順番で始めます。レイドカラー商会、八八億リード。ワイト商会、九二億リード」

溜息が聞こえる。わかっていた事とはいえ、やはりガッカリだ。しかし、アイザックは入札に参加した商会を無下には扱わないと言っていた。その言葉を信じて、彼らは席を立たずに結末を見届ける。

「次にブラーク商会。二〇〇億リード」

「嘘だ！」

デニスは勢いよく立ち上がりながら、入札の結果を否定する。

「グレイ商会が用意したのは九〇億リード前後。他の商会から金を借りたとしても二〇〇億リードを超えるはずがない！」

他の商会の懐具合がわかっているからこそ、デニスは信じられなかった。アイザックが侯爵家の後継者という事を忘れ、強い言葉で真っ向から否定する。

「グレイ商会が二五〇億リードで落札です」

対するアイザックは冷静だった。デニスがこういう反応をすると予想はついていた。そして、グレイ商会が勝った理由もわかっている。すべてアイザックの計算通りに進んだので、慌てる理由などなかった。落ち着いて落札者を発表する。

「落札の決め手は、これでした」

アイザックは一枚の紙切れを取り出す。それはグレイ商会がアイザックから借りた〝一七五億リードの借用書〟だった。

「借用書！　そんなものは無効だ！　金をこの街に持ってこいと言っていたではないか！　大体、ウェルロッド侯爵家の力を借りるのはダメだというルールもあった！　それは二つのルールに違反している！」

デニスの語気が荒くなる。仮にも大手商会の商会長。その言葉には迫力があった。しかし、子供であるはずのアイザックはまったく動じていない。それどころか、冷たい視線で見つめていた。今のアイザックは彼の事を恐れていない。むしろ、恐れなければならないのはデニスの方だった。

「どちらも問題ありません。現金はこの屋敷にありますから。一七五億リードという数字に心当たりはありませんか？」

「そんなものに……。はっ、まさか！」

改めて言われて、デニスはこの金額に気づいた。

「そう、先月までにブラーク商会が支払った金額です。この街に運び込まれる金の動きを見張っていても、出ていく金までは調べてなかったようですね」

アイザックはクスクスと笑う。これはデニスの手抜かりだ。払った金の行先を、まったく調べようとはしなかった。誰かに貸し出すために、ティリーヒルに残しているとは思わなかったからだ。

他の商会の予算を知る方法があるからこそ、三商会が街に持ち込む金の多寡に囚われてしまっていた。

「ですが、その方法はウェルロッド侯爵家の力を借りてはいけないというルールに違反するでしょう」

デニスは、もう一つのルールに違反を主張した。

これにアイザックは、軽い溜息をついてから答えた。

「あなたも商人なんだから、文言はよく読みましょうよ。〝アイザック以外の〟って書いているじゃないですか。僕に借りるのはいいんですよ」

「しかし、それは――」

バンッ！　とアイザックは机を平手で叩く。その音で、デニスの言葉は途切れる。

「有力な後ろ盾を持たない無力な小僧。そう見くびって、入札に影響を与えられないだろうと見過ごしていたお前の責任だ！　受け入れろ！」

強く叩きすぎて、掌がジンジンとする。だが、ここは決めどころだ。痛みなどないかのように堂々と言い放った。デニスもアイザックを子供だと思って侮っていたところがある。こう言われてしまっては、反論の言葉がなかなか出てこない。

（そうか！　これは俺をハメるための……）

反論を考えている時に、デニスは気づいた。

――王都でモーガンに〝入札に参加しろ〟と言われたのも自分を罠に導くため。

――入札に参加する事を認めたのも、金を吐き出させるため。

――そして、これらの絵図を描いたのが、おそらくアイザックであるという事に。

ランドルフが領主代理になると聞いて、様子を見るために放ったジャブ。そのジャブがアイザックを怒らせ、リング外に引きずり下ろされて袋叩きに遭ってしまった。彼には商人のルールなど通用しないのだ。

あまりにも過剰な報復を理不尽だと思うが、完膚なきまでに叩きのめされた以上、涙を呑んで受け入れるしかない。すでにアイザックとの格付け勝負は終わった。敗北者は、その結果を受け入れるしかないのだ。

アイザックの変貌に驚いたのはデニスだけではない。他の者たちも驚いていた。確かに変貌の片鱗は以前にも見られた事があった。しかし、まさか自分に有力者の後ろ盾がない事を上手く利用して、デニスを油断させていたとは予想できなかった。それだけではない。

この入札はブラーク商会を叩きのめすだけが目的ではなかった。入札を利用して自分の力を周囲にアピールする。そして、あわよくば個人の財力を身につけるといった目的も含まれているのだと読み取った。

一石二鳥どころか、三鳥や四鳥といった複数の利益を得ようと狙っている。その事だけでも、十分にアイザックの能力を知らしめる事ができていた。

「これで終わりなので、どうやって他の商会の予算を知ったか教えていただけますか?」

アイザックは、いつものような話し方でデニスに質問する。

「いえ……。それはまた使うかもしれないので……」

先ほどとは違い、デニスの言葉に力はない。格付けが終わった今、格上だと思い知らされたアイザックに対して反発する気力を失っていた。

「言っておきますけど、これから先は街道の整備が進んでいくので、道を使った方法は使えなくなりますよ」

「なぜそれをっ!」

その言葉で、デニスはさらにアイザックの知謀を恐れるようになった。

「道を使った方法とは、どういうものなのですか?」

話についていけないオルグレン男爵がアイザックに質問した。どうやれば道を使って資金を計算するのかがわからなかったからだ。

「簡単なものですよ。荷馬車がぬかるみを通ったあとの、轍(わだち)の深さを調べれば大体はわかります」

アイザックがテーラーとティリーヒル間の街道整備を後回しにさせたのは、誰かにこの方法を使わせるためだった。この世界の道は前世に比べて非常に状態が悪い。だから、そこに目をつけた。

貴族などが乗る馬車はデザインや大きさが様々だが、荷馬車は違う。道の状態が悪く、車軸の品質が現代社会とは比べものにならないほど悪いので、荷物を満載した場合、車軸が折れやすい。だから荷馬車の最大サイズは、自然とどこも同じサイズになっていた。

荷馬車のサイズが同じなら積荷によって重さが変わる。轍が七〇億リード分載せた馬車よりも深く、八〇億リード分よりも浅いなら〝多くとも八〇億リード以内の予算だろう〟と答えを出す事ができる。

だが、その方法はアイザックに気づかれていた。アイザックが轍の深さで調べられると気づけたのは、街道整備が貴族の支持を集める方法になると思いついていたからだ。街道整備の事を思いついていなければ、荷馬車のサイズを気にする事などなかっただろう。

そして〝他の商会への直接的、間接的な妨害の禁止〟というルールが効果を発揮した。商会員の買収は〝間接的な妨害〟と見なされる危険がある。特にデニスはアイザックに嫌われている。妨害だと判断されないように、彼のたどり着いた答えが轍の深さを調べるという方法だった。それはアイザックが、あえて残しておいた方法だと知らずに。そのせいで、油断してしまい負けてしまった。

一方、アイザックはこの方法に気づいたのがデニスだけだった事にガッカリしていた。他の商人たちにも〝智のしのぎ合い〟をしてほしいと思っていたからだ。ギリギリのところで、グレイ商会のラルフが借金を申し込んでこなければ〝デニスと手を組むのも一つの道かもしれない〟と諦めていたところだ。

「そこまで見抜かれていたのですか……。いい気になっていた自分が恥ずかしい限りです。今後はランドルフ様に対して愚かな真似をしないと誓います。申し訳ございませんでした」

デニスは謝罪し、退出しようとする。

「あっ、ちょっと待ってください。デニスさんと話がしたいので応接室で待っていてくださいませんか？」

「ええ、喜んでお待ちさせていただきます」

デニスはドアのところで一礼し、屋敷の者に案内されて応接室へと向かった。

「さて、残った皆さんにもお話があります」

アイザックは視線を最多落札者であるラルフに向ける。ラルフは姿勢を正し、アイザックの言葉をなに一つ聞き漏らさないように集中する。

「ブラーク商会も取り扱う品数を徐々に広げていきました。グレイ商会が鉄製品以外の分野に手を広げるまでの間、ワイト商会とレイドカラー商会に優先的に仕事の仲介をしてくださいませんか？　もちろん僕が領地の経営に口を出せる権限を持って以降の話ですが」

「仕事の仲介……、ですか」

少しラルフは考え込む。彼はこの申し出の裏になにがあるのかを考えていた。ついさっきのアイザックの様子を見ている限り、なにか裏があると疑ってしまうのは仕方がない。だがいくら考えても、この提案に裏などない。純粋に入札に参加してくれた商会へのご褒美でしかないのだから。

「その言葉に隠された意味がないのでしたら、お断りする理由はございません」

「裏なんてありませんよ。入札に参加しようともしない商会もある中、わざわざ参加してくださった方々へのお礼です。幸い、ワイト商会とレイドカラー商会はグレイ商会と取り扱う商品が違います。グレイ商会の利益を損ねるような事にはなりません」

「そういう事でしたら、お引き受け致します」

アイザックの申し出に裏がないとわかり、ラルフは快諾する。この申し出は、むしろ好印象を抱かせた。

――敵対的な態度の者には制裁を加えるが、誠実な対応をする者には利益を与える。

それがわかったのは、彼らにとって収穫だった。

「ありがとうございます。ところで借用書を二五〇億リードに書き換えますか？　支払い開始は僕が領主代理になってから一〇年後。利子はなしで」

この申し出は、グレイ商会から七五億リードを今は受け取らないという事を意味する。アイザックが領主代理のような権限を持てる時が、いつ来るのかわからない。その時までに経営が悪化して倒産でもされたら、入札を行った意味がない。〝運営資金を持っておけ〟という温情だった。

「それは助かりますが……。よろしいのですか？」

「もちろんです。これくらいしないと、落札者の利益が相対的に少なくなってしまいますから」

敗者であるワイト商会とレイドカラー商会が利益を享受できるようになった。ならば、勝者にも十分な利益を与えなければならない。お抱え商人となって一〇年もすれば借金などすぐ返せるようになるだろう。

手持ちの資金が尽きる事なく、借金の返済にも余裕を持たせるのは十分に利益と言えるはずだ。アイザックの配慮に他の商会の者たちも感心している事が、その対応が正しいと証明していた。

「もちろん、ブラーク商会が嫌がらせをしないように釘を刺しておきます。その点はご安心ください」

アフターケアも万全だ。手抜かりはない。

「オルグレン男爵にも手数料の二割を渡さないといけませんね。グレン、全部でいくらになった？」

落札額を記録しているグレンに総額を聞く。

「四五二億一一二一万リードです。二割で九〇億四二二四万二〇〇〇リードとなります」

「九〇億！　九〇億ですと！」

最後の入札で金額が跳ね上がったため、予想していた金額からゼロが二つも増えた。オルグレン男爵は目玉をひん剝き、驚愕の表情を浮かべる。

「ではオルグレン男爵に渡す金額を残して、残りのお金を運び出してください」

「かしこまりました」

ただし、二五〇億リードは借金となったので、現金は約一八〇億リードだけだ。およそ、現金の半分をオルグレン男爵に渡す事になるが、アイザックは納得していた。〝ブラーク商会への制裁〟という目的が果たされた以上、使い道が思いつかない大金が多少減っていても、どうでもいいとすら思っていた。

それは、金額が大きくなりすぎて、前世では庶民育ちだったアイザックの金銭感覚が現実に追いつかない事が原因だった。身についた金銭感覚は、そう簡単には抜け切らないらしい。

「やはり、そのような大金は受け取れません。一億もいただければ私は十分なのですが……」

オルグレン男爵は、あまりの金額にビビっていた。

田舎貴族の男爵には分不相応だ。いくらエルフ関連に使ってくれと言われても、桁違いでどう使えばいいかわからないため、この申し出を断ろうとしていた。

だが、この申し出は断られるわけにはいかなかった。

「オルグレン男爵。これは最初に約束した正当な報酬です。受け取っていただかねば、僕が困ります。どうか受け取ってください」

最初に二割を渡すと言った以上、二割を受け取ってもらわなくてはアイザックの信用に関わる。でなければ〝アイザックが報酬を渋った〟と周囲に思われるに決まっている。大金を得る機会をみすみす見逃す者などいない。オルグレン男爵が否定しても、誰も信じないだろう。アイザックの信用のためにも、この金は受け取ってもらう必要があった。

「……では、ありがたく頂戴します。もしも跡目争いが起きたら、アイザック様が収めてくださいよ」

オルグレン男爵家の爵位などよりも、九〇億リードの方が魅力的だ。この金を巡って、親族で醜い争いが起きる可能性が高い。だがアイザックにここまで言われては断り切れない。身内の人間が愚かな行いをせぬことを祈りながら受け取る事にする。

「僕にできる限りの事はさせていただきます。今までお世話になりました。ありがとうございました」

アイザックは深々と頭を下げる。オルグレン男爵が喜んで屋敷を貸してくれたから、入札もスムーズに進める事ができた。それにエルフと上手くやっていこうと、領民に働きかけてくれているらしい。目立たないが必要な働きをしてくれている事にも感謝していた。

「こちらこそ、冥土の土産に良い経験をさせていただきました。祖先に自慢話ができる事を誇りに思います」

入札やエルフの交流再開など、オルグレン男爵にとって人生で最も濃厚な一年半だった。現金収入がなくとも、自慢話ができるだけでも十分だ。満足した笑みを浮かべながら、二人は固い握手を交わす。

「皆さんもありがとうございました。時が来るまで商売を頑張ってください。エルフとの交易では優先的に仕事を回しますので、入札で使ったお金もそう遠くないうちに取り戻せると思います。それでは、これで失礼します」

アイザックは三商会に別れの挨拶をすると、部屋を出ていった。

――ブラーク商会との会談。

これを終わらせなければ、一連の騒動は終わったとは言えないからだ。

❦ ❦ ❦

「お待たせしました」

応接室に入ると、デニスが直立で出迎えた。アイザックは椅子に座り、デニスにも座るように勧める。

「他の方々はどうされたのですか？」

部屋の中に二人きり。デニスはアイザックが護衛どころか、秘書官すら連れていない事を不思議に思った。

「僕に危害を加えるつもりですか？」

「滅相もない！　そのような気はございません！」

アイザックに直接手を出せば、一族郎党揃って処刑される。逆上したからといって、貴族に手出しするほど愚かではない。だが万が一の事を考えれば、アイザックの行動は無防備すぎた。

「なら、いいじゃないですか。それにこれから話す内容は人がいない方が都合がいいですし」

――人がいない方が都合がいい話。

その言葉だけで緊張し、デニスは喉がカラカラに乾いた。アイザックがどんな話をしてくるのかが、まったく予想できない。救いだったのは、二人きりで話すという事だ。デニスはアイザックの望む反応をしなかったからといって、口封じに殺される事がないからだ。

〝少なくとも、この場で命は取られないだろう〟という事が、ほんの少しだけデニスを安心させていた。

「今回、最も多い回数落札できなかったので、禊を済ませる事ができませんでした。ですが、それでダメだというのは愛がない。ですからブラーク商会に、もう一度チャンスを与えようと思っています」

デニスはホッと息を吐いた。そして、すぐに気を引き締める。相手はアイザックだ。なにを言ってくるのか、確かめねば安心などできない。

「僕と兄のネイサンの後継者争いについて、どの程度知っていますか？」

「へっ？　あ、あぁ、それでしたら……。メリンダ夫人が熱心にネイサン様を次々代の領主にしようと頑張っておられるという事くらいですね」

アイザックはその答えを聞いて〝うん、うん〟と、うなずいている。それだけわかっているのなら、話はスムーズに進めやすい。

(自分の後ろ盾になれという事か？)

後継者争いの話を持ち出されて驚いたが、それはアイザックが〝力を貸せ〟と言ってくる前触れだろうと、デニスは考えた。商人と貴族という身分差はあるが、下手な貴族よりは影響力があると自負している。その力を求めるというのもおかしな話ではない。

(それも悪くないな)

アイザックにはしてやられたところだ。力量がわかっている相手と組むのも悪くない。それに恨んで足を引っ張るよりも、今はまだ味方の少ないアイザックの味方をした方が見返りは大きい。個人としてはアイザックに含むところがないわけではないが、商人としては味方をする事に抵抗はない。普通の子供であるネイサンよりは、担ぎ甲斐のある相手だった。

「実はブラーク商会の力を貸してほしいのです」

(ほら、来た)

デニスは自分の予想が当たった事で、少し自信を取り戻した。

「私にできる事でしたら、なんなりと」

(これで関係の改善どころか、後継者争いの手助けをしたという事で、それなりの立場を確保できる。お抱え商人でなくなっても、ブラーク商会は安泰だ)

アイザックから協力要請があったので、こちらから安売りせずに済んだ。失点の回復機会を与えてくれたアイザックに感謝したいくらいだった。

「ではメリンダ夫人に〝後継者としてふさわしいのはネイサン様だ。アイザックなどふさわしくない〟と、吹き込んで、協力の申し出をしてください。そうしていただけるとやりやすくなって助かります」

「は？」

予想を超えた申し出に、デニスは間の抜けた声が出てしまう。普通なら、ここは〝自分のために他の貴族を買収してきてくれ〟〝こっそり私兵を揃えたいので金を提供しろ〟〝人脈を使って、有力者を紹介しろ〟といった事を要求してくる場面だったはず。あまりにもおかしな要求に、デニスは頭がどうにかなりそうだった。

「協力を申し込むという事は、ブラーク商会もネイサン派についたと思われて、不利になるのではありませんか？　風向きを見定めている者もネイサン派に加わる危険もあります」

デニスはアイザックの考えが間違っていると指摘する。お抱え商人を味方にするという事は、財力の面で不安がなくなるという事。日和見主義者まで〝ネイサン派が勝つ〟と見て、ネイサン側につきかねない。

「それくらいはいいんですよ。自分たちが圧倒的に有利な立場にいると思わせる事で、ウィルメンテ侯爵家の本格的な介入を防ぐ狙いもありますので」

「……なるほど、慢心させるわけですか」

後継者争いで勢力が拮抗すれば、当然メリンダは実家のウィルメンテ侯爵家に助けを求めるはずだ。そうなれば、ウェルロッド侯爵家とウィルメンテ侯爵家の争いにまで発展する可能性も出てくる。侯爵家同士の争いとなれば、収拾をつけるのは至難の業。下手を打てば内戦という最悪の事態になるかもしれない。

メリンダとネイサンの二人に狙いを絞り、混乱を最低限に抑えるつもりなのだろう。アイザックの深謀遠慮を知り、デニスは感心するどころか恐れを抱いた。

「この件についてご家族はご存じなのですか？」

「知りません。僕が一人で勝手にやっている事です」

アイザックの答えはデニスを悩ませる。確かにアイザックの歓心を買いたいところだが、モーガンやランドルフの反感を買っては意味がない。デニスの顔色が渋いものとなる。

「ここであなたが兄上の味方になるのは当然の流れだと思いますよ。だって僕が後継者として確定すると、ブラーク商会は将来的にお抱え商人ではなくなるのですから。ブラーク商会が兄上の味方につく動きを見せても〝ブラーク商会としては当然の行動だ〟と、お父様もお爺様も責めはしないでしょう」

悩むデニスに、アイザックは後押しをする。

「禊を済ませるためというのはわかります。……その他に報酬はあるのでしょうか？」

確かに悩んでいるのは事実だ。その悩む姿を利用して〝もう一声！〟と要求した。どんな状況でも利益を求める行動を取るのは商人の鑑と言える。

それをアイザックも不快には思わなかった。むしろ報酬を求められた方が安心できた。

「僕が領主代理などになった暁には、グレイ商会がお抱え商人となり、食料品はワイト商会、装飾品はレイドカラー商会に仕事を仲介するという事になりました。木工品に関しては他の商会と同様に、グレイ商会が仕事を請け負って、ブラーク商会に仲介するというのはどうでしょうか？　木工品限定のお抱え商人のようなものです。協力していただけるのであれば、決してブラーク商会を無下には扱いません」

木材や木工品といった木製品は、ブラーク商会が昔から中心に取り扱っている商品だ。今よりも商会の規模縮小を余儀なくされるが、アイザックが権力を握るまでは準備期間もある。しかも、一億リードの仕返しで一七五億リードも奪い取ったアイザックに、他の商会と同列に扱ってもらえるだけ、まだマシだ。

「それだけの条件を出していただけるのであれば、喜んでお引き受け致しましょう。ですが、本当に私がネイサン派になってしまったらどうされるのですか？」

なんとなくだが、デニスはそんなくだらない事を聞いてしまう。

「その時は〝少し気に入らない相手〟から〝排除すべき敵〟に変わるだけですよ。手段を選ばずに叩き潰されたいのなら、いつでもどうぞ」

「いやいやいやいや、仮の話です。仮の。そのようなつもりはございません」

——そして、後悔する。

少し気に入らない相手への仕返しがあれなら、手段を選ばずに叩きのめす時はどこまでやるのか想像するだに恐ろしい。少しでもネイサンにつく事を考えてしまった自分の愚かさを悔やんでしまう。なにかの間違いで、アイザックの矛先が自分に向かない事を願った。

「最初はメリンダ夫人や兄上を焚きつけるだけで結構。頃合いを見て、新たな指示を出しますのでそれに従ってください。なにか質問はありますか？」

アイザックは極めて平静を保っている。その姿を見て、動揺している自分に気づき、デニスも少し冷静になれた。

「焚きつける必要があるのですか？　今のままでも、後継者になれると思うのですが……」

デニスの質問は、もっともなものだった。

――ブラーク商会のデニスをやり込めた。

――エルフとの交流再開のきっかけを作った。

――領内の街道整備を進めている。

すべて六歳の子供のやる事とは思えない。時が経てば、後ろ盾など関係なく誰もが認める大人物になるはずだ。今でこそアイザックは不利だと思われているが、その流れは変わってきている。無理にメリンダを動かして足をすくうような真似をする必要はないように思える。少なくとも、デニスはそう思った。

「ありますよ。だって兄上が生きている限り、暗殺に怯え続けなくてはならないでしょう？」

ネイサンの継承権を失わせても、生きている限りネイサンを担ぎ出そうとする者がいるはずだ。それに、アイザックによって冷や飯を食わされた者が、ネイサンを旗印に反乱を起こす可能性だってある。

ウェルロッド侯爵家の直系の血を受け継いでいるネイサンは、生きているというだけで迷惑な存在だった。この世からいなくなってくれないと、アイザックは枕を高くして眠る事などできない。アイザックは軽い笑みを浮かべるが、デニスの顔は引きつっていた。

「つまり、ネイサン様を殺すという事でしょうか……」

これはあまりにも想定外の発言だった。ネイサンに死んでもらう事は、アイザックの中で決定事項らしい。彼は先ほどアイザックが言った〝排除する〟というのは、てっきり〝継承権を失わせる〟という意味での排除だと思っていたのだ。それが命を失わせるという意味での排除だと知って、デニスは怖気づく。

「嫌だなぁ、あくまでも排除ですよ。殺すだなんてとんでもない。誰かに聞かれたりしたら大変ですよ」

そう言うアイザックは薄ら笑いを浮かべている。どう見ても〝わざわざ言わせるなよ、そんなわかりきった事を〃と言っているようにしか見えなかった。

「もし、ご領主様たちがその事を知れば――」

「どうにもなりませんよ」

アイザックは、デニスに最後まで喋らせなかった。

「あなたは、ご自分の置かれている状況を理解していない。今のあなたがお爺様やお父様に〃アイザックはネイサンを陥れて殺そうとしている〃と言ったところで信用してもらえると思っているのですか?」

アイザックはフンと鼻で笑う。

「信じてもらえるはずがないでしょう。入札でやられた意趣返しに嘘を吹き込んでいると思われるだけです。告げ口などしても、かえって立場が悪くなるだけです。今のあなたが取れる道は二つ。僕に従うか、兄上につくかです。中立などという立場は許されない。さぁ、どうしますか?」

アイザックの言う通り、モーガンやランドルフへの告げ口は無意味だろう。ならば正しい選択は一つ。

「……アイザック様に従います」

たった六歳の子供に従わされる。本来ならば屈辱を感じるべきなのだろうが、今は恐怖しか感じなかった。子供どころか、そこらへんにいる貴族よりもずっと知謀に長けている。まるで恐怖が具現化し、目の前に子供の形で存在しているようにすら思えてしまう。

ジュードの生まれ変わりのようだと、デニスは感じてしまっていた。そう思った時点で、アイザックと敵対するという道など選べなかった。

「なら結構。メリンダ夫人へ適当に耳あたりの良い言葉を吹き込んで、その気にさせておいてください。自然か不自然かはともかくとして、今のあなたの立場なら近づくのは容易なはずです」

「はい……」

アイザックは満足そうな笑顔をしている。兄を殺すための話をしたばかりなのに、その笑みは子供らしいものだった。その落差がデニスの恐怖心をより一層強く掻き立てる。

「あっ、そうだ」

デニスは体をビクリとさせる。

「他の商会に嫌がらせはしないでね」

「かしこまりました」

　なにも反論する気など起きない。ただ、アイザックに従う。それだけが自分が生き残る道だと、デニスは思い込まされていた。一度叩きのめされてしまった事で、アイザックに苦手意識を持ってしまった。その苦手意識が、先代当主であるジュードと結びついてしまい〝従うしかない〟と頭が思い込んでしまったのだ。

　ウェルロッド侯爵家、三代の法則という噂話も、彼に強く思い込ませる事に一役買っていた。

「他には、なにかございますか？」

「今のところはもうないよ。いい話ができてよかったです。もうお帰りくださって結構ですよ」

「ハッ、それでは失礼致します」

　デニスは一礼をすると、逃げるように帰っていった。

　彼が出ていったドアを、アイザックは険しい顔で見つめている。

（デニス、文言には注意しろって言ったよな）

　アイザックは、ブラーク商会を無下には扱わないと言ったが、デニスを無下には扱わないと一言も言っていない。デニスが勝手に〝ブラーク商会には自分も含まれている〟と勘違いしているだけだ。だいたい、アイザックが手出しせずとも、メリンダを焚きつけた人物が無事で済むはずがない。〝とどめを刺すのがアイザックか、モーガンか〟くらいの差でしかないのだ。

（俺が親父をコケにしたお前を、あっさり許すわけがねぇだろうが！）

　問題になった時点で、エドガーと名乗った男の首を手土産にでもしていれば違った。だが、デニスは口では謝罪をしても、本当の意味で謝罪をするつもりはない。それは入札で金をケチっていた事からわかっていた事だ。

　――入札で他の商会の予算を見極めて、安全マージンを取った金額で入札をする。

　これは商人としては普通の行動だ。無駄に高い金額で入札して、金を無駄にする必要などない。しかし、今回の入札はデニスにとって贖罪（しょくざい）の意味も含まれていた。入札に勝つというだけではなく、高額の入札を行って金で罪を贖（あがな）うべきだったのだ。

だが、デニスはそれを怠った。その事がアイザックには不満だった。だから、決めた事がある。

――デニスの命をもって、ブラーク商会の禊を済ませる。

これはデニス自身が招いた結果だ。

ネイサンを排除するための道具として使い捨てられる。

それがアイザックが決めた、彼の運命だった。

パメラの後悔

パメラ・ウィンザー。

彼女は、リード王国における名家ウィンザー侯爵家の令嬢である。生まれてすぐに王太子のジェイソンと婚約が決まっているほどの名家に生まれて、未来は王太子妃になるという彼女の未来は順風満帆。

そう思われていたが、一つ大きな問題があった。

――それは避けられぬ運命があったからだ。

パメラは将来、ニコルという少女に婚約者であるジェイソンを奪われる。その際、婚約者に後腐れがないように処刑までされてしまうのだ。ニコルの行動次第なので、まだ確定はしていないが、極めて高い確率で、ジェイソンは婚約を解消してくるだろう。

(そうなったら、私の人生は終わりよ！)

――なぜ彼女が起こり得る未来を知っているのか？

それは彼女が前世の記憶を持っており、この世界がゲームの世界だと知っていたからだ。

(なんで私がパメラに生まれ変わっているの⁉)

パメラは彼女が前世でプレイしていたゲームに登場するキャラクターであり、その結末も知っている。だから〝王太子の婚約者で侯爵令嬢という、おいしい立場に生まれ変われた〟と素直に喜べなかった。

(まずい、なんとかしないと……)

彼女は焦るが、まだ幼い子供である。自分一人の力で、できる事などたかが知れていた。しかし、彼女にはなにをすればいいのかがわからなかった。

不安と焦燥感に駆られる日々。そんな彼女の救いは友人たちであった。中でも乳母の娘であるシャロンとは、姉妹のように仲が良かった。もし彼女がいなければ、パメラは不安で押し潰されていただろう。

「おかたづけを、ちゃんとできてえらいね！」

もっとも、友達というよりは妹や娘を可愛がるといった要素が強かったかもしれない。彼女は前世で兄はいても、弟や妹がいなかった。その分だけ、小さな子供が愛おしく思えるようになり、可愛がろうとする気持ちに繫がっていた。

彼女の行動は不審がられていたが、すぐに〝お姉さんぶりたいだけだろう〟と思われるようになった。おままごとの延長線上だと思えば、むしろ面倒見の良さを育むいい機会なため、誰も止めたりはしなかった。

――子供らしくも、どこか落ち着きのある女の子。

そんな印象を持たれていた彼女だったが、周囲の評価が変わってしまう事件が起きてしまう。五歳になって領都から王都に行けるようになった時、王都の光景を見て将来の不安を抑えきれなくなったのだ。

「お母様、お願いがあります」

「あら、どうしたの？　人払いをしてまで」

パメラは母のアリスに、こっそりとお願いをしようとしていた。それは自分の運命を変えるために、勇気を振り絞ったお願いであった。

「ニコル・ネトルホールズという女の子を……、暗殺していただけませんか」

アリスは絶句した。娘の要求は、これまでの彼女からは考えられないものだったからだ。あれほどまでに賢く優しい子から〝人を殺してほしい〟という言葉が出てきた事に、アリスは驚きを隠せなかった。

母の様子を見て、パメラは〝言うべきではなかったのかもしれない〟と思う。だが、これは言わねばならなかった。ニコルが成長してからでは遅いのだから。

これは命に関わる問題である。それにパメラが処刑されるという事は、反感を持つであろうウィンザー侯爵家を黙らせるために家族が危害を加えられるかもしれない。彼女は死にたくなどないし、新しい家族にも迷惑をかけたくない。だから勇気を出して、根本的な問題の早期解決――ニコルの暗殺を申し出たのだった。

これはかなり勇気を必要とする決断ではあった。

「パメラ、あなたは自分がなにを言っているのかわかっていないのでしょうけど……。殺してほしいというお願いは、簡単にしてはいけません。人を殺すというのは、虫を殺すのとは違うのよ」

しかし、あっさりと却下される。

（そんな事は言われなくてもわかってる！）

母にたしなめられてしまうが、パメラは簡単には納得しなかった。ニコルを放っておけば家族にまで被害が及ぶ。家族のためにも、どうにかしておきたかった。

だがこの時、彼女は大きな間違いを犯していた。パメラは〝ニコルが自分にとって危険な存在だ〟という事を知っている。だがアリスは、そんな未来が訪れるなどとは知らないし、信じられるものではなかった。詳しく説明されても〝たかが男爵家の令嬢になにができる〟と相手にしなかっただろう。

なぜならそれは――

「そもそも、ニコルって誰の事なの?」

――名前を聞いた事もない相手だったからだ。

もしもパメラの友達の名前が挙がっていれば、アリスももっと真剣に考えただろう。だが名前を聞いた事もない相手では危機感を持ちようがない。〝娘がおかしくなったのでは?〟と思う気持ちが先に立った。

「ジェイソン殿下を私から奪い取ろうとする女です! それだけではなく、私まで殺そうとするんです。大人になって手がつけられなくなる前に対処しないと」

パメラは〝危険を排除したい〟という気持ちが先走ってしまい、詳しく説明する事ができなかった。

娘の様子を見て、アリスは危機感を覚えていた。だが、それはニコルに対してのものではない。パメラに対してだった。

「会った事もない相手を、そこまで憎むなんて……。家族みんなで話し合う必要がありそうね」

母の言葉で、パメラは過ちを犯した事に気づく。

(そういえば、まだ会った事もない相手を殺してって言うのはおかしいかも……)

頼んだ事を後悔し始めるが、あとの祭りである。

すぐさまアリスは、家族にパメラの事を相談してしまった。

アリスの話を聞き、事態を重く見たウィンザー侯爵は、ある人物を呼ぶ事にした。

――テレンス・ネトルホールズ男爵。

彼はニコルの祖父であったが、教育者として高名な男である。〝パメラがニコルを殺してくれと頼んでいる〟という事を隠して呼び出す事にした。彼ならば、きっとパメラの問題を解決できると信じて。

パメラにも、ネトルホールズ男爵の事は伏せて会わせる。彼女にも〝ニコルの名前を出さぬように〟と、きつく申しつけていた。ネトルホールズ男爵に〝ニコルを殺そうとしていた〟という事を悟られないためだ。

双方共に細心の注意を払いながらの顔合わせとなる。

「今回はお互いの事を秘密にするため、名乗り合わないようにと言われている。だから私の事を呼ぶ時は……、先生とでも言ってくれるかな？」

「……はい、先生」

「よろしい」

パメラは目をキョロキョロとさせて落ち着きがないが、家族に叱られたせいだろう。それに見知らぬ大人と向かい合い、家族に囲まれている状況では落ち着かぬはず。そう考えて、ネトルホールズ男爵もパメラの態度に不審感は抱かなかった。怯えさせぬよう、できるだけ静かな声を意識して話しかける。

「そうだね、まずはいくつかの質問をさせてもらおうか。正直に答えてほしい」

まずネトルホールズ男爵は〝動物を殺してもいいと思うか？〟〝虫を殺してもいいと思うか？〟といった質問を、一つずつ繰り返して尋ねていく。

パメラは〝精神に異常をきたしていると思われているのだろうか？〟と不安になる。異常があるとすれば、それは前世の記憶があるという事だが、そんな事は話せない。彼女も前世の事を話せば〝頭がおかしくなった〟と思われるだろうという事は自覚していた。そのあたりを上手く隠しつつ、正直に答えていく。しばらくすると、ネトルホールズ男爵が深い溜息をついた。

「末恐ろしいお孫君ですな」

パメラがビクリと体を震わせる。

「なにか問題でも？」

ウィンザー侯爵も不安そうに理由を尋ねた。

ネトルホールズ男爵は、呆れたような笑顔を見せる。

「この年頃で、まともな問答ができる知能をお持ちだったので驚かされました。ジェイソン殿下も頭がいいと伺っておりますので、お似合いの夫婦になるかもしれませんね。実は私の孫娘もなかなか――」

「話を逸らさないでいただきたい」

ネトルホールズ男爵が孫娘の話をしそうになったので、ウィンザー侯爵が止める。話が逸れてしまいそうになっていたと気づかされ、ネトルホールズ男爵は一度咳ばらいをしてから話を戻す。

「これは失礼。〝子供の見た目の割に賢い〟という事で騙されやすいのですが、大人が冷静に受け止めてあげねばなりません。今回の例もそうです。たとえばウィンザー侯ならば、誰かを排除しようとすれば〝政治的な圧力をかける〟といった考えが真っ先に思いつくでしょう？　ですがパメラ様は賢く見えても、まだ子供。そんな言葉が思いつかなかったのです。本で読んだ〝殺す〟という言葉が頭に浮かんでしまっただけではないでしょうか？」

「むぅ……」

「そして、会った事もない相手を殺してほしいとなぜ言い出したのか？　それはとても優しい子供だという事が関係していると思います」

「というと？」

「おそらくご友人から、その相手の事を〝嫌いだ〟というような悪口を聞いたのでしょう。そこで〝友達を助けてあげたい〟と思ったものの、どうすればいいのかわからない。そこで〝殺してほしい〟というお願いをしてきたのだと思われます」

パメラは皮肉な事に、ニコルの祖父によって助けられそうになっていた。大人たちは黙り込み、彼が話した可能性について考える。

最初に口を開いたのはアリスだった。

「王都に来てから、新しい友達が増えたわ。もしかしたら、その中の一人が話したのかもしれないわね」

「過敏に反応しすぎていたのかもしれません」

パメラの父セオドアも、動揺してしまった事を後悔していた。アリスと共に〝騒ぎすぎたか〟と反省する。

「では今のところは問題ないというのだな？」

ウィンザー侯爵が、ネトルホールズ男爵に〝大丈夫なのかどうか〟という点を再確認をする。

「はい。他にも不安になるような出来事があれば話は違いますが、今回の一件だけで大きな問題にする必要はないでしょう。王太子であるジェイソン殿下の婚約者という立場ですので心配するのも無理はございませんが、この年頃の子供の言う事を真に受けすぎるのもよろしくありません。もう少し余裕を持って接してあげるといいでしょう」

「そうか、それを聞いて安心した。言わずともわかってもらえると思うが――」

ウィンザー侯爵が革袋をネトルホールズ男爵に差し出す。ネトルホールズ男爵は神妙な顔をしながら受け取った。

「最近、年のせいか物忘れが激しくて困っているのですよ。今日呼び出されたのも子供の教育に関してという事以外、この屋敷を出る頃には忘れているでしょう」

彼が言っているのは嘘だ。これは〝侯爵家に関する醜聞を広める危険性をよくわかっている〟という意思表示でしかない。今は口止め料で済んでいるが、言い触らせば物理的に口封じをされる可能性もある。

パメラは王太子の婚約者である以上、余計な噂を流すのは命取りだ。教育者としての倫理よりも、貴族として、人としての生存本能が優先された。

ネトルホールズ男爵は一礼して退室する。

残されたパメラたちの間で弛緩した空気が流れる。

だが、ウィンザー侯爵は最後に気を引き締める事を忘れなかった。

「パメラ、もう二度とニコル・ネトルホールズの名前を口にするな。それで今回は仕舞いとする」

「はい、お爺様……。申し訳ございません」

素直に謝るパメラの姿を見て、彼女の家族は〝聞き分けのいい子だから、もう問題は起こさないだろう〟と安心していた。

⚜　⚜　⚜

数日後、母のアリスに来客があると知らされる。

「お客様ですか？」

「ウェルロッド侯がお越しになるのよ。今回は侯爵夫人だけではなく、お孫さんも連れてこられるそうなの。もしかしたら、あなたにも挨拶してもらう事になるかもしれないから用意をしておきなさい」

——ウェルロッド侯爵家。

前世でゲームをプレイしていた時は、名前しか出てこなかった家である。ウェルロッド侯爵家には、一つの疑問があった。

「確か、アイザックという私と同じ年の男の子がいるのですよね？　その方が来られるのですか？」

「ええ、そうよ。まだ幼いのに、とても賢いそうよ。まぁあなたほどじゃないでしょうけど」

アリスは〝五歳でパメラのように頭の良い子などいるはずがない〟と、自慢の我が子を抱き上げて頰ずりをする。五歳にしてしっかり者で、面倒見のいいところもある娘なのだ。今ではアリスもニコルの事など忘れ、娘の明るい未来だけを夢見ていた。

だが、パメラだけは違う未来を見ていた。

(隠しキャラなら、ニコル打倒のきっかけを作ってくれるかも！　それにジェイソンともまだ会ってないし、初めて会うキャラが隠しキャラとか面白そう！)

同じ年齢という事は、ニコルとも同学年になる。侯爵家の嫡男ともなれば、きっと攻略キャラなのだと思われる。アイザックはゲームのバグでフラグが立たず、登場する事すらなかったキャラかもしれない。

もしそうならば、シナリオ次第で味方にできるかもしれない。生まれ変わって初めて、未来に希望が持てる知らせだった。パメラは、うきうきとした気分で身支度のために自室に戻った。

自室でしばらく待っていると呼び出しがかかった。

(初めの印象が大事だから、しっかりやらなくちゃ)

パメラは気合を入れて応接間へと向かう。いつもと変わらぬ廊下ではあるが、どこか違う景色に見えた。

「お嬢様をお連れしました」

「待っていたぞ。入れ」

使用人が声をかけると、応接間の中から入室を促す返事が聞こえた。扉が開かれる。

「あっ……」

部屋の中の人物と目が合い、パメラは小さく驚きの声を漏らした。そしてそれは、おそらくアイザックらしき少年も同時に漏らしていた。

――金髪碧眼の美少年。

パメラの好みは、大人の美男子だった。だがアイザックは、好みから外れるショタっ子だというのに、なぜかパメラは彼から目が離せなかった。

(なんでこんな小さな子供に胸がときめくの!?　もしかしてゲームの影響だったりするの?)

パメラは今まで感じた事のない不思議な感覚に襲われた。まるで自分とアイザックの間で、特別な繋がりがあるかのように。

そしてそれは、この世界の元になった『この世界の果てまでを君に』というゲームに関係するのではないかと考える。アイザックも呆けた表情で見つめてきた。パメラは自分の顔が火照るのがわかった。

「……アイザック。ご挨拶なさい」

アイザックの祖母らしき女性が、彼に挨拶をするよう促す。その言葉に従ってアイザックが近寄ってくる。パメラは恥ずかしさで、すぐにでも逃げ出したい気分だった。

「ウェルロッド侯爵家、ランドルフの息子アイザックです」

「ウィンザー侯爵家、セオドアの娘パメラです」

(ちゃんと挨拶できた!　いや、まぁそれくらいはできるんだけど……)

間近でアイザックの顔を見ると、将来どのような青年になるかが容易に想像できた。ジェイソンに負けず劣らずの正統派の美男子になりそうだ。アイザックが握手のために手を伸ばしてくるのが見えた。

(今の私は手が汗ばんでるからダメっ!)

〝貴族の子息同士の顔合わせ〟という重要な問題など、パメラの頭から吹っ飛んでいた。アイザックの前に立っている事すら恥ずかしくなり、その場から逃げ出してしまった。自室へ戻ると、ベッドの中に潜り込む。

(なにをやってるのよ、私は!　あんな小さな子供との握手なんてどうって事ないはずなのに!)

彼女も、まさか本物の子供相手に心を奪われるとは思ってもみなかった。ゲームの影響があったにせよ、思い返せば恥ずかしい行動だった。自分の行動を顧みて、パメラは悶え苦しむ。

（略奪愛がテーマのゲームだから、ひょっとしてアイザックはパメラに横恋慕するキャラとかそういう感じなの？　それで私も心が動かされたとか？　もう、なんでよ！　せっかく王子様と結婚できる立場に生まれたのに、結局は普通の幸せな展開にならないじゃない！　なんでこんなゲームなんてやってたの、私は！もっと普通のゲームやっとくべきだった！）

彼女は『この世界の果てまでを君に』という不毛なゲームをやっていた事まで後悔し始める。もっと普通のゲームをプレイしていれば、今頃は成長後の恋愛模様に胸を躍らせていた頃だろう。〝略奪愛なんて不毛すぎる〟と、嫌というほど思い知らされた。

（アイザックがニコルをなんとかしてくれないかなぁ……。フレッドあたりに押しつけてくれたら助かるんだけど……）

ゲームの影響かもしれないが、彼女はアイザックに心を動かされた。〝ジェイソンという婚約者がいるからダメだ〟とわかっていても、やはりアイザックをニコルに奪われたくはないという気持ちも胸中にあった。

あまり好みではないフレッドに押しつけてほしいと考えてしまう。ベッドの中に潜って考え事をしていると、ドアがノックされる音が聞こえてくる。

「パメラ、入るぞ」

祖父の声だった。

だが、いつもと違ってトゲトゲしいものだった。

（あっ！　いきなり逃げ出すっていう失礼な事したから怒られるのかも？）

彼女は自分の行動が貴族令嬢として、ふさわしくなかったという自覚がある。しかし、必要以上には慌てなかった。前世に比べて思考が澄んでいるし、体も軽い。これもパメラの体のスペックが高いからだろう。

「どうぞ」

パメラが返事をすると、祖父母が入ってくる。

予想通り、二人とも険しい顔だった。今まで見た事もない表情なだけに、パメラも怯え始める。

「いいと言うまで誰も中に入れるな」

ウィンザー侯爵が、使用人に厳しい声で命じる。パメラは今世では聞き分けの良い子だっただけに怒られた事はない。祖父母がどんな怒り方をするのかわからないだけに、パメラの不安は徐々に大きくなっていった。だが二人は、いきなり怒鳴り散らすような事はしてこなかった。

ウィンザー侯爵がパメラの前を歩き回っている。まさしく〝右往左往〟という言葉を体現していた。祖母のローザは、彼の背後で静かに立っていた。しばらくしてウィンザー侯爵が髪を掻きむしる。

「……好きになったのか？」

「えっ、なんですか？」

予想とは違った事を言われ、パメラは言葉を理解する前に聞き返す。ウィンザー侯爵は、顔をしかめる。

「アイザック・ウェルロッドの事だ。好きになったのかと聞いておる！」

アイザックの名前を聞いて、ようやくパメラは祖父が、なぜ焦っているのかを察する事ができた。

（そうか！　私がアイザックを好きになったら、ジェイソンとの関係が滅茶苦茶になっちゃうから怒ってるんだ！）

祖父の焦りの原因がわかり、パメラも焦った。

（でも、ジェイソンと別れるいいチャンスかも？）

同時に、これはチャンスだとも考えた。アイザックが隠しキャラなら、ニコルに攻略されるフラグが立たない可能性が高い。ジェイソンよりも、ずっと安全な相手だ。ならば、心に従ってアイザックに乗り換えた方がいいかもしれないと考えた。

「あの……、アイザックさんに会ってから胸が締めつけられるような気持ちになって……」

さすがに〝好きだ〟とはっきり言うのはためらわれた。そこで婉曲的に伝える事で〝察してほしい〟と願いながら気持ちを伝える。

――だが、それは誤った行動だった。

「ならん！　ならんぞ！　お前はジェイソン殿下の婚約者なのだ！　他の男に現を抜かすなどもってのほかだ！　……お前が良い子だからと、セオドアたちが甘やかしすぎたようだな。今回の件といい、ネトルホールズ男爵の孫娘の件といい、もう看過できん！」

「どうなさるおつもりですか?」

ローザが、パメラにどのような処分を下すのかを尋ねる。パメラは祖父が怒るところを初めて見て、体を小さく震わせていた。

「今後、アイザックとの面会は許さん。成人すれば社交界で会う機会があるだろうが挨拶のみだ。こっそりと会ったりせぬよう、使用人たちに命令する権限も制限する。悪知恵をつけてニコルという娘に暗殺者を送られても困るからな!」

「私もそれが妥当だと思います」

――パメラの行動を制限し、勝手な行動を取らぬようにする。

それは半ば屋敷から出さず、パメラを監視するという意思の表れだった。パメラに婚約者がいなければ、アイザックと会わせてもよかったかもしれない。

だが彼女は王太子の婚約者である。他の男に思いを寄せているなど、知られるだけでも厄介な事になる。

自分の立場をしっかりと教え込まねば、外に出す事すら恐ろしい。ウィンザー侯爵家のためにも、パメラの行動を制限するしかなかったのだ。

「あの、お爺様――」

「言い訳を聞くつもりはない! アイザックの事は忘れろ。あんな家督相続も危うい小僧の事など忘れてしまえ! お前はジェイソン殿下の事だけを考えておけばいい! お互い会わぬようにと、ウェルロッド侯とも話をつけておかねばならんな。応接間に戻るぞ」

「では、私はパメラに言い聞かせておきます」

「頼むぞ」

そう言い残すと、ウィンザー侯爵は応接間に戻っていった。部屋に残ったローザが、ベッドに腰掛けて、パメラに話しかける。

「パメラ。あなたとジェイソン殿下の婚約は、エリアス陛下御自ら望まれた事なのよ。これを覆す事など誰にもできない。婚約を解消できるのは王家くらいだけど、それは私たちが許さない」

「……どうしてですか?」

「王家から婚約を解消されたりしたら、ウィンザー侯爵家の面子が潰れるからよ。そんな事は許されない。

それこそ内乱を覚悟で抗議する事になるわね」

「内乱……」

（やっぱり内乱が起きるんだ……）

パメラは卒業式のあとになにが起こるのかを想像する。やはり落ち度のない侯爵令嬢を強引に処刑してしまえば、それくらいは起きただろう。彼女は新しい家族の事も愛しているので、戦争になるような事はしてほしくなかった。

（私は馬鹿だ。ニコルの事も、アイザックの事も……。焦りすぎて、全部ダメにしちゃった。上手くやっていれば、未来を変える事だってできたかもしれないのに）

パメラの目から涙がこぼれ落ちた。すでに後悔しても遅い事に気づいたからだ。

その涙を、ローザは優しく拭ってやる。

「あの子もなかなか格好よかったけれども、ジェイソン殿下も素敵な方よ。私は会った事があるけれど、しっかりとした受け答えのできる立派な子だったわ」

彼女は、パメラが〝アイザックと会えない〟や〝内乱〟という言葉に怯えて泣いているのだと思っていた。だから、孫娘が立ち直れるような言葉をかけてやる。

「それにお爺様も言っていたように、あの子は腹違いの兄に継承権を奪われるかもしれないと噂になっているわ。ウィンザー侯爵家の娘とは釣り合わないの。貴族には貴族の義務と責任があるの。結婚相手を好き嫌いで選べないのも、その義務の一つなのよ。責任を果たすから、貴族はいい暮らしができているのよ」

だが、パメラの涙は止まらなかった。

（私が余計な事を言わなければ、ウィンザー侯爵家がアイザックの手助けをできたかもしれないのに……）

アイザックを助ける絶好の機会を逃してしまった。

そしてそれはアイザックだけの問題ではない。自分たちの命にも危険が及ぶ大失態だった。こんな時、どうすれば正解だったのかがわからないのがもどかしい。

（誰か、私を助けて……。私、失敗しちゃった……。命が懸かっているのになんでこんな……）

パメラは祖母に慰められようとも、犯した過ちを悔いるのをやめる事ができなかった。

ニコルの決意

ニコル・ネトルホールズ。

彼女は王都で役人として働いている父ゲイブ・ネトルホールズと母のジェニファーとの間に生まれた。領地を持たない宮廷貴族としては、ありふれたごく普通の家庭である。そんな家庭に、彼女は生まれた。

ただ一点、普通ではない事があった。

（よりにもよって、なんで生まれ変わった先がニコルなんだろう……）

――それは、彼女が転生者だという事だった。

彼女には前世の記憶があった。だからこそ悩む。

ニコルは、彼女が前世でプレイしていた『この世界の果てまでを君に』というゲームの主人公だったからだ。本来なら〝ゲームの主人公に生まれ変わった！〟と喜ぶところだったたが、彼女は素直に喜べないでいる。

――ニコルの特徴であるチベットスナギツネを思い出させる顔つきである。

周囲が美男美女ばかりの世界で、自分一人が残念な特徴を持っている。しかも、それが〝目〟という一目でわかる部位というのも問題だった。胸が小さいならパッドで誤魔化せるが、目の形は誤魔化しようがない。

〝どうせなら、わかりやすい美形に生まれ変わりたかった〟というのが、彼女の本音だった。

（前世の家族と、もう会えないのは寂しいけれど……。いつまでも悔やんでいても仕方ないよね。せっかく生まれ変わったんだもん。新しい人生を楽しまないと。〝自分の人生の主役は自分だ〟って言うけれど、本当にゲームの主人公になるなんて、まずないもんね）

彼女は前世で男の子にモテようと努力していたが、恋人には恵まれなかった。そんな自分が乙女ゲームの主人公に生まれ変わって、イケメンに囲まれてチヤホヤされる機会を手に入れたのだ。このチャンスを逃すつもりはない。

ニコルはイケメンに囲まれての逆ハーレムエンドも狙える立場だ。前世とは違い、今世では華やかな人生を歩む事ができる。一度死んでしまった事は悲しいが、彼女は新しい人生を楽しもうと思っていた。

だが、彼女の人生は初っ端から躓いていた。

その理由は、父のゲイブにあった。

「友人の知り合いの紹介で、新しく投資する事にしたんだ。大商人に対する投資だから確実で大きな配当金が期待できるそうだ」

ゲイブは意気揚々と、儲け話に一枚嚙めたと妻に自慢していた。彼は、ネトルホールズ男爵家の跡継ぎであるが、彼が儲け話に飛びつくのには理由があった。

領地持ちの貴族や代官を任される家であれば、跡継ぎも領地や街の運営を学ぶ。だが領地を持たぬ家であれば、跡を継ぐまでは家を出て働くのが一般的だった。

貴族年金に頼らず、自らの収入で暮らすという経験を積ませるためだ。領地を持たぬ貴族は、領地持ちの貴族のような暮らしはできない。立場の違いを実際に知るというのは重要な事だった。

しかし、ゲイブは違った。〝家族に裕福な暮らしをさせてやりたい〟という思いから、給料が入ると怪しい投資話に乗ってしまっていた。悲しい事に、その投資が成功したところをニコルは見た事がない。

お陰で家は貧しく、商人どころか、ただの平民にすら劣る暮らしをさせられていた。

（これじゃあ、ニコルが略奪愛しようと思うのも無理ないわ。そもそも貴族のお嬢様がバイトしないといけないのがおかしかったのよね）

彼女はニコルというキャラクターがゲーム内で取っていた行動に納得する。『この世界の果てまでを君に』というゲームで、攻略キャラを落とすには学力や魅力などのステータスを上げる必要があった。

しかし、それらのステータスを効率的に上げるにはお金が必要である。子守をしたり、料理屋でアルバイトをしてお金を稼がねばならなかった。とても男爵令嬢がやる事ではない。だが、使用人すら雇う余裕のない生活をしていれば、ゲーム内のニコルがお金を手に入れるにはそうするしかなかったのだろうと実感する。

貧しさのあまり、前世では〝ジャムでも塗らないと美味しくない〟と思っていた、ただの食パンですら、今では食卓に出ると頬が緩んでしまうくらい嬉しいものになっていた。ニコルの幼少時代がこんなに辛かったなど、ゲームをやっていた時は想像もしなかった。

原作のニコルが他人の婚約者を奪ってまで幸せになろうとしていた理由がわかったような気がした。

（ニコルは、ただの肉食系女子じゃあなかったんだ。少しでもいい条件の相手をものにしようと必死だっただけなんだなぁ……）

今では彼女も〝イケメンじゃなくてもいいから、普通の暮らしをさせてくれる人と結婚したい〟と思い始めていた。幸いな事に、この世界の住人はモブでもなかなかの美形揃いである。わざわざ顔で選ばなくてもいいくらい平均レベルが高い。

〝いっその事、結婚は貴族相手じゃなくてもいいや〟と、思ってしまうくらいニコルは余裕のある暮らしを夢見ていた。貧しい暮らしが彼女から向上心を奪い、徐々に思考が安定志向へと向いていった。

（あー、そうか。そういう事だったんだ！）

苦しい生活を過ごすうちに彼女はある事に気づいた。

（ゲームでは、たった三年間で王子様を落とせるほど魅力的で、頭が良い女の子に成長していった。そんな才能の塊のニコルが、なんで入学前までは最低レベルのステータスでダメな子だったのか。全部、お父さんのせいだ……）

父のゲイブは、暴力を振るったりするわけではない。むしろ優しい方だろう。友人からお菓子などをもらった時は〝もう食べたから〟と言って、自分の分を家族に分け与えたりする事ができる男である。

――ただ絶望的なまでに金と縁がないだけだ。

だが、その金運のなさが致命的だった。ちょっと貧乏というレベルではなく、母が手縫いでニコルの服を縫っているくらいである。ハンカチに刺繍するというような趣味ではなく、生活に必要なものを手作りしている。

さすがに男爵夫人が、普通はそこまではやらない。生きる事に精いっぱいのため、やらざるを得ないのだ。これではニコルが入学するまで女を磨く余裕がなかったというのもうなずける。

ゲームの都合上でステータスが低いまま入学するた

めの設定が、今のニコルを苦しめる。

（こんな暮らしをしていたんじゃあ、奪ってでもいい男を捕まえようとするよね……）

――婚約者持ちの男を奪うというコンセプトの恋愛ゲームだから、どんどん男を奪っていく。

そう思っていたが、男を奪い取る理由が思っていたよりもかなり深刻だったと気づく。

（婚約者がいるって事は、顔だけじゃなくて家柄とかの良いところがあるって事だもんね。婚約者が決まらずに売れ残っている男の子より、ずっと狙う価値があるってわけだ）

そう思うと、ニコルの貪欲さもよくわかる。

彼女も原作ゲームにおけるニコルの心情が理解できるような気がしていた。

三歳になる頃、ニコルは母にネトルホールズ男爵家に連れていかれた。これまでは祖父のテレンスが会いに来ていたが、父の実家にこちらから出向くのは初めてである。貴族らしい邸宅を訪れた事に、ニコルはドキドキとしていた。

「お義父様、お恥ずかしながら生活費を貸してくださいませんでしょうか」

だが、祖父の家を訪ねた理由にはガッカリとさせられた。生活苦による借金の申し入れだったからだ。

これにはテレンスの方が困った顔を見せる。借金の申し入れが迷惑だったからではない。妻に金を借りさせねばならぬ生活をさせている息子の情けなさに困っていたのだ。

「もちろん、構わない。当面の間は困らぬ額を渡しておくから、ゲイブに気づかれぬよう使いなさい」

「ありがとうございます」

感謝の言葉と共に頭を下げるジェニファーに、テレンスの方が頭を下げたくなった。ゲイブは学生時代までは問題はなかった。至って普通の子供であり、家族を困らせるような子供ではなかったはずだ。

なのに、今はこうして困らせている。妻だけではなく、娘までもだ。ニコルは、お茶菓子として出された果実を夢中で食べている。

「それはウィルメンテ侯爵領南部で採れるカカオという果実だ。美味しいか？」

「とってもおいしい！」

いや、実だけではない。ニコルは種まで貪っていた。甘いものに飢えている孫娘の姿を見て、テレンスは心の底から申し訳ないという気持ちが込み上げてくる。

だが、ニコルは違った。確かに甘いものに飢えてはいたが、それ以上に懐かしさを感じる味に飢えていた。

（中の種はチョコレートの味だ！　懐かしいなぁ、みんなでチョコレートを一から手作りとか、やっていたのを思い出すなぁ）

懐かしさのあまり、涙がこぼれる。彼女の涙は前世を懐かしんでである。だが大人たちは〝美味しいものを久々に食べたから泣いている〟と受け取っていた。

そのような反応を見せるニコルに、テレンスはより一層強く胸を締めつけられる。

「まだたくさんあるから持って帰るといい」

「あの……。持ち帰るとゲイブに、ここに来た事を知られてしまうので……」

「あぁ、そうか……」

ジェニファーは、ゲイブに隠れてこっそりと来ていた。ネトルホールズ男爵家を訪ねていたと言えば、その理由を聞かれるだろう。〝ニコルを会わせに行った〟と答えれば〝なぜ自分がいない時に？〟と聞かれてしまう。もしも〝生活費を借りに行っていた〟と知られれば、ゲイブのプライドがズタズタになるはずだ。

彼女もゲイブがわざと家族を苦しませているわけではないとわかっているので、彼の事を憎めなかった。だから現実を突きつけ、誇りを傷つけるような真似はしたくはないと、裏で動いているのだ。

二人が話している意味を、ニコルもわかっていた。そのため〝食べられるうちに食べておこう〟と、カカオの種を頬張る。

「……種が好きか？」

本来ならば捨てるようなものまで食べているニコルを見て、テレンスは悲しそうな目をしながら尋ねた。

「にがいけどおいしいよ」

――子供が苦いものを美味しいと言って食べる。

テレンスの涙腺は崩壊しそうになっていた。当然、怒りはこうなった原因であるゲイブに向かう。どのような生活をしているのかを、この機会にジェニファーから聞き出そうとする。

「食うに困っているくらいなのか？」

「いえ、食べ物はなんとか大丈夫です。ただ、この子の服を繕う糸なども買う余裕がありません。他にも生活に必要なものがこまごまと……」

「ブレナン子爵家に相談は？」

「それはお義父様に迷惑がかかるのでしていません」

「……気を使わせたようですまぬな」

テレンスは天を仰ぐ。ジェニファーの実家のブレナン子爵家に話が伝われば、それはネトルホールズ男爵家の恥を知られるのと同じである。

実家にいた時には気づかなかったが、ゲイブがここまで問題児だったとは思わなかった。

（あいつも一攫千金など狙わず、普通の暮らしをしていればいいものを……）

家族に贅沢な暮らしをさせたいという動機は理解できる。だが妻や娘に生活苦を味わわせてまでやるような事ではない。投資をするのならば、余裕のある範囲でやるべきた。

（まさか、あいつにギャンブル癖のようなものがあったとはな。気づいてやれなかった私のせいだ）

家族を飢えさせないという最低限のラインは守っているようだが、ただ生かしているだけでは許されない。生活に彩りがあって初めて暮らしていると言えるのだ。特に貴族である以上、食べるものだけがあればいいというわけではないのだ。

「私からも折を見て注意しておこう。苦労をかけるな」

しかし、今すぐに行動すればゲイブに気づかれる。プライドを気づけないようにしているジェニファーの配慮を無駄にしないためにも、機会を見なければいけなかった。

⚜
⚜
⚜

意外な事に、ニコルは生活に不便さを感じていても不平不満を口にするような事はなかった。それは彼女が〝こういう設定なのだから仕方ない〟と割り切れていたからである。

――恵まれぬ境遇だからこそ、他人の婚約者を奪ってでも幸せになろうとする原動力となる。

そう思えば、多少の事は許容できた。

しかし、許容できない事もあった。

「ニコルちゃんとあそぶのやだー」

――近所の子供たちに嫌われてしまっている事だ。

原因は至ってシンプル。

「ニコルちゃんのおとうさんのせいで、わたしのおとうさんがこまってた」

――ゲイブのせいだった。

彼は近所の人にも〝いい儲け話がある〟と持ちかけていたのだ。〝騙して自分が儲けたい〟というのではなく〝一緒に儲けよう〟と考えてのものだったが、それでも実際に稼げねば意味がない。ご近所さんは〝あいつの話に乗るんじゃなかった〟と後悔していた。

そのツケが娘であるニコルにも回ってきていた。

(ニコルとして生まれた時点で覚悟はしていたけれど、まさかこんなに小さな時から周囲に避けられるっていうのはさすがに辛いかも……)

しかも相手が子供である。悪意のない〝嫌い〟という言葉は心に響く。これがあと一五年は続くと思うと挫けそうになる。そこでニコルは、うつむいて現実の辛さを嘆くばかりではなく、歯を食いしばって前に向かう事ができる理由を見つけようとする。

その理由は少し年上の子供が与えてくれた。同年代の子供は、家族から〝あの子と関わってはいけません〟と言われているのがわかる。

だが年上の子供――特に女の子たちは違った。まるで敵を見るような視線をニコルに向けていたのだ。ニコルも前世では女子高生だったので、彼女たちが向ける視線の意味を理解するだけの人生経験を持っていた。

（そっか、私って今でも可愛いんだ）

年上の女の子たちが向ける視線の意味は、ニコルへの嫉妬だろう。その理由は、この世界の美の基準が前世とは違う事によるものだと、ニコルは気づいた。

（こんな美男美女だらけの世界で、個性的なキツネ目の女の子がなぜ主役になれたのか？　それは個性がある方が美人だと思われる価値観があるからだ！）

ゲームでは魅力のステータスを上げる必要があった。だから今世でもステータスを上げねばならないと思っていた。しかし、それは違ったらしい。ニコルのチベットスナギツネのような目は、天然の美少女として認識されているようだ。そのため美醜が気になり始める年頃の女の子たちが、将来美女になるであろうニコルを妬み、ゲイブの事を絡めて無視してやろうと思ったのかもしれない。

嫉妬による無視だと考えれば、ニコルも心に余裕を持てた。まだ子供とはいえ、他人が嫉妬するほどの美貌を持っているのだ。ゲームのシナリオを考えれば、入学以後の生活は安泰となるだろう。今思えば、ゲーム内の魅力というステータスは、化粧などの身なりに関するものだったのかもしれない。

元が相当良くなければ、多少身なりを整えたところで、ジェイソンたちも興味を持たなかったはずだ。でなければ学生中の三年間で急激に〝魅力的だ〟と思われる容姿になるはずがない。ゲーム中で明かされなかったニコルの魅力の秘密がわかり、彼女は納得する。

（そうなると、お父さんの存在がデバフみたいなものか……）

そう考えれば、ゲイブの存在も納得できる。彼がいる以上、ニコルは入学前に自分を磨く余裕などないだろう。きっと最低限の教育しか受けられず、服装なども整えられない。

（でも私には大きなチャンスがある！　だって前世の記憶があるんだもん。入学するのは一〇年以上先だから忘れちゃう事も多いだろうけど、高校生まで生きた経験と知識は無駄にならないはず！）

だが彼女は簡単に絶望したりはしなかった。

――子供にも嫉妬されるほどの美貌と高校生相当の

知識がある。

これは非常に有利な条件だった。

(これならチャールズやダミアンどころか、領地持ちのフレッドやマイケルまで……。ひょっとすると、ジェイソンだとか逆ハーエンドだって簡単に狙えるかも!?)

ある程度の年齢になれば、なにかお金稼ぎを考えればいい。そうすれば学力以外の問題も解決できるだろう。ニコルは未来に希望を持つ。それと共に、沸々と怒りも込み上げてきた。

(だけど設定とはいえ、なんで私だけこんな暮らしなの？　他のキャラは良い暮らしをしているんだよね。特にパメラなんて侯爵家のお嬢様だもん。王子様との婚約までして、苦労知らずに育っているんだろうな。……みんな幸せな生活をしているんだから、少しくらい幸せを分けてもらってもいいよね)

一方のニコルは、母が作ってくれたぬいぐるみくらいしか部屋にない。ベッドも固いマットレスであり、貴族らしい生活とは無縁だった。

(奪っちゃおうか。ジェイソンも、王太子妃の座も)

ニコルは祖父の家から持って帰る事ができたカカオの種を、ベッドに座り、窓の外を眺めながら齧る。

(今は貧しいけど、学生になれば一変するはず。この苦みを忘れちゃいけない。将来、私は勝ち組になってみせるんだ！)

――すべては自分のため。

――そして、家族のために。

彼女は口中に広がるカカオ一〇〇パーセントの苦みを噛み締めながら、すべてを手に入れようと固い決意をする。

――固いベッドと苦いカカオの種。

これは彼女なりに臥薪嘗胆(がしんしょうたん)を意識してのものだった。

いいご身分だな、俺にくれよ～転生幼少期編～／完

いいご身分だな、俺にくれよ

Legend Of Isaac

~転生幼少期編~

あとがき

皆様はじめまして、ｎａｍａ（なま）と申します。

『いいご身分だな、俺にくれよ』を手に取っていただき、誠にありがとうございます。

この作品は「小説家になろう」というウェブサイトに投稿していたのですが、そこで開催されておりました「第六回ネット小説大賞」で受賞した事があります。

その時は悔いの残る結果となりましたが、この度マッグガーデン様からのお誘いでもう一度出版する機会をいただけました。

今回は村上よしゆき先生による初のコミカライズも同時進行しており、このような機会をいただけましたマッグガーデン様にはただ感謝しかありません。

再書籍化のお声がけしてくださったコミカライズ担当編集者のＮ氏、書籍化作業にご尽力いただきました編集者のＳ氏、コミカライズを担当してくださっている村上よしゆき先生、素晴らしいイラストを提供してくださっているｓａｋｉｙａｍａｍａ先生。

そしてウェブ版で応援してくださった皆様や、この書籍を手に取ってくださった読者の皆様にこの場を借りて、心より深く感謝申し上げます。

今後とも、より一層の応援を賜りますようお願い申し上げます。

私が小説を書き始めて、執筆に必要だと感じた事を少し語らせていただきます。

小説を書くにあたって最も必要なものは根性です！

「話を考えるのに疲れた」や「書く時間を遊びに回したい」というネガティブな気持ちを乗り越えるのにも必要ですが、何よりも「自分の妄想を世間に公開する」という羞恥心を乗り越えるのに必要です。

これをお読みくださっておられる方の中にも「自分で書いてみたい」「自分が考えた話を公開してみたい」と思われた事があるでしょう。

ただその心理的ハードルは高く「時間がないから」などの理由を付けて執筆を避けておられるかもしれません。

そういった方は、まず「自分が思い描いた場面」を書いてみてはいかがでしょうか？

いきなり小説を書くのではなく、自分が面白いと感じた場面やイベントを少しずつ書き残していくのです。

そうすればやがてその場面同士が繋がる流れを考えるようになり、自然と話の全体像が作れるようになってきます。

この作品にそぐわないものでも、違う作品でネタとして使えば無駄にはなりませんしね。

「気合と根性と努力」で地道に積み重ねていくのが私の執筆スタイルです。

根性を振り絞って羞恥心を乗り越えてみるのも悪いものではありませんでした。

今回の書籍化ではこれまで七年ほど書き続けてきた経験を活かし、気合を入れて加筆修正を行いました。

やはり書き続けていると「あ、あの時、あの場所を違う表現にしておけば」と思う事も多々ありました。

そういった七年分のフィードバックを書籍版に今後も活かして行こうと考えています。

基本的な流れはウェブ版と同じものになるでしょうが、最終的には違ったものにいきたいなと思っているところです。

このあとがきをお読みいただいているという事は、一巻の書き下ろし部分をお読みいただいたあとかと思います。

書籍で初めてお読みいただいた読者の方にも、とある可能性が思い浮かんだでしょう。

そういったところにも手を加えていく予定です。

ただウェブ版とは似て非なるものを目指す予定ではありますが、ウェブ版の方を楽しんでくださっていた読者の皆様にも楽しめる内容を目指しております。

もちろん、そういった大きな変化を楽しめるところまで進むのはまだ先になるでしょう。

それまでは長い目で見ながら応援していただけますと幸いです。

私も皆様に楽しんでいただけるものを書き続けられるように頑張って参りますので、今後とも『いいご身分だな、俺にくれよ』を書籍とコミックス共々、何卒よろしくお願いいたします！

最後に、このあとがきについて触れたいと思います。

実は前回に出版した時もですが「ページ数が余ったから3，4ページ分のあとがきを書いて」と編集さんに言われました。

ですが思い浮かべてみてください。

――実績のない新人作家が長々とあとがきで語っているのを見た事があるのか？

ベテラン作家さんであれば「これだけは語りたいから」と言って、あとがきのページ数を確保してもらう事も可能でしょう。

ですが私はそんな要求をできるような実績はありません。

ではなぜあとがきが数ページになるかと言うと、これは原稿ではページ数ピッタリでも、紙にする時には誤差がでてしまうために穴埋めが必要になるからです。

だからといって「あとがきを4ページも書いていいの！」とは思えません。

やはり「自分なんかがこんなに書いていいのだろうか？」という気恥ずかしさを覚えてしまいますね。

これは自分の妄想を世間に公開する事よりも恥ずかしさが勝りますが、今は前向きに取り組んで書いています。

また次回お会い致しましょう。

その時は1，2ページくらいの普通のあとがきでお会いする事になるでしょう。

いいご身分だな、俺にくれよ
～転生幼少期編～

発行日　2024年5月25日 初版発行

著者 nama　イラスト sakiyamama　キャラクター原案 村上よしゆき

発行人　保坂嘉弘

発行所　株式会社マッグガーデン
〒102-8019 東京都千代田区五番町6-2
ホーマットホライゾンビル5F
編集 TEL：03-3515-3872　FAX：03-3262-5557
営業 TEL：03-3515-3871　FAX：03-3262-3436

印刷所　株式会社広済堂ネクスト

装　幀　Pic/kel（鈴木佳成）

ISBN978-4-8000-1448-1 C0093　　Printed in Japan

著者へのファンレター・感想等は〒102-8019（株）マッグガーデン気付
「nama先生」係、「sakiyamama先生」係までお送りください。
本作品はフィクションです。実在の人物・団体・事件等には一切関係ありません。